W0243942

À PROPOS DE L'AUTRICE

Natacha J. Collins a toujours raconté des histoires, d'abord par l'illustration et la bande dessinée, avant de laisser les mots seuls façonner les aventures jaillies de son imagination. Son expérience journalistique dans la presse cinéma et télévision a également influencé son amour pour les belles histoires, grandes ou petites – et qui finissent bien, de préférence !

L'usurpatrice des Hautes Terres

Collection : VICTORIA

© 2020, HarperCollins France.

Tous droits réservés, y compris le droit de reproduction de tout ou partie de l'ouvrage, sous quelque forme que ce soit.

Toute représentation ou reproduction, par quelque procédé que ce soit, constituerait une contrefaçon sanctionnée par les articles 425 et suivants du Code pénal.

Si vous achetez ce livre privé de tout ou partie de sa couverture, nous vous signalons qu'il est en vente irrégulière. Il est considéré comme « invendu » et l'éditeur comme l'auteur n'ont reçu aucun paiement pour ce livre « détérioré ».

Cette œuvre est une œuvre de fiction. Les noms propres, les personnages, les lieux, les intrigues, sont soit le fruit de l'imagination de l'auteur, soit utilisés dans le cadre d'une œuvre de fiction. Toute ressemblance avec des personnes réelles, vivantes ou décédées, des entreprises, des événements ou des lieux, serait une pure coïncidence.

Le visuel de couverture est reproduit avec l'autorisation de :

© IRINA ALEXANDROVNA/SHUTTERSTOCK

Réalisation graphique couverture : PIAUDE (HarperCollins France)

Tous droits réservés.

HARPERCOLLINS FRANCE
83-85, boulevard Vincent-Auriol, 75646 PARIS CEDEX 13
Service Lectrices — Tél. : 01 45 82 47 47

www.harlequin.fr

ISBN 978-2-2804-3928-2 — ISSN 2493-013X

NATACHA J. COLLINS

L'usurpatrice des Hautes Terres

Victoria

HARLEQUIN

À vous, mes chères lectrices et chers lecteurs,
en vous souhaitant cette fois encore
une superbe lecture au sein
des territoires sauvages des Highlands…

Prologue

Comté du Caithness, nord de l'Écosse, an de grâce 1291

— Vite, ma petite fée, cache-toi ! Et quoi qu'il arrive, ne te montre pas !

Les mots que sa mère avait prononcés à peine quelques instants plus tôt résonnaient encore lugubrement dans l'esprit de la fillette. Recroquevillée entre les énormes racines d'un sapin massif aux branches chargées de neige, elle frissonnait, le corps secoué de tremblements. Comme elle avait peur ! Partout, les gens de son village hurlaient, décimés par d'impitoyables guerriers ! De sa cachette, elle ne pouvait assister à toute la scène, mais ce qu'elle entendait et devinait était suffisant pour la terroriser.

Maman, où es-tu, maman ? Cette pensée, elle n'osait l'exprimer à voix haute. Sa mère lui avait interdit de faire le moindre bruit, et elle obéirait. Du haut de ses cinq ans, elle avait senti la peur et l'urgence dans son ton inhabituellement autoritaire. Dans son regard, aussi. À présent, sa mère l'avait laissée seule… Peut-être pour trouver son père, qui se battait contre les étrangers.

Quand les méchants seront partis, maman et papa reviendront pour moi, tous les deux, voulut-elle se persuader.

En apercevant des cavaliers à l'abord de son village, pendant qu'elle ramassait du bois sec avec sa mère dans la forêt qui le bordait, elle avait tout d'abord été impressionnée par leur allure. Ils étaient si grands et si fiers, sur leurs beaux chevaux ! Mais sa mère avait pâli. Elle l'avait attrapée par le bras, l'avait cachée là et lui avait ordonné de ne pas bouger, lui assurant qu'elle reviendrait la chercher. Puis elle était partie en courant. Des hommes du village avaient sonné l'alarme, au moment même où le grondement des sabots faisait trembler la terre. L'enfant avait glapi en voyant des flèches enflammées zébrer le ciel, puis embraser les toits de chaume des modestes maisons.

Les villageois essayaient de combattre, en vain. Les guerriers les décimaient. Un cri particulièrement perçant fit sursauter la fillette. Elle se décida à lever la tête. Elle devait savoir ce qui se passait et comprendre pourquoi sa maman ne revenait pas ! Avec prudence, elle s'extirpa de sa cachette pour s'avancer, veillant à toujours rester masquée par la végétation. Le spectacle qui l'accueillit était plus horrible encore que ce qu'elle redoutait. D'immenses flammes dévoraient tout ! Le crépitement du feu se mêlait au sifflement de la neige, vaporisée par la chaleur. C'était une véritable fournaise, au cœur de laquelle retentissaient des clameurs de combat : des cris, le bruit sec du métal qui s'entrechoque… Au milieu de la fumée, elle apercevait des gens qui couraient, qui se battaient, qui tombaient ! La neige était rouge de sang, mais, là où l'ardeur des flammes l'avait fait fondre, ce n'était plus qu'une immense flaque de boue où gisaient des formes indistinctes. Combien de temps resta-t-elle ainsi, terrorisée, la bouche grande ouverte, incapable d'émettre le moindre son alors que son univers s'effondrait ? Un instant, une journée, une éternité ? Enfin, le bruit de la bataille cessa. Au cœur du bourbier, qui, peu de temps encore, était la place du village, des cavaliers s'étaient rassemblés. Le reflet des flammes dansait sur leurs armures et leurs lames, comme des feux follets éclatants. La fillette ne les admirait plus. Au contraire, elle les haïssait !

— Victoire ! clama l'un d'eux d'une voix tonnante.

De la pointe de leurs épées, les assassins menaçaient une poignée de villageois – uniquement des femmes et des enfants, pleurants et tremblants. Elle eut un hoquet de terreur. Sa mère était parmi eux ! L'épaisse cicatrice qui barrait verticalement son menton, depuis sa lèvre inférieure, ressemblait à une peinture de guerre, comme s'en maculaient certains héros des histoires qu'elle lui racontait pour s'endormir. Cette blessure ancienne, loin de la défigurer, soulignait au contraire sa beauté rude et sauvage. Ses longs cheveux châtain clair frisottants étaient tressés en une natte qui lui tombait jusque dans le creux des reins. Pour la fillette, sa mère était la plus belle femme au monde ! Hélas, elle ne semblait pas être la seule à le penser.

— Toi, là. Tu viens avec moi.

L'homme qui venait de parler était le plus grand des cavaliers, celui dont la cuirasse était la plus ouvragée. De sa large épée, il désignait sa mère. Celle-ci se redressa fièrement, provocante.

— Je te tuerai, si tu essayes de me toucher !

Les soldats s'esclaffèrent. L'un d'eux s'avança, comme

pour la frapper de son impudence. La fillette allait hurler, mais l'immense cavalier arrêta le guerrier d'un geste de la main. De la pointe de son épée, il montra les autres femmes et les enfants du petit groupe de survivants.

— Ce qui refuse de plier doit être brisé, souffla-t-il d'un ton étrange mais ferme. Si tu te rebelles, mes hommes les tueront tous. Un par un, devant tes yeux.

Un sourire mauvais s'étira sur son visage. Tétanisée par la peur, la fillette tremblait de tous ses membres. Que voulait-il dire ? Que comptait-il faire à sa mère ?

— Qui sait, continua-t-il, peut-être as-tu une amie ou une sœur parmi elles… Ou peut-être même qu'un de ces gamins est le tien ? Les voir soumis à la torture, est-ce vraiment ce que tu souhaites ?

Sa mère le défia du regard, puis ferma les paupières et baissa la tête. Sans un mot, elle s'agenouilla devant le cavalier, tendant les mains jointes vers lui, en signe de capitulation.

La fillette frémissait de peur et de colère. Comme il était difficile de ne pas éclater en sanglots ! De ne pas courir se réfugier entre les bras de sa mère, d'ordonner à ce méchant homme de ne pas s'approcher d'elle ! De le frapper, de le mordre, même, pour qu'il s'en aille ! Mais elle avait promis. Quoi qu'il arrive, elle devait rester cachée. Pétrifiée de terreur et d'impuissance, elle se recroquevilla et ferma les yeux pour prier, comme maman le lui avait appris. Si Dieu l'écoutait, il ferait en sorte que son père vienne les sauver tous ! Les soldats disparaîtraient et les laisseraient tranquilles, pour toujours…

Quand elle rouvrit les paupières, elle était ankylosée et frigorifiée. Le feu qui avait dévoré le village s'était consumé, remplacé par un vent glacial chargé d'épais flocons. Les terribles guerriers étaient partis. Sa mère et les autres rescapés aussi. La boue alentour se poudrait d'une couche blanche, recouvrant lentement les cadavres d'un manteau immaculé. Elle déglutit, refusant de trop les regarder. C'était au-dessus de ses forces. Des craquements au sol, derrière elle, la firent sursauter. Les méchants ! Ils étaient revenus ! Paniquée, elle essaya de se frayer un passage sous un buisson d'ajonc touffu. Ignorant les épines acérées qui griffaient sa peau et accrochaient ses cheveux, elle rampa, se mordant la lèvre pour ne pas crier. Elle hurla cependant quand des mains épaisses l'agrippèrent par les chevilles et la tirèrent en arrière. Elle se débattit de toutes ses petites forces, en vain. À sa grande surprise, celui qui l'avait attrapée la déposa au sol avec délicatesse. C'était un parfait inconnu : massif, impressionnant, et armé ! Elle voulut s'enfuir, mais ses muscles tétanisés et fatigués refusèrent de lui obéir. L'homme s'agenouilla devant elle pour se mettre à sa hauteur, puis dégagea une mèche de cheveux qui lui retombait sur le visage. La rugosité de sa paume et de ses doigts contrastait étrangement avec la douceur de son sourire.

— Eh bien, qu'avons-nous cueilli là ? Pauvre enfant. Tu as dû voir des choses terribles.

Presque malgré elle, elle hocha la tête. Il soupira, puis se redressa et lui tendit sa main.

— Il ne faut pas rester ici. Viens.

Elle hésita un instant, et leurs regards se croisèrent. Ce qu'elle lut dans ses yeux sombres acheva de la convaincre qu'il ne lui voulait aucun mal. Alors, elle glissa sa petite main à moitié gelée dans la sienne, immense.

Chapitre 1

Comté du Galloway, sud de l'Écosse,
an de grâce 1307

Meagan McDowall adorait monter sur les remparts, à l'aube, quand tout le monde dormait encore, à part quelques serviteurs déjà à la tâche et les sentinelles fatiguées qui attendaient impatiemment la fin de leur tour de garde. Enveloppée dans une épaisse cape en laine brodée, elle s'installait tous les matins sur la muraille à l'est, guettant les premiers rayons du soleil. Comme elle aimait la fraîcheur de l'air, à cette heure précoce ! Son nez la picotait délicieusement lorsqu'elle inspirait profondément. Le loch, au pied de la forteresse, était comme souvent englouti sous une brume dense. Celle-ci semblait presque luire, en particulier quand la lune s'attardait dans le ciel, comme pour saluer le soleil avant de lui laisser la place. Par tout temps, Meagan ne manquait jamais ce rendez-vous. Aucun livre, aucune tapisserie, nul tableau n'était à ses yeux aussi poétique et magnifique que cette aurore naissante sur le vaste domaine de son père.

Pourtant, ce matin-là, quelque chose était différent.

Elle regarda ses doigts qui tremblaient, mais moins férocement que lorsqu'elle s'était éveillée brutalement, fébrile, extirpée d'un terrible cauchemar dont elle ne se rappelait que de vagues bribes. Bondissant presque de son lit, elle s'était redressée en sursaut, le cœur battant la chamade, le souffle court. Il faisait encore nuit alors, et elle avait échoué à se rendormir, s'imaginant que les ombres qui dansaient dans sa chambre aux flammes de la cheminée dissimulaient de redoutables dangers. Enfin, elle s'était levée et prestement vêtue, sans attendre l'arrivée de ses servantes, puis avait grimpé à toute vitesse les marches de pierre menant aux remparts. Elle se sentait mieux, à présent, mais restait préoccupée. Jamais elle n'avait ressenti une telle angoisse ! Même les plus sombres cauchemars qui avaient jusqu'ici perturbé son sommeil ne l'avaient tant bouleversée que celui-ci. Si seulement elle pouvait s'en souvenir ! Elle soupira. Certainement était-ce préférable, qu'il n'en soit rien…

— Ahhh !

La chauve-souris qui venait de la frôler disparut en direction du sud, sans doute pour rejoindre ses congénères dans les ténèbres des grottes sous les collines.

Cet animal m'a fait une de ces peurs ! pensa-t-elle avec un sourire. En réalité, elle lui enviait sa liberté. Comme cela devait être agréable, que de voler ! De découvrir le monde à sa guise, au lieu de rester cloîtrée comme elle l'était dans ce château, aussi gigantesque et beau fût-il. Sa maison. Son foyer… et sa *prison*. Qu'y avait-il, au-delà de ces murs ? Si elle aimait cet endroit où elle était née, où elle avait grandi… elle n'en était jamais partie. D'ici quelques mois, elle aurait vingt ans, et, si beaucoup de jeunes filles de son âge étaient déjà mariées et mères, son père, le laird Alan McDowall, ne lui avait toujours pas désigné de promis. Après tout, elle n'était que sa cinquième enfant – et sa quatrième fille –, aussi n'était-elle, dans un sens, que quantité négligeable. Ses sœurs aînées étaient toutes mariées à de nobles Écossais, et étaient parties vivre auprès d'eux, dans leurs domaines, plusieurs années auparavant. À peine les voyait-elle encore, ou même se souvenait-elle de leurs visages. Meagan était plus proche de son frère cadet, Alistair, le futur laird McDowall. C'était un garçon de huit ans, vif et un peu – enfin, très – turbulent. Elle avait entendu dire que c'était le cas de tous les enfants nés par le siège… et de beaucoup de ceux dont la mère était morte en leur donnant le jour. Son cœur se serra et elle s'efforça de chasser ce triste souvenir avant qu'il n'assombrisse sa journée. *On ne peut revenir en arrière…* Sa nourrice le lui avait assez souvent répété.

Elle inspira amplement, et se sentit un peu mieux. Déjà, le paysage prenait des couleurs mordorées sous la lumière rasante du soleil levant. La brume sur le loch se dispersait, laissant apparaître des eaux d'un bleu profond. La lande s'habillait d'un vert intense. Au sud, les rochers vers les collines se paraient de nuances de gris, et les premières ombres soulignaient leurs formes rudes. Bientôt, l'hiver s'installerait et son manteau blanc viendrait tout couvrir.

— Lady Meagan ? Je suis désolé de vous déranger…

Perdue dans ses pensées, elle n'avait pas entendu le vieux serviteur approcher.

— Oui, Ronald ?

— Votre père vous fait mander en salle d'audience, milady.

Si tôt ? Depuis la mort de sa mère, son père souffrait d'insomnies chroniques, et il en profitait, souvent, pour s'occuper des affaires courantes du domaine au calme, au milieu de la nuit. Mais il était très rare qu'il la fasse chercher, et jamais à de telles heures ! Le fait qu'il la sollicite à l'aube, de plus dans la grande salle de réception du château, plutôt que dans leurs appartements privés, était aussi curieux qu'intrigant. Un frisson la traversa. Décidément, cette journée commençait bien étrangement…

— Informe-le de ma venue.

— Fort bien, milady.

Il s'inclina avant de s'éclipser. Meagan soupira en jetant un dernier regard sur la lande. Au nord, loin sur l'horizon, d'épais nuages gris s'amoncelaient. Le vent les pousserait vers le domaine dans la matinée. Un orage approchait.

La salle d'audience et de réception était la plus grande pièce du château. Une immense cheminée qui ne s'éteignait jamais la baignait de sa chaleur sèche et la parfumait de fragrances de pin fumé. Au sol, des tapis de joncs propres et changés presque quotidiennement étouffaient les pas. À l'inverse, le haut plafond faisait résonner les voix. Les murs se paraient de superbes tapisseries contant les hauts faits de plusieurs générations de McDowall. Meagan les connaissait tous par cœur. Bientôt, il faudrait qu'une nouvelle œuvre les rejoigne pour narrer les prouesses de son père, fidèle du roi d'Écosse, le farouche Robert Bruce, couronné un an plus tôt. Le souverain et son père partageaient le même rêve, celui d'une Écosse unifiée, indépendante, libérée du joug des Anglais. Meagan ne se souciait guère de politique, mais elle savait que ce rêve était encore loin d'être atteint. Pourtant, son père et le roi luttaient sans relâche pour qu'il devienne réalité. Après des années à s'être battu pour ses convictions sur les champs de bataille, son père devait désormais se débattre dans les sables mouvants de la politique et de la diplomatie. La fragile stabilité que le roi Robert avait réussi à imposer au sud de l'Écosse était constamment menacée par les avides Anglais et, au nord, par un morcellement de clans indépendants, belliqueux, souvent menés par des chefs de clan rêvant de renverser le souverain pour lui ravir son trône. Meagan se sentait dépassée par la complexité de la situation, et n'aurait de toute manière jamais à s'en préoccuper. Ce fardeau deviendrait un jour celui d'Alistair, non le sien. Néanmoins, elle priait chaque jour pour que son père, le roi Robert et leurs alliés puissent éviter toute nouvelle guerre. S'ils parvenaient à imposer une paix durable en Écosse, alors Alistair n'en subirait pas les terribles conséquences.

Son père n'était pas seul. Debout derrière la grande table gravée aux armoiries du clan McDowall – deux sangliers aux immenses défenses courbes, placés de part et d'autre du blason de la famille, un complexe enchevêtrement de feuilles de chêne stylisées –, il était entouré de Glenn et de Cameron, ses deux plus fidèles lieutenants. Des combattants courageux et massifs dont les traits rudes portaient autant les stigmates de la guerre que leurs larges épaules, bardées de cicatrices. Dès que son père l'aperçut, il lui fit signe d'approcher tout en continuant de discuter avec ses hommes. Elle perçut ainsi leur conversation.

— Il faut compter deux semaines, peut-être plus

pour l'aller, annonça Glenn, le plus imposant des trois hommes. Le retour ne sera sans doute guère plus rapide, à cause de l'hiver qui se sera installé partout. Disons, un mois et demi, en tout.

— Alors, un seul de vous ira, peu importe lequel, répondit son père en lissant sa barbe, comme il le faisait souvent lorsqu'un élément le dérangeait. Je ne puis me séparer de vous deux si longtemps. Meagan, viens, ma fille. J'ai une nouvelle de la plus haute importance à t'annoncer.

Intriguée, elle le dévisagea, cherchant à percer son expression insondable. Impossible de deviner si elle devait s'attendre à une bonne ou une mauvaise nouvelle, mais elle pencha instinctivement pour la seconde possibilité. Le réveil en sursaut, cette convocation si matinale… Cela ne pouvait qu'augurer du pire. Son père attrapa une lettre sur la table et la lui tendit. Elle eut un hoquet de surprise en reconnaissant le sceau de cire brisé, au lion dressé toutes griffes dehors. Les armoiries du roi !

Son père riva son regard inflexible dans le sien.

— Robert me confie… Enfin, il nous confie, plutôt, l'immense honneur de renforcer nos liens avec l'un des clans les plus influents du Nord, celui du laird Fergus Sinclair du Caithness. Si les Sinclair prêtent allégeance au roi, nous sommes confiants dans le fait que ses alliés l'imiteront et que la majorité des clans du Nord rejoindra notre alliance. Cela pourrait tout changer, Meagan. Cela pourrait unifier l'Écosse, la rendre suffisamment forte pour qu'elle cesse de se déchirer de l'intérieur, mais aussi pour se dresser face aux Anglais.

— Voilà une nouvelle extraordinaire, mon père.

C'était certes vrai, mais pourquoi le lui annoncer, à

elle, avec autant d'urgence ? En un éclair, elle se tétanisa. Elle venait subitement de comprendre, avant même que son père ne le lui confirme.

— Robert veut sceller cette alliance rapidement, et le laird Sinclair a donné son accord pour marier un de ses fils à la fille d'un proche allié du roi. Ton futur époux s'appelle Calvin. On me l'a dépeint comme un homme de valeur. Cependant, Robert craint que le laird Sinclair ne change d'avis si on lui en laisse le temps. Le mariage doit donc se conclure au plus vite. Tu pars aujourd'hui pour le Caithness.

Ses jambes se dérobèrent sous elle. Le souffle lui manqua et tout vacilla à l'entour. Sans l'intervention de l'immense Glenn qui se précipita pour la soutenir, elle se serait certainement écroulée à terre. Dans les bras de ce géant aux muscles puissants, auxquels elle s'accrochait, elle ne pouvait penser qu'aux paroles de son père : sèches, rudes, implacables… « Ton futur époux s'appelle Calvin. Tu pars aujourd'hui. » Incapable de parler, elle était tiraillée entre des sentiments opposés, bouleversée par le choc de cette annonce. Son existence venait de basculer, d'être balayée en un instant. D'un côté elle en était curieuse, presque excitée, mais d'un autre elle était terrifiée ! Ses sœurs avaient dû vivre la même chose. Ressentir le même vide, le même trouble, le même vertige qui l'empêchait de penser clairement. Depuis toujours, elle se savait destinée à épouser un homme qu'elle ne connaîtrait sans doute pas. Après toutes ces années, ce moment était enfin arrivé ! Glenn l'aida à s'asseoir sur la chaise la plus proche, et lui proposa du vin. Cela lui fit un peu de bien, et elle le remercia. Son père vint ensuite envelopper ses mains des siennes, avec une douceur qu'elle ne lui connaissait guère.

— Sache que j'aurais souhaité pouvoir assister à ton mariage, ma fille. Hélas, le Caithness est bien loin de nos terres. Des affaires délicates m'accaparent ici, et m'empêchent de partir. Au printemps ou au plus tard cet été, le laird Sinclair descendra prêter allégeance à Robert. Il a déjà promis dans sa réponse au roi que, toi et ton époux, vous l'accompagnerez. Alors, nous nous reverrons. Je suis contrit de t'annoncer cela si brusquement mais, comme je te l'ai expliqué plus tôt, cela doit s'accomplir au plus vite. L'avenir de l'Écosse repose peut-être sur cette alliance. Sur ce mariage. Sur *toi*. C'est un bien lourd fardeau qui t'est imposé, mais je te sais pleine de courage, comme ta mère. Elle serait fière de toi.

À ces mots, elle sentit une larme rouler sur sa joue. Le lendemain, elle n'admirerait pas le soleil se levant sur le Galloway, ni les jours suivants, ni peut-être aucun autre de sa vie. Elle ne verrait plus Alistair grandir. En un instant, tout ce qui modelait son quotidien avait été bousculé, balayé, pour la conduire vers une autre existence, qu'elle espérait aussi exaltante qu'elle se l'imaginait.

— J'obéirai et te ferai honneur, mon père, ainsi qu'au bon roi Robert, assura-t-elle avec sincérité.

L'avenir de l'Écosse pesait sur elle, à présent, avait-il affirmé. Elle devait se montrer digne de cette immense responsabilité.

Chapitre 2

Meagan avait eu tout le temps de réfléchir, pendant cet interminable voyage. Comme si elle avait eu autre chose à faire ! C'était désormais non seulement avec sérénité, mais aussi avec impatience, qu'elle anticipait son très proche mariage. Son esprit était empli de questions, auxquelles elle obtiendrait bientôt des réponses. À quoi ressemblait son futur époux ? Quel genre d'homme était-il ? Plus d'une fois, elle se l'était imaginé. Elle espérait qu'il ait quelque chose de ces héros antiques dont elle avait lu les exploits, enfant. Un Hercule aux traits finement sculptés, à la crinière de lion, à la barbe volontaire et à la large silhouette athlétique… Un peu comme Glenn, mais en moins colossal – et, surtout, en bien plus jeune, car le soldat devait avoir presque l'âge de son père ! Elle priait aussi pour qu'il ne ressemble en rien à l'époux de sa seconde sœur, un petit bonhomme malingre et noueux, à la voix nasillarde et au sourire dérangeant. Si Calvin ressemblait un tant soit peu à cela… Mieux valait ne pas y penser ! Quoi qu'il en soit, elle le découvrirait prochainement. Le château des Sinclair était tout proche, à présent. Glenn, qui menait son escorte, le lui avait appris le matin même. Enfin, elle pourrait mettre un visage sur le nom de Calvin Sinclair, découvrir quel homme allait partager sa vie et sa couche.

L'attelage stoppa soudain, la secouant brusquement. Le cocher pesta, comme il le faisait assez régulièrement depuis quelques heures. Visiblement, les roues s'étaient une fois de plus embourbées dans le sol meuble, sous l'épaisse couche de neige. Aux paysages encore verdoyants du domaine de son père s'étaient peu à peu substitués des environnements plus rudes, aux reliefs plus escarpés. Les conifères avaient gagné du terrain sur les arbres feuillus, la verdure s'était progressivement couverte d'un manteau blanc et la glace avait figé les courants des rivières sous les ponts. Le nord de l'Écosse était très différent des terres qui l'avaient vue grandir. La splendeur des reliefs enneigés et les intimidantes forêts de chênes, aulnes, bouleaux et pins immenses qu'elle ne se lassait pas d'admirer en chemin l'émerveillaient. Tout était si nouveau, si enivrant, si sauvage ! De plus, elle réalisa qu'elle supportait mieux le froid qu'elle ne l'aurait cru. Bien que mordant, il était aussi vivifiant, comme s'il transportait en lui l'énergie de la nature éblouissante de la région et lui en insufflait un peu, à chaque inspiration. Peut-être était-elle faite pour cet endroit, finalement… Une bouffée d'espoir la submergea quant à son avenir. Elle jeta brièvement un coup d'œil à l'extérieur, pour tenter de savoir quand ils repartiraient. Les hommes s'acharnaient autour de son attelage, tout en discutant. Certains se frictionnaient les bras, d'autres se tenaient droits, à l'affût, pendant que leurs camarades travaillaient à dégager les roues. Le petit convoi se composait de deux chariots seulement, escortés par une dizaine de soldats menés par Glenn, qui s'était porté volontaire pour le voyage. Le premier chariot contenait quelques-unes de ses affaires, des présents pour le laird Sinclair et les provisions pour la route. En compagnie de ses deux servantes, elle voyageait dans l'autre chariot, très simple et plutôt inconfortable. C'était loin d'être un carrosse ! Elle s'était même demandé plus d'une fois si elle n'aurait pas été mieux en selle, si piètre cavalière fût-elle. Au moins, la tenture de sa voiture la protégeait du vent glacial. Son père avait exigé que le convoi soit le plus modeste et discret possible, non seulement pour avancer rapidement, mais aussi pour ne pas attirer l'attention. Personne ne devait savoir que Meagan s'y trouvait ! Il était ainsi prévu que les bannières du Galloway ne seraient déployées qu'en vue de la forteresse des Sinclair. Jusque-là, rien ne devait trahir les origines du convoi ni sa destination. La région était dangereuse, prétendait-on, troublée par d'incessantes querelles de clans, hantée par des bandes de brigands et des groupes de mercenaires qui louaient leurs services aux plus offrants. Tous pillaient sans vergogne les malheureux sans défense qui croisaient leur chemin. Meagan était soulagée de se savoir escortée par des braves. Avec eux, elle ne craignait rien ni personne ! Elle s'étira, étouffant un bâillement, vite imitée par ses servantes. Cela la fit sourire, et elle allait leur offrir de partager avec elle quelques fruits secs quand les chevaux hennirent nerveusement. Intriguée, elle souleva le rideau de sa litière et se retrouva face à Glenn.

— Restez à l'intérieur, milady !

— Glenn, mais qu'est-ce que…

— Obéissez !

Alarmée par son ton péremptoire, elle referma le rideau et se figea devant l'expression de peur peinte sur le visage de ses servantes. Comment les rassurer, alors qu'elle aussi était terrorisée ? Par le sang du Christ, que se passait-il ? Elles entendirent le tintement lugubre des épées sorties de leur fourreau, juste avant que des hurlements ne retentissent. On les attaquait ! Pire encore. À en croire l'intensité de leur charge, leurs assaillants devaient être nombreux. Bien plus que les membres de l'escorte ! Meagan et ses servantes se serrèrent les unes contre les autres, pétrifiées. Depuis l'extérieur, les combattants s'invectivaient, criaient, bataillaient.

— Nos soldats sont forts et courageux, murmura Meagan à ses servantes, essayant de les rassurer malgré son angoisse. Glenn est un colosse, et un grand guerrier. Personne ne peut le vaincre !

À cet instant, un homme hurla de douleur près du chariot.

Faites que ce soit l'un de ces malfaisants et pas l'un des nôtres !

Le combat paraissait interminable. Le bruit des armes et les cris semblaient ne jamais vouloir se tarir, quand avec une soudaineté choquante le silence se fit. Une forme se découpa sur le rideau, et Meagan eut une bouffée d'espoir en reconnaissant la silhouette colossale de Glenn. La grande main du guerrier agrippa le bord du tissu blanc, le souillant aussitôt de vermeil. Sa tête glissa lentement à l'intérieur du chariot, et le haut de son corps s'affaissa sur les servantes qui hurlèrent comme des possédées. Meagan, qui n'avait plus assez de souffle en elle pour en faire autant, vit l'affreuse plaie ensanglantée qui barrait le dos de leur protecteur.

— Glenn ! Glenn ! Pour l'amour de Dieu, ouvrez les yeux !

Elle lui agrippa les épaules, le secoua frénétiquement de toutes les forces qu'il lui restait pour tenter de le réveiller, bien qu'elle le sache déjà mort. Une main gantée attrapa le cadavre par les cheveux et le tira brusquement au-dehors. À peine une seconde plus tard, celui qui devait être son meurtrier sauta prestement à l'intérieur du chariot. Il avait l'agilité d'un animal. Les yeux d'un démon. Un sourire terrifiant, carnassier.

Celui d'un prédateur.

Chapitre 3

La corde de l'arc était tendue à l'extrême, mais la main de Calvin ne tremblait pas. Patiemment, il attendait que le lièvre se rapproche, juste un peu, pour être sûr de ne pas le manquer. Il respirait très lentement, et son souffle formait de petites volutes de vapeur dans l'air glacé. Ses cheveux noirs lui retombaient librement sur les épaules et des mèches lui passaient devant les yeux. Il ne les écarta pas. Dans le cas contraire, sa proie aurait pu déceler son geste et s'enfuir, en quelques bonds. Malgré le froid mordant, il ne portait qu'une chemise brune, ainsi qu'un épais pantalon de tartan vert et marron qui se fondait dans la végétation et de vieilles bottes souples en cuir tanné, sans lesquelles il ne sortait jamais chasser. Il avait lui-même molletonné la courroie et l'arrière de son carquois, tant par confort que pour atténuer les bruits de frottement que les animaux pourraient repérer. Il avait également gainé l'intérieur du fourreau, afin que les flèches tiennent bien en place et qu'il puisse les retirer le plus silencieusement possible. Les muscles gonflés de son bras droit, qui maintenait la corde en place, roulaient sous sa peau. Malgré la force de la tension et la pression de l'attente, les deux doigts qui pinçaient l'encoche de la flèche ne lâchaient toujours pas prise. Sous l'effort, son bras gauche, tendu, lui semblait progressivement devenir dur, comme de la pierre. Dans ces instants, il avait le sentiment de faire corps avec la nature. C'était d'ailleurs là qu'il se sentait le mieux, libre d'être lui-même, loin des problèmes, de la politique et des responsabilités.

Le lièvre se redressa brusquement sur ses pattes arrière, tendant les oreilles dans sa direction. Les petits yeux sombres de l'animal se braquèrent sur lui. Le souffle bloqué, il restait parfaitement immobile, pareil à une statue. Quelques instants plus tard, le lièvre s'en désintéressa, et retomba sur ses quatre pattes. Les doigts de Calvin lâchèrent la flèche. Le trait fila à une vitesse vertigineuse. La puissance du tir faucha la bête, l'emportant sur quelques pas et laissant un sillage rectiligne dans la neige. Satisfait, il baissa son arc et expira profondément avant de rejoindre sa prise. La flèche avait transpercé la tête de l'animal, mort sur le coup, sans douleur, sans même savoir ce qui l'avait frappé.

Une fin rapide et sans souffrance.

Il n'en espérait pas moins pour sa proie. Il aurait détesté qu'il en soit autrement ! Après avoir mis son arc en bandoulière, il ramassa le gibier. Le pelage était d'une immense douceur, et la robe d'un blanc presque aussi immaculé que la neige fraîche. Il demanderait aux cuisiniers qui le dépèceraient de ne pas abîmer la fourrure et de la confier au maître tanneur, afin qu'il lui en confectionne une paire de gants de femme. Cela ferait un beau présent, pour sa future épouse.

La pensée le fit grimacer. Lui, bientôt marié ! Bien sûr, cette union était politique, et il l'acceptait, car c'était son devoir envers son clan et sa famille. Quatrième et dernier fils du grand laird Fergus Sinclair, il n'était pas destiné à succéder à son père, et il ne s'en plaignait pas. Au contraire ! Il laissait bien volontiers cette responsabilité à son aîné, Ross, ou, si malheur lui arrivait, à Gordon qui prendrait sa place. Edan, son troisième frère, avait hélas péri quelques années plus tôt. Il soupira longuement. Il refusait d'imaginer que le sort l'obligerait un jour à diriger le clan Sinclair. Sans parler du fait que son père était encore des plus alertes ! Hélas, héritier ou non, cela ne l'empêcherait pas de prendre lui aussi femme pour le bien du clan. On lui avait décrit cette Meagan McDowall comme une jeune fille docile, douce et pieuse. Tout ce qu'il n'était pas. Pourvu qu'elle ne cherche pas à lui compliquer l'existence ! Tant mieux s'ils pouvaient s'apprécier, mais pour lui il était hors de question que cette union marque la fin de la vie légère qu'il affectionnait tant. C'était là la grande aubaine des derniers fils, plus libres d'être insouciants que leurs aînés. Il ne se voyait pas de sitôt abandonner ses chasses, ses soirées bien arrosées avec ses amis, ni les nuits torrides qui leur succédaient souvent avec des amours d'un soir – servantes, villageoises, et parfois, même, quelques filles de haute naissance. Pour lui, ce mariage n'était qu'une obligation, dont il se serait bien passé, mais sans doute ne côtoierait-il que peu son épouse, finalement ? Gordon, marié depuis quelques années à une femme agréable à regarder, mais au caractère exécrable, ne lui avait-il pas confié ne partager que peu de temps avec elle ? Chacun ignorait l'autre la plupart du temps et vaquait à ses propres occupations. Gordon restait libre d'agir comme il le voulait, avec qui il le désirait, quand il le souhaitait, dès l'instant où il remplissait son devoir conjugal. Ross, lui, n'avait pas eu plus de chance. S'il avait semblé sincèrement apprécier son épouse, et réciproquement, elle était morte en couches, emportant avec elle leur unique enfant. Depuis, Ross les pleurait et avait refusé d'envisager de reprendre femme ; du moins, pas avant quelque temps. S'il aimait celle qu'on lui avait choisie et qu'il avait perdue, Calvin, lui, ne croyait pas en l'amour. En tout cas, pas pour lui. Même l'affection que son père éprouvait pour sa mère de son vivant, et qu'il portait à présent à sa concubine, n'aurait su le convaincre de s'enticher d'une seule femme, et encore moins de lui rester fidèle. Quel ennui ! D'autant plus si on la lui imposait…

Il espérait quand même que son futur mariage arrangé serait moins déplaisant que celui de Gordon mais, si c'était le cas, eh bien tout comme lui… il s'en accommoderait. Il était bien conscient de l'importance de cette union, pour la paix de l'Écosse – on le lui avait assez répété ! Cela serait-il suffisant pour unir tous les clans sous la bannière de Robert Bruce ? Sincèrement, il en doutait quelque peu. Le Caithness avait toujours été une région instable, où les clans se livraient de constantes petites guerres, autant pour de grandes ambitions que pour de vaines querelles. Son père avait pourtant réussi à instaurer un semblant de paix avec la plupart des lairds du nord de l'Écosse. Parfois par la ruse et la diplomatie, parfois par la force, mais l'unité était loin d'être gagnée. Certains farouches opposants à son père et au roi Robert, loin de perdre du terrain, se renforçaient de jour en jour, menaçant les fragiles alliances que Fergus Sinclair avait rudement forgées.

À plus d'une occasion, il s'en était fallu de peu que son père soit assassiné, et beaucoup pensaient que la mort d'Edan n'avait pas été accidentelle. Si son mariage aidait ne serait-ce qu'un peu à retrouver un semblant de paix dans la région, qu'il en soit ainsi !

Un flocon s'accrocha à son nez. Il s'en débarrassa d'un revers de la main. La neige recommençait à tomber et le ciel s'était assombri. Le temps allait se gâter avant la fin de la matinée. Mieux valait rentrer. Les bois où il aimait chasser jouxtaient un village, au pied de la colline au faîte de laquelle trônait le château Sinclair. Au sortir de la forêt, il vit tout de suite la forteresse qui se dressait fièrement sur les hauteurs. L'imposant bâtiment semblait sculpté à même la pierre, comme s'il s'était toujours trouvé là, depuis l'aube des temps. Immuable et éternel, en dépit du climat sévère, des épreuves et des batailles. Certes, le comté du Caithness était situé dans une région rude et froide, mais c'était un lieu enchanteur, quand on le connaissait. Il se doutait que sa future femme, comme presque tous ceux originaires des Lowlands, aurait du mal à s'y faire. C'était certainement difficile pour elle, de tout quitter pour venir vivre si loin de ce qu'elle avait toujours connu. Se mettant à sa place, il s'était juré de prendre le temps de lui faire découvrir la beauté de ces lieux qu'il appréciait tant. Il espérait qu'elle y serait sensible : même s'ils ne s'aimaient pas, du moins pourraient-ils s'accorder et se respecter. Pas comme Gordon et sa harpie !

À peine arriva-t-il en vue du village qu'on l'interpella.

— Un seul lièvre ? Tu ramollis, Cal ! Déjà usé par le mariage avant même d'avoir vu ta promise ?

Il avait tout de suite reconnu le propriétaire de la voix narquoise et du rire gras qui avaient surgi derrière lui.

— *Nae*[1], répliqua-t-il avec un sourire. Je me suis dit que tu serais si jaloux qu'il te faudrait une compagne de ton calibre pour te consoler. Justement, Malcolm, c'est une femelle, précisa-t-il en levant sa prise tout en se retournant. Faut-il que je vous déniche un prêtre pour bénir votre union ?

— Trouve-moi un cuisinier pour mijoter la belle et une cave bien fournie pour l'arroser généreusement, et je suis son homme !

En riant, ils se jetèrent dans les bras l'un de l'autre, avec une virilité affectueuse. Calvin et Malcolm, le fils du forgeron, avaient grandi ensemble, partagé les mêmes jeux d'enfants, les mêmes bêtises d'adolescents et les mêmes frasques de jeunes adultes. Ils se considéraient plus comme des frères que des amis, et n'avaient jamais eu le moindre secret l'un pour l'autre.

— Je croyais que tu travaillais à la forge toute la matinée, s'étonna Calvin. Tu as échappé à la surveillance de ton père ?

Un large sourire s'étira sur le visage de Malcolm.

— *Nae*, tu le connais : si je lui faisais un coup de ce genre, il serait bien capable de m'aplatir un ou deux orteils sous son marteau. En fait, je te cherchais, pour t'offrir ceci.

Il sortit une étoffe pliée de sous sa chemise et déballa avec précaution ce qu'elle protégeait : une courte lame effilée, à la garde délicate, superbement ouvragée, où le sapin et le faucon des armoiries du clan Sinclair avaient

1. Variante de « nay » qui signifie « non », utilisé exclusivement en Écosse.

été finement sculptés. Calvin attrapa la dague avec soin, appréciant dans le même temps son parfait équilibre.

— C'est magnifique, s'exclama-t-il, sincère. Un peu petit pour se battre, mais… c'est du bel ouvrage, vraiment.

— Ce n'est pas pour toi, *glaikit*[1] ! C'est notre cadeau, à mon père et à moi, pour ta future femme. Il a forgé la lame dans le meilleur acier, et j'ai moi-même passé des heures à sculpter les ornements. Je suis content que ça te plaise.

Il gonfla fièrement le torse. Et il y avait de quoi ! Calvin était impressionné par le soin qu'il avait apporté à son travail.

— Ça me plaît beaucoup. Mais je ne te savais pas si patient, plaisanta-t-il.

— Ne t'emballe pas, Cal. Ce n'est pas de sitôt que je me casserai de nouveau le dos sur ce genre de besogne ! Si je me suis donné autant de mal, c'est parce que je me suis dit que cette mystérieuse fille du Sud aura besoin de quelque chose pour piquer tes fesses de paresseux, si elle veut tirer quelque chose de toi…

Calvin le gratifia d'un coup sur le bras, qui les fit s'esclaffer tous les deux.

— Merci, Malcolm, elle en aura peut-être besoin, en effet. Et remercie ton père, également. Mais tu sais, ça aurait pu attendre…

— En fait, non. Ça ne peut pas, parce que figure-toi que je te cherchais aussi pour autre chose. Regarde, là-bas.

Malcolm tendit le bras vers le chemin au sud du village, où un petit convoi venait d'apparaître. Une demi-douzaine de cavaliers escortaient deux chariots

1. « Idiot », « stupide ».

déployant des bannières qui claquaient dans le vent. Calvin se figea. Il n'avait vu qu'une seule fois le blason qu'elles arboraient, mais il avait tout de suite reconnu ces sangliers et ces entrelacs de feuilles de chêne. Les armoiries du clan McDowall !

— Je crois que tu attendais quelqu'un, s'amusa Malcolm en lui donnant un petit coup d'épaule. Allez, cours, je suis sûr que tu crèves d'envie de savoir à quoi elle ressemble !

Chapitre 4

Au village, c'était l'effervescence. Une petite foule d'hommes, de femmes et d'enfants se pressait autour du convoi, s'émerveillant devant les bannières aux couleurs vives soulignées de fil d'argent. Calvin, suivi de Malcolm, se fraya un passage pour se rapprocher. Il fronça les sourcils, intrigué, en découvrant la tenue des soldats du Galloway. Ils semblaient terriblement usés par le voyage. Leurs cuirasses étaient mal ajustées. Leurs bottes poussiéreuses juraient avec le brillant de leurs épées et de leurs haches. Comme pressés d'atteindre la forteresse, ils faisaient avancer leurs chevaux en silence, ignorant les villageois qui les escortaient. L'attention de Calvin s'en détourna rapidement pour se concentrer sur le chariot de tête, sur lequel se dressaient la plupart des bannières. La lourde tenture qui protégeait les voyageurs des intempéries portait elle aussi les marques d'un long trajet. Le rideau avait dû être d'un blanc éclatant, au moment du départ, mais il avait viré au gris sale, moucheté de petits accrocs. Impossible de distinguer quoi que ce soit au travers du tissu opaque ! Il mourait d'envie de s'approcher, de jeter un rapide coup d'œil par un de ces minuscules trous pour voir qui se cachait à l'intérieur. Sa promise était là, forcément. Si seulement elle pouvait déjà se montrer ! Il s'étonna de se sentir aussi fébrile, curieux et impatient.

— Bienvenue, à vous tous ! claironna Malcolm, jouant des coudes pour se manifester. Puis-je vous être de quelque utilité ?

Le cavalier le plus proche baissa dédaigneusement la tête vers lui.

— Cours prévenir tes maîtres que Lady Meagan McDowall du Galloway est arrivée.

— Pour sûr, noble seigneur… Tout de suite, lui répondit Malcolm avec une grimace outrancière. Juste pour savoir, c'est vous, Lady Meagan ?

Un éclat de rire parcourut la foule. Le cavalier lança un regard foudroyant à Malcolm, et Calvin vit son poing se serrer sur le pommeau de son épée. Impossible d'en vouloir à Malcolm, dont il connaissait le caractère impétueux et l'insolence, mais il aurait préféré que pour une fois il s'abstienne ! Si ce McDowall se sentait insulté, les choses pourraient fort mal tourner. Il allait s'interposer entre Malcolm, toujours grimaçant, et le soldat furieux qui venait de stopper son cheval, quand ce dernier s'exclama :

— Tiens ta langue, pourceau, ou je te promets que tu ne t'en serviras plus jamais !

— Certes, mais ça ne répond pas à ma question, répliqua Malcolm, sans ciller.

Quel imbécile ! Calvin lui décocha un brusque coup d'épaule pour le faire taire, mais c'était trop tard. Piqué au vif, le soldat sortait son arme de son fourreau.

— Range ta lame, Leith. Ce ne sont guère des façons de saluer nos hôtes.

Un frisson parcourut l'échine de Calvin. Les mots avaient été prononcés avec une douceur cristalline, presque dans un murmure. Pourtant, il les avait entendus avec autant de limpidité que s'ils avaient été proclamés à haute voix. Des doigts fins apparurent au bord de la tenture pour la soulever. Il en eut le souffle coupé. C'était comme si un autre soleil se dévoilait à lui ! La jeune femme qui venait de se montrer était d'une beauté éblouissante. De longues boucles châtains tirant vers un roux sombre, aux reflets de cuivre et d'or, soulignaient des traits délicats sur un visage qu'on aurait cru modelé dans la plus pure des argiles. Son nez, mutin, était légèrement retroussé à son extrémité. Ses lèvres carmin étaient une invitation au baiser, et Calvin eut l'envie subite de sentir leur goût sucré sur sa propre bouche. Sa peau était aussi lisse et immaculée que la surface d'une perle, et il était convaincu qu'elle était plus douce encore. Mais c'étaient surtout les yeux de la gracieuse apparition qui capturaient son attention. Bordés d'épais sourcils sombres, ils avaient la teinte d'une mer calme sous un ciel d'été, d'un bleu d'azur que des touches claires, comme une écume, rendaient encore plus vertigineux. Incapable de parler, de bouger, et encore moins de penser distinctement, il restait là, immobile, à la contempler.

— Aide-moi, Leith, ordonna-t-elle. Je veux descendre.

Le cavalier hésita quelques secondes, comme s'il désapprouvait, puis vint finalement tendre ses bras à la jeune femme. Elle se laissa porter, gracieuse, apparemment aussi légère qu'une plume. Sa robe de lin était brodée de complexes motifs au fil d'or et, quand le soldat la souleva, elle occulta un instant le soleil derrière elle. Les rayons de l'astre découpèrent sa voluptueuse silhouette sous le tissu. Des jambes merveilleusement galbées, des hanches sensuelles, une poitrine arrondie. Que n'aurait donné Calvin pour échanger sa place avec ce cavalier ! Il se voyait déjà le repousser pour l'écarter de la fille et… À ses côtés, Malcolm murmura un juron obscène – ce qui, dans sa bouche, était un compliment. Lui aussi était sous le charme. Quel homme ne l'aurait pas été ? Il était sonné, comme si on l'avait roué de coups. Ou qu'on lui avait lancé un sort ! C'était sans doute le cas. Après tout, une telle beauté, plus magnifique que les plus splendides déesses que les sculpteurs et les peintres aient jamais imaginées, ne pouvait être réelle. C'était la perfection incarnée.

Une fois au sol, elle offrit un franc sourire à l'assemblée. Calvin fut totalement subjugué.

Seigneur tout-puissant, faites que cette fille soit ma promise, je vous en supplie !

— Pardonnez la rudesse de ma garde. Notre voyage fut fort épuisant, mettant notre patience à l'épreuve.

En prononçant ces mots, elle posa son regard sur Malcolm qui en sourit de plus belle. L'estomac de Calvin se noua, avec l'envie folle de faire disparaître cette expression inhabituellement béate du visage de son ami. Mais la jeune femme se détourna de lui pour se concentrer sur la foule :

— Je suis Lady Meagan McDowall du Galloway, fille du laird Alan McDowall, fidèle du roi Robert Ier d'Écosse. Si je suis ici, c'est pour épouser Sir Calvin Sinclair, le fils de votre laird, et assurer ainsi la paix en notre pays, termina-t-elle en baissant humblement les yeux.

Merci, Seigneur ! pensa Calvin. La perspective de cette union lui semblait soudain absolument envisageable. Il en devenait même très impatient ! Des sentiments inconnus s'embrasaient en lui. Si le désir faisait affluer le sang dans son membre durci entre ses jambes, il ressentait autre chose, en sus. Quelque chose qu'il n'expliquait pas. Un fourmillement étrange dans son cœur, qu'il n'avait encore jamais vécu. Il se demanda s'ils pourraient s'entendre, et en vint à s'imaginer leur nuit de noces, quand il ferait d'elle sa femme, qu'il poserait ses mains sur son corps délicieux, qu'il…

— Je suis vraiment heureuse de me trouver parmi vous, et j'espère que vous m'accepterez.

Elle avait ajouté cela avec tant d'innocence qu'il s'en voulut – presque – d'être submergé de telles pensées. Quand leurs yeux se croisèrent, le sourire de Lady Meagan s'élargit et le cœur de Calvin fit un bond dans sa poitrine. Avait-elle reconnu en lui son futur époux ? Impossible, comment l'aurait-elle pu ? C'était stupide que d'y songer. Ils ne s'étaient jamais rencontrés ! Comme confirmant cela, le regard de la jeune femme glissa rapidement sur d'autres personnes de l'assemblée. Après un dernier salut, elle remonta dans le chariot et le convoi reprit la route vers la forteresse. Tout s'était déroulé si vite ! Pourtant, il n'arrivait pas à chasser de son esprit l'image de sa promise. Meagan. *Meg*. Oui, c'était ainsi qu'il l'appellerait, décida-t-il, comme si lui attribuer ce surnom se voulant familier instaurait déjà entre eux un lien indéfectible. Dire qu'on lui avait dépeint une jeune ingénue effacée, sans grand caractère ni personnalité ! Elle n'était rien de cela ! Au contraire, elle avait fait preuve de courage, d'audace et d'intelligence en intervenant aussi naturellement pour calmer sa garde, et en se présentant à la foule. À l'évidence, tous, comme lui, avaient été subjugués. Même Malcolm en restait sans voix ! Rien que parvenir à le faire taire était un exploit.

— Je dois lui parler. Lui apprendre qui je suis.

Malcolm le toisa en haussant un sourcil.

— Et tu comptes faire ça… maintenant ? Parce qu'avec l'odeur que tu te traînes tu risques surtout de la faire fuir, ta belle.

Il prit soudain conscience qu'il était sale, sans doute même pouilleux, au sortir de sa chasse ! Il ne pouvait pas se présenter à Meg avec une telle allure, surtout quand elle-même était si splendide ! Il devait se laver et se changer pour l'accueillir comme il se devait.

— Je prends le raccourci. J'ai déjà perdu assez de temps.

— Hé ! Attends-moi, Cal, je viens avec toi ! lui lança Malcolm, un sourire goguenard se plaquant sur ses traits. Ah, et puis, rends-moi cette dague. Je préfère la lui offrir moi-même, finalement !

Chapitre 5

— Tu n'aurais pas dû te comporter ainsi, et parler aussi librement à ces villageois. C'était stupide, et risqué.

La jeune femme grimaça au ton réprobateur de Kirstie, choisie pour la servir, et la foudroya du regard.

— Je sais parfaitement ce que je fais, au contraire, et je te conseille dès à présent de garder tes réflexions pour toi.

Elle avait répliqué sèchement, voulant mettre court à cette conversation qu'elle ne souhaitait pas tenir. Car, si elle s'était forcée à paraître sereine, sûre d'elle et de bonne humeur, en réalité elle était terrorisée. Son cœur battait à tout rompre et elle s'écroula sur la couche, fébrile. Kirstie avait raison, même si jamais elle ne le lui avouerait. Son ingérence était certes une mauvaise idée, d'autant qu'un tel comportement n'était pas vraiment conventionnel, sans doute – voire surtout – pour une fille de laird supposée timorée. Comme l'aurait certainement fait la véritable Lady Meagan, elle aurait dû rester cloîtrée dans sa voiture, muette et docile, et attendre que l'embryon de conflit entre Leith et ce villageois insolent se règle de lui-même. Le regard noir que le soldat lui avait lancé, quand elle était intervenue, lui avait confirmé qu'il désapprouvait, lui aussi, mais elle avait simplement suivi son instinct qui lui dictait d'agir ainsi. Avant de jouer son rôle devant le laird Sinclair et ses fils, elle avait eu besoin de se tester face à un public probablement moins attentif et moins intimidant. Elle avait cependant réfléchi à chaque mot prononcé, avait veillé à effacer son accent du Nord pour adopter celui du Sud, comme elle s'y était sévèrement entraînée. Cette première épreuve, elle pensait l'avoir passée haut la main, mais ce n'était rien à côté de ce qui l'attendait au château ! Devant les villageois, elle n'avait pas eu grand mal à réfréner la haine profonde qu'elle entretenait pour les Sinclair, mais cela s'avérerait amplement plus compliqué quand Fergus Sinclair et ses diables de fils seraient en face d'elle. Qu'elle devrait plonger ses yeux dans les leurs et faire semblant d'être la douce, gentille et humble Meagan McDowall, et non celle qu'elle était vraiment : Emilia McTrayall.

Le stratagème dont elle était le pivot était un plan totalement fou, sans doute voué à un échec cuisant qui avait toutes les chances de la mener à la mort. Pourtant, quel que soit le prix à payer, si elle réussissait, cela en vaudrait la peine. Même après toutes ces années, le souvenir de ce jour funeste où le laird Sinclair et ses hommes avaient massacré les gens de son village, assassiné son père et enlevé sa mère restait limpide en elle. Elle entendait encore la voix tonnante de Fergus Sinclair clamant à ses guerriers qu'il se réservait sa mère ; les rires gras de ses soldats ; les mots déterminés de sa mère face à ces démons ! Elle sentait toujours sur sa peau le souffle brûlant des flammes qui avaient réduit le village en cendres ! Si la fumée de l'incendie n'avait pas attiré l'attention d'un éclaireur du clan McTrayall, elle n'aurait pas survécu. Il l'avait trouvée transie de peur, l'avait soulevée dans ses bras puissants, l'avait rassurée et ensuite conduite jusqu'à son clan. Elle avait ainsi grandi auprès des McTrayall, au sein de leur château, et était devenue l'une des leurs à part entière. William McTrayall, leur chef, était un farouche opposant à l'effroyable laird Sinclair, ce tyran qui régnait d'une main de fer sur ses terres et exploitait ses gens avec une cruauté qui n'avait d'égale que sa cupidité. Les clans alentour qui refusaient de plier devant lui, comme celui de William McTrayall, étaient constamment les cibles de raids violents. Les maudits guerriers du sombre laird Sinclair pillaient, incendiaient des villages sans défense, comme celui où sa vie avait dramatiquement basculé. Sa tristesse d'avoir perdu ses parents ne s'était pas le moins du monde éteinte, avec le temps. Au contraire ! Sa colère et sa haine envers ces monstres des terres voisines n'avaient fait que grandir avec elle.

Plus d'une fois, le laird McTrayall et ses alliés avaient essayé de se libérer du laird Sinclair, mais ce dernier était aussi prudent que mauvais. Sa garde d'élite le protégeait de toute attaque, et son château était une forteresse inexpugnable qu'aucun siège ne pourrait faire tomber. Jusque-là, les tentatives d'assassinat avaient toutes échoué, et les rumeurs d'alliance entre ce clan maudit et la coalition du Sud, autour du prétendu roi Robert Bruce, un lâche et un vulgaire meurtrier, lui aussi, préfiguraient un bien sombre futur. Soutenu par une telle puissance, plus rien n'empêcherait Fergus Sinclair de terrasser ses opposants et d'étendre sa terrible domination sur tout le nord de l'Écosse. Il fallait l'arrêter ! C'est alors que les espions du laird McTrayall eurent vent du mariage prochain du dernier fils de Sinclair et de la fille d'un des proches laquais de Robert Bruce. Personne, chez les Sinclair, n'avait jamais vu cette promise, et celle-ci, une fois au sein du clan Sinclair, pourrait se rapprocher plus que quiconque de son chef. Elle pourrait non seulement le tuer, mais également ses fils, une engeance réputée tout aussi méprisable que leur père ! Le laird McTrayall et ses conseillers eurent l'idée d'intercepter le convoi de la future mariée et de la remplacer par une femme entièrement dévouée à leur cause et qui saurait faire illusion le temps nécessaire.

Lorsque William McTrayall lui avait exposé ce plan périlleux, lui expliquant qu'il ne voyait personne d'autre qu'elle pour l'accomplir, Emilia n'avait pas hésité un seul instant. Son aversion pour les Sinclair et sa soif de vengeance avaient décidé pour elle : elle endosserait ce rôle, usurperait l'identité de Lady Meagan McDowall, séduirait le fils du laird et gagnerait sa confiance. Ensuite, lors du banquet célébrant *leurs* noces, elle les empoisonnerait tous.

Elle jeta un coup d'œil à l'extérieur du chariot, et ne put retenir un frisson d'angoisse. Bientôt, ils passeraient les portes de la forteresse. Elle devait se concentrer, pour ne pas se trahir. Pour ne pas échouer ! C'était un miracle que la première étape de ce plan insensé ait fonctionné. Leurs desseins auraient pu à tout moment mal tourner dès l'attaque du convoi. Si les soldats du clan McDowall, qui leur avaient offert une forte résistance malgré la fatigue de leur long voyage, avaient été plus nombreux ; si leur cible s'était enfuie ; si des témoins avaient assisté à leur assaut et donné l'alerte… tout se serait arrêté là, brutalement, précocement. Dieu merci, rien n'avait entravé leur réussite. Elle-même, bien qu'ayant appris à se défendre, avait pour ordre de ne pas s'exposer au combat. Si elle était blessée, c'en était terminé avant même d'avoir commencé. Elle était donc restée en retrait, vigilante et fébrile, jusqu'à ce que ses complices, choisis parmi les meilleurs guerriers du clan McTrayall et menés par le troisième et dernier fils du laird, Ronan, aient le dessus. Quand elle l'avait vu extirper la jeune Lady Meagan de sa voiture, son cœur avait bondi dans sa poitrine. À cet instant précis, leur projet s'était ancré dans la réalité. Emilia avait été assaillie par toutes sortes d'émotions aussi puissantes que contradictoires : la promesse d'une vengeance qu'elle attendait depuis bien longtemps s'était heurtée à l'appréhension de se retrouver en constant danger de mort et, surtout, de faillir. Refoulant ses craintes, sachant que le sort en était jeté, elle avait pris une grande inspiration, puis s'était préparée à assumer sa destinée.

Avant que Ronan n'emmène la prisonnière, elle avait brièvement croisé son regard de biche apeurée et en avait éprouvé quelque pitié. Ses yeux brillaient d'incompréhension, et Emilia y avait lu une profonde fragilité, à l'opposé de la jeune femme désabusée qu'elle était devenue. Parviendrait-elle à faire illusion, en incarnant une noble aussi différente d'elle ? Étonnamment, la bonne fortune avait voulu qu'elles se ressemblent assez physiquement pour qu'on puisse les prendre pour des sœurs. La coïncidence tombait si bien que cela aurait pu passer pour un signe du destin ! En enfilant la robe de Lady Meagan, Emilia avait ressenti une sensation troublante. Le vêtement portait l'odeur d'une étrangère. C'était comme entrer dans la peau d'une autre, une autre qu'elle devait apprivoiser, faire sienne. Cependant, y arriver n'avait pas été si facile. Elle avait éprouvé une sorte de gêne, à s'approprier ainsi les biens et l'identité de cette fragile jeune fille. N'était-elle pas innocente, tout comme elle l'avait elle-même été, avant que son univers ne bascule ? Elle s'était vivement efforcée de ne pas se laisser troubler par les émotions supposées de Lady Meagan McDowall. Comme tant d'autres hommes et femmes, elle n'était qu'un outil, dont on se servait pour parvenir à ses fins. Peut-être même la remercierait-elle un jour d'avoir empêché ses noces avec un être démoniaque, auquel son propre père voulait la donner…

Elle s'extirpa de ses pensées quand un cahot secouant le chariot la ramena brusquement à la situation présente. Les battements rapides de son cœur refusaient de ralentir, alimentés par l'excitation et la peur. Elle entendait les pas de la foule qui continuait à les suivre, et ne put réprimer une grimace. Découvrir des villageois souriants et plutôt bien portants l'avait quelque peu déstabilisée. Elle s'était imaginé être accueillie par un peuple en guenilles, terrorisé et affamé. Mais cela ne signifiait rien. Ce hameau étant au pied du château, ses habitants y étaient certainement bien mieux traités que le reste des paysans. Certains semblaient même en très bonne santé, comme ce chasseur, qu'elle n'avait pu s'empêcher de remarquer. Un homme superbement bâti, aux traits ensorceleurs et à la silhouette athlétique. Son regard pénétrant lui avait donné le frisson, et elle s'en était vivement détournée, avide de masquer son trouble. Si Calvin Sinclair était ne serait-ce que moitié aussi beau que lui, au moins ne serait-il pas trop déplaisant de faire en sorte de le séduire…

Chapitre 6

Calvin noua ses cheveux encore humides en catogan, puis se drapa d'une écharpe de tartan aux couleurs de son clan, en accord avec la chemise de laine d'apparat qu'il n'avait portée qu'une ou deux fois depuis que Gordon la lui avait offerte. Elle aussi était aux couleurs des Sinclair – un fond vert profond de même teinte que des aiguilles de sapin, sur lequel s'entrecroisaient des carreaux bruns et beiges, rappelant le plumage du faucon. Désormais propre, sa crinière en ordre et décemment vêtu, il était plus acceptable ! L'image de Meg ne l'avait pas quitté un instant. Il se sentait aussi impatient et excité de lui être présenté officiellement qu'un puceau seul dans une chambre avec la fille qui lui plaît ! Pourtant, il n'était pas coutumier de tels émois et loin d'être un novice en matière de sexe. Grâce à son charme naturel, et peut-être parfois à son nom, il n'avait jamais eu de mal à séduire les femmes. S'il s'était à de rares occasions entiché de ses conquêtes, cela n'avait jamais duré plus de quelques jours : chez lui, la passion s'enflammait et se consumait aussi facilement et rapidement qu'un feu de paille. Il n'y avait donc aucune raison que cela soit différent avec Meg, même si sa beauté affriolante le saisissait plus que nulle autre avant elle. Que ferait-il, si elle cachait derrière sa perfection un caractère déplaisant, comme la femme de son frère Gordon masquait le sien sous une agréable façade ? Il grommela un juron. Après tout, c'était possible. Il n'avait fait qu'apercevoir Meg. Il ne lui avait pas adressé la parole, se contentant de la dévorer des yeux comme bon nombre d'hommes en présence. Malcolm en tête ! Son enthousiasme retomberait, très certainement, après quelques jours passés à apprendre à la connaître. Pourtant, elle semblait bien trop douce pour être un dragon. S'ennuierait-il, avec elle, ou au contraire prendrait-il un grand plaisir à lui faire découvrir les joies de la vie maritale, au lit ? Il laissa échapper un petit rire et secoua la tête en enfilant ses bottes. *Tu t'emballes foutrement, Cal, et tu réfléchis trop !* crut-il entendre Malcolm le railler. Mais cette pensée était bien sienne, d'autant que son ami l'attendait dans les cuisines du château, s'empiffrant au garde-manger ou coquetant devant les servantes.

Il boucla sa ceinture alourdie par son épée dans son fourreau et ajusta une dernière fois sa tenue avant de se diriger vers l'épaisse porte en bois de sa grande chambre. Il attrapa la poignée, tira le battant puis dévala le large escalier de pierre creusé par tant et tant de passages. Lui-même l'avait si souvent monté et descendu, depuis sa plus tendre enfance, qu'il connaissait par cœur chaque marche, tout comme le moindre recoin du château et des terres alentour. Comme il était impatient de partager tout cela avec Meg !

Emilia connaissait la réputation du château des Sinclair, une forteresse perchée au sommet d'une colline rocheuse et considérée comme inexpugnable. Alors qu'elle traversait le pont-levis, elle comprit que cette renommée n'était pas usurpée. De profondes douves, aux eaux sombres si larges qu'on aurait dit que la bâtisse trônait sur une île au milieu d'un loch, l'encerclaient. Les hautes murailles percées de nombreuses meurtrières se dressaient, impressionnantes, et l'on racontait que jour et nuit des archers d'élite se tenaient prêts à transpercer de leurs traits quiconque s'approcherait sans y être invité. L'épaisseur des murs semblait telle qu'elle doutait que les plus solides projectiles de la plus formidable des catapultes puissent les érafler ! Le chariot atteignit les lourdes portes d'entrée, aux battants si massifs qu'aucun bélier ne pourrait les enfoncer, d'autant plus qu'elles étaient renforcées par de larges barres métalliques, en surface et à l'intérieur. Quand elle pénétra dans la grande cour du château, Emilia découvrit qu'une seconde ligne de fortifications protégeait un donjon et un châtelet, dont le toit se dessinait, au-dessus des remparts, au centre de la forteresse. C'était une certitude : aucun siège, aucune armée ne pourrait la faire tomber ! Parcourue d'un frisson, elle pensa combien le laird McTrayall avait raison. Pour vaincre les Sinclair, il fallait les frapper au cœur !

Les portes de l'enceinte intérieure, elles aussi renforcées, s'écartèrent à leur tour sur le passage du convoi. Elles se refermèrent derrière lui dans un claquement sonore. Emilia ferma les paupières un instant, cherchant à puiser du courage en elle-même tandis qu'elle se jetait dans la gueule du loup. Quand elle les rouvrit, elle fut stupéfaite !

— Incroyable, murmura-t-elle.

Si le sol de la première ceinture était poussiéreux, battu par les passages incessants des hommes, des chariots et des chevaux, le convoi venait de pénétrer dans un véritable écrin de verdure ! Sur la droite se trouvait un grand jardin potager, jouxté par un poulailler. Un peu plus loin, elle entrevit des clapiers, près d'un puits où de solides gaillards tiraient de l'eau. Tout au fond, des rangées d'arbres courtauds – peut-être des pommiers – se devinaient. Elle avait bien du mal à masquer son étonnement et son admiration devant toutes ces découvertes. Si la saison d'hiver avait dénudé les végétaux de leurs feuilles et si les plantations étaient en sommeil, attendant le redoux du printemps, l'endroit avait quelque chose d'irréel. Et ce n'était pas terminé ! De l'autre côté du chemin s'étendait un champ de blé d'hiver, résistant aux rudesses du climat local. Les parois intérieures de la muraille se tapissaient de buissons de mûres, dont les branches formaient un enchevêtrement épineux impossible à escalader, dans un sens ou dans l'autre. Au centre de ce jardin trônait le cœur de la forteresse, un châtelet élancé qui tranchait avec l'aspect plus massif des autres bâtiments, y compris le donjon qui y était accolé.

Elle en restait sans voix. Elle n'avait jamais rien vu de tel ! Le château des McTrayall était tellement différent : plus ancien, plus petit, fatigué et usé. Ici, au contraire, l'opulence régnait. Rien d'étonnant, puisque le laird Sinclair pillait sans vergogne ses voisins ! Il s'était construit une forteresse se voulant imprenable, avec de quoi tenir un siège durant des mois ! À l'abri de ses victimes, qui chercheraient à se venger… Un sourire se dessina sur ses lèvres. Comment aurait-il pu prévoir ce qui l'attendait ?

— Tiens-toi prête et cesse de grimacer ainsi, lui intima sèchement Kirstie. Nous sommes arrêtés, et notre mission va véritablement pouvoir commencer.

Fébrile, Emilia s'efforça d'afficher un visage de circonstance et inspira profondément. Aidée par Leith, elle descendit de voiture et aperçut tout de suite les cinq personnes qui avaient, semblait-il, patienté devant l'entrée du châtelet jusqu'à leur arrivée. Si les deux premiers individus étaient à l'évidence de simples soldats, et les deux femmes des servantes, l'allure et la tenue luxueuse du dernier ne laissaient guère de doute : c'était un Sinclair. Trop âgé pour être son promis et trop jeune pour qu'il soit le laird. Il devait donc s'agir d'un des deux premiers fils Sinclair. Ross ou Gordon, elle le saurait bientôt. Il se tenait légèrement voûté et semblait à peine plus grand qu'elle. À ses traits, elle jugea qu'il devait avoir dépassé la trentaine. Ses épaules étroites et sa silhouette svelte suggéraient qu'il n'était pas un guerrier. Tant mieux. Il n'en serait que plus facile à éliminer.

Un frisson la secoua et son ventre se noua, alors que la haine et la colère menaçaient de la submerger. Elle devait les ravaler, afficher un masque d'amabilité et sourire pour ne pas se trahir. Miraculeusement, elle parvint à calmer ses tremblements et s'inclina respectueusement devant lui, avant de lentement se redresser. Juste comme on le lui avait enseigné, à peine quelques jours plus tôt. Comme elle détestait devoir se comporter ainsi ! Alors qu'elle aurait tant préféré lui enfoncer une lame en plein cœur !

— Bienvenue, Lady Meagan, lui lança-t-il en s'inclinant à son tour. Je suis Gordon Sinclair, second fils du laird Fergus Sinclair, seigneur de ces terres. Mon père ne peut malheureusement vous accueillir lui-même, car une affaire des plus urgentes l'a appelé dans le Sutherland voisin. Ross, mon aîné, l'accompagne, et c'est donc à moi qu'échoit l'honneur de vous recevoir.

Elle manqua grimacer de contrariété. Le laird Sinclair, absent, ainsi que son héritier ? Cela tombait fort mal. Quand reviendraient-ils ? Pendant qu'elle se posait cette question, Sir Gordon y répondit.

— D'ici leur retour, dans quelques jours je l'espère, vous aurez tout loisir de visiter notre domaine et de faire la connaissance de votre futur époux. D'ailleurs, il ne devrait plus tarder.

Tandis qu'il s'exprimait, ses traits s'étaient tendus et un voile de mélancolie glissa dans son regard brun, comme s'il était torturé par quelque regret. Diable ! Il le pouvait ! Il était tout aussi responsable des méfaits de son clan que son propre père et tous les autres !

— J'aurais aimé qu'il soit présent pour vous accueillir, mais Calvin est… Enfin, vous le verrez bientôt.

Il lui sourit, mais il semblait si nerveux que cela ressembla bien davantage à un rictus. Sans doute n'appréciait-il pas le retard inapproprié de son cadet. Comme le protocole le réclamait, Emilia renouvela sa révérence, se mordant la lèvre inférieure pour ne pas parler, sachant qu'elle ne devait pas s'exprimer tant qu'on ne l'y invitait pas. Prendre ce risque devant les villageois était une chose, mais le moindre faux pas en présence d'un noble comme Sir Gordon ne pardonnerait pas. Un silence de plomb s'étira durant ce qu'il lui sembla une éternité. Gordon Sinclair et ses soldats ne la quittaient pas des yeux. Consciente de sa beauté, elle connaissait l'effet qu'elle faisait aux hommes, mais détestait qu'on la fixe ainsi. Comme si elle n'était qu'un appétissant mets de choix qu'ils rêvaient de dévorer. Un vulgaire morceau de viande, sans aucune conscience ni volonté ! Cependant, cette fois, elle le tolérerait, comptant sur cela pour en jouer et encore mieux les manipuler.

— Eh bien, je dois avouer que je suis surpris, annonça finalement Sir Gordon. On m'avait loué votre grâce, mais c'était bien en deçà de la réalité ! Calvin a énormément de chance, Lady Meagan.

— Votre compliment me touche profondément, Sir Gordon. En toute honnêteté, j'espère avoir autant de chance que lui.

Il la dévisagea d'un air incertain, comme si elle avait énoncé une énormité. *Petite idiote !* se morigéna-t-elle instantanément. Pourquoi donc avait-elle ajouté cela ? Dans son dos, elle sentait presque le regard offusqué et plein de reproches de Kirstie. Impossible de l'en blâmer ! Il ne lui avait guère fallu longtemps pour son premier faux pas ! Jamais la véritable Meagan, docile et soumise, n'aurait fait preuve d'une telle audace !

À sa stupéfaction, Sir Gordon s'esclaffa.

— Quelle adorable créature vous faites, ma chère ! Quelle fraîcheur bienvenue ! Eh bien, je ne peux qu'espérer que mon frère ne vous décevra pas !

Le poids sur ses épaules s'allégea. Loin de l'offusquer, sa bévue l'amusait !

— J'en suis certaine, sir.

— Vous devez être épuisée, milady, après ce long voyage depuis le Galloway. Vous avez sûrement hâte de vous délasser dans un bon bain chaud ! Pendant ce temps, vos gardes pourront se restaurer aux cuisines. Quand vous serez reposée, milady, ajouta-t-il en la regardant droit dans les yeux, nous aurons tout le temps de faire plus ample connaissance.

À ces mots, les deux soldats qui accompagnaient Sir Gordon s'écartèrent et invitèrent les supposés cavaliers du Galloway à les suivre.

— Ces deux servantes, expliqua-t-il en désignant les deux jeunes filles qui s'avancèrent aussitôt, seront à vos ordres, mais libre à vous de les congédier pour en réclamer d'autres si elles ne vous conviennent pas. À présent, mon frère étant visiblement retenu, permettez-moi de vous escorter personnellement jusqu'à vos appartements.

Il tendit vers elle une main frêle, aux doigts si fins et aux ongles si soignés qu'ils auraient pu appartenir à une femme. Luttant contre la nausée qu'il lui inspirait, Emilia effleura de ses doigts sa main sans pour autant – Dieu soit loué – vraiment la toucher, comme le dictait le protocole, et se redressa pour le suivre à l'intérieur.

À peine eut-elle passé le seuil qu'elle fut frappée par l'opulence des lieux. Un large vestibule donnait sur ce qui ressemblait à une immense salle de réception baignée par la lumière extérieure. Sur le sol, d'épais tapis donnaient l'impression de marcher sur une herbe courte et grasse, mais douce comme un manteau de laine. Des tentures brodées d'or et d'argent représentant de fiers chevaliers et de nobles dames étaient placées aux murs. De part et d'autre du vestibule partaient deux grands escaliers, disparaissant dans les étages.

— J'ai envoyé quelqu'un chercher Calvin, là-haut, expliqua Sir Gordon. Il ne devrait plus tard…

Au même moment, un raffut retentit dans l'escalier à droite, et tous tournèrent la tête dans cette direction. Un jeune homme dévalait l'escalier à toute vitesse. Il glissa en ratant une marche et sembla rester en suspens sur un talon, en équilibre instable. Au moment où il tombait, sa main attrapa de justesse une tenture, que son poids arracha du mur. La tapisserie avait cependant ralenti la chute du maladroit qui glissa en partie sur les fesses les dernières marches, et atterrit aux pieds d'Emilia.

Seigneur Dieu ! Est-il blessé ? Elle s'agenouilla près du malheureux, guidée par sa compassion, mais aussi par une pensée moins charitable : si son promis venait de se briser le cou devant elle, il n'y aurait pas de mariage, et sans mariage… pas de vengeance ! Fort heureusement, il se redressa aussitôt, le haut du corps couvert par la tenture qui l'avait suivi dans sa dégringolade. Il tira dessus pour la retirer, dévoilant un visage goguenard, malgré une lèvre légèrement fendue. Certes, il était plutôt bel homme, et bien bâti, mais ce blond aux cheveux hirsutes, aux yeux verts et au nez un peu épaté – il semblait avoir été cassé plusieurs fois – n'évoquait aucun sentiment particulier en elle. Pourtant, elle aurait juré l'avoir déjà vu. Mais où ?

— Malcolm ! s'exclama furieusement Sir Gordon. N'arrêteras-tu donc jamais tes pitreries ?

— Euh… J'étais monté chercher Cal, mais il n'était plus dans sa chambre, alors, je me suis dépêché de descendre et…

— Et pour la je ne sais combientième fois, tu as oublié cette satanée marche inclinée, clama une voix rauque.

Emilia se retourna sur l'homme qui se dressait en bas de l'autre escalier. Elle fut tout d'abord frappée par sa haute silhouette admirablement sculptée, soulignée par une chemise de laine entrouverte qui laissait deviner ses solides pectoraux. Son visage, ensuite, viril et attirant.

Ses lèvres esquissaient un sourire en coin, dessinant une légère fossette sur sa joue. Ses yeux gris, mouchetés de petits éclats de brun et de vert, brillaient d'un feu ardent.

Le cœur d'Emilia s'emballa. Elle venait de comprendre. Le chasseur qui l'avait tant intriguée, plus tôt, au village, n'était autre que Calvin Sinclair.

L'homme qu'elle entendait charmer, épouser… et assassiner, comme chacun des membres de sa famille.

Chapitre 7

— Lady Meagan, je suis Calvin Sinclair, fils de Fergus Sinclair, laird du Caithness et… votre futur époux.

Emilia s'obligea à baisser les yeux tandis qu'il venait s'incliner respectueusement devant elle. Elle l'imita, comme la véritable Meagan l'aurait fait.

— Me permettez-vous une question ? s'enquit-elle.

— Bien évidemment ! Vous en avez même certainement plus d'une à me poser, n'est-ce pas ?

— Certes. Commençons donc par celle-ci. C'était bien vous, tout à l'heure, au village ?

Elle connaissait déjà la réponse mais, sans en deviner la raison, elle éprouvait le besoin de l'entendre de sa bouche. Il esquissa une grimace et se glissa une main derrière la nuque. Pourquoi semblait-il si embarrassé, soudain ?

— *Aye*, c'était moi, en effet. Pardonnez-moi de ne pas m'être présenté à vous, alors. Je ne m'attendais pas à ce que vous arriviez si vite, et… je revenais de la chasse. Vous l'avez peut-être remarqué, mais je n'étais pas des plus convenables, à ce moment.

S'il savait ! Sale et négligé, elle l'avait déjà trouvé attirant mais, sans mèches de cheveux qui cachaient ses magnifiques yeux gris et sans crasse qui masquait la virilité de ses traits, il était terriblement séduisant. S'il avait un air de famille évident avec Sir Gordon, surtout dans le dessin des sourcils et le tracé de la mâchoire, les deux frères étaient très différents, physiquement. Presque opposés, même. Sir Gordon dégageait une impression de mélancolie et de fragilité. Calvin, lui, bien plus grand et musclé que son aîné, débordait de force et d'ardeur. Pourtant, malgré son charme indéniable, il n'arborait pas cet air imbu, supérieur et brusque qu'avaient la plupart des hommes. Elle riva un court instant son regard dans le sien. Dans d'autres circonstances, s'il n'avait été qui il était, elle aurait sans doute pu apprendre à l'apprécier.

— Vous n'avez pas à vous excuser, Sir Calvin, lui répondit-elle en espérant masquer son émoi. C'est au contraire à moi de solliciter votre pardon pour avoir eu l'audace de m'être ainsi adressée à vos gens, au village, ainsi que pour le comportement de ma garde envers votre… ami.

Elle réfléchissait en toute hâte, se concentrant sur chaque mot. C'était non seulement une nécessité, dans sa situation, mais cela l'aidait également à reprendre le contrôle d'elle-même et à retrouver sa lucidité : si séduisant que soit cet homme, il était hors de question qu'elle en oublie sa mission. Elle voyait bien comment il la dévorait du regard. Tant mieux, il n'en serait que plus facile à charmer ! Une fois sa confiance acquise, tout le clan Sinclair suivrait.

— Ne vous en faites pas, Malcolm l'avait bien cherché ! Quant au reste, je vous pardonne, évidemment, mais à une condition.

— Une condition ?

Son cœur manqua un battement. Qu'allait-il bien pouvoir exiger d'elle ?

— Autorisez-moi à vous appeler Meg, et j'aimerais que vous m'appeliez Calvin. Juste Calvin. Pas de sir, entre nous. Je ne mérite pas ce titre, de toute manière.

Elle leva les yeux vers lui et y lut une espérance qui la troubla.

— Si c'est ce que vous souhaitez, sir… Je veux dire, Calvin, se corrigea-t-elle, je vous l'accorde volontiers.

Le sourire de Calvin s'élargit, et elle crut même voir ses joues s'empourprer légèrement. Captivée par l'intensité de son regard, elle eut l'impression qu'il cherchait à l'y noyer, quand le rire de Sir Gordon la ramena à la réalité.

— Eh bien, quels drôles de fiancés que voilà, à s'échanger des excuses dès leur première rencontre !

Emilia baissa modestement les yeux, se doutant que c'était ce qu'elle devait faire. Elle avait tout de même eu le temps de surprendre l'expression mi-gênée mi-contrariée qui s'était peinte sur les traits de Calvin. Les paroles de son frère semblaient l'avoir touché. Il le foudroya du regard, puis recommença à la dévisager, les yeux pétillants et le sourire ancré. C'était parfait, elle avait idéalement mené, finalement, cette rencontre. Pour la première fois depuis son arrivée au château, elle se détendit un peu et pinça les lèvres pour éviter de sourire de satisfaction. Si les choses commençaient bien, ce n'était que le préambule de sa périlleuse entreprise. Rien n'était encore joué.

Moins d'une heure plus tard, elle se laissa retomber contre le battant de la porte de sa chambre, aussitôt après en avoir poussé le loquet. La tension qui l'avait fait tenir jusque-là se relâcha d'un seul coup, au point où ses jambes ne la portaient presque plus. Enfin, elle pouvait baisser sa garde quelque temps et souffler, faire tomber le masque de *Lady Meagan* – ou de Meg, comme Calvin avait insisté pour la nommer –, pour redevenir Emilia. Mais son répit fut bref.

— Tu devrais vraiment faire plus attention, Emilia, lui lança sèchement Kirstie.

Assise sur le lit comme s'il lui appartenait, celle qui se faisait passer pour sa gouvernante la dévisageait d'un air sévère. Son visage flétri et dur et son dos légèrement voûté lui donnaient l'apparence d'une grand-mère acariâtre, alors qu'elle ne devait guère être âgée de plus de trente ans. Emilia l'avait toujours crainte, et à raison. Des rumeurs la prétendaient sorcière. Elle aurait offert des années de sa vie – ou, pire encore, son âme – au diable pour obtenir de lui de sombres secrets. D'autres affirmaient que son corps vieillissait plus vite qu'il n'aurait dû depuis qu'elle avait bu par erreur un philtre de sa composition qu'elle réservait à une rivale en amour. Si Emilia n'appréciait pas cette femme inquiétante, elle ne voulait pourtant pas croire à ces balivernes. Cependant, il était vrai que Kirstie possédait de considérables talents. La maîtresse herboriste des McTrayall connaissait les plus hermétiques secrets des plantes. Sa maîtrise des onguents, potions et pommades lui donnait un formidable pouvoir sur les corps et les âmes, tant pour les guérir que pour les pervertir. Elle était bien sûr tout aussi experte dans l'art du poison – et c'était surtout pour cela qu'elle aussi avait été affectée à cette mission.

Emilia décida de ne pas se laisser impressionner.

— Et toi donc ! Les deux servantes ne tarderont pas à revenir avec mon bain, imagine si elles t'avaient entendue m'appeler par mon vrai nom ? Même quand nous sommes seules, n'oublie jamais qu'ici je suis Lady Meagan. On ne sait jamais quelles oreilles peuvent traîner !

Un rictus mauvais déforma les lèvres sèches de Kirstie.

— Ravale ton impertinence, petite, elle a déjà failli te trahir ! Dois-je te rappeler l'importance de ce qui est en jeu ?

— Et moi, dois-je te le rappeler ? J'en ai tout autant conscience que toi, et sans doute même plus encore ! Tu n'as aucune leçon à me donner. Je sais ce que je fais et j'y réussis plutôt très bien.

— J'ai surtout vu comment tu regardais ce bellâtre de Calvin Sinclair. Je te préviens, ne laisse pas ton entrecuisse mettre en péril notre tâche ou nous le paierons très cher !

En temps normal, Emilia aurait sans doute explosé. Cependant, entre ces murs ennemis, c'était impossible sans risquer de se trahir. Si les mots de l'empoisonneuse l'agaçaient tant, c'était parce qu'ils n'étaient pas sans vérité ! Calvin Sinclair était le plus bel homme qu'elle ait jamais vu, mais cela ne la détournerait pas de son but. Elle serra les poings et ravala sa colère contre Kirstie. Lui tournant le dos pour mettre fin à la dispute, elle chercha à se distraire à la fenêtre. Son regard se perdit sur le paysage splendide des Highlands. D'un côté, la lande parsemée de pins, de frênes, de bouleaux, de rochers et de collines qui devenaient ensuite des montagnes, et plus loin, de l'autre côté, la mer, à perte de vue. À la fois si proche et si lointaine. Que se trouvait-il, au-delà ? Elle doutait avoir l'occasion de le découvrir un jour.

Kirstie grommela dans son dos, et elle s'efforça de garder son calme. Lentement, elle se tourna vers elle et prit son ton le plus résolu :

— Kirstie, toi et moi, nous ne nous apprécions guère, ce n'est pas un secret. Mais pour accomplir notre devoir, nous devons nous accorder… sur l'essentiel, tout du moins. Ensuite, quand nous en aurons terminé, nos chemins n'auront plus besoin de se croiser.

Kirstie grimaça, puis soupira longuement.

— Tu as raison. Faisons la paix. Une trêve, le temps nécessaire.

Emilia acquiesça, soulagée que ce conflit soit réglé. Elle avait déjà trop de choses qui la préoccupaient pour s'inquiéter des sautes d'humeur de Kirstie. Sa rencontre avec Calvin Sinclair ne cessait de lui revenir en tête. Comme si son regard l'avait envoûtée, qu'il exerçait sur elle une étrange attirance, plus puissante qu'aucun autre n'avait provoquée en elle. Qu'est-ce qui était différent, en lui ? Pourquoi la troublait-il ainsi ? Son physique attrayant ne pouvait seul en être la cause. Sans doute y pensait-elle autant parce qu'elle savait devoir le tuer, d'ici peu.

Elle qui imaginait se rapprocher d'un homme repoussant en tout point, pour mieux le manipuler, ne s'était certes pas préparée à ce qu'il soit l'opposé de cela ! Pas une fois, lors de ses longues nuits sans sommeil à répéter dans sa tête chaque étape du plan fomenté par le laird McTrayall et ses conseillers, elle n'avait pensé que Calvin Sinclair serait un superbe jeune homme au sourire enjôleur et aux yeux rieurs. Il était difficile, à le contempler ainsi, de croire qu'il était aussi mauvais et diabolique que les siens. Au contraire…

Elle secoua doucement la tête, mécontente d'elle-même. Kirstie avait raison. Elle devait se reprendre, et vite, ou bien elles échoueraient.

Chapitre 8

— Alors, que penses-tu de ta promise, petit frère ?

Devant Gordon, Calvin essaya de garder une expression sérieuse, mais très vite il se fendit d'un sourire.

— J'ai hâte de mieux la connaître.

— Et dans tous les sens du terme, je n'en doute pas !

Le nier aurait été mentir, c'est pourquoi Calvin ne répondit rien. Il s'étira dans le fauteuil où il était assis, et jeta un rapide coup d'œil par l'une des deux fenêtres. Dehors, le vent ronflait, mais le temps semblait encore au beau. Son attention se porta de nouveau sur Gordon, qui lui avait demandé de le suivre dans l'intimité du bureau de leur père, pour lui parler. Hélas, pour le moment, il paraissait surtout préoccupé par la missive qu'on lui avait apportée ! Il venait de la décacheter, et la lisait scrupuleusement. Calvin l'observa, patientant en laissant ses pensées voguer vers le souvenir de sa rencontre avec Meg. Comme il avait hâte de la retrouver ! Jamais il n'aurait cru que sa promise, choisie par son père et le roi, lui plairait autant. Il souhaita ardemment que cela dure, qu'il ne soit pas déçu… Pendant que Gordon parcourait la longue missive, les yeux de Calvin s'égarèrent sur la pièce. Bien que son père en soit absent, elle était parfaitement entretenue. Les tapis de joncs avaient été changés du matin ; sur le bureau en chêne solide étaient alignées des piles de livres de comptes ; les étagères étaient tout autant impeccablement ordonnées. Il esquissa un sourire. S'il était le laird, nul doute que ce ne serait pas l'ordre, qui régnerait en ces lieux, mais un effroyable chaos ! Gordon était aussi méticuleux que leur père. En cela, ils se ressemblaient beaucoup. Son attention fut attirée par le portrait de leur défunte mère, accroché au milieu du mur, derrière le bureau et le fauteuil qu'occupait Gordon. Comme elle lui manquait. Comme elle leur manquait, à tous, malgré les années passées ! Surtout à leur père… En dépit de l'affection sincère qu'il vouait à Moira, sa concubine, il n'avait jamais pu oublier celle qui lui avait donné ses quatre enfants. Calvin soupira. Il était impossible de revenir en arrière…

Gordon grommela un juron, ce qui ne lui ressemblait guère. Ses sourcils épais se froncèrent sévèrement. Rarement avait-il l'expression si soucieuse. Calvin se pencha vers lui, inquiet.

— Quel est le problème, Gordon ?

Il leva les yeux vers lui, comme s'il se souvenait seulement de sa présence.

— Le message vient de Ross, expliqua-t-il avec agacement. D'après lui, l'entrevue avec les chefs des clans de la côte Nord s'est plutôt mal passée, au point que père et lui ont décidé de ne pas rentrer ensemble. Notre frère restera dans la région, avec la majeure partie de la troupe qui les accompagne, au cas où les choses s'embraseraient. Quant à père, il serait avec Moira sur le chemin du retour, mais il ne reviendra pas directement.

Avant, il veut rencontrer d'autres chefs de clan, pour s'assurer de leur soutien. La situation est visiblement très instable, plus encore que nous le craignions, et il suffirait de peu pour que tout bascule. Ross précise aussi que ton mariage devra attendre le retour de père, et s'attriste de ne pouvoir y assister.

Calvin soupira lourdement, contrarié par ces révélations et très inquiet pour son frère et leur père. L'Écosse serait-elle un jour réellement en paix ?

— Crois-tu vraiment que Ross a raison, que de nouvelles disputes sanglantes vont éclater ? Moi qui espérais que notre père avait enfin réussi à convaincre ces chefs de clan entêtés !

— Je l'espérais aussi, Calvin, mais le contexte a changé. Le couronnement de Robert Bruce, l'an passé, a exacerbé les rancœurs. Entre les partisans de l'indépendance de l'Écosse, les défenseurs d'une domination anglaise et ceux qui s'opposent à tout cela, chacun cherche à y gagner quelque chose, de préférence plus que son voisin ! C'est la nature humaine, mais tout ce qu'ils y gagneront se fera aux dépens d'un autre, qui ne sera pas satisfait et exigera de récupérer ce qu'il estime être son dû.

Le poing de Gordon se ferma durement sur la missive, et son regard se voila de regrets.

— J'aurais dû les accompagner ! Je ne suis certes pas aussi impressionnant et bon combattant que Ross, loin de là, mais je suis plus avisé en ce qui concerne les intrigues politiques. Là-bas, j'aurais été utile. Bien plus qu'ici à attendre, en tout cas. Je me sens tellement impuissant !

— Ne dis pas ça, Gordon ! Je ne sais pas ce que

nous ferions sans toi pour diriger le clan en l'absence de père et de Ross. Que pourrais-tu accomplir de plus ?

Un sourire s'étira lentement sur les lèvres de Gordon.

— Je te remercie, petit frère. Tes paroles me touchent plus que ce que tu peux imaginer. Eh bien, Ross et père seront bientôt de retour et, d'ici là, tu ferais bien de retrouver ta belle pour lui annoncer qu'elle a encore un peu de répit avant de partager ta couche. Je sais que, toi, tu regrettes ce report, mais elle… la pauvre enfant, j'ai la terrible impression qu'elle est condamnée à…

Calvin le fit taire en le tapant fraternellement sur l'épaule. Gordon grimaça, puis s'esclaffa et secoua vivement sa main dans l'air.

— Allez, file, avant que je ne t'enferme au cachot pour m'avoir lâchement frappé !

Riant avec lui, Calvin s'inclina exagérément avant de sortir… et son sourire s'effaça. En dépit de l'assurance de Gordon, il se faisait du souci pour Ross et leur père. Pourtant, il avait grande confiance en Gordon, bien plus au fait que lui de la politique et de la diplomatie. S'accrochant à ses mots rassurants, il gravit les marches de l'escalier qui le mènerait à l'étage, vers la chambre où il savait trouver Meg.

Emilia laissa Kirstie l'aider à se dévêtir, pendant que Caithleen et Lucy, les deux jeunes servantes qu'on lui avait assignées, déversaient des baquets d'eau chaude dans la cuve en bois, tapissée d'un linge de lin. Un flot de vapeur envahit la chambre et elle se glissa dans le bain. Presque aussitôt, Lucy ajouta le contenu d'une fiole dans l'eau, libérant des effluves de camomille. Caithleen se mit à lui savonner les bras, et elle s'obligea à s'abandonner.

Être traitée ainsi, en noble dame, était une sensation étrange, et quelque peu embarrassante, mais ce bain lui faisait tellement de bien ! Comment n'avait-elle réalisé plus tôt combien ses muscles étaient tendus ! Noués ! Elle ferma les yeux, se laissant bercer par les bavardages des deux servantes. Peut-être en tirerait-elle quelques informations utiles ? Hélas, tout ce qu'elle découvrait de leur discussion n'était que commérages sans importance. Enfin, elles lui lavèrent les cheveux avec de l'eau de rose et de myrte, à laquelle elles ajoutèrent ensuite une décoction de feuilles de chêne.

— Cela les fera briller, expliqua Caithleen.

Ces attentions et le bain chaud étaient terriblement apaisants, mais la voix sèche de Kirstie brisa sa torpeur.

— Je regrette, Lady Meagan ne peut vous recevoir.

Que se passait-il donc ? Avec qui parlait-elle, à la porte ? Emilia haussa le menton, intriguée. Derrière le paravent qui la masquait en partie à la vue, elle ne pouvait que deviner une silhouette massive.

— Certes, répliqua une voix masculine. Je me dois pourtant d'insister. Informez-la de ma requête.

Calvin ? Que diable lui voulait-il ? Lentement, elle entreprit de sortir du bain, soucieuse de découvrir de quoi il s'agissait. Une folle pensée la saisit. Pourvu qu'il n'ait pas changé d'avis au sujet du mariage ! À peine Caithleen l'eut-elle recouverte d'une serviette épaisse qu'elle se glissa jusqu'au paravent.

— Qu'y a-t-il, Sir Calvin ?

— Calvin, je vous en prie.

Elle ne put retenir un sourire.

— Eh bien, Calvin, je vous écoute.

— C'est au sujet de nos noces, je… Toutes mes

excuses ! Je n'avais pas conscience que vous étiez… dans votre bain. Je reviendrai plus tard…

Seigneur Dieu ! Elle réalisa seulement sa faute. En se déplaçant sans même s'en rendre compte pour le voir, elle lui avait offert en retour le spectacle de son corps dénudé, uniquement caché par la serviette ! Vivement, elle recula pour se réfugier derrière le paravent. Comment réparer ? Jamais Lady Meagan n'aurait commis un tel impair ! D'un autre côté, Calvin avait paru si délicieusement embarrassé qu'elle ne parvenait pas à regretter. Au contraire.

— Accordez-moi quelques instants, Calvin, murmura-t-elle d'une voix suave, et je serai toute disposée à vous recevoir.

Elle l'entendit déglutir, et sourit.

— Je vous en remercie, Meg. J'attendrai donc. Dans le couloir.

Alors qu'il refermait la porte derrière lui, Emilia se fit sécher, coiffer et vêtir par ses servantes. Ignorant le regard froid de Kirstie, et plus encore son expression narquoise, elle laissa ses pensées vagabonder sur Calvin. À sa réaction, il en avait bien assez vu pour qu'elle soit certaine de lui plaire. Ne restait plus qu'à achever de le charmer pour étouffer toute méfiance de sa part. Elle s'efforça de masquer son impatience, tout comme le trouble qui l'assaillait. Son attention sur elle et sa gêne avaient éveillé en elle une douce sensation. Une chaleur née dans son bas-ventre l'avait submergée, et elle avait même senti ses joues s'enflammer. Tant mieux ! Cette réaction instinctive de son corps ne l'en rendrait que plus convaincante. Cependant, elle devait veiller à ne pas trop en faire, ni en montrer, incertaine de la manière dont la véritable Meagan se comporterait, à sa place. Diable ! Que c'était compliqué, de faire semblant d'être une autre, sans même vraiment la connaître ! Qu'il était difficile, surtout, de lutter contre l'indéniable attirance qu'exerçait sur elle Calvin Sinclair. Son ennemi…

Incapable, comme souvent, de masquer son impatience, Calvin arpentait nerveusement le couloir. Bien qu'il n'ait pas eu l'intention de regarder, depuis qu'il avait entraperçu le corps nu de Meg, malheureusement en partie caché par cette maudite serviette de bain, son esprit ne parvenait pas à effacer cette vision enchanteresse. Il n'était plus occupé que par sa peau crémeuse, la cambrure de ses reins, le galbe de son fessier, ses courbes délicieuses… Il ne s'était certes pas attendu à cela, en venant la prévenir du délai imposé à leur mariage ! Comment était-il censé deviner qu'elle prenait son bain ? La servante aigrie ne l'avait-elle pas prestement invité à entrer, avant de chercher à l'évincer ? Elle lui avait laissé toute l'opportunité de surprendre sa maîtresse ! Rien que distinguer, tout d'abord, sa silhouette derrière le fin paravent quand elle s'était relevée avait enflammé son entrejambe. Ce fut pire, ensuite. Elle s'était montrée et il avait pu la découvrir pleinement, avec ses longs cheveux humides qui retombaient sur son adorable poitrine, à peine couverte. Il en avait eu le souffle coupé. Réalisait-elle la tempête qu'elle avait éveillée en lui ? Elle était la tentation incarnée ! Ce qu'il avait hâte d'être à leur nuit de noces ! Il ne put retenir un sourire. Bientôt, elle serait à lui, entièrement. Si seulement son père et Ross pouvaient rentrer à l'instant, il l'épouserait dans l'heure et la posséderait presque aussitôt !

Hélas, il devrait prendre son mal en patience et calmer jusque-là le désir qui le tenaillait presque douloureusement. Enfin, la porte s'ouvrit sur… l'acariâtre servante. Il n'appréciait pas cette femme, qu'il devinait aigrie et frustrée.

— Vous pouvez entrer à présent.

Il passa à côté d'elle sans même la regarder. Il n'avait d'yeux que pour Meg, qui se tenait debout au centre de la chambre. Vêtue et coiffée. Sa tenue était simple, mais elle lui allait à merveille, épousant avantageusement ses formes. Il s'imaginait déjà la lui arracher, son corps réagissant instantanément. Sous la passion et l'extase, elle crierait son nom et…

Elle l'observait avec tant d'innocence qu'il réfréna – non sans peine – ces pensées. Du moins le devait-il, pour le moment. Bientôt, d'ici quelques jours à peine, elle serait sienne. Alors, il n'aurait plus à retenir son désir.

Chapitre 9

Quand le chant du coq salua les premiers rayons du soleil, Emilia eut envie de tordre le cou au volatile : elle était certaine de n'avoir trouvé le sommeil que quelques instants plus tôt. Son lit confortable, la douce chaleur de l'âtre et l'épuisement auraient pourtant dû la faire s'écrouler de fatigue en un claquement de doigts, mais non. Impossible pour elle d'y parvenir de toute la nuit ! Questions et sombres pensées n'avaient cessé de la tourmenter après que Calvin lui eut annoncé, la veille, que le mariage était repoussé de plusieurs jours, jusqu'au retour du laird. Depuis, elle ne pouvait s'empêcher de trembler. Chaque heure passée chez ses ennemis était non seulement un supplice, mais surtout un risque supplémentaire d'être démasquée ! Plus elle attendait, plus elle manquait se trahir. Kirstie, au contraire, ne laissait rien ou presque transparaître de ses émotions. À peine avait-elle esquissé un sourire suggestif en évoquant le regard de Calvin sur elle. « Ce délai est contrariant, mais l'important est qu'il te veuille dans sa couche, très chère, c'est évident. Tu n'auras aucun mal à le rendre aussi inoffensif qu'un agneau, si tu sais t'y prendre », avait-elle affirmé. C'était sur cela qu'Emilia devait se concentrer, et non pas sur le fait qu'il lui plaise ! Être ainsi attirée par un maudit Sinclair, c'était impensable ! Elle en vint – presque – à regretter d'avoir accepté cette mission. Non pour le risque, qu'elle était prête à assumer, mais par peur d'échouer. Usurper l'identité de Lady Meagan n'était sans doute pas aussi simple qu'elle l'avait supposé, au départ. Et Calvin… C'était sa faute, si elle était autant troublée ! Comment pouvait-il être si différent du monstre qu'elle imaginait ?

Frustrée, elle repoussa ses draps de lin et s'extirpa de son lit. Elle était éreintée, mais également furieuse contre la trahison de son corps, qui réagissait immanquablement en présence de son *fiancé* ! Prendre l'air l'aiderait à se remettre les idées en place. Elle se rendit à la fenêtre, écarta un peu trop nerveusement le lourd rideau opaque. Du deuxième étage, elle avait une vue plongeante sur le paysage éblouissant. Pendant la nuit, la neige était tombée en masse et avait recouvert le château de son manteau immaculé. Les collines derrière lesquelles se levait paresseusement un soleil pâle scintillaient dans la lumière encore rasante. Bientôt, Caithleen et Lucy viendraient la préparer pour le petit déjeuner. De nouveau, elle ferait face aux Sinclair. Redeviendrait une autre. Cette Lady Meagan McDowall qu'elle ne serait jamais, et pour laquelle elle ne pouvait s'empêcher d'éprouver de la compassion.

Lâchant un soupir, elle se détourna de la fenêtre, décidée à ne pas attendre ses servantes pour se laver et se vêtir. Cela, au moins, pouvait-elle se l'autoriser ! Après avoir laissé tomber sa chemise de nuit au sol, elle attrapa le carré de laine sur le rebord d'une bassine d'eau, posée sur un tabouret, près de la cheminée. Elle plongea l'étoffe dans le liquide tiède avant de se la passer lentement sur le visage, puis sur l'ensemble du corps. Elle resta quelques instants, toujours nue, devant les flammes, profitant de leur chaleur qui la sécha rapidement. Qu'imaginerait Calvin, s'il la surprenait ainsi ? Et lui, à quoi ressemblait-il, sans ses vêtements ? Elle avait hâte de le découvrir ! Immédiatement, elle s'en voulut de cette pensée. Calvin Sinclair avait peut-être le physique d'un dieu grec, il n'en possédait pas moins l'âme d'un démon, comme son maudit père et ses frères !

Elle alla choisir une tenue parmi celles appartenant à Lady Meagan. Par chance, elles étaient toutes deux pratiquement de taille identique – même si ses hanches et sa poitrine étaient visiblement un brin plus voluptueuses que celles de la jeune noble. Ce n'était guère un problème, en soi : cela faisait d'autant mieux ressortir ses formes… Ce qui ne semblait guère déplaire à Calvin Sinclair.

« Une dizaine de jours, tout au plus, et nous nous marierons », lui avait-il assuré. Elle avait humblement souri, fulminant intérieurement. Encore un peu de patience, et ensuite les Sinclair paieraient tous pour leurs crimes ! Enfin ! Toute réflexion faite, peut-être ce délai était-il pour elle une chance inespérée. Ainsi, elle avait l'occasion de peaufiner son rôle auprès de Calvin et même de Gordon, d'en découvrir les failles et de gagner leur confiance, afin de mieux encore les frapper au cœur. Elle se souciait davantage de son comportement face au laird Sinclair. Réussirait-elle à contenir sa haine devant ce tyran qui lui avait brutalement arraché ses parents ? Oui, elle y parviendrait, tout simplement parce qu'elle le devait. Quel dommage que Ross, son héritier, ne soit pas présent au banquet nuptial. Cela retarderait d'autant ses projets, car il était prévu de les empoisonner tous durant celui-ci. Kirstie et elle avaient décidé de s'en tenir au plan initial. Que Ross Sinclair y participe ou non, il ne tarderait pas ensuite à rejoindre les siens dans la tombe. Le laird McTrayall y veillerait.

Tout autour, le château s'éveillait. Des pieds trottaient dans les couloirs ; des voix s'élevaient depuis les jardins et la cour ; les poules piaillaient d'inconfort pour laisser place aux chevaux qu'on sortait de leurs enclos… Elle sursauta quand la porte de sa chambre s'ouvrit soudain. Kirstie apparut dans l'entrebâillement, l'expression glaciale. Décidément, cette femme ressemblait plus à un serpent qu'à un être humain !

— Oh ! vous êtes habillée, milady, grommela celle-ci tout en inclinant légèrement la tête. Sir Calvin vous fait savoir qu'il vous attendra dans les cuisines pour la collation matinale.

Un chuchotement, de l'autre côté de la porte, s'ensuivit. Kirstie soupira en levant les yeux au ciel. Si son visage exprimait la contrariété, ses iris, eux, brûlaient de fureur !

— Sir Calvin vous fait aussi savoir, *milady*, que la journée s'annonce ensoleillée et qu'il compte profiter du beau temps pour vous emmener en promenade autour du château.

De nouveau, des chuchotements.

— Et Sir Calvin aimerait également que…

Emilia tira le battant de la porte. Calvin, qui comme elle l'avait deviné se trouvait caché là, lui décocha un sourire désarmant.

— Bonjour, Meg ! Ne m'en veuillez pas, je venais vous réveiller moi-même, mais votre gouvernante a fermement refusé de me laisser entrer, prétextant que vous dormiez encore, et j'ai presque dû me battre pour que… Enfin, c'est un véritable Cerbère, que vous avez là.

Il souriait tant qu'il était évident qu'il s'amusait follement, contrairement à Kirstie qui se retourna vers lui pour le gratifier d'un regard aussi noir que les ténèbres d'un puits sans fond. Fort heureusement, il l'ignora. Toute son attention était portée sur Emilia. Il y avait quelque chose de terriblement attirant dans son expression enjouée et de très touchant dans ses mots qui auraient pu paraître maladroits. Elle ne put s'empêcher de lui sourire, ce qui sembla beaucoup lui plaire. Il lui offrit son bras.

— À présent, Meg, puis-je vous escorter aux cuisines ?

— J'en serais ravie, Calvin, cependant…

— Cependant ?

— Je ne suis pas encore assez présentable.

Elle baissa humblement la tête, feignant la timidité.

— *Nae*. Vous êtes parfaite.

Elle leva les yeux vers lui, cherchant à découvrir si cela n'était qu'une vile flatterie ou s'il le pensait vraiment. Son regard franc ne lui laissa aucun doute sur la question, et elle sentit à son grand regret ses joues s'empourprer.

— Je vous remercie, mais je préfère vous rejoindre un peu plus tard… Je vous le promets.

— Dans ce cas, je n'insiste pas davantage. À tout de suite, Meg.

Un dernier sourire, et il s'éloigna dans le couloir. Elle le regarda partir, sans rien dire. La vraie Meagan, éduquée selon des règles de conduite strictes, se serait-elle émue devant le comportement de Calvin… ou s'en serait-elle offusquée ? Emilia, elle, s'en trouvait étrangement touchée, et même flattée. À peine Calvin eut-il disparu dans l'escalier que Kirstie soupira, énervée.

— Je suis tombée sur lui dans le couloir. Il était collé à ta porte ! Il t'espionnait, certainement. Je t'avais dit de te méfier de lui. Il a l'air d'un sot, mais je suis sûre que ce n'est qu'un masque. Il est aussi fourbe, sinon plus encore, que les autres !

— Tu crois vraiment qu'il se doute de quelque chose ?

— Cela, ou alors, grimaça Kirstie, il est fichtrement démangé par l'envie de se glisser entre tes cuisses.

— Et si ce n'était que cela, en quoi serait-ce un problème ? C'est ce que nous voulions, non ? Que je le séduise au point de gagner sa confiance ? Il n'en sera que plus facile à duper et…

— C'est un Sinclair ! Tu ne peux ignorer à quel point ils sont vicieux, et celui-ci te plaît ! C'est très dangereux, Emilia ; et, si tu baisses ta garde, qui sait ce qu'il adviendra ? Ouvre donc les yeux ! Je refuse de finir avec une lame en travers de la gorge parce que tu t'es laissé berner comme une idiote par un beau visage et un corps musclé !

Emilia la foudroya du regard et la poussa à l'intérieur de la chambre. Kirstie allait trop loin… même si elle n'avait pas entièrement tort.

— Je suis certaine, moi, qu'il est sincère. Je lui plais vraiment, et il est persuadé que je suis Lady Meagan. Tant mieux pour nous. Tant pis pour lui. Ne me crois pas écervelée, Kirstie ! Je sais parfaitement ce que j'ai à faire, et je ne faillirai pas. Les Sinclair m'ont trop pris pour que je renonce.

Kirstie leva les yeux vers elle, puis cracha au sol.

— Tu ferais bien, en effet, de ne jamais oublier qu'il

doit mourir, comme ses chiens de frères, et comme son monstre de père.

Emilia hocha la tête, se gardant d'exprimer à haute voix la perturbante pensée qu'elle avait failli laisser franchir le seuil de ses lèvres, en songeant au sourire de Calvin.

Comme il est dommage qu'il doive périr, lui aussi.

Chapitre 10

La matinée tenait toutes ses promesses : après les denses chutes de neige de la nuit, les nuages s'étaient dispersés et le soleil encore bas se découpait sur un ciel azur immaculé. C'était une journée parfaite pour découvrir la forteresse ! Enveloppée dans un manteau de fourrure, Emilia ne ressentait pas le froid, sauf sur son visage, en dépit de la lourde capuche qui la protégeait du vent. Son souffle s'échappait en de blanches volutes épaisses. Calvin, à ses côtés, ne semblait guère indisposé. Pourtant, il ne portait qu'une chemise de laine sans manches, mettant à nu ses solides épaules et les muscles bien dessinés de ses bras robustes, ainsi qu'un plaid noué autour de sa taille. Seule concession à l'hiver, des bottes de cuir fourrées remontaient sur ses longues jambes, presque jusqu'au genou. En dépit du sérieux de la situation dans laquelle elle se trouvait, Emilia ne pouvait s'empêcher de l'admirer. Le petit déjeuner dûment avalé, Calvin avait voulu commencer leur promenade par une marche sur les hauteurs, d'où leur regard pourrait embrasser la région sur plusieurs lieues. C'était magnifique. À couper le souffle ! La lande parsemée de roches énormes et de superbes lochs rejoignait des collines, puis des montagnes. Des nuages blancs s'unissaient à leurs sommets immaculés. Le bleu du ciel se mêlait à celui de l'océan, plus loin, derrière ce qu'elle devina être des falaises escarpées, survolées par des mouettes criardes.

La main de Calvin effleura la sienne. Elle frémit, et se retourna sur lui. Il souriait, presque triomphant, comme s'il avait ressenti son émoi à ce contact furtif !

— Venez, Meg. Je brûle de vous montrer le reste de mes… de nos terres, se corrigea-t-il.

Sa voix était grave, rauque et sensuelle. Bien trop, pour qu'elle ne sente pas un doux frisson la parcourir. Et la manière dont il la dévisageait n'arrangeait rien ! Elle déglutit péniblement sous l'intensité ardente de son regard, et s'obligea à baisser la tête. Non seulement pour imiter la timidité qu'elle imaginait de la véritable Meagan, mais également pour cacher le désir qui montait en elle auprès de Calvin.

Reprends-toi, petite sotte ! crut-elle entendre Kirstie lui ordonner, aussi vertement que si l'empoisonneuse s'était trouvée là. *N'oublie pas qui il est, et qui tu es, toi !*

Pestant contre elle-même et la trahison de son propre corps, elle releva modestement la tête. Calvin ne l'avait, semblait-il, pas quittée des yeux ! Les promesses qu'elle y lisait ne firent que la troubler davantage, mais avec effort elle parvint à le masquer et à esquisser un sourire.

— Bien sûr, Calvin, murmura-t-elle. J'en suis très impatiente, moi aussi.

— Ne tardons pas, dans ce cas !

À sa grande surprise – et à son désarroi –, il saisit franchement sa main, et l'entraîna en bas des murailles. Elle le suivit en trottinant, ne pouvant s'empêcher d'apprécier la chaleur de sa peau sur la sienne. Cela devait être délicieux, de sentir ses mains grandes et fortes, sur… Diable ! Que lui arrivait-il ? C'était assez ! Cet homme était son ennemi ! S'il était enclin à lui plaire, c'était simplement parce qu'il la trouvait à son goût, tout en la prenant pour une autre ! Connaissant la vérité, il la ferait exécuter sur-le-champ ! Néanmoins, il lui sembla évident que Calvin n'était qu'un vil séducteur, qui avait dû mettre plus d'une femme dans sa couche. Il lui suffisait de remarquer les regards enamourés que nombre d'entre elles lui lançaient sur son passage pour en être persuadée. Continuerait-il à les fréquenter, une fois marié ? Elle secoua la tête, déconcertée. Pourquoi se posait-elle cette question ? Cette union n'était qu'une farce ! Et Calvin ne vivrait pas assez longtemps après les noces pour que cela ait la moindre importance.

Ils stoppèrent soudain, si brusquement qu'elle manqua en perdre l'équilibre. Instantanément, il la saisit par la taille pour l'empêcher de vaciller, avant de la libérer lentement de ses bras… À son grand regret, hélas !

— Voilà notre potager, annonça-t-il fièrement.

Emilia n'avait fait que l'apercevoir, mais elle reconnaissait à présent des plants de carottes, de panais, de fèves et de choux. Elle avait suffisamment aidé au jardin des McTrayall – bien plus modeste que celui-ci – pour ne pas s'y tromper. Elle aperçut aussi un poulailler où s'ébattaient des dizaines de poules grasses, sous l'œil vigilant d'un coq majestueux. Un peu plus loin, comme elle les avait vus à son arrivée, se trouvaient des rangées de clapiers, près d'un puits. Enfin, tout au fond, des arbres retinrent son attention. Si elle s'en approchait, elle pourrait s'assurer que…

— Ce sont des pommiers, confirma Calvin, comme s'il avait lu dans ses pensées.

À l'idée que cela fut possible, elle fut parcourue d'un frisson si intense qu'il s'en rendit compte et dut mettre cela sur la fraîcheur matinale, puisqu'il lui frictionna les épaules ! Surprise, elle s'immobilisa. Devait-elle le repousser, ou au contraire le laisser faire ? Elle opta pour cette seconde solution. Tant pis pour ce que Lady Meagan ferait, elle appréciait trop la prévenance de Calvin pour le rejeter ouvertement, même si elle ne l'en haïssait que plus pour cela ! Sa gentillesse apparente ne lui facilitait guère les choses.

N'oublie pas qu'il est supposé être ton promis, et que tu dois le séduire, Emilia… Pas l'inverse.

— Bien sûr, tout est encore en sommeil, lui expliquait-il. Mais vous verrez, au printemps, ce sera magnifique ! Oh ! et si nous poursuivions notre promenade à cheval ? Nous pourrions parcourir la lande. Le paysage sera sans doute bien différent de ce que vous connaissez, dans les Lowlands.

Elle hocha lentement la tête. S'il savait ! Les terres qui l'avaient vue grandir étaient bien plus proches que ce qu'il s'imaginait, mais elle se garderait bien de le lui apprendre.

Il lui sourit, et plongea ses yeux envoûtants dans les siens. Comme il aurait été facile de s'y noyer !

— Désirez-vous votre propre monture, ou préférez-vous chevaucher avec moi ? proposa-t-il.

Chevaucher avec lui ? Hors de question ! Si le simple contact de ses mains sur les siennes la troublait autant, qu'en serait-il de se retrouver blottie contre lui ? Pourtant, à bien y réfléchir, c'était fort tentant. En se rapprochant ainsi de lui, cela pourrait l'amener à croire qu'elle se laissait séduire. Ce qui, malheureusement, n'était pas si éloigné de la vérité. Tant pis pour ce que cela évoquerait en elle ! Pour la réussite de sa mission, elle se servirait de ces émotions, plutôt que les subir.

— Je suis une piètre cavalière, je le crains, répondit-elle avec une modestie feinte. Il serait sans doute préférable que je… chevauche avec vous.

Il en parut sincèrement ravi, et acquiesça avant de lui reprendre la main. Comment pouvait-il se montrer si familier ? Promis l'un à l'autre ou non, ils se connaissaient à peine ! Du moins connaissait-il à peine celle qu'il considérait comme Lady Meagan. Emilia, elle, il ne la découvrirait jamais…

Arrivés à l'écurie, il fit seller un magnifique hongre pommelé, puis se tourna vers Emilia. Il la souleva comme si elle ne pesait pas davantage qu'une plume, avant de souplement grimper derrière elle. Quand il glissa son bras autour de sa taille, la rapprochant de lui, leur proximité la troubla plus encore qu'elle le redoutait. Il empoigna les rênes de sa main droite et talonna le destrier en direction des grandes portes du château. Elle ferma les yeux un instant, cherchant à se concentrer sur sa mission. Comme c'était difficile ! La sensation du torse de Calvin, pressé contre son dos, passait au travers de ses vêtements et l'emplissait d'une douce chaleur. À chaque soubresaut du cheval, il la serrait plus fort contre lui pour l'empêcher de tomber. Sa présence et sa force l'enveloppaient tout entière. Que ressentirait-elle, si leurs corps nus se rejoignaient ? Se sentant rougir, elle s'efforça de chasser ces pensées qui lui étaient interdites. Comment faire, tandis qu'il s'inclinait sur elle tout en lançant le hongre au galop ? Malgré le vent glacé qui cinglait ses joues, elle ne vivait que l'exaltation de la chevauchée, protégée par les bras d'acier de Calvin et sa haute silhouette qui la dominait. Ils galopaient dans la lande, contournant des gros rochers, gravissaient des collines, parcouraient des glens[1] enneigés. Emilia, qui n'avait que peu l'habitude de monter à cheval, prenait un réel plaisir à cette promenade. Découvrir la nature sauvage à cette vitesse était tellement grisant ! Elle savourait d'autant plus cet incroyable sentiment de liberté que cela ne saurait durer.

Ils ralentirent en vue d'un large troupeau de vaches rousses à poil long. Elles labouraient la neige de leurs longues cornes en quête d'une maigre pâture.

— Ces bêtes sont à nous, murmura fièrement Calvin à son oreille.

Comme tant d'autres choses, pensa-t-elle amèrement. Les Sinclair semblaient tellement prospères ! Contrairement à nombre de leurs voisins, qu'ils pillaient sans vergogne ! Traversée par la colère, elle s'efforça de respirer calmement pour la réfréner et ne pas risquer de se trahir.

— Elles sont splendides, s'obligea-t-elle à répondre.

— Certes.

Le souffle de Calvin sur son visage était à la fois dérangeant et excitant. Imperceptiblement, elle se raidit, et il la serra plus fort contre lui, avant de faire repartir son cheval sur le sentier. Ils poursuivirent d'un pas plus tranquille jusqu'à l'orée d'une dense forêt de sapins. Tout était calme et paisible, tandis qu'ils s'y

1. Vallées.

enfonçaient, comme s'ils avaient soudain pénétré dans un autre monde, loin des tourments et des guerres. Emilia s'en émerveilla, croyant même y déceler quelque magie ! Croiser ici une fée ou un lutin ne l'aurait guère étonnée. Des senteurs de sous-bois, de mousse et de lichen embaumaient l'air et se mêlaient aux odeurs agréables, pures et vivifiantes, des arbres.

Calvin fit stopper son cheval au cœur de la forêt et aida Emilia à mettre pied à terre.

— Venez, marchons un peu, proposa-t-il.

Il lui offrit son bras, qu'elle accepta. Leurs pas crissaient dans la neige autrement intacte. Comme s'ils étaient seuls au monde.

— Ma mère aimait beaucoup cet endroit, lui confia-t-il. Elle disait que le temps y était comme suspendu. Et c'est vrai : il ne change guère, au fil des saisons, ni des années. C'est un lieu empli de magie, sur lequel rien n'aurait d'emprise ! Ici, je me sens apaisé, et… je tenais à partager cela avec vous, Meg.

Elle en fut fort surprise et troublée, malgré elle. Non seulement par son intention, mais également par la sincérité et surtout la tristesse qui émanaient de lui à l'évocation de sa mère disparue. Ce sentiment, elle pouvait hélas le comprendre.

— Cela me touche beaucoup, Calvin, vraiment. Si je peux me permettre, au sujet de votre mère, on m'a raconté que la maladie l'avait emportée, quand vous n'étiez qu'un jeune enfant. C'est une bien sombre tragédie.

Qui faisait douloureusement écho à la sienne, ne put-elle s'empêcher de songer.

— *Aye*, je n'avais que quatre ans, mais j'ai eu la chance de la connaître et de conserver de beaux souvenirs d'elle. C'était une femme très douce et aimante, la perdre si tôt fut un véritable déchirement. Mais vous n'en ignorez rien, pour avoir vécu le même drame, ce dont je suis navré.

Emilia se raidit instantanément, avant de comprendre. Calvin évoquait la mère de Lady Meagan McDowall, non la sienne ! Elle devait se ressaisir, ne pas se laisser bouleverser par les confidences qu'il lui faisait, ni par la sensibilité qui émanait de lui et qui la déstabilisait ! Elle s'efforça d'afficher une expression affligée. Ce n'était guère difficile, car elle ressentait toujours aussi horriblement la perte de sa propre mère. Calvin sembla s'en contenter, et il lui sourit aimablement, avec compassion.

Pourvu qu'il ne cherche pas trop à la faire parler sur le passé de Lady Meagan ! Si Emilia avait appris par cœur l'histoire des McDowall, elle redoutait tout de même toutes les questions qui pouvaient s'y rapporter et devait se concentrer pour continuer à jouer son rôle du mieux possible. En prenant les devants, cela devrait suffire, conclut-elle.

— J'étais un peu plus âgée que vous, commença-t-elle, se remémorant que la mère de Meagan était morte en couches, à la naissance de son cadet. Cela n'a pas été facile, mais j'étais bien entourée. Et puis, Alistair… mon petit frère, c'est un gentil garçon. Je suis sûre qu'elle en aurait été fière.

— C'est certain, lui assura-t-il. Votre père ne s'est pas remarié ?

Elle secoua la tête.

— Je suppose qu'il était bien trop accaparé par les combats et le soutien à notre bon roi pour se préoccuper de cela.

Une excuse inventée, mais qu'elle espérait crédible. Par bonheur, Calvin sembla l'accepter sans ciller.

— C'est compréhensible, déclara-t-il simplement.

À présent, c'était à son tour de le faire parler ! Peut-être pourrait-elle obtenir d'intéressantes informations, dont elle userait contre les Sinclair dès que l'occasion se présenterait.

— Et votre père ? s'enquit-elle, sachant parfaitement qu'il n'avait pas repris femme depuis le décès de son épouse.

— Eh bien, il aimait ma mère tendrement. Après son trépas, il a changé, il s'est durci et renfermé. Son deuil a perduré plusieurs années, et il la pleure encore, parfois, mais il a rencontré depuis une femme merveilleuse qui pourrait bien... Ne bougez plus !

À son ton impérieux, elle obéit instantanément. Ses yeux gris lumineux avaient brusquement viré à une teinte d'orage, et il lui fit signe de se taire avant de se mouvoir prestement devant elle. Elle manqua cependant pousser un cri de surprise quand un écureuil fila soudain entre ses jambes, pour grimper à toute vitesse à un tronc, derrière, tout en couinant de peur.

— Ne faites pas un geste, murmura sombrement Calvin.

Un feulement rauque et menaçant retentit dans l'épaisse végétation, devant eux. Emilia n'esquissa pas le moindre mouvement, tandis que le bras de Calvin descendait très lentement, presque imperceptiblement, vers le couteau de chasse accroché à sa ceinture. Ses doigts s'ouvrirent pour se refermer sur la poignée de l'arme. Tout aussi lentement, il se ramassa sur lui-même, pliant insensiblement les genoux.

Puis tout alla très vite.

Le feulement se mua en rugissement aigu. Calvin bondit, propulsé dans les airs par les muscles puissants de ses longues jambes, comme projeté par une catapulte ! Il percuta l'animal massif et indistinct qui venait de surgir des fourrés. Accrochés l'un à l'autre, ils tombèrent lourdement au sol. Tétanisée, Emilia était à la fois terrorisée et fascinée par la violence de ce combat. Dans le chaos de la mêlée et de la neige projetée de tous côtés, elle entraperçut une énorme patte griffue qui laboura le torse de Calvin, réduisant l'étoffe en lambeaux et traçant des sillons vermeils dans la peau du Highlander. Les cris stridents de l'animal résonnaient entre les troncs, répondant à ceux, gutturaux, de Calvin. Le bras de ce dernier se leva brusquement, le couteau toujours serré dans son poing désormais aussi rouge que la lame du sang de la bête. L'arme s'abattit à toute vitesse pour se ficher dans le crâne de l'animal. Le prédateur laissa échapper un ultime râle, ses pattes fouettèrent l'air une dernière fois, puis sa tête tomba sur le côté, inerte.

Calvin, haletant, se tenait au-dessus du cadavre. Il semblait s'assurer que la bête était vraiment morte. Emilia frissonna, incapable de détacher ses yeux de lui. Ce n'était plus du tout le même jeune Highlander un peu gauche et insouciant qu'elle avait rencontré. Celui qu'elle découvrait là était un être puissant, redoutable, aussi dangereux que le prédateur qu'il venait de terrasser. Son expression était sauvage, tout aussi inquiétante que terriblement envoûtante. Comme elle l'avait sous-estimé ! La force et l'agilité qu'il venait de démontrer l'amenaient à le voir différemment. Il n'était pas aussi inoffensif qu'elle l'avait imaginé, loin de là. D'un seul geste, il pourrait la tuer, bien plus facilement qu'il avait occis cette bête massive !

Les muscles tendus de Calvin se détendirent soudain, à l'image de ses traits qui reprirent cette expression plus douce qu'elle lui connaissait mieux. Il se releva, l'air inquiet, et se précipita vers elle.

— Vous n'avez rien à craindre, Meg, c'est fini, à présent. Mais vous êtes si pâle, et vous tremblez. Vous n'êtes pas blessée, au moins ?

Il venait de lutter à mort contre une bête énorme, et il lui demandait, à elle, si elle n'était pas blessée ? Elle secoua lentement la tête, pour le rassurer. Il sembla sincèrement soulagé, puis remarqua sans doute que sa chemise était en lambeaux, car il arracha ce qu'il en restait pour le rouler en boule. Il s'en servit pour essuyer le sang sur son visage et sur son torse dénudé, qui étincelait de sueur après ce bref, mais rude combat.

— C'est un lynx[1], expliqua-t-il en désignant le corps inerte. Un mâle. Ils ne s'aventurent pas jusqu'ici, d'ordinaire, et je n'en avais pas vu depuis très longtemps. Meg, vous êtes sûre que vous allez bien ? Vous êtes vraiment livide.

Oh que non, elle ne se sentait pas bien ! Incapable de parler, fascinée par ce corps parfait qui se dévoilait à elle et qui pourrait tout autant l'aimer que lui ôter la vie, elle ne put répondre. Quand, visiblement inquiet, il posa ses mains sur ses bras, elle sursauta, extirpée de sa torpeur. Son odeur musquée, virile et sauvage, encore mêlée à celle métallique du sang, flotta jusqu'à ses narines, augmentant l'intensité de son trouble. Elle

1. Lynx boréal, dont on parle aujourd'hui de réintroduire l'espèce, notamment au Royaume-Uni.

chancela, et se rétablit en plaquant ses mains sur son torse ferme. C'était chaud, brûlant, même ! Malgré plusieurs cicatrices anciennes qui la maculaient, sa peau était douce, plus qu'elle ne se l'était imaginé, et sous ses doigts frémissaient des pectoraux durs comme le roc. Sous sa paume, elle sentait les battements rapides du cœur de Calvin, qui faisaient écho aux siens.

— Je… vous dois la vie, réussit-elle enfin à articuler, si troublée par leur proximité qu'elle n'osait pas le regarder en face. Mais… vous êtes blessé !

Ses doigts suivirent la ligne des griffures, plus superficielles qu'elle ne l'avait supposé. Le sang ne coulait déjà plus. Calvin enveloppa sa main dans la sienne et sa chaleur l'irradia. Elle se rendit alors compte qu'elle tenait à peine debout et serait sans doute tombée si le bras droit de Calvin ne l'enserrait pas contre lui, lui ravissant toute issue.

— Ce n'est rien de plus qu'une égratignure, Meg, murmura-t-il d'une voix si enrouée qu'elle lui donna le frisson. Je regrette que vous ayez eu si peur, j'aurais dû me montrer plus vigilant. Aussi magnifiques soient nos terres, elles ne sont pas exemptes de périls, entre les animaux sauvages, les coupe-jarrets et les mercenaires à la solde de nos ennemis… Le Nord est une région aussi belle que dangereuse. Mais… c'est ce qui fait son charme !

Comme vous, ne put-elle s'empêcher de penser. *Exactement comme vous…*

Il se pencha vers elle.

— Mais ne vous inquiétez pas, je vous protégerai. *Toujours.*

Ses yeux exaltaient une passion ardente. Il comptait

l'embrasser, c'était évident et, bien qu'elle en meure d'envie, elle reprit suffisamment ses esprits pour l'autoriser à seulement effleurer ses lèvres des siennes. Un chaste baiser, voilà qui ressemblait certainement plus à Lady Meagan, et qui ne ferait qu'accroître en Calvin la volonté de la faire sienne. Plus longtemps il la désirerait, mieux cela serait.

Surtout, elle ne pouvait aller trop vite, au risque de succomber elle-même au piège qu'elle lui tendait.

Chapitre 11

Les craquements du bois, l'odeur du feu et la chaleur qui rayonnait de l'âtre étaient terriblement agréables et réconfortants. Pelotonnée dans une épaisse couverture de laine, Emilia pressait un bol de soupe fumante entre ses doigts, qui avaient enfin fini de trembler. Le choc de l'attaque du lynx la bouleversait encore, mais surtout la révélation de la nature sauvage de Calvin, qu'il avait formidablement masquée jusque-là. Que lui cachait-il, encore ? Décidément, ces Sinclair étaient redoutables et Kirstie n'avait sans doute pas tort de lui enjoindre avec tant de véhémence de se méfier de lui. Il était bien plus dangereux qu'elle ne l'avait supposé ! Pourquoi, alors, au lieu de le craindre, éprouvait-elle cette étrange fascination pour lui ?

Après l'attaque, ils étaient rapidement rentrés au château, et Calvin l'avait aussitôt confiée aux bons soins d'Effie, une servante âgée qui avait été sa gouvernante. La vieille femme aux fins cheveux gris et blancs l'avait conduite aux cuisines. Depuis, elle avait pris grand soin d'elle, et lui avait fermement interdit de l'aider. Sa voix douce, qui pourtant ne manquait pas d'autorité – notamment en s'adressant aux filles de cuisine –, était aussi réconfortante que le feu et la soupe. Effie était d'autant plus intéressante qu'elle semblait intarissable sur l'enfance des fils du laird Sinclair. Emilia l'écoutait donc avec attention. L'occasion était belle d'en apprendre un peu plus sur eux ! On ne savait jamais quelle information pourrait s'avérer utile.

— Calvin était un vrai diable de la pire espèce, s'esclaffa Effie. Un gamin infatigable qui ne tenait pas en place ! Je peux vous assurer que j'en ai vu de toutes les couleurs, avec les quatre fils Sinclair. Pas un pour ressembler à l'autre ! Mais chacun leur tour, ils savaient comment me rendre folle !

— Je n'ai encore rencontré que Gordon et Calvin, murmura Emilia. Et en effet, ils m'ont l'air très différents l'un de l'autre.

Le sourire édenté d'Effie s'élargit.

— Comme je vous le dis, milady ! Ross, l'aîné, était un garçon turbulent, bagarreur et insolent, mais Gordon, lui, il était tout l'inverse. Un enfant renfermé, qui préférait les livres aux jeux et qui refusait de faire quoi que ce soit s'il ne l'avait décidé lui-même. Edan, ajouta-t-elle avec émotion, avait un an de moins que lui, et il était totalement ébloui par Gordon. Ah, ce gredin lui faisait faire tout ce qu'il voulait ! Ce brave petit Edan s'est mis dans des situations incroyables, juste pour lui plaire. Ah, ça, c'était quelque chose… Et puis, il est mort, et nous l'avons beaucoup pleuré. Le plus triste, c'est que Gordon ne l'aimait pas autant qu'il aimait Calvin, qu'il a toujours adoré et protégé… Il faut dire que Calvin… Je ne devrais pas l'avouer, mais il a toujours été mon préféré. Gentil, malin, volontaire et honnête… C'est peut-être le meilleur des fils Sinclair. Vous avez bien de la chance de l'épouser, jeune fille !

Emilia lui répondit d'un petit sourire gêné. Effie avait l'air d'une brave femme, désireuse de se raccrocher au souvenir d'enfants turbulents et attachants, sans voir les monstres qu'ils étaient devenus, une fois adultes. Savait-elle seulement les atrocités que leur père et eux avaient commises ?

— Je me rappelle la fois où j'ai surpris Calvin en train de voler de la viande crue dans les cuisines, au petit matin, reprit Effie. Il devait avoir six ou sept ans. Il m'a avoué que c'était pour nourrir un renardeau qu'il avait trouvé dans les bois et qu'il gardait en secret dans sa chambre. La pauvre bête n'avait plus que la peau sur les os et devait avoir un mois à peine. Une de ses pattes arrière avait été brisée, ça m'a fendu le cœur. Calvin lui avait bricolé une attelle, avec des branches et de la cordelette, mais… c'était horriblement infecté. J'ai tout de suite vu que le renardeau était mourant. Calvin lui avait fait un nid sous son lit, avec des couvertures. « Quand je l'aurai guéri, je l'entraînerai pour qu'il devienne mon renard de combat », m'avait-il dit. « Il se battra à mes côtés contre les ennemis de père, quand je serai grand. » Il semblait tellement y croire que ce fut très difficile pour moi de lui assurer qu'il ne pouvait pas le garder, que sa blessure était trop grave pour être soignée et que l'animal souffrait beaucoup. Seigneur, je me souviens de l'expression sur son adorable visage ! Il semblait si triste et si sérieux, ce petit bonhomme, quand il m'a dit que, dans ce cas, il ne fallait pas le laisser souffrir plus longtemps. Et avant que je ne comprenne ce qu'il voulait faire, il avait brisé net le cou de la pauvre bête.

— Seigneur ! s'exclama Emilia.

Effie poussa un long soupir, les yeux embués d'un voile de tristesse à ce souvenir.

— Calvin ne cherchait pas à retenir ses larmes, mais… la plupart des enfants auraient crié ou se seraient mis en colère, et lui… il faisait preuve d'un calme surprenant. Il a juste fait ce qu'il fallait, sans ciller. Ensuite, il m'a regardé et m'a expliqué simplement, avec ses grands yeux humides et sa voix chevrotante de chagrin, que c'était le mieux à faire. Que le renardeau ne souffrait plus et qu'il rejoindrait sa famille au ciel, auprès de Dieu. Il a ajouté qu'il pourrait aussi veiller sur sa maman, là-haut, et que c'était sans doute mieux pour lui que d'aller au combat, soupira Effie en s'essuyant les yeux du revers de sa manche. En fait, milady, c'est une bonne chose selon moi qu'il soit le quatrième fils et qu'il n'ait jamais à succéder à son père. Il n'est pas assez retors pour devenir laird.

Emilia tressaillit. Ces mots chassèrent l'émotion bouleversante que le récit d'Effie avait provoquée en elle. L'occasion était venue d'en apprendre davantage sur le laird Sinclair, cet homme qu'elle haïssait de tout son être !

— Le seigneur Fergus serait donc retors ? s'enquit-elle en se penchant légèrement vers Effie.

Cette dernière secoua lentement la tête et son visage se rembrunit imperceptiblement.

— Je ne me permettrais pas de juger mon laird, répondit-elle plus bas, ni ce qu'il doit faire pour assurer la sécurité de notre clan. Tout ce que je peux vous affirmer, c'est qu'il est un homme de conviction, déterminé à tout faire pour protéger les siens. Comme tout chef de clan digne de ce nom, pour sûr.

Dans son regard, il y avait certes du respect pour son laird, mais Emilia n'arrivait pas à déterminer si celui-ci était teinté de peur ou non. Si seulement elle lui avait confirmé combien cet homme était mauvais, elle aurait été autrement plus satisfaite ! Cependant, même évasive, la réponse d'Effie était compréhensible. Comment pourrait-on l'en blâmer ? Un seul mot contre le laird Sinclair lui vaudrait indéniablement un terrible châtiment, sinon la corde. Elle hésita à l'interroger davantage, puis se ravisa. Mieux valait ne pas paraître trop entreprenante, trop intéressée.

N'oublie pas, Emilia, tu dois rester prudente. N'attire pas le moindre soupçon sur toi…, entendait-elle encore le laird McTrayall lui intimer juste avant son départ. Comme Kirstie le lui répétait également, chaque jour ! Ne pouvant ignorer leurs conseils, elle leva les yeux vers Effie et lui offrit son plus doux sourire.

— Je suppose que oui, Effie. Vous avez raison. Protéger les siens est le devoir de tout laird.

Une réponse adéquate, jugea-t-elle, et qui ne la trahirait en rien. Effie acquiesça et offrit de lui resservir de la soupe, ce qu'elle accepta de bon cœur. Elle avait à peine terminé son bol que Calvin fit son apparition. Il s'était lavé, rasé de près, avait passé des vêtements propres et avait renoué ses cheveux en catogan. Il était splendide ! Son visage resplendissait d'un sourire rayonnant, et seule une petite écorchure, au-dessus de son arcade sourcilière, trahissait l'épique duel sauvage auquel il s'était livré un peu plus tôt. Presque malgré elle, elle était soulagée de le voir en si bonne forme.

— N'écoutez pas tout ce que raconte sur moi ma chère Effie, Meg, lança-t-il sans la quitter des yeux. Surtout si elle vous parle de mes bêtises d'enfant !

— Votre gouvernante est adorable, Calvin. Contrairement à vous, d'après ce que je crois comprendre, termina-t-elle sur le ton de la plaisanterie.

Il s'esclaffa et vint enserrer chaleureusement la vieille femme dans ses bras vigoureux.

— Effie est une sainte : c'est un miracle qu'elle ait réussi à éduquer quatre garçons aussi insupportables que nous et à leur survivre !

— Surtout au dernier d'entre eux, déclara Effie, visiblement ravie de ce témoignage d'affection.

— Surtout au dernier, c'est évident ! répéta-t-il en riant. Pourrais-tu nous laisser, à présent, ma chère Effie ? J'aimerais parler seul à seule à ma promise.

Son ton s'était soudain fait beaucoup plus sérieux. Emilia arqua un sourcil, intriguée. Effie les observa tour à tour, puis s'inclina autant que son vieux dos le lui permettait.

— Bien sûr, répondit-elle.

Elle s'éclipsa aussitôt, non sans fermer la porte derrière elle. Une fois assuré qu'ils fussent seuls, Calvin vint s'agenouiller auprès d'Emilia et enveloppa ses mains des siennes. Ses grands iris gris, mouchetés de petits éclats de brun et de vert, brillaient d'une volonté farouche. Une mèche rebelle de ses cheveux bruns avait glissé du catogan pour venir se placer devant ses yeux, la pointe venant lui chatouiller l'arête du nez. Il ne prit pas la peine de la repousser.

— Meg, je vous présente une fois encore mes excuses pour tout à l'heure, et vous n'imaginez pas combien je suis soulagé d'avoir pu vous protéger. Plus jamais vous ne serez menacée par quelque danger, tant que j'aurai un souffle de vie. J'en fais le serment.

Elle en eut le souffle coupé. Comment pouvait-il s'excuser ainsi auprès d'elle, se montrer aussi prévenant, et lui faire une telle promesse ? Tout simplement parce que ce n'était pas à elle, qu'il s'adressait ! Il la croyait être Meagan… non, Meg, comme il aimait la nommer. Une femme qu'elle n'était pas, et qu'il devait épouser ! Bien sûr, qu'il entendait protéger Lady Meagan, mais certainement pas elle… Seigneur Dieu, pourquoi persistait-il à la regarder ainsi ? La manière dont il la dévisageait était bouleversante, et elle se sentit soudain particulièrement mal à l'aise de jouer un rôle. Elle eut presque honte de le tromper ! De lui mentir ainsi, alors qu'il semblait croire à chaque mot qu'il venait de prononcer. Des fourmillements naquirent dans son ventre pour se diffuser dans tout son corps, remontèrent à ses joues, qu'elle craignit de sentir s'enflammer.

— Calvin, je… Vous n'avez pas à vous excuser, ni à me faire un tel serment, lui murmura-t-elle d'une voix étranglée. En réalité, cette… aventure m'a permis de vous comprendre un peu mieux et je vous remercie de m'avoir accordé cela.

Il fronça les sourcils.

— Est-ce une bonne chose ? Ce que vous avez découvert à mon sujet ?

— Assurément, se surprit-elle à lui répondre.

Le sourire revint sur le visage de Calvin, qui enserra encore plus fort ses mains entre les siennes. L'émoi d'Emilia n'en fut que plus intense, et ce fut pire encore quand il relâcha un peu son étreinte pour lui caresser la joue du pouce. Les battements de son cœur s'accélérèrent et la douce chaleur qui s'emparait d'elle se mua en braises prêtes à s'embraser. Comme dans un rêve, ses doigts se mêlèrent tendrement à ceux de Calvin. Lentement, il les porta à sa bouche pour y poser les lèvres, sans la quitter un instant des yeux. De ce simple geste, du frôlement de sa bouche sur sa peau, le désir d'Emilia s'enflamma. Il se pencha vers elle, rapprocha son visage du sien.

— Meg, souffla-t-il si bas qu'elle l'entendit à peine. Tout à l'heure, je n'ai fait qu'effleurer vos lèvres, mais… j'en désire plus. Bien plus. En vérité, je ne pense qu'à vous embrasser, depuis notre rencontre. Et je ne suis pas sûr de parvenir à me retenir plus longtemps.

Chapitre 12

Incapable de réagir, encore moins de repousser Calvin et avec d'ailleurs peu d'envie de le faire, Emilia ne pouvait se détacher de son regard impérieux et si attirant. Pourquoi parvenait-elle à peine à penser ? Il effleura tout d'abord sa bouche, puis la pointe de sa langue vint la titiller. Jamais on ne l'avait embrassée ainsi ! Impulsivement, elle entrouvrit les lèvres et laissa sa propre langue aller à la rencontre de celle de Calvin, qui prit possession de sa bouche en un délicieux baiser, aussi ardent que passionné. Les bras noués autour de son cou, elle s'accrocha à lui, s'abandonnant. À peine avait-elle conscience que les doigts de Calvin suivaient lentement la courbe de son mollet, pour remonter vers son genou, avant de poursuivre leur progression le long de la face interne de sa cuisse… Secouée de frissons de plaisir, elle eut cependant comme un éclair de lucidité. Qu'étaient-ils en train de faire ? Que l'autorisait-elle à faire ? Dans les cuisines, de surcroît ! Jamais une véritable lady n'accepterait cela ! Et certainement pas avant les noces ! Faisant appel à toute la force de sa volonté, elle plaqua ses mains sur son torse pour le repousser et se redressa d'un bond.

— Non, Calvin. Nous ne devons pas.

— Pourtant, je croyais que…

— Ce… Ce n'est pas convenable. Nous ne sommes pas encore mariés, et… nous devons attendre d'être liés devant Dieu et les hommes. Alors, seulement, nous pourrons…

— Terminer ce que nous avons si bien commencé ? conclut-il pour elle avec un sourire désarmant.

— Absolument. Comme vous le dites si bien.

Quel déchirement ! Son corps la suppliait de le laisser faire, et sa raison lui hurlait le contraire ! De plus, comment supporterait-elle de s'abandonner aussi librement à un Sinclair ? Même s'il était des plus séduisants ! Ce n'était pas ce à quoi elle s'attendait, pas ce qu'elle avait prévu ! Hélas, ce baiser avait brisé toutes ses défenses, fait s'écrouler toutes les barrières, tous les murs qu'elle avait tenté d'ériger entre eux. Si elle ne retrouvait pas très vite sa maîtrise d'elle-même, si elle laissait son instinct décider plutôt que sa volonté, sa mission serait en péril… ainsi que sa vie ! Peut-être les Sinclair étaient-ils véritablement des démons, et le diable les avait gratifiés du don de la séduction ! C'était la seule explication qui lui vint pour comprendre l'irrésistible attrait de cet homme. En sa présence, elle ne se reconnaissait plus !

Calvin ne bougeait pas, mais à son expression il était évident qu'il était extrêmement déçu… ce que semblait confirmer l'énorme bosse sous son vêtement, à l'entrejambe !

Elle en détourna vivement les yeux, et entendit à peine ce qu'il lui disait.

— Nous attendrons donc encore, Meg, voilà tout, assura-t-il d'une voix enrouée.

— Merci, Calvin. C'est important, pour moi. Pour nous.

— Je comprends. Nous avons la vie devant nous, après tout, pour nous découvrir et prendre du plaisir, ensemble.

À ces mots, elle faillit éclater en sanglots, mais se retint de justesse. Toute la vie, croyait-il ! Quoi qu'il advienne, l'un ou l'autre mourrait bientôt. Plus que jamais, elle aurait souhaité qu'il en soit autrement, que Calvin soit un autre, et surtout pas un Sinclair, mais… leur destin était écrit.

— Oh ! j'oubliais !

Tout en s'exclamant, il attrapa un rectangle de tissu glissé dans sa ceinture, sous lequel on devinait un objet rigide. Il déplia l'étoffe et dévoila une splendide dague frappée du blason des Sinclair.

— Ce sont Malcolm et son père, le forgeron du village, qui l'ont forgée et ornée pour vous. Même si je vous ai promis que vous ne seriez plus jamais en danger, j'aimerais que vous l'ayez toujours sur vous. Ce n'est pas vraiment une arme, mais… on ne sait jamais quand une lame peut s'avérer utile.

Elle ne s'y connaissait guère en armes, mais il était évident que c'était du très bel ouvrage.

— Malcolm ? Le même Malcolm qui a dévalé l'escalier à mon arrivée ? demanda-t-elle tout en effleurant des doigts les délicats ornements.

— Lui-même ! Je suis sûr que vous l'apprécierez, quand vous le connaîtrez.

— C'est véritablement un superbe présent, murmura-t-elle. Remerciez Malcolm et son père de ma part. Je ne manquerai pas de le faire moi-même, quand vous me les présenterez.

— Eh bien, justement… Que diriez-vous de m'accompagner, demain, au village ? C'est jour de marché, et je peux vous garantir qu'aucun lynx ne viendra vous y menacer.

Il souriait, presque embarrassé, et n'en fut que plus séduisant encore. Elle en eut la gorge et l'estomac noués.

— Dans le cas contraire, vous me protégerez, comme vous l'avez déjà fait.

Pourquoi diable avait-elle assuré cela ? À l'expression rayonnante de Calvin, elle ne parvint pourtant pas à le regretter.

— Ne vous l'ai-je pas juré ? Eh bien, puisque l'idée vous séduit, je m'en vais de ce pas prévenir Malcolm. Il a vraiment hâte de faire votre connaissance… Je veux dire, bien plus correctement que la dernière fois. À présent, je dois retrouver Gordon, qui a requis ma présence. Puis-je vous escorter jusqu'à votre chambre, avant cela ?

— Je vous remercie, mais je crois que je vais rester encore un peu aux cuisines, à savourer cette délicieuse soupe.

Elle essaya de sourire, craignant de ne parvenir qu'à esquisser une grimace. Heureusement, Calvin se contenta d'acquiescer.

— Fort bien, Meg, comme vous le souhaitez.

Et il s'en alla. À peine eut-il quitté la pièce qu'elle laissa couler ses larmes, le poing serré si fort sur le manche effilé de la dague que ses phalanges en blanchissaient.

Elle ne pouvait garder plus longtemps en elle l'orage qui la déchirait.

Si Calvin s'était empressé de s'éloigner de Meg dès que celle-ci avait freiné ses ardeurs, c'est qu'il avait été bien plus touché par son rejet qu'il ne l'avait montré. Comme il avait eu envie de la posséder ! D'autant qu'il avait cru ressentir le même désir chez elle. N'avait-elle pas répondu avec passion à son baiser ? Tandis qu'il la caressait, son cœur s'était mis à tambouriner follement. Son sang avait afflué dans son sexe qui restait toujours aussi turgescent. Jamais encore il n'avait éprouvé une pulsion si vive, une telle nécessité de se fondre dans une femme ! Lui obéir et s'écarter d'elle avait été une lutte féroce contre lui-même. De sombres envies l'avaient tenté pendant qu'il s'imaginait la faire sienne : ignorer sa demande et insister, jusqu'à ce qu'elle lui cède ! À présent, il avait honte d'avoir eu de telles pensées, surtout envers celle qu'un instant plus tôt il avait juré de protéger ! De plus, il comprenait la réaction de Meg, encore intacte et certainement effrayée par ce qu'elle éprouvait. Puisqu'elle souhaitait attendre, il s'inclinerait donc, par respect. La déflorer serait pour lui autant un plaisir qu'une véritable responsabilité. Comme il était impatient de lui faire découvrir les chemins menant à la jouissance… et d'en parcourir de nouveaux, ensemble ! Néanmoins, puisqu'elle était vierge, la flamme ardente qu'il avait sentie en elle, très éloignée de l'image réservée et soumise qu'elle affichait, le troublait. C'était une promesse de quelque chose de sauvage, d'indompté. Cela ne lui déplaisait pas, bien au contraire. Son excitation et son désir de la faire sienne n'en étaient que décuplés !

Les quelques jours qui les séparaient de leur nuit de noces lui semblaient interminables.

Son membre toujours rigide pesait lourdement entre ses cuisses. Il envisagea un bref instant de se soulager avec une autre femme, ce qui ne lui disait franchement rien, ou encore seul, mais il se ravisa. Mieux valait garder toute cette énergie sexuelle pour qu'elle se déchaîne lors de leur première étreinte, qui, il en était certain, serait merveilleuse pour l'un comme pour l'autre.

Chapitre 13

Malgré toutes les questions qu'elle n'avait cessé de ressasser en se couchant, Emilia avait finalement réussi à trouver le sommeil. Sa nuit n'avait cependant pas été de tout repos, mais agitée par ses doutes et interrogations. Calvin la troublait, bien trop pour qu'elle parvienne à l'accepter. Pire encore, cette attirance n'était pas que physique ! Autre chose, de plus profond en lui, la touchait. Comment pouvait-il se montrer si gentil, si attentionné, envers elle ? Bien sûr, elle était supposée être sa promise, mais elle était surtout une étrangère. Il s'avérait hélas très différent de ce qui lui avait été décrit de lui, ce qui lui compliquait férocement les choses. Au point qu'une part d'elle commençait à regretter qu'elle doive accomplir sa mission ! Les âmes de ses parents, des habitants de son village, de tous les innocents assassinés par les Sinclair réclamaient vengeance ! Son inclinaison pour Calvin ne saurait les faire taire… Et pourtant… Elle ne pouvait oublier que les Sinclair étaient ses ennemis. Elle ne devait pas se laisser abuser par les qualités de Calvin ou l'ardeur de son baiser, la gentillesse d'Effie ou même le sourire affable qu'elle surprenait sur le visage de nombre de ceux qu'elle croisait.

Reprends-toi, Emilia, cesse de douter et de te comporter en sotte, trop de gens comptent sur toi !

Pour se ressaisir, elle se raccrocha au souvenir de sa mère, vaincue, à la merci de l'impitoyable lord Sinclair. Poussant un long soupir, elle feignit de s'intéresser à son ouvrage. Un peu de broderie l'aiderait peut-être à se concentrer. Caithleen et Lucy, ses deux jeunes servantes, devisaient gaiement tout en s'activant dans la chambre. Assise sur une chaise, dans un recoin, Kirstie les suivait d'un regard mauvais. Rien d'étonnant, elle semblait haïr les Sinclair encore plus qu'Emilia. Sans doute s'imaginait-elle empoisonner les deux pauvres filles, et se délectait-elle d'avance de leur souffrance avant qu'elles ne rendent l'âme. C'était une divergence de taille, entre les deux femmes : si Kirstie détestait tous les Sinclair, sans exception, Emilia n'en voulait qu'à leur chef et à sa famille. Eux seuls étaient responsables de tant de malheurs ! Des innocentes comme Caithleen et Lucy ne devaient certes pas payer pour cela.

Comme si elle lisait ses pensées, Kirstie tourna des yeux acerbes sur elle. Emilia avait la très désagréable impression que l'empoisonneuse n'était pas là uniquement pour l'aider à mener sa mission à bien, mais surtout pour la surveiller et s'assurer qu'elle ne commette aucune erreur. Qu'elle ne change pas d'avis. Qu'elle ne s'attache à aucun Sinclair, et surtout pas à Calvin…

Comme si Emilia avait souhaité que cela se produise ! Si seulement Calvin n'était pas… Calvin ! Elle se sentait si bien auprès de lui que cela l'effrayait chaque heure davantage. Son frère aîné, Gordon, par contre, la mettait vraiment mal à l'aise. Bien qu'elle ne l'ait côtoyé que très brièvement, elle devinait qu'il était bien plus sinistre et intelligent qu'il ne cherchait à le laisser croire, derrière ses airs affables et ses paroles agréables. En sa présence, elle devrait se montrer particulièrement prudente.

Elle crut entendre Lucy murmurer le nom de Calvin, avant de glousser et de rougir furieusement quand elle croisa le regard d'Emilia. Celle-ci ne prit pas la peine de demander des explications. Songer au jeune Highlander la bouleversait déjà suffisamment comme cela. Pourrait-elle l'assassiner, sans hésiter ? Serait-elle capable de frapper sans faillir, le moment venu ? Tuer le laird Sinclair et Gordon ne lui poserait que peu de cas de conscience. Ross, qu'elle ne connaissait pas, sans doute pas davantage… Mais Calvin… Partagée qu'elle était entre son devoir et ce qu'elle ressentait, la perspective de le voir mourir la déchirait. Des sentiments irraisonnés la secouaient jusqu'aux tréfonds de son corps et de son âme, l'empêchaient de penser clairement. Peut-être y avait-il une autre solution ? Après tout, Calvin n'était que le quatrième fils du laird Sinclair. Il ne pouvait prendre aucune décision pour le clan, n'en avait jamais pris aucune… Pouvait-il être blâmé pour les erreurs de son père et de ses aînés ? Pourquoi paierait-il pour leurs forfaits, si lui-même n'en était aucunement coupable ?

Cependant, une fois à la tête de son clan, agirait-il autrement que son père et ses frères ? Dirigerait-il honorablement les siens, ou mettrait-il les Hautes Terres à feu et à sang en cherchant à les venger ? Il serait alors aussi cruel et dangereux qu'eux, peut-être pire encore. Malgré son irrépressible attirance pour lui, pouvait-elle prendre ce risque ?

Certes non, lui intimait la raison. Son cœur, lui, hélas, lui criait tout autre chose… Quand il l'avait embrassée, elle s'était abandonnée entre ses bras, beaucoup trop facilement ! La visite avec lui au village, dans la matinée, lui changerait sans doute les idées, et l'aiderait peut-être à y voir plus clair d'ici le retour du laird Sinclair. Plus elle patientait, plus elle craignait d'échouer ! Pourquoi ce diable d'homme avait-il dû s'absenter aussi durablement de ses terres ? Sans cela, le mariage serait derrière elle, et sa mission achevée ! Elle n'aurait jamais eu le temps d'apprendre à découvrir Calvin, et elle ne serait pas torturée de questions auxquelles elle ne parvenait pas à trouver de réponses satisfaisantes. Mais bientôt, quand elle se retrouverait face au visage honni de Fergus Sinclair, tout deviendrait clair et elle accomplirait enfin sa mission. *Sans faillir !* voulut-elle se convaincre. D'ici là, elle mettrait les prochains jours à profit pour sortir de cette terrible incertitude qui la rongeait.

Tout ça à cause de ce maudit Calvin Sinclair !

Alors que Calvin l'escortait jusqu'au village, Emilia s'efforçait de ne pas lui jeter le moindre regard. Il chevauchait à côté de sa voiture, où elle voyageait en compagnie de Caithleen et de Lucy. Pour une raison connue d'elle seule, Kirstie avait insisté pour rester au château. Emilia s'était d'abord montrée méfiante, se demandant ce qu'elle pouvait planifier dans son dos, mais elle ne pouvait en réalité lui donner d'ordre ou l'empêcher de faire quoi que ce soit. Kirstie en était parfaitement consciente, et ne se lassait pas de le lui répéter quand elles se trouvaient seules.

Les chevaux qui tiraient la voiture peinaient à avancer dans la dense couverture de neige tombée pendant la nuit. Même la monture de Calvin renâclait. Les naseaux des bêtes exhalaient un souffle épais qui créait d'éphémères sillons de vapeur dans l'air, où quelques flocons épars flottaient. Emilia frissonna, se demandant s'il neigerait de nouveau pendant la journée. La fumée qui s'échappait des cheminées des maisons du village s'étirait en de longs serpentins sombres au-dessus des toits de chaume. Comme elle avait hâte de se retrouver près d'un bon feu ! Jamais elle n'aurait imaginé qu'il ferait si froid. Elle ne se rappelait pas un hiver si rude, depuis bien longtemps ! Peut-être Kirstie n'avait-elle pas eu tort, finalement, de rester au château, mais Emilia tenait à découvrir davantage ce Malcolm, le meilleur ami de Calvin. Qui mieux que lui le connaissait, et pourrait lui en dévoiler les faiblesses ? Les villageois, emmitouflés dans leurs épais manteaux, vaquaient à leurs occupations tout en les saluant sur leur passage. Elle vit surtout de la déférence et de la curiosité sur leurs visages, mais elle crut aussi remarquer de la crainte dans certains regards. De quoi avaient-ils peur ? De Calvin ? Cela confirmerait-il, finalement, la nature mauvaise du sang des Sinclair qui coulait dans ses veines ? Ou cela ne signifiait-il rien ? Prudente, elle resta silencieuse, avide de masquer ses pensées à ses deux servantes et à Calvin, qui ne manquait pas de lui sourire régulièrement dès qu'il le pouvait. Comme il semblait heureux, à l'idée de lui présenter Malcolm !

Elle, au contraire, commençait à sentir la nervosité la gagner. Elle ne pouvait s'autoriser le moindre faux pas, même devant le tumultueux fils du forgeron.

Le convoi s'arrêta en bordure de la place du marché. Calvin descendit de cheval, pour tendre sa main à Emilia. À travers les gants en fourrure qu'il lui avait offerts le matin même, elle ressentait sa force et sa douceur. Elle le remercia du bout des lèvres, tant les battements de son cœur s'en étaient affolés. À peine eut-elle posé les pieds au sol qu'ils s'enfoncèrent dans la neige. Dans ce froid, peu d'échoppes étaient ouvertes, mais d'une taverne s'échappaient des rires et des chansons. Un autre bâtiment abritait un grand four flamboyant. Près de celui-ci se trouvaient deux enclumes, des marteaux et des outils de toutes sortes. Un imposant jeune homme blond et hirsute frappait un morceau de métal tout en sifflotant. En les apercevant, il laissa là son travail et se précipita vers eux, tout sourires.

— Ah, je vous attendais ! s'écria-t-il.

Elle le reconnut instantanément : Malcolm, qui avait dévalé l'escalier pour atterrir à ses pieds en guise de bienvenue, lors de son arrivée au château des Sinclair. Il passa rapidement ses doigts dans ses cheveux épais, ne réussissant qu'à les ébouriffer un peu plus, et s'inclina prestement devant elle.

— Lady Meagan, permettez-moi de me présenter à vous de manière bien plus convenable que précédemment. Je suis Malcolm Ironhand, fils et apprenti de Bearnard Ironhand, maître forgeron du laird Fergus Sinclair. C'est un honneur de saluer à la fois une si belle dame et la bienheureuse future épouse de Calvin Sinclair, mon plus grand ami.

— Ton *seul* ami, Malcolm, plaisanta Calvin. Il n'y a que moi pour supporter ton caractère de cochon.

— Si, moi, j'ai un caractère de cochon, Cal, alors toi, mon frère, tu as celui d'un sanglier !

— *Aye*. Un animal robuste, fidèle, sauvage et intelligent ! C'est trop d'honneur, vraiment.

Malcolm s'esclaffa.

— Certes, mieux vaut que tu t'imagines cela, Cal ! Allons, entrez donc ! Un bon feu vous attend à l'intérieur, annonça-t-il en les invitant à le précéder. Mon père s'excuse, Lady Meagan, de ne pouvoir vous rencontrer aujourd'hui. Il a été appelé pour une commande urgente, et m'a chargé de bien m'occuper de vous, en son absence.

Il la gratifia d'un sourire empli de promesses et s'empara familièrement de son bras. Calvin grommela un juron entre ses dents serrées, tout en lançant un regard sévère à son ami. Était-ce de la jalousie ? Emilia n'aurait pu l'assurer, mais cela lui plut. Malcolm parlait tant, cependant, que la tête commençait à lui tourner, et elle fut heureuse qu'il l'invite à s'asseoir. La pièce de vie était assez sombre, mais confortable, en particulier grâce au feu de tourbe qui flambait tout en crépitant dans un âtre central. Malcolm se pencha familièrement vers elle.

— Aimez-vous les compotes, Lady Meagan ?

— Eh bien… oui, répondit-elle, surprise. Qui n'aime pas cela ?

— Parfait ! Sachez que ma sœur prépare la meilleure compote de poires de toute la Grande-Bretagne et peut-être du monde ! Je suis sûr qu'aucun roi, pas même le roi Philippe des Français[1], n'en a jamais mangé une aussi délicieuse. Pas vrai, Cal ?

— *Aye*, je dois l'admettre, répliqua ce dernier avec un soupir amusé. La compote de Greer est bonne à réveiller les morts.

— Comme je disais ! Donc, Lady Meagan, elle en a préparé exprès pour votre venue, ce matin, avant de retourner auprès de son époux et de ses enfants. Vous ne pouvez refuser d'y goûter !

Sans attendre de réponse, il les servit et, à peine quelques secondes plus tard, ils se retrouvaient tous avec une large portion de compote devant eux. Emilia était, et de loin, la plus généreusement servie.

— Mangez, elle est encore tiède, ça vous aidera à vous réchauffer !

Tout en les encourageant du geste, Malcolm ponctua ses paroles d'un clin d'œil à Caithleen et à Lucy. Elles s'empourprèrent, indéniablement flattées de cette preuve d'attention. Emilia ne s'en préoccupa guère, car elle sentait peser sur elle le regard brûlant de Calvin. Il la dévisageait si intensément ! Comme si rien d'autre ni personne qu'elle n'existait plus pour lui, et cela la bouleversa profondément. Avide de lui masquer son émoi, elle se concentra sur son plat, qui sentait terriblement bon. En vérité, la vantardise de Malcolm était justifiée : la compote de poires agrémentée d'épices était absolument exquise.

— Alors ? s'enquit-il, impatient.

— Elle est délicieuse, mes compliments à votre sœur.

1. Philippe IV, dit « le Bel », roi de France de 1285 à sa mort, en 1314.

— *Aye*, je le lui dirai ! Elle en sera ravie. À présent, Lady Meagan, racontez-moi donc ce que vous pensez de notre Calvin. Vous plaît-il ? Certes, il n'est pas très beau ni très intelligent, mais il…

— Malcolm ! Vas-tu te taire, imbécile ? rugit Calvin. Ne l'écoutez surtout pas, Meg.

Malcolm haussa nonchalamment les épaules.

— Ah, pardonne-moi, Cal. Je perds mes moyens, en présence de jolies femmes, et cela me fait dire n'importe quoi… Même si mes mots énoncent toujours une part de vérité.

— Tu finiras par en perdre ta langue, Malcolm, gronda Calvin.

— Certes, c'est fort possible mais, du moment qu'il me reste ce qui pend entre mes jambes, cela me convient.

Calvin leva les yeux au ciel en soupirant, pendant que le sourire de Malcolm s'élargissait face aux deux servantes, qui gloussèrent. Emilia n'en avait cure. Rien d'autre ne comptait que l'expression farouche peinte sur les traits de Calvin. Avait-il l'intention de se jeter sur Malcolm, comme elle le pressentait ? Le jeune forgeron jouait un jeu dangereux, à le provoquer ainsi. Pour calmer Calvin, elle posa sa main sur son avant-bras, et lui sourit. Cela sembla suffire à le détendre. Sa main glissa sur la sienne pour l'envelopper, et à nouveau elle eut l'impression qu'ils étaient seuls au monde. À peine entendait-elle les conversations autour, tant elle était irrésistiblement attirée par son regard profond. Elle s'efforça pourtant de s'en arracher, pour tendre l'oreille aux paroles de Malcolm, qui en venait à relater des souvenirs d'enfance partagés avec Calvin.

Ensuite, le temps s'écoula si vite qu'elle se rendit à peine compte que les heures s'égrenaient. Si Malcolm était un jeune homme joyeux et taquin, et sa complicité avec Calvin évidente, elle n'apprit rien qui pourrait l'aider à affaiblir les Sinclair. Néanmoins, elle passait un moment très agréable – une courte période de paix dans le tumulte qu'était devenue sa vie. Découvrir des histoires d'enfance de Calvin, glorifiées, devinait-elle, par Malcolm, était fort amusant.

Soudain, celui-ci jeta un coup d'œil à l'extérieur, puis se redressa de toute sa hauteur.

— Eh bien, mais c'est qu'il est déjà fort tard ! Je me porte volontaire pour raccompagner ces deux jolies demoiselles au château ! s'exclama-t-il en souriant à Caithleen et à Lucy. Quant à vous deux, vous pouvez profiter de mon humble demeure tant qu'il vous plaira, je ne prévois pas de rentrer avant plusieurs heures.

Il gratifia Calvin d'un clin d'œil complice, puis s'éclipsa sans attendre en compagnie des deux filles. Emilia se tourna lentement vers Calvin, qui soupira.

— Je m'excuse, pour Malcolm. Je le connais, j'aurais dû me douter qu'il ne saurait pas se tenir, mais c'est un homme bon… Simplement pas toujours des plus délicats.

— Je dois reconnaître qu'il est assez divertissant.

— C'est vrai, on ne s'ennuie que rarement, avec lui.

Il sourit, et ce fut comme si le monde s'illuminait. Puis il se pencha vers elle. Sa main vint effleurer sa joue, et elle frémit. Allait-il chercher à l'embrasser ? Ou même exiger davantage ? Une part d'elle le souhaitait ardemment, mais il s'écarta.

— Je vous ai fait une promesse, Meg, et je suis

homme de parole, lui murmura-t-il d'une voix enrouée. Vous n'avez rien à craindre de moi.

— Je n'ai pas peur de vous.

Tout en parlant, elle comprit que son corps échappait à son contrôle et se rapprochait insensiblement de lui. Son parfum viril l'enveloppa, décuplant le désir qui montait en elle et contre lequel elle ne parvenait plus à lutter. Leurs visages étaient si proches que leurs souffles se mêlaient. Leurs bouches se cherchèrent, s'effleurèrent, et Calvin émit un gémissement rauque.

— Ah, Meg, ma délicieuse et surprenante Meg… Qui êtes-vous vraiment ?

Chapitre 14

Emilia eut l'impression de recevoir un seau d'eau glacée en plein visage. Avait-elle bien entendu ? Bien compris ?

— Co… Comment ?

— Je brûle de le savoir, Meg, car je me pose cette question depuis quelque temps. Alors je vous le redemande et j'attends de vous l'entière vérité : qui êtes-vous vraiment ?

Son cœur manqua un battement. Son sang sembla se figer dans ses veines. Son corps était comme pétrifié. Comment interpréter le sourire en coin qui barrait les lèvres de Calvin ? L'intensité dans ses yeux plongés dans les siens ? Que savait-il ? Se jouait-il d'elle pour lui faire tout avouer ?

Seigneur dieu, il a tout découvert, je suis perdue !

L'esprit en ébullition, elle balaya la table du regard. Si elle attrapait le pichet de vin pour le lui jeter à la figure, ou encore une des écuelles, peut-être pourrait-elle profiter de l'effet de surprise pour s'enfuir ?

Non, c'est sans espoir.

Calvin était vif, fort et agile, et elle n'aurait pas la moindre chance contre lui, surtout avec une arme aussi dérisoire. La dague, alors ? Celle qu'il lui avait offerte ! Aurait-elle le courage de s'en servir contre lui ? Même dans ce cas, il l'arrêterait avant qu'elle ne l'atteigne !

— Meg ?

Elle déglutit difficilement, consciente qu'il attendait sa réponse. Une réponse qu'elle ne pourrait jamais lui donner ! Pourtant, s'il savait tout à son sujet, pourquoi la regardait-il avec tendresse, et pas avec haine et mépris ? Elle ne savait plus que penser, mais devait être certaine de ce qu'il insinuait. Alors, elle inspira amplement pour calmer sa panique et baissa la tête, feignant la timidité. Pourvu que cela fonctionne ! Si seulement elle parvenait à empêcher sa voix de trembler…

— Que voulez-vous dire ? articula-t-elle difficilement.

— Eh bien, comment m'expliquer… Ne le prenez pas mal, au contraire, mais on vous avait dépeinte comme une noble effacée, hautaine et, pardonnez-moi, pourvue de bien peu de personnalité.

— Oh… Vraiment ? gémit-elle, comme piquée au vif.

Elle qui s'était attendue à bien autre chose était surtout surprise ! Calvin, enserrant ses mains entre les siennes, poursuivit :

— Oui, vraiment. Vous êtes pourtant tout le contraire, et cela me plaît. Énormément. Meg, nous ne nous sommes pas choisis, mais je veux croire que nous pourrons être heureux, ensemble, si nous nous en accordons la chance. C'est pour cela que je ne veux aucun secret, entre nous.

Elle ne put retenir un long soupir de soulagement. Ce n'était que cela ! Il ne soupçonnait rien, absolument rien ! Ses muscles tendus se relâchèrent et la panique la quitta.

— Vos mots me touchent au cœur, Calvin, souffla-t-elle. Je dois vous avouer ressentir la même chose. Je craignais de me retrouver promise à un rustre sans aucune éducation ni douceur et, grâce à Dieu, vous n'êtes rien de cela. Moi aussi, j'ai hâte que… nos noces arrivent, ajouta-t-elle sur une impulsion.

Elle trouva que son discours sonnait juste, sans doute parce qu'il mêlait de la sincérité à des mensonges. Néanmoins, elle n'aimait pas lui mentir ainsi, même si elle le devait.

— Je suis ravi de vous l'entendre dire.

Il était si touchant, si séduisant, que, sans réfléchir, elle prit l'initiative de l'embrasser ! Il l'emprisonna instantanément de ses bras, répondit à son baiser avec une ardeur si passionnée que c'en était enivrant ! À tel point qu'elle en oublia tout le reste ! Elle était blottie contre lui, ses seins pressés contre sa poitrine ferme, et le désir menaçait de la submerger. Des visions érotiques de leurs corps nus enlacés surgirent en elle, la faisant frémir d'anticipation. Sa raison, sa colère et ses convictions pesaient bien peu face à cette attirance instinctive, viscérale, qu'il exerçait sur elle. Tout en lui la poussait dans ses bras ! Seigneur tout-puissant, comme elle désirait cet homme ! Un maudit Sinclair !

— Meg, Meg, susurra-t-il tout en glissant ses mains sous l'étoffe de sa robe.

Avec quelle émotion il prononçait ce nom, qui n'était pas le sien ! Cela lui fit l'effet d'un coup de poignard dans la poitrine. Instantanément, elle s'arracha à son étreinte et s'écarta de lui.

— Non, Calvin, nous devons cesser… Vous avez promis !

Hélas, elle n'en croyait rien. Tout son corps tressaillait encore du désir qu'il avait fait naître et croître en elle. Quel pouvoir diabolique exerçait-il sur elle pour qu'elle perde ainsi tout contrôle ! Elle se leva, s'éloigna de lui et de ses bras tentateurs.

Avec un regret évident, il la laissa faire, sans bouger.

— Vous avez raison, Meg, mais je vous rappelle que c'est vous qui m'avez embrassé en premier.

— Je... En effet, mais... vous avez promis.

Quelle idiote, que de répéter cela ! Une bien pitoyable excuse, s'il en était, face à son comportement changeant. À présent, il devait la considérer comme frivole et capricieuse ! Décidément, elle cumulait les erreurs !

— Certes, comment l'oublier ? répliqua-t-il. Sachez tout de même que jamais serment ne me fut plus difficile à tenir, tant j'ai envie de vous.

Ne trouvant que répondre devant la sincérité de cet aveu, la gorge nouée par la culpabilité qui la rongeait, elle se contenta de retenir son émoi et lui fit face, affichant une expression qu'elle voulut déterminée. Tant pis pour ce qu'il devait penser d'elle, il lui fallait s'éloigner de lui, se reprendre et réfléchir. Vite !

— J'aimerais retourner au château.

— Évidemment, lui répondit-il aussitôt en s'arrachant de sa chaise.

Dans un silence pesant, ils revêtirent leurs manteaux et s'apprêtaient à partir quand un son sourd, comme quelque chose qu'on cogne contre une porte en bois, attira leur attention.

— Cela vient du garde-manger, annonça Calvin.

— Des rats, peut-être ?

— Non. Des rats ne font pas ce genre de bruit. Restez en arrière.

Il tira son dirk[1] de sa ceinture. Emilia le suivit. Des voleurs, voilà ce qu'il devait penser trouver derrière cette porte ! Comment auraient-ils pu entrer sans qu'ils s'en aperçoivent ?

— Surtout, pas un mot, Meg, murmura-t-il très bas.

Il posa sa main sur la poignée de la porte du garde-manger, et l'ouvrit lentement. Une paire de fesses blanches se balançait dans un mouvement de va-et-vient rapide, au-dessus d'un pantalon baissé sur les mollets de son propriétaire, un homme grand aux cheveux blonds hirsutes. Malcolm ! Deux jambes féminines étaient nouées autour de sa taille. Puis Emilia distingua le visage de la femme, qui se détachait sous une coiffe posée de travers. Plaquée contre le mur entre deux étagères débordantes de victuailles, les paupières closes, Caithleen poussait des petits cris aigus. Ses bras étaient croisés autour du cou de taureau de Malcolm, qui la portait à la force des bras, les mains calées sous le généreux postérieur de la jeune servante. Il ahanait en la besognant fougueusement. Pas plus que Caithleen, il ne semblait s'être rendu compte que la porte s'était ouverte, révélant leurs ébats.

Emilia sentit ses joues s'empourprer, mais curieusement cette vision la fascinait tout autant qu'elle aurait voulu la fuir. Un bref instant, elle se vit à la place de Caithleen et Calvin à celle de Malcolm. Elle l'imaginait la pénétrant passionnément tout en la dévorant des yeux, tandis qu'elle-même l'encourageait par ses gémissements de plaisir et ses caresses.

1. Couteau écossais à la longue lame effilée.

Calvin referma doucement la porte, sans un bruit, et cela suffit à la ramener à la réalité.

— Venez, Meg, souffla-t-il d'une voix rauque.

À sa manière de la dévisager, elle se demanda s'il n'avait pas été assailli des mêmes pensées ardentes. La fraîcheur du dehors lui fit le plus grand bien et l'aida à remettre ses idées en place. La neige tombait si dru qu'un rideau blanc occultait le regard à seulement quelques pas. Le froid piquant et la clarté éclatante, à l'extérieur, tranchaient tant avec la pénombre et la moiteur de la forge qu'Emilia fut éblouie et désorientée. Elle en perdit l'équilibre et serait tombée dans la neige si Calvin ne l'avait pas rattrapée. Un instant, ils se retrouvèrent serrés l'un contre l'autre, échangeant leur chaleur. L'image fugace des amants qu'ils venaient de surprendre la saisit de plein fouet, renforcée par les sensations exquises qu'elle avait ressenties en embrassant Calvin. Comment lui résister, alors que tout son corps le réclamait ? Rien qu'à le sentir si près, elle ne se reconnaissait plus. Mais il s'écarta doucement, et l'aida à se remettre sur ses pieds.

— Je suis désolé que vous ayez eu à assister à ce spectacle. J'espère que… cela ne vous a pas choquée.

Comment lui avouer que ce n'était pas le premier couple qu'elle surprenait en pleins ébats, et qu'elle était loin d'être aussi ingénue qu'il le pensait ? Une fois de plus, le poids de son mensonge lui pesa. Il ne connaissait rien d'elle, et il n'en saurait jamais rien. Tout ce qu'elle était, et devait rester pour lui, était cette Lady Meagan qu'il lui semblait de plus en plus difficile d'incarner.

— Oublions cela, ce n'est rien, répondit-elle en feignant la timidité. Rentrons, voulez-vous ?

Il acquiesça et l'escorta jusqu'à la voiture. Leurs pas

crissaient dans la neige fraîche, s'y enfonçaient légèrement, mouillant le cuir de leurs bottes fourrées. Il lui offrit sa main pour l'aider à grimper dans la voiture, puis prit place auprès d'elle pour conduire le cheval sur le chemin menant au château. Fermant les paupières, elle leva la tête au ciel, savourant le picotement glacé des flocons qui se posaient sur sa peau pour y fondre. Cela acheva de lui éclaircir l'esprit. Quand elle s'était crue démasquée, une pure angoisse l'avait saisie mais, pire encore, elle avait craint de lire la haine, la colère et le mépris dans les yeux de Calvin. Ces sentiments qu'elle éprouvait pour lui étaient irraisonnés. Des émotions qu'elle devait réprimer, pour ne pas sombrer. Si seulement elle pouvait en parler à quelqu'un ! Mais c'était impossible. L'unique personne qui pourrait l'écouter sur son trouble et ses doutes était Kirstie, et il était hors de question de se confier à cette maudite sorcière. Elle baissa finalement la tête, resserra son manteau autour d'elle et se protégea le visage de sa capuche, surtout pour le cacher à Calvin, qui pourrait y lire la détresse qui la tourmentait. Sa vengeance l'avait nourrie si longtemps, impossible qu'un homme… et encore moins un Sinclair… l'empêche de la mener à bien. Quel qu'en soit le prix à payer.

Une chape glacée l'enveloppa, la pénétra jusqu'aux tréfonds de son être, et ni l'hiver ni l'averse de neige n'en étaient responsables.

Chapitre 15

— J'ai besoin de conseils, Gordon.

À peine Calvin était-il entré dans la petite pièce où son frère aimait se réfugier pour travailler qu'il l'avait interpellé. Un grand chandelier, sur la table, apportait quelque lumière, renforçant la faible lueur qui parvenait de l'unique fenêtre, en hauteur. Gordon poussa un soupir tout en reposant devant lui le document qu'il étudiait.

— J'imagine qu'il ne s'agit pas de questions militaires ou diplomatiques.

— *Nae*, cela n'a rien à voir avec ça, pour sûr.

Calvin s'affala sur le siège en face de celui de Gordon, qui le dévisageait avec attention.

— Tu m'as l'air bien soucieux, en effet. Cependant, si tu cherches mes conseils au sujet de ta promise, tu perds ton temps. Je suis un bien piètre exemple quand il s'agit de séduction, d'amour, voire simplement d'affection. L'aurais-tu oublié ?

Calvin grimaça. Comme toujours, d'un regard, Gordon avait deviné juste.

— C'est que… À qui d'autre pourrais-je me confier ? Pas à Malcolm, il ne prend rien au sérieux, et Ross… il est loin d'ici. De toute manière, il ne m'écouterait pas, jugeant mes préoccupations inférieures aux siennes, et je ne pourrais nier qu'il aurait raison. Je n'ai que toi, Gordon.

Il ponctua ces derniers mots d'un large sourire, qui fit soupirer plus lourdement encore son aîné.

— Très bien, très bien. Je t'écoute, mais sois concis, je te prie. J'ai beaucoup à faire. Quel est le problème ?

Calvin inspira amplement. Comment pourrait-il le lui expliquer le plus simplement du monde ?

— Meg est… déroutante. Je la croyais soumise et fade, je me retrouve avec une fiancée qui dissimule une passion de feu sous une carapace de timidité.

Gordon arqua un sourcil.

— Une passion de feu, dis-tu ? Calvin, tu n'as tout de même pas déjà…

— *Nae !* Enfin, elle m'a demandé d'attendre, et…

— Et tu as eu la sagesse de l'écouter.

— Quelque chose de la sorte, *aye*.

— Pourquoi ?

— Pourquoi quoi ?

— Pourquoi as-tu cédé ? D'ordinaire, tu ne plies pas si facilement.

— Je sais, mais Meg… Elle est différente. Elle me touche comme aucune autre avant elle, et je n'arrive pas à comprendre ce que… Enfin, d'ici quelques jours, elle deviendra ma femme. Qu'est-ce que ça peut faire d'attendre encore un peu ? Elle sera bientôt mienne, mais Seigneur, Gordon, à chaque fois qu'elle se trouve près de moi, j'ai tellement envie d'elle que c'en est intenable !

Gordon garda le silence quelques instants, le regard plongé dans le sien, comme s'il cherchait à en extirper le moindre secret.

— Arrête de me dévisager de la sorte, comme un démon qui en voudrait à mon âme.

Gordon écarquilla les yeux et s'esclaffa.

— Rien de moins que cela, eh bien ! Je ne me savais pas si effrayant. Cette jeune lady doit vraiment te bouleverser, pour que tu t'imagines de telles choses à mon sujet.

— C'est que… Je suis confus, Gordon. Je crois que je l'aime.

— Tu l'aimes ? Allons, Calvin, c'est absurde. Cette fille est belle, certes, mais tu la connais à peine.

— *Aye*, mais pourtant elle…

— Par tous les saints, Calvin ! Combien de fois ai-je déjà entendu la même chose de ta part ? Combien de fois es-tu tombé soi-disant amoureux pour te lasser de l'objet de tes convoitises, peu après y avoir goûté ?

— C'est différent, cette fois.

Le regard de Gordon s'assombrit. Il posa ses mains jointes sous son menton, et se tint parfaitement droit.

— Écoute-moi bien, petit frère : c'est merveilleux que ta future épouse te plaise autant, mais ne te laisse pas aveugler par sa beauté ou le désir qu'elle t'inspire. Les femmes se servent de leurs atouts pour manipuler les hommes, obtenir d'eux ce qu'elles souhaitent et cachent souvent de la duplicité sous leurs séduisants atours. J'en sais quelque chose, la mienne est une harpie dans un corps de déesse. Moi aussi, au début, je la croyais différente, charmante et même fascinante. Ensuite, une fois notre union consommée, la réalité m'a rapidement frappé de plein fouet. Elle a montré sa véritable nature. Elle est devenue aussi froide au lit qu'un glacier, vénale, hautaine, méprisable… Ne fais confiance à aucune femme, Calvin. Aucune, tu m'entends bien ? Et encore moins à celles qui te plaisent. Voilà mon conseil pour toi. Suis-le.

Calvin secoua la tête. Quel conseil stupide ! Évidemment, Gordon disait vrai au sujet de son épouse. Son mariage était malheureux, et à cause de cela il n'était guère étonnant qu'il considère les femmes comme des démones se cachant dans des enveloppes séduisantes. Mais Meg n'était pas ainsi, il en était certain. Jamais il n'avait rencontré de femme comme elle. Elle était humble et intimidée, voilà tout. Une fois mariée, elle libérerait la passion qui couvait en elle. Car elle le désirait, tout autant que lui la voulait. C'était évident. Que lui arrivait-il ? Meg l'avait ensorcelé. Gordon avait au moins raison sur ce point. Lorsqu'elle l'avait embrassé, il avait failli la renverser sur la table et la prendre, là, dans la maison de Malcolm ! C'était uniquement à cause de son éducation stricte qu'elle l'avait repoussé. Autrement, il l'aurait déjà mise dans son lit. Il ne put retenir un sourire. Leurs ébats ne seraient jamais glacés ou ternes mais, au contraire, torrides et ardents.

— Je te remercie, Gordon, mais tu te trompes, au sujet de Meg. Elle n'a rien à voir avec ta femme.

— Cela, tu n'en sais rien. Mais je suppose que tu t'en rendras compte bien assez vite, petit frère. Tu es si confiant, Calvin, mais c'est aussi ce qui te rend si spécial, à mes yeux.

Gordon se leva et partit remplir deux coupes de vin. Il lui en tendit une et Calvin l'attrapa instinctivement, pour la reposer aussitôt sur la table.

— Si, je le sais. Meg peut me rendre heureux, et je souhaite également son bonheur, mais… nos univers sont si différents. J'aimerais la découvrir, mieux la comprendre pour qu'elle se sente chez elle, parmi nous. Avec moi.

Gordon fit tourner la coupe dans ses doigts, avant d'en savourer une gorgée. Quand il eut terminé, son expression s'était adoucie, mais ses yeux continuaient à briller d'un troublant éclat.

— Tu auras des années devant toi, pour cela.

— C'est vrai, tu as raison.

— *Aye.* Mais assez parlé de femmes, à présent. Si tu n'étais pas venu me voir, je t'aurais fait chercher. J'ai à t'informer d'un sujet important.

En un battement de paupières, Gordon avait retrouvé son masque de sérieux. Quand il affichait cette expression, c'était toujours pour des annonces capitales. Calvin se tut, curieux de découvrir de quoi il s'agissait.

— La rencontre de père et de Ross avec les clans du Nord s'est finalement plus mal déroulée encore que le laissait entendre la missive de notre frère. Il semblerait que les choses se soient envenimées surtout… eh bien, surtout depuis que nos principaux rivaux ont appris que nous étions sur le point de forger une alliance avec le roi Robert Bruce et ses partisans du Sud. Certains nous considèrent comme des traîtres, des ambitieux, et craignent qu'avec le puissant soutien de nos nouveaux alliés nous décidions de les éradiquer pour leur voler leurs terres et dominer le Nord.

— Les imbéciles.

— En effet, soupira Gordon. Des incapables de voir les événements à long terme, contrairement à m… à nous. Tu dois savoir qu'une fois notre père sur le chemin du retour Ross est tombé dans une embuscade. Des McTrayall, peut-être, ou des Barclay, je n'en sais rien encore. Oh ! ne t'inquiète pas, Ross s'y était préparé mais, lorsque des renforts ennemis sont arrivés, il a dû se retrancher avec ses hommes dans les montagnes.

— Par les cornes du diable, Gordon ! Il faut les aider, tout de suite !

Furieux, Calvin bondit de sa chaise, prêt à intervenir, mais d'un geste Gordon lui intima de s'asseoir.

— J'ai envoyé ce matin même cinquante soldats rejoindre Ross, et cinquante autres sont partis à la rencontre de père. D'après le messager de Ross, et je suis enclin à le croire, cela devrait amplement suffire.

Calvin sentait la rage bouillonner en lui. Son père et son frère, en danger ! Et personne ne lui avait rien dit !

— Pourquoi ne m'en as-tu pas informé avant ?

— Pour que tu ne risques pas bêtement ta vie en cherchant à te précipiter au-devant du danger, comme tu sembles si désireux de le faire ! Que crois-tu ? Cela me coûte, à moi aussi, de les savoir en situation périlleuse, mais ce sont de puissants guerriers et nos hommes sont tout aussi féroces qu'eux. Ils reviendront bientôt, triomphants. Fais-moi confiance.

Gordon se pencha vers lui, l'expression autoritaire et inflexible.

— Écoute-moi bien, Calvin, je sais ce que tu penses et je te l'interdis : il est hors de question que tu quittes ce château. As-tu oublié ce qui est en jeu ? Ton mariage avec la fille McDowall est trop important pour qu'on prenne le risque qu'il t'arrive malheur et, si nous n'étions pas obligés d'attendre le retour de père pour le célébrer, crois-moi, ce serait déjà fait ! L'affaire est très grave, alors, s'il te prenait l'idée de me désobéir, sache que désormais Lady Meagan et toi resterez constamment sous bonne garde. J'ai bien peur que les promenades en forêt, les escapades au village, les parties de chasse et autres flâneries soient terminées pour vous, du moins jusqu'à ce que les choses se calment.

Calvin laissa échapper un grognement de colère et de frustration. Entendait-on lui dicter sa conduite aussi facilement ? Encore ?

— Gordon, tu ne peux exiger de moi que…

— Oh que si, je peux et j'exige, au contraire ! N'oublie pas que c'est moi, le laird, en l'absence de père et de Ross, et que tu me dois obéissance. Jusque-là, vous ne pourrez plus sortir du château, toi et ta *fascinante* fiancée. Allons, Calvin, ne fais pas cette tête et comprends que j'agis pour ton bien. Pour le salut de notre clan et celui de l'Écosse tout entière !

Le poids des responsabilités semblait peser sur ses fragiles épaules, comme s'il cherchait à les écraser. Calvin acquiesça gravement. Gordon avait raison, bien que cela lui coûte de l'admettre. Il devait obéir, lutter contre son impulsion de tout quitter pour rejoindre sur l'heure leur père et Ross. Une embuscade ! Quels traîtres avaient osé s'en prendre à eux, alors qu'ils ne voulaient qu'unifier l'Écosse sous l'égide d'un roi juste ! Il soupira, torturé par de terribles pensées. Meg et lui se retrouvaient au cœur de ce qui pourrait totalement transformer le pays, un événement qui pourrait autant mener à son renforcement qu'à son embrasement, si l'un d'eux était assassiné, par exemple. Jusque-là, il n'avait pas réalisé à quel point la paix était fragile, et combien ils étaient menacés. Combien Meg était en danger ! Il ferait tout, absolument tout, pour la protéger. Quitte à obéir à Gordon, sans sourciller.

— Très bien, Gordon. Je t'obéirai. Je te promets de ne pas chercher à sortir du château, tant que tu ne m'y autoriseras pas… Ou jusqu'au retour de père et de Ross.

Une ombre de sourire apparut sur le visage anguleux de Gordon. Il termina sa coupe, puis s'en servit une nouvelle, les yeux emplis de satisfaction.

— Merci, Calvin. Tu me soulages d'un bien lourd fardeau.

Chapitre 16

Les plis du velours turquoise de la robe d'Emilia dessinaient de douces arabesques qui suivaient le galbe de son corps. À chacun de ses mouvements, le tissu ondulait gracieusement. Les broderies blanches, qui remontaient des manches jusqu'au coude, ornaient les ourlets du vêtement et soulignaient la courbe aguicheuse de son décolleté. Ses cheveux étaient noués en un chignon haut maintenu par une broche en or d'où partait la fine chaînette du même métal précieux qui serpentait dans sa coiffe.

— Voilà, *Lady Meagan*, grimaça Kirstie d'un ton acerbe. Vous êtes splendide.

Peut-être, mais Emilia ne reconnaissait pas son reflet dans le grand miroir d'étain. Sa robe devait valoir une fortune. La coupe précise, la délicatesse des finitions, la qualité des tissus… C'était un véritable travail d'orfèvre. Jamais encore elle n'avait porté telle merveille et elle avait plus que jamais la sensation étrange de devenir une autre. Comme si Lady Meagan McDowall cherchait à prendre le pas sur elle, à l'étouffer sous sa personnalité, prenait sa place, au lieu du contraire.

— Merci, Kirstie. À vous aussi, ajouta-t-elle à l'adresse de Lucy et de Caithleen.

La vue de cette dernière lui faisait immanquablement revivre la scène qu'elle avait surprise, à la forge. Heureusement, la servante n'en savait rien ! Chassant l'image de Malcolm possédant fougueusement la jeune femme, elle s'efforça de se concentrer sur son objectif premier : débarrasser le monde des Sinclair. Son regard glissa vers un petit coffre, dans lequel attendait sa robe de mariage, soigneusement pliée. Celle de Meagan McDowall, se corrigea-t-elle amèrement. Elle était somptueuse, preuve de la richesse et de l'importance du clan McDowall. Quand ils apprendraient le sort de la jeune femme, ils interviendraient sans tarder. Le temps pressait et Emilia devait épouser Calvin avant que leur subterfuge soit découvert. Encore quelques jours, lui avait-il juré. Elle ne tenait plus d'impatience, pas parce qu'elle avait hâte de lui appartenir, mais pour pouvoir enfin se venger et libérer l'Écosse de la vilenie des Sinclair ! Repartir, ensuite, redevenir elle-même, continuer son existence loin de Calvin, loin de ses tourments, et tout oublier…

Avant lui, tout était clair, mais à présent elle se posait bien trop de questions, pour son propre bien. Si seulement il ne lui plaisait pas autant ! Elle inspira longuement, ferma les paupières pour tâcher de se concentrer. Le dîner. Ce soir. Avec Gordon et Calvin, et sans doute de nombreux membres du clan. Voilà, c'était sur cela qu'elle devait se focaliser, non sur les traits virils du séduisant Highlander, sur la puissance de ses bras, sur le dessin harmonieux de ses muscles saillants, sur…

— Milady, vous allez bien ?

Elle ouvrit brusquement les yeux. Lucy l'observait, visiblement inquiète. Avant qu'elle ne puisse répondre, Kirstie chassa Lucy et Caithleen de vifs gestes de la main.

— Oust, toutes les deux ! Ne voyez-vous pas que notre lady a besoin d'air ? Allez donc lui chercher un rafraîchissement, rendez-vous utiles !

Les jeunes femmes s'inclinèrent, sans doute intimidées par l'autorité de Kirstie. À peine furent-elles sorties qu'Emilia haussa le ton, à son tour.

— Tu n'avais pas à les chasser de la sorte !

— Et toi, tu ne devrais pas douter du bien-fondé de notre mission !

Emilia s'immobilisa. Comment diable savait-elle ? Avait-elle deviné son trouble en l'espionnant ou lisait-elle dans ses pensées, grâce à l'une de ses monstrueuses potions ? L'un comme l'autre lui sembla possible.

— Crois-tu que je n'aie rien remarqué de tes minauderies avec ce Calvin ? Je t'ai prévenue, Emilia, mais tu ne tiens pas compte de mes conseils ! Il est déjà suffisamment compliqué de devoir retarder nos plans, pour que tu t'attaches ainsi à l'un de nos ennemis !

— Je ne l'apprécie pas, assura-t-elle avec aplomb. Je le laisse juste y croire, pour mener à bien notre mission.

— Vraiment ? Tu es une menteuse exceptionnelle, dans ce cas, tant le désir se lit dans tes yeux quand tu le regardes. Peut-être devrais-je le tuer en premier, qu'en dis-tu ? Aimerais-tu le voir souffrir ? Je connais une potion qui lui fera vomir ses tripes par le nez.

Emilia en fut horrifiée, mais elle s'éclaircit la gorge, décidée à ne pas se laisser impressionner par cette nouvelle provocation.

— Et pourquoi ne pas t'y atteler tout de suite ?

Quelle meilleure façon que de tout gâcher ! répliqua-t-elle sèchement. Serais-tu dénuée de toute intelligence, Kirstie ? Les Sinclair doivent périr, vite et bien, durant le banquet de noces ! Nous devons juste faire preuve de patience.

— Peuh ! De la patience, comme s'il m'en restait ! J'ai peur, au contraire, que plus nous attendions, plus nous risquions de perdre toute chance de les tuer tous. Ils ne devraient déjà plus être que des cadavres pourrissants ! L'absence du laird est un problème, et nous devrons également trouver comment assassiner Ross, qui par malheur ne sera pas présent au mariage. Mais à te regarder, je suis la seule à m'en préoccuper. Tu sembles bien trop t'amuser à incarner une lady, Emilia, et oublier d'où tu viens. Ça ne me plaît pas.

— Je joue mon rôle, comme on l'attend de moi, rien de plus ! Je suis tout aussi déterminée que toi à en finir une bonne fois pour toutes avec les Sinclair. N'ose plus jamais remettre cela en doute.

Kirstie fit claquer sa langue.

— Oh ! et que feras-tu, dans le cas contraire ? Tu es peut-être une *lady*, ici, mais chez nous tu n'es rien d'autre qu'une domestique ! Et tu le redeviendras, dès que nous aurons accompli notre devoir. Tu ne vaux pas mieux que moi, et sans doute même encore moins.

Les poings d'Emilia se serrèrent.

— Baisse d'un ton, Kirstie, et tiens ta langue, si tu ne veux pas que je te l'arrache.

— Oh ! des menaces, à présent ? Tu ne me fais pas peur, petite. Si notre projet échoue par ta faute, c'est ta tête, que tu perdras ! Et la mienne aussi, par la même occasion, ce que je ne saurais tolérer !

— Continue à t'égosiller ainsi, imbécile, et tu seras l'unique cause de notre échec.

Kirstie riva un instant son regard dans le sien, puis haussa les épaules et se détourna avec dédain. Cette femme était une véritable vipère ! N'ayant jamais apprécié Emilia, elle avait fait part au laird McTrayall de ses doutes envers sa capacité à mener à bien cette mission. Mais il n'avait pas cédé, arguant qu'elle seule pourrait réussir. En plus d'avoir à peu près le même âge que Meagan McDowall, elle était suffisamment séduisante pour plaire aux Sinclair afin d'endormir leurs suspicions. De surcroît, elle avait bénéficié d'une certaine éducation. Prise d'affection par plusieurs dames de compagnie de l'épouse du laird, on lui avait appris à lire et à écrire, à se comporter en société… Cela l'avait bien sûr grandement aidée quand elle avait dû se préparer à endosser le rôle de Meagan McDowall du Galloway. Et cela l'avait toute désignée pour ce rôle, également.

La voix sèche et dure de Kirstie manqua la faire sursauter.

— Enfile ça, lui ordonna-t-elle, lui tendant un coffret de bijoux. Tu dois les éblouir, ce soir, ces misérables.

Elle acquiesça, choisit un collier de pierres multicolores, et accrocha à ses lobes une paire de boucles d'oreilles ornées de perles. Elle passa enfin des bagues d'or, d'argent et de cuivre, pesantes, sur ses doigts graciles.

— Je suis prête, annonça-t-elle d'une voix se voulant résolue.

— Bien. Il est temps.

Escortée de deux gardes qui attendaient dans le couloir, elle descendit lentement l'escalier, pour ne pas risquer d'abîmer sa magnifique toilette et prendre le temps d'apaiser son ressentiment. Rien ne devait laisser deviner ses humeurs et elle s'efforça d'afficher cette fois encore un visage aimable à l'expression timide. La nuit était tombée sur le Caithness. La lumière de la pleine lune, réverbérée par la neige, pénétrait dans le château par les fenêtres et les meurtrières. Emilia retint son souffle au moment de franchir le seuil de la grande salle. Les tables à tréteaux avaient été installées pour le dîner, et tout lui semblait encore plus fastueux à la lumière des torches qui faisaient danser des ombres sur les immenses tableaux et tapisseries accrochés aux murs. Autant de scènes de chasse, de combat ou de hauts faits à la gloire des Sinclair, songea-t-elle en réprimant une grimace de dégoût. Sans prêter plus d'attention que nécessaire aux dizaines de convives qui s'apprêtaient à festoyer et dont elle sentait poser sur elle les regards intrigués, elle marcha droit vers la longue table de chêne où Calvin et Gordon étaient déjà assis. À sa vue, le visage de Calvin s'illumina et il se leva de sa chaise pour venir l'accueillir.

— Vous êtes splendide, Meg, murmura-t-il tout en lui offrant son bras.

Elle sourit alors qu'il la conduisait à sa place. En effet, il la dévorait des yeux, comme envoûté. Le regard de Gordon était tout autre. L'expression de cet homme était impénétrable, mais d'une sévérité indéniable… à laquelle se mêlait également une autre émotion, qui la fit frémir. Ses iris brillaient d'une convoitise malsaine. Elle n'appréciait véritablement pas la manière dont il la dévisageait ! Comme s'il cherchait à la mettre à nu, à lire en elle !

Quelque peu mal à l'aise par ce fait, elle s'assit entre Calvin et son frère, qui, à l'inverse de son cadet, représentait tout ce qu'elle haïssait chez les Sinclair. S'ils portaient tous deux le même type de chemise de laine, aux couleurs de leur clan, leurs carrures très dissemblables les distinguaient considérablement. Autant le frêle Gordon semblait ployer sous le poids de la tunique qui paraissait trop grande pour lui, autant les larges épaules de Calvin et son torse musculeux cintraient le vêtement, ajusté à sa silhouette charpentée. Mais il n'y avait pas que cela. Calvin rayonnait, tel un soleil, alors que tout en Gordon lui faisait penser aux ténèbres.

— Vous êtes un régal pour les yeux, Lady Meagan, annonça-t-il d'un ton mielleux qui lui déplut.

— Je vous remercie, Sir Gordon.

Elle avait répondu à cette flatterie sans ciller, ni même vraiment le regarder, feignant la docilité. Calvin se pencha vers elle. Son souffle chaud lui caressa la joue et un délicieux frisson la parcourut.

— Voudriez-vous du vin, Meg ?

— Oui, merci.

Quand l'un des domestiques qui attendait discrètement contre un mur s'avança pour lui en verser, il le chassa d'un geste péremptoire pour prendre lui-même le pichet et la servir personnellement. Ensuite, il attrapa sa propre coupe et la leva pour un toast, imposant le silence dans la salle.

— À Lady Meagan McDowall du Galloway, ma promise ! annonça-t-il de sa voix forte et rauque. À l'Écosse unie !

Des hourras emplirent la pièce, tandis que tous levaient leur verre pour célébrer l'union. Elle se joignit à eux, perdue dans ses pensées. Elle remarqua alors seulement que Sir Gordon s'adressait à elle.

— … Si loin au nord de l'Écosse, disait-il. Cela doit être bien différent des terres qui vous ont vue grandir. Vous ne devez pas être habituée à un tel froid, n'est-ce pas ?

Son regard incisif s'était rivé sur elle… ou, plutôt, plongeait dans l'échancrure de son décolleté ! Réprimant sa répulsion, elle baissa légèrement les yeux, imitant ce qu'elle supposait être le comportement que l'authentique Meagan aurait adopté en pareille circonstance.

— C'est quelque peu différent, en effet, mais l'hiver est rude, également, dans le Sud. Cependant, les chutes de neige alternent très souvent avec la pluie, aussi n'avons-nous pas d'aussi splendides décors enneigés. Les paysages des Highlands sont magnifiques, sous cet épais manteau blanc…

— Vous aimerez aussi la belle saison, j'en suis certain, intervint Calvin. L'été est assez bref et un peu pluvieux, mais il fait bon et la lande est superbe. Notre mère nous racontait qu'au printemps les farfadets démontaient les arcs-en-ciel pour y découper des fleurs de toutes les couleurs, qu'ils semaient pendant la nuit partout dans la vallée.

— Quelle jolie image ! s'émut-elle sincèrement.

Gordon laissa échapper un grognement qui aurait pu passer pour un gloussement dédaigneux. Il leva sa coupe vide pour qu'un serviteur vienne la lui remplir.

— Une très belle image, en vérité, clama-t-il. Bien éloignée de la réalité, hélas ! Et comment décririez-vous l'été dans le Galloway, Lady Meagan ?

Pourquoi diable lui posait-il autant de questions sur les saisons et le climat ? Emilia croisa son regard et crut y déceler davantage que de la curiosité. Du soupçon ?

Pouvait-il se douter de son imposture ? Comment cela pourrait-il être possible ? Quoi qu'il en fût, la perspicacité de Gordon était évidente, et il était certainement le plus à même de discerner la moindre faille qui pourrait la trahir. Cherchait-il à la conduire à la faute ? Elle se concentra sur ce que Kirstie, native du Galloway, lui avait enseigné sur les terres de sa jeunesse. Si Emilia n'appréciait guère cette femme, elle devait avouer que sur ce point son aide s'avérait des plus précieuses.

— L'été est agréable dans le Galloway, Sir Gordon, expliqua-t-elle. Les herbes grasses nées au printemps transforment la lande en une immense mer verdoyante qui ondule, quand le vent se lève. Les moutons et leurs agneaux y paissent en toute liberté. J'adore les observer, c'est très apaisant. Oh ! et chaque année, au moment du solstice, une grande foire se tient au pied du château. Les gens viennent de toute la région pour commercer, danser, manger et boire, souvent jusqu'au bout de la nuit. Peut-être pourriez-vous y participer, à l'avenir, pour vous en rendre compte par vous-même ? Mon père serait ravi de vous accueillir.

Dieu merci, sa bonne mémoire ne lui avait pas fait défaut ! Volontairement, elle avait suggéré cette invitation, espérant que cela achèverait de convaincre Sir Gordon qu'elle était bien celle qu'elle prétendait. Celui-ci, hélas, se montra plus circonspect encore.

— La guerre qui a déchiré le sud de l'Écosse, ces dernières années, n'a donc pas atteint les terres de votre clan ? s'étonna-t-il.

— Hélas, et cela pour notre plus grand malheur à tous, mais mon père a toujours veillé à ce que cette fête se déroule malgré tout. Bien sûr, il y avait moins de monde et moins de rires, mais… le peuple en avait besoin.

Elle se souvenait que la foire du Caithness s'était en effet tenue tous les ans, mais elle ne connaissait guère plus de détails à ce sujet, aussi avait-elle dû improviser. Allait-il enfin cesser de la questionner ? Elle avait l'impression désagréable de subir un interrogatoire. Enfin, un sourire se dessina sur les lèvres fines de Sir Gordon.

— Votre père a raison, clama-t-il. Le désespoir peut faire plus de victimes que les épées.

— En as-tu terminé avec tes questions, Gordon ? intervint Calvin, contrarié. Ne vois-tu pas que tu la mets mal à l'aise ?

Était-il si facile pour lui de lire en elle ? Elle posa une main sur l'avant-bras de Calvin, comme pour l'apaiser, alors qu'elle cherchait juste à annihiler le moindre embryon de soupçon.

— Cela ne me dérange pas, Calvin. Il est bien normal que votre frère s'intéresse à des terres qu'il ne connaît sans doute pas encore.

— Elles semblent en tout cas bien accueillantes, répliqua Calvin avec un sourire. J'ai hâte de les découvrir quand nous irons présenter nos hommages à votre père, une fois notre mariage proclamé. À lui et au roi Robert, bien sûr.

— À ce propos, Lady Meagan, avez-vous déjà rencontré Sa Majesté ? s'enquit Sir Gordon, avec un intérêt renouvelé dans la voix.

Voilà qu'il recommençait ! Meagan McDowall avait-elle rencontré en personne Robert Bruce ? Par le Christ, elle n'en avait aucune idée ! Elle devait trouver un moyen d'éluder, et vite !

— Sir Gordon… Je ne suis que la quatrième fille de mon père, ainsi ne suis-je pas aussi importante que vous semblez le penser.

Elle avait volontairement usé d'un ton humble et soumis, espérant que cela suffirait.

— Je ne dirais pas cela, lui rétorqua Sir Gordon. Votre union avec mon frère vous place au premier plan !

— Veuillez m'excuser de ne pas considérer les choses de cette manière. Certes, l'alliance que ce mariage scellera est capitale pour l'avenir de l'Écosse, mais je n'en suis moi-même qu'un modeste instrument.

— Au contraire, Lady Meagan. Vous me semblez bien plus intéressante que vous le prétendez.

Son cœur en manqua un battement. À son grand soulagement, Calvin s'interposa de nouveau.

— Évidemment qu'elle est bien plus que cela, Gordon, gronda-t-il. Je te prierai à présent de laisser ma future femme en paix. Je n'accepterai pas que tu l'ennuies plus longtemps, frère aîné ou non.

Il avait parlé fermement, avec une autorité qu'elle ne lui connaissait pas, et elle fut malgré elle touchée de sa volonté farouche de la protéger. Il glissa sa main sous la table pour s'emparer de la sienne, comme pour l'assurer de son soutien face au regard pénétrant de son frère. Ce dernier émit un soupir las et hocha la tête.

— Ah, tu as raison, Calvin, je me suis laissé emporter, voilà tout. Tu sais mieux que personne combien je peux me montrer curieux, parfois. Me pardonnez-vous, Lady Meagan ?

Son ton et la lueur de duplicité dans ses iris prouvaient qu'il n'en pensait pas un mot. Cependant, elle s'efforça de lui sourire.

— J'accepte bien volontiers vos excuses, Sir Gordon. Comment vous en vouloir ? Je ne suis encore qu'une étrangère parmi vous, qui doit receler bien des mystères, à vos yeux.

— Et bientôt, vous n'en serez plus une, répliqua Calvin en serrant plus fort sa main dans la sienne.

— En effet, confirma gravement Gordon. Vous serez très vite l'une des nôtres, et grâce à cela un semblant de paix s'instaurera enfin dans le Nord.

— Un semblant de paix ? s'étonna-t-elle.

— C'est que… la situation a *toujours* été tendue, dans les Highlands, expliqua-t-il avec agacement. Si votre union avec Calvin arrange un grand nombre de choses, cela ne pourra hélas pas tout résoudre en quelques jours. Robert Bruce a beaucoup d'ennemis, et il ne peut se trouver partout à la fois. Il faudra du temps, mais avec l'aide de toutes les bonnes volontés il réussira.

— Tes talents d'habile négociateur seront alors très utiles, Gordon, approuva Calvin.

Quelle admiration sincère perçait dans sa voix ! Elle en fut fort surprise. Sir Gordon le remercia d'un hochement de tête, puis soupira lourdement :

— Je le souhaite aussi, Calvin. Hélas, parfois, il n'y a pas d'autre choix que d'user de violence au lieu de mots. Ce qui ne veut pas plier doit être brisé !

Il termina sa coupe, puis réclama qu'on la lui remplisse. Emilia ne pouvait détacher son regard de lui, stupéfaite et tremblante. Que venait-il de dire ? « Ce qui ne veut pas plier doit être brisé. » Cette phrase, elle la connaissait ! Elle l'avait entendu prononcer, de la bouche même de Fergus Sinclair, le jour maudit où il avait ravagé son village ! Ces mots étaient depuis gravés au fer rouge dans sa mémoire, et la colère surgit en elle, si violemment qu'elle en fut elle-même surprise.

— Notre père répétait souvent ça, réagit Calvin, qui la regardait, perplexe.

En effet. Leur père ! Leur *démon* de père ! Elle n'en était que trop consciente ! Combien de fois l'avait-il clamé, devant ses innombrables victimes ?

Reprends-toi, Emilia, vite, avant qu'il ne soit trop tard ! Elle essaya de sourire à Calvin, mais craignit de ne pouvoir esquisser qu'une pitoyable grimace, tant son corps était tendu, tant son âme était envahie de puissants sentiments de rage en repensant au massacre et à la destruction qu'elle avait connus. Par la faute de Fergus Sinclair !

Elle ferma les paupières, s'obligea à se maîtriser, à apaiser le rythme de sa respiration. Elle devait réussir. L'enjeu était trop important !

La voix de Gordon lui parvint, lointaine.

— C'est une phrase pleine de bon sens, comme l'est notre père, expliqua-t-il. Quand deux parties ne peuvent trouver de terrain d'entente, eh bien, l'une des deux factions doit tomber. Certains sont aveugles à la raison, sourds à tout compromis. Il n'existe alors pas d'autre choix : nous devons les détruire ou les soumettre, par la force s'il le faut.

Il porta de nouveau sa coupe à ses lèvres et en but le contenu en quelques longues gorgées.

— C'est une question de survie, continua Calvin. Pour notre clan, comme pour les autres. La guerre n'est pas un plaisir, mais une nécessité.

Comme de s'en prendre à de pauvres villageois sans défense ? Cela, aussi, serait une nécessité ? Emilia avait manqué hurler ces mots. Dieu soit loué, elle s'eétait retenue à temps ! Avec effort, elle parvint à se taire et se contenta de hocher lentement la tête. Combien de temps encore devrait-elle supporter cela ? L'image de Gordon Sinclair se tordant de douleur sous l'effet du poison qu'elle aurait elle-même versé dans son vin lui sembla particulièrement délectable. La proposition de Kirstie, au sujet de la potion qui faisait vomir les entrailles par le nez, lui devint également fort tentante.

— Certes, déclara Sir Gordon d'une voix légèrement cotonneuse. Cependant, détruire ses ennemis peut s'avérer un plaisir savoureux, surtout quand ils sont aussi tenaces et mauvais que les McTrayall.

Le sang d'Emilia se glaça. Les McTrayall ? Ce monstre de Gordon Sinclair menaçait ouvertement son clan, devant elle !

— Qui sont-ils, ces McTrayall ? demanda-t-elle en essayant de masquer son émoi.

Gordon réclama encore du vin – elle aurait souhaité qu'il puisse s'étouffer avec –, avant de répondre.

— Oh ! c'est un clan à l'ouest du Caithness, un ramassis de fumiers ingérables, cupides et belliqueux. Des voleurs méprisables, ma chère, voilà ce qu'ils sont ! Des moins-que-rien qui ont toujours refusé toute compromission et qui ont juré de nous réduire à néant. Mais ils ne nous ennuieront plus très longtemps. Quand les armées de votre père et du roi Robert se joindront à la nôtre… je ne donne pas cher de leur peau !

Le regard de Calvin s'assombrit. Avait-il remarqué l'expression d'effroi qu'Emilia devinait peinte sur son visage ?

— Je crois que tu as déjà trop bu, Gordon, intervint-il.

Les doigts d'Emilia s'accrochèrent au rebord de la table. La nausée se rajoutait à la colère et au dégoût.

— Je vous prie de m'excuser, mais je ne me sens pas très bien. La tête me tourne un peu, je crains d'avoir pris froid.

Calvin bondit de sa chaise pour la soutenir, alors qu'elle se levait pour prendre congé. Heureusement, car elle fut prise d'un vertige et elle le remercia d'un hochement de tête. C'est à peine si Gordon leur jeta un coup d'œil pendant qu'ils quittaient les lieux, tant il semblait plongé dans ses pensées… Ou plutôt dans le contenu de sa coupe qu'un domestique venait encore de remplir.

Qu'il s'en explose la panse ! songea-t-elle, luttant âprement pour empêcher la rage terrible qui la dévorait de se libérer. Pendant que Calvin l'escortait jusqu'à sa chambre, elle se jura qu'elle s'assurerait que Gordon Sinclair périsse, de sa propre main…

Chapitre 17

Terres des McTrayall, est du Caithness

Si la pièce où ses ravisseurs l'avaient enfermée n'était pas la plus sordide des cellules, Lady Meagan McDowall n'en était pas moins prisonnière, comme le lui rappelaient constamment les barreaux à la lucarne et le regard de la lourde porte, toujours gardée. Depuis sa capture, suite à l'attaque de son convoi, elle avait beaucoup pleuré, imploré et crié, pendant ce qu'il lui avait semblé durer une éternité. En vain.

Dans la quasi-solitude de sa geôle, elle ne cessait de se remémorer les conditions de son enlèvement. Le souvenir des cris des combattants continuait à la faire trembler, mais c'était surtout l'expression peinte sur le visage de Glenn, son protecteur, au moment où il avait péri devant elle, qui persistait à la hanter. Dès que sa mémoire lui en retranscrivait l'image, une envie folle de hurler la prenait ! Si elle ne s'y autorisait pas, c'était uniquement par peur que cela n'oblige ses ravisseurs à la faire taire. N'avaient-ils pas promis de lui couper la langue, si elle appelait à l'aide ? Cette menace n'avait cependant guère paru plaire à l'assassin de Glenn, qui avait vertement rabroué et même menacé ceux qui l'avaient prononcée ou oseraient la toucher. Leur chef, semblait-il, ou, tout du moins, quelqu'un qu'ils respectaient… ou craignaient. Elle se souvenait de sa frayeur, la première fois qu'elle l'avait vu. Telle une monstrueuse bête sauvage à la carrure impressionnante, il avait sauté dans sa voiture, une fois son forfait commis. Bâti comme un ours, il n'avait eu aucun mal à la maîtriser pour la déposer sur son cheval, avant de monter en selle derrière elle et de lancer l'animal au galop. Il n'avait pas prononcé un mot durant leur chevauchée, et elle n'avait pas osé ouvrir la bouche. Secouée par les sanglots, elle avait été terrorisée ! Et l'était encore. Elle avait ensuite été conduite dans cette forteresse, à l'intérieur d'une sinistre tour, et n'avait plus revu depuis son ravisseur. Que faisait-elle ici ? Que lui voulaient ces Highlanders ? Personne ne lui en avait rien dit. En vérité, hormis pour lui donner des ordres ou la menacer, aucun de ses geôliers ne lui avait adressé la parole ! Ils comptaient très certainement réclamer pour elle une rançon, que ce soit à son père ou aux Sinclair, chez lesquels elle se rendait pour se marier. Ces brigands n'en voulaient pas à sa vertu car, comme son ténébreux ravisseur l'avait ordonné, personne ne l'avait touchée – du moins, pas encore –, et ils la nourrissaient. Ils la voulaient donc en vie, ce qui accréditait selon elle la thèse de la rançon. Cela lui donnait un peu d'espoir. Quand la somme serait payée, elle serait libérée et épouserait Calvin Sinclair… S'inquiétait-il seulement pour elle ? Elle aimait à le croire, se l'imaginant tel un preux chevalier qui viendrait lui porter secours dès l'instant où il apprendrait son sort.

Deux femmes aussi muettes que sévères passaient

deux fois par jour pour lui apporter ses repas, composés généralement de pain, de viande séchée, de fruits secs et de fromage. Elles changeaient également quotidiennement l'eau de la bassine et vidaient le seau où elle devait soulager ses besoins naturels. Ses ravisseurs prenaient grand soin d'elle, dans son infortune, même si elle ne s'était jamais sentie si humiliée. Ils devaient s'imaginer qu'elle représentait une grande valeur ! Comme ils se trompaient. Sans ce mariage avec Calvin Sinclair, elle ne valait pas grand-chose, en étant la dernière fille d'un laird, dont personne n'avait voulu jusque-là.

Pourtant, elle était indéniablement importante, à présent. Ses noces allaient changer le destin de son pays ! Son père et son roi comptaient sur elle. Toute l'Écosse comptait sur elle ! Décidée à s'échapper, elle avait élaboré dans sa tête toutes sortes de plans pour y parvenir. Ne lui restait qu'à espérer qu'une occasion se présenterait à elle. Elle avait envisagé de profiter de la venue des deux domestiques pour forcer le passage hors de sa cellule, ou simuler d'être souffrante pour étouffer leur méfiance, mais avait renoncé, sachant que ces tentatives seraient vouées à l'échec. Que ferait-elle, même si elle y parvenait ? Elle ne connaissait pas le lieu où elle se trouvait. Les gardes l'arrêteraient avant qu'elle ait fait un pas à l'extérieur. Si seulement elle parvenait à découvrir ce que ses ravisseurs espéraient d'elle ! Pour contrecarrer leurs projets, quels qu'ils puissent être, elle était allée jusqu'à imaginer s'ôter la vie. Une fin rapide, sans douleur. Cela serait préférable à cette horrible situation qu'on lui imposait. Plus d'une fois, elle s'était convaincue que c'était son unique issue à cette attente interminable. De plus, elle morte, les plans mystérieux de ses ravisseurs s'effondreraient. Ce serait une manière à la fois honorable et héroïque de partir… mais une illusion, là encore. Même si elle en avait eu le courage, comment aurait-elle pu faire ? Se laisser périr de faim lui semblait trop long et douloureux pour s'y risquer. Impossible de sauter par la lucarne, trop haute pour qu'elle puisse l'atteindre ou même voir le paysage. Impossible également de trouver la moindre arme. Ses geôliers avaient veillé à ne rien lui laisser dont elle puisse se servir. Il n'y avait même pas assez d'eau dans la bassine pour y plonger la tête et s'y noyer ! Quelle idée stupide. Elle refusait, au fond, de céder au désespoir qui la mènerait à une telle extrémité.

Elle passait la plupart de son temps à scruter le ciel, regardant le vent faire danser les nuages ou, parfois, un oiseau volant dans le lointain. Les sons qui lui parvenaient lui faisaient soupçonner que la tour où elle était enfermée n'était pas très éloignée de la mer – elle était certaine d'entendre le bruit des vagues se fracassant contre des falaises. L'air était aussi chargé d'un fort parfum d'iode. Il avait fallu un peu plus d'une journée de route, à vive allure, pour parcourir le chemin entre l'endroit où s'était déroulée l'embuscade et le lieu où on l'avait emmenée, se souvenait-elle. Elle devait donc toujours se trouver dans le nord de l'Écosse, sans doute tout près de la côte est du Caithness. Tout près du clan Sinclair qu'elle devait rejoindre, et dans le même temps si loin de lui…

Elle ferma les paupières pour prier, comme souvent depuis le début de sa captivité. C'était la seule façon pour elle de garder espoir. Dès que son père, le roi Robert et le laird Sinclair apprendraient qu'elle avait été attaquée et enlevée, ils lanceraient les recherches et viendraient la secourir. Qu'attendaient-ils ? Impossible qu'ils n'en sachent rien, à présent ! Chaque nuit était pour elle pire que la précédente. Le moindre craquement du bois ou bruit soudain la terrifiait. L'idée épouvantable qu'un des gardes profite de la faveur de la nuit pour se glisser dans sa cellule afin de la violer la terrorisait. Leurs regards froids ou vicieux, posés sur elle quand la porte s'ouvrait sur les servantes qui lui amenaient sa pitance, lui glaçaient le sang.

Elle avait tant pleuré qu'elle n'avait plus de larmes en elle. De toute sa vie, elle n'avait connu un tel supplice. L'ignorance de son sort et le pourquoi de son enlèvement étaient tout aussi insupportables que l'emprisonnement lui-même – et même plus encore. Mais le pire était que des braves étaient morts en tentant de la protéger. Comme Glenn ! Si elle n'en était en rien responsable, la culpabilité ne l'en rongeait pas moins. Elle ignorait tout autant le sort de ses servantes, mais les supposait mortes, elles aussi.

Elle sursauta quand retentit le claquement des verrous qui se libéraient, puis le battant s'ouvrit devant une silhouette massive qu'elle reconnut aussitôt. C'était le Highlander qui avait mené l'assaut ! La bête monstrueuse qui avait tué Glenn et qui l'avait ensuite arrachée à sa voiture pour l'emporter sur son cheval ! De peur, elle courut se réfugier contre la paroi. Comme s'il lui était possible de lui échapper ! La lueur des torches dessinait des ombres sur ses traits virils, le rendant plus mystérieux encore. Ses iris, d'un brun clair lumineux, étaient rivés sur elle. Un sourire de prédateur s'étira sur son visage, presque identique à celui qu'il avait arboré après avoir assassiné Glenn.

À ce souvenir, elle eut envie de se jeter sur lui, et l'aurait certainement fait, si elle n'avait pas autant tremblé de terreur. Il referma la porte derrière lui. Seigneur tout-puissant ! Qu'allait-il lui faire subir ?

Il… s'inclinait devant elle ?

— Lady Meagan, je suis Ronan McTrayall, troisième fils du laird William McTrayall.

Sa voix rocailleuse lui fit penser au ressac des vagues se fracassant sur des rochers. Le clan McTrayall ? avait-il dit. Elle ignorait tout d'eux, elle n'en avait même jamais entendu parler avant ce jour !

— Pourquoi m'avez-vous enlevée ? Qu'attendez-vous de moi ?

Cherchant en elle du courage, elle parvint presque à contrôler le tremblement de sa voix, alors qu'elle se sentait sur le point de s'évanouir sous son regard implacable. À sa grande surprise, il soupira, puis secoua doucement la tête. Quand il la releva, ses yeux avaient perdu de leur dureté. Était-ce de la compassion, qu'elle y lisait ? Non, impossible, ces McTrayall n'avaient aucun cœur ! N'avaient-ils pas massacré des hommes de bien pour s'en prendre à elle, une pauvre jeune fille sans défense ?

— Nous n'attendons rien de vous, en vérité, répondit-il.

— Alors pourquoi suis-je ici ? Que voulez-vous ?

— Empêcher votre mariage. L'alliance entre votre père et les Sinclair, qui en découlerait, serait une tragédie pour notre clan et tout le nord de l'Écosse. Si ce n'est pour le pays entier.

— Ce ne sera pas une tragédie, au contraire ! Cette union assurera la paix pour nous tous ! Pitié, Sir Ronan, vous devez me libérer, pour que je puisse accomplir mon devoir !

Elle n'en espérait rien, mais devait essayer. Un court instant, interloquée, elle crut follement qu'elle avait réussi à le convaincre, imaginant lire de la compréhension dans l'expression de ses traits rudes. Hélas, cela ne dura pas.

— Je suis navré pour vous, milady, très sincèrement, mais cette union signifierait notre perte et nous ne le permettrons pas. *Jamais.*

Son ton s'était fait si menaçant qu'elle manqua hurler de frayeur. Il s'avança vers elle, et elle plaqua son dos contre le mur, aussi dur et froid que son regard.

— Comptez-vous m'assassiner, à présent, pour vous en assurer, Sir Ronan ? Est-ce pour cela que vous êtes ici ? À présent que vos projets m'ont été dévoilés, cela ne peut signifier qu'une seule chose, n'est-ce pas ?

Elle venait de comprendre. Ils ne pouvaient prendre le risque qu'elle les dénonce. Ils allaient donc la tuer. Il grommela quelque chose, puis s'immobilisa à un pas de distance. Il était si grand qu'elle devait lever haut la tête pour le regarder. Quand il plaqua soudainement sa main contre la pierre, près de son visage, elle se figea, sachant qu'elle ne pouvait plus lui échapper, quel que soit le sort qu'il lui réservait. Au moins affronterait-elle son destin avec autant de dignité que possible.

— Allez-y, le défia-t-elle. Tuez-moi et vivez avec cette honte pour le reste de votre misérable existence !

Il fronça les sourcils. Était-il amusé… ou contrarié ?

— *Nae*, dit-il. Je ne suis pas là pour ça. Votre mort ne nous aiderait en rien… Pour le moment.

— Pour le moment ? glapit-elle.

— En effet. Et si notre plan se déroule comme prévu, vous serez même bientôt libre et de retour sur vos terres.

Il se fendit d'un sourire qui paraissait si sincère et même empreint d'une certaine douceur qu'elle reprit espoir. Elle réalisa seulement combien il était séduisant. Du moins, combien il aurait pu l'être s'il n'était pas son ennemi !

Puisqu'il ne comptait visiblement pas l'occire, enfin, pas encore, elle osa poser la question qui lui brûlait les lèvres.

— Ce plan… Quel est-il ?

— Vous l'apprendrez en temps voulu. En attendant, vous resterez ici, sous bonne garde. Je souhaitais vous rendre visite bien plus tôt, mais j'ai été… occupé, ces derniers jours. À présent, je vous promets sur mon honneur que nul mal ne vous sera fait. Si vous vous tenez tranquille, bien sûr. Il serait fort dommage qu'une jeune dame innocente et d'une telle beauté souffre plus que de raison.

Meagan sentit ses joues s'enflammer d'une chaleur inattendue sous ce compliment qui lui parut aussi sincère qu'inoffensif. Pouvait-il réellement penser cela ? Aucun homme ne lui avait dit la trouver belle, et c'était déstabilisant, surtout dans de si effrayantes circonstances.

Idiote ! Il n'a prétendu cela que pour t'amadouer et s'assurer de ta docilité !

Elle se ressaisit. Un plan, avait-il mentionné. La promesse de liberté pour elle, une fois celui-ci achevé. Il mentait, forcément. Jamais ils ne la laisseraient partir ! Elle connaissait le nom de leur clan, plusieurs de leurs visages… Soudain, le sourire aimable et les flatteries de cet homme lui apparurent plus terrifiants encore que tout ce qu'elle avait vécu depuis leur épouvantable rencontre.

Chapitre 18

Château des Sinclair

Au lendemain de ce difficile dîner avec Calvin et son frère Gordon, Emilia avait prétexté une légère fatigue pour ne pas se montrer de la journée. En réalité, l'origine de son malaise était bien différente. Comme les précédentes, cette nuit encore avait été agitée. Assaillie par de perpétuelles questions et hantée par des sentiments contradictoires plus intenses les uns que les autres, elle n'avait que peu dormi. Le cynisme froid de Sir Gordon, quand il avait évoqué le sombre destin qu'il fomentait pour les McTrayall, le dégoût qu'elle avait perçu dans sa voix lorsqu'il avait menacé le clan qui l'avait adoptée, le silence de Calvin, comme s'il le soutenait… Tout cela la remplissait de colère, d'incompréhension, de déception ! Comment avait-elle osé imaginer que Calvin pouvait être si différent ? Bien évidemment, il approuvait les paroles de son frère, partageait ses intentions : n'était-il pas un Sinclair, lui aussi ?

Tu vois, Emilia, j'avais raison à son sujet, crut-elle entendre lui annoncer triomphalement Kirstie. Ce qu'elle aurait fait, sans aucun doute, si elle s'était trouvée avec elle. Mais c'était à peine si elle avait croisé l'empoisonneuse depuis le matin. C'était une bonne chose, car elle avait grand besoin de solitude. Occupée à réfléchir, à calmer ses nerfs éprouvés !

Fascinée par le ballet hypnotique des flammes de la cheminée de sa chambre, elle essayait d'imaginer la suite des événements. C'était la fin de l'après-midi et le soleil se couchait déjà. Pour ne pas attirer les soupçons, elle ne pouvait pas rester enfermée plus longtemps. Elle allait devoir se confronter à Calvin, mais elle ferait tout pour éviter Sir Gordon. Cacher son aversion pour lui s'avérerait au-dessus de ses forces, et il le verrait forcément. Elle inspira amplement pour se donner du courage, quand un tumulte tonna dans le château. Soudain, ce fut un déchaînement de bruits de course et d'éclats de voix dans les couloirs. En ouvrant sa porte, elle entendit distinctement ce qui se clamait :

— Il est mort ! Ils l'ont tué ! Vengeance !

Elle se sentit blêmir. Qui était mort ? Qui avait été tué ? Prise de panique, elle se rua dans la petite pièce attenante à sa chambre, celle de Kirstie. Cette dernière aurait dû se trouver là, mais l'antichambre était vide !

Mon Dieu ! Qu'a-t-elle fait ?

La violente haine de l'empoisonneuse envers les Sinclair était plus vive encore que la sienne... Avait-elle pu perdre patience et agir de son propre chef, oubliant par là même l'objectif de leur mission ? En l'absence de Fergus Sinclair et de son aîné Ross, avait-elle assassiné Gordon... ou Calvin ? Non, pas lui ! Emplie d'angoisse à se l'imaginer, elle en perdait tous ses moyens. À l'extérieur de la chambre, les cris continuaient de retentir dans le château, mais elle les entendait à peine, à présent, tant son cœur battait fort à ses oreilles. Déstabilisée, perdue et terrorisée à l'idée que Calvin ait péri, elle resta figée quelques instants, ne sachant que faire, puis alla ramasser la dague qu'il lui avait offerte et qu'elle gardait au chevet de son lit. Lorsque son poing se referma sur la froide poignée ouvragée, sa main tremblait furieusement. Si les Sinclair la soupçonnaient d'avoir aidé à assassiner l'un ou l'autre des héritiers du clan, ils viendraient pour elle.

Dans un lourd fracas, la porte de sa chambre s'ouvrit sur Kirstie, qui se hâta d'entrer et de la refermer derrière elle. Son visage était livide, en dehors de ses joues empourprées et de ses yeux brillants, et elle haletait. Emilia se précipita vers elle et lui agrippa les épaules.

— Qu'est-ce que tu as fait, Kirstie ? Réponds !

— Quoi ? Tu… penses que c'est moi qui ai… Non, je n'y suis pour rien, idiote ! Je n'ai assassiné aucun de ces imbéciles, pas encore !

Emilia ne céda pas. Pouvait-elle la croire ? Kirstie fonça vers la fenêtre pour désigner la cour.

— Regarde : les soldats se ruent vers l'extérieur. Je ne sais pas ce qui s'est passé ni qui a été tué, mais je te répète que je n'ai rien fait !

Guère plus rassurée, Emilia vint la rejoindre et jeta à son tour un coup d'œil dehors. En effet, des hommes en armes couraient hors du château. C'était une masse de soldats désordonnés, comme pris d'une terrible panique. Au même moment, elle vit Calvin courir en sens inverse, en direction du bâtiment. Dieu soit loué, il était en vie ! Elle en aurait pleuré de joie et de soulagement. Comme s'il ressentait sa présence, il leva la tête vers sa fenêtre, puis s'engouffra à l'intérieur. Elle décida alors de le rejoindre et glissa instinctivement la dague à sa ceinture. Elle devait découvrir ce qui s'était passé avant que les suppositions ne la rendent folle !

— Reste là, ordonna-t-elle à Kirstie, doutant toujours qu'elle lui ait dit la vérité.

Elle se précipita ensuite dans le couloir, se frayant un passage parmi les domestiques paniqués. À peine eut-elle parcouru quelques pas que Calvin apparut dans l'escalier, grimpant les marches à la volée. Il ralentit en l'apercevant. Sous la lueur dansante des torches, la détresse qu'elle lut sur ses traits parut d'autant plus lugubre. Ses lèvres serrées échouaient à étouffer les sanglots qui le secouaient. Il approcha d'elle, chancela et s'effondra contre le mur, avant de se laisser glisser au sol, comme si le poids de sa peine était bien trop lourd à supporter. Elle se précipita à ses côtés.

— Calvin, que…

— C'est mon frère, Meg, mon frère ! Ils l'ont assassiné !

Prise de vertige, elle sentit ses jambes se dérober sous elle. Ainsi, Gordon était mort. Kirstie lui avait menti. Elle avait agi trop tôt… Les Sinclair allaient se méfier, chercher les coupables, les découvrir… Tout était perdu.

Calvin était tellement bouleversé qu'il était en peine de s'exprimer.

— Un messager… vient de nous apporter la terrible nouvelle. Ross… Il a péri au combat ! Mon frère ! Mort ! Tué par des lâches !

Ross ?

Elle en eut le souffle coupé. Ross, l'aîné des Sinclair, l'héritier de Fergus, celui qui devait lui succéder à la tête du clan, n'était plus ? Bien que touchée par la détresse de Calvin, la nouvelle lui procura un véritable soulagement. Elle s'était fourvoyée. Kirstie n'avait pas menti, finalement ! Elle s'agenouilla auprès de lui et lui prit la main. Il semblait si affligé qu'elle comprit qu'il devait terriblement tenir à ce frère qu'il venait de perdre, et en éprouva une réelle compassion pour lui.

— Je suis désolée, Calvin. Suivez-moi, je vous en prie. Ne restez pas ici.

Elle l'encouragea à se relever, et il s'exécuta pour la laisser le conduire, hagard et docile, jusque dans sa chambre. Il se laissa choir sur son lit. Depuis un coin de la pièce, Kirstie les observait avec un sourire mauvais… presque triomphant. Cette sorcière se délectait de sa peine !

— Laisse-nous, lui ordonna sèchement Emilia.

Kirstie roula des yeux, parut hésiter à objecter, mais sortit finalement dans le couloir, sans cependant refermer la porte derrière elle. Emilia s'en chargea, puis revint auprès de Calvin. Son regard immobile, vide, fixé droit devant lui, était inquiétant. Un frisson glacial la parcourut. Si sa poitrine solide ne s'était pas soulevée au rythme de sa respiration saccadée, elle aurait pu croire que la vie l'avait quitté.

Elle vint s'asseoir près de lui.

— J'ignore comment apaiser votre peine. Je… Je suis profondément affligée pour vous, souffla-t-elle. Pour Gordon et pour votre père, également.

C'était vrai, du moins en partie : si l'ennemie des Sinclair en elle se réjouissait de la disparition d'un Sinclair, son affection pour Calvin faisait qu'elle partageait sa détresse.

— Merci, Meg…

Sa voix n'était qu'un murmure rauque. Elle toucha son bras, aussi dur et froid que s'il était fait de marbre.

— Et votre père ? s'enquit-elle soudain. A-t-il été attaqué, à son tour ?

Calvin lui avait appris que Ross et leur père s'étaient séparés, sans qu'elle n'en sache guère plus, et que leur mariage ne serait célébré qu'à leur retour. Cependant, s'il existait un mince espoir que le laird Sinclair puisse également périr sur le champ de bataille… Non, ce serait trop facile. Elle voulait le voir mort, de ses propres yeux !

Il hocha lentement la tête.

— Il est sauf, Dieu merci. Mais quand il saura pour Ross, si ce n'est déjà fait, il… il sera dévasté. Il l'adorait. Nous l'aimions tous…

Tous, oui. Sauf les innocents qu'il avait massacrés, violentés, volés ! Calvin ferma les yeux un instant, comme s'il cherchait à se maîtriser. Quand il les rouvrit, ses iris brillaient d'un éclat féroce et d'une détermination sans faille.

— Je vous jure que ses meurtriers n'échapperont pas à notre vengeance ! À *ma* vengeance !

En un instant, l'éploré jeune homme s'était métamorphosé en fauve enragé. La tristesse en lui s'était muée en fureur. Il avait le même regard, à la fois terrifiant et envoûtant, que lorsqu'il avait affronté le lynx pour la sauver.

Ses doigts se resserrèrent sur les siens. Il ne lui faisait pas mal, mais l'étau de ses mains ne l'en maintenait pas moins fermement. Il reprenait des couleurs, comme si sa colère lui redonnait vie. Son souffle chaud courait sur son visage, tandis qu'il plongeait ses yeux dans les siens.

— Je vous le jure, Meg : ce crime ne restera pas impuni. Ceux qui se dresseront sur la route du clan Sinclair le paieront cher !

Elle déglutit péniblement. Lorsqu'il découvrirait ce qu'elle comptait faire, il la tuerait certainement de ses propres mains, et sans aucune hésitation.

— Je donnerais tout pour que ces guerres fratricides cessent, ajouta-t-il. Comme si l'Écosse n'avait pas déjà assez d'ennemis pour que nous nous massacrions entre nous ! J'ai encore perdu un frère, aujourd'hui, et je refuse d'en perdre un autre. Ou de vous perdre, vous.

De son pouce, il vint caresser sa joue, et il se montrait si tendre qu'elle sentit ses yeux s'embuer. Une douce chaleur naquit dans son bas-ventre, et elle s'en voulut d'éprouver du désir alors qu'il était si affligé. Sa culpabilité s'évanouit cependant quand il porta sa main serrée dans la sienne contre son torse et qu'elle sentit le cœur de Calvin battre follement derrière ses solides pectoraux. Son envie de lui se fit plus intense encore et elle se retint avec peine de ne pas se pencher un peu, rien qu'un peu, pour poser ses lèvres sur les siennes et savourer le goût de sa bouche. Comment pouvait-elle penser à cela, alors qu'il souffrait ? Se le reprocher ne pouvait pas refouler ce qu'elle éprouvait.

Il ne voulait pas perdre son dernier frère… ni son père… ni elle. Pourtant, il perdrait tout, et par sa propre main. Quand il saurait, il la haïrait et cesserait de la regarder comme il le faisait. Avec confiance et autre chose, de bien plus profond encore. Il semblait si vulnérable, et si fort à la fois… Pourquoi tremblait-elle ? Pourquoi perdait-elle ainsi tous ses moyens dès qu'elle se trouvait auprès de lui ?

— Meg, non, ne pleurez pas. Cela me touche énormément que vous partagiez ma peine, mais…

— J'ai peur pour vous, balbutia-t-elle sans pouvoir s'en empêcher. Peur de vous perdre…

Il posa ses deux mains en coupe autour de son visage, l'attira à lui, ancra son regard au sien. Son odeur musquée l'enivra. Il était trop près !

— N'ayez nulle crainte. Ross est le dernier d'entre nous qui mourra assassiné, je vous en fais la promesse. Il ne m'arrivera rien, et à vous non plus. Parce que je vous protégerai. *Toujours*.

Il plaqua ses lèvres contre les siennes, comme pour sceller son serment. Sa langue glissa dans sa bouche pour rejoindre la sienne, et l'emporter dans un baiser aussi violent qu'enflammé. Comme s'ils ne pouvaient se rassasier l'un de l'autre ! Toutes ses barrières volaient en éclats. Ce brutal élan de passion qui explosa en elle était presque effrayant ! Les doigts agrippés à l'étoffe de sa chemise, elle s'accrocha à lui, submergée par la puissance du désir qu'elle ne parvenait plus à réprimer. Avec lui, elle perdait la raison ! Vaguement était-elle consciente qu'il faisait glisser ses mains sous sa robe. Il caressait sa cuisse, sa hanche, remontait sur ses fesses. Ses seins lui parurent soudain comprimés dans son corset, et Calvin eut l'excellente idée de les en libérer pour s'en emparer, ce qui lui arracha des gémissements de plaisir. Chacune de ses caresses était un délice ! Son pouce s'attarda sur un mamelon, le titilla délicatement. Incapable de penser à autre chose qu'à sa langue qui l'explorait, à ses mains posées sur elle et aux agréables sensations que cela éveillait en elle, elle entreprit de dénouer les lacets de la chemise de Calvin.

Il émit un gémissement rauque et libéra sa bouche pour couvrir son cou de baisers.

— Je vous veux tellement, murmura-t-il contre sa peau, j'ai tant envie de vous que, si vous ne m'arrêtez pas à l'instant, je ne me retiendrai plus.

Impulsivement, elle pressa ses hanches contre son sexe dur et palpitant. Elle posa une main sur son torse solide, ses doigts suivirent le dessin de ses pectoraux, avant de plonger sur les muscles fermes de son ventre et de descendre, un peu plus bas.

— Calvin, je vous veux, moi aussi… Oubliez votre promesse, je vous en délie…

Sa réponse lui avait échappé. Sa voix n'était plus qu'un souffle, un murmure, enroué par le désir qui la contrôlait tout entière. Son gémissement se perdit dans le grognement rauque et triomphant de Calvin, qui s'empara de sa bouche avec encore plus de ferveur. C'était comme si à son tour il perdait toute contenance, à la savoir prête à s'offrir à lui ! Habilement, il la dévêtit, la renversa sur le côté et, lorsqu'il trouva la chaleur de son intimité, elle eut comme un vertige. Ses gémissements de plaisir s'intensifièrent quand il vint sucer l'un de ses tétons durcis. Tout en savourant ses baisers et ses caresses, elle fit s'immiscer complètement sa propre main sous le plaid de Calvin, à la rencontre du doux et ferme épieu de son sexe dressé et entreprit de l'envelopper de tendres mouvements. Calvin laissa échapper des grognements enroués, et introduisit ses doigts en elle. Jamais elle n'avait ressenti d'émotions aussi intenses, un tel désir, un tel besoin de sentir un homme en elle ! Il exerçait sur elle un pouvoir presque magique ! Le va-et-vient de ses doigts s'accéléra, et les reins d'Emilia suivirent leur rythme. À chaque aller-retour, ses sensations délicieuses en étaient décuplées.

Haletante, gémissante, elle tressaillait, emportée par une incroyable vague de plaisir qui ne cessait de gagner en puissance. Soudain, sa main s'accrocha à celle de Calvin et elle cria, submergée par une jouissance stupéfiante, telle qu'elle n'en avait jamais connu.

— Meg, ma beauté, ma princesse, susurra-t-il tout en la couvrant de baisers.

Comme elle détestait qu'il l'appelle ainsi ! *Emilia, je suis Emilia !* voulut-elle lui clamer. Lui mentir, encore, alors qu'ils faisaient l'amour, la rendait folle ! Mais il était trop tard, et elle était incapable de parler, ou de l'arrêter, car elle en désirait plus ! Avec des gestes fébriles, elle empoigna le plaid de Calvin pour l'en débarrasser… et n'en fut que plus impatiente, bien qu'un peu effrayée. Son membre fièrement dressé était véritablement impressionnant ! Elle eut à peine le temps de s'en inquiéter que déjà il la retournait sur le dos. Il attrapa ses fesses pour les soulever et se plaça entre ses jambes.

— Cela risque de faire mal, au début, je m'en excuse.

— Ça ne fait rien, j'ai confiance en vous…

Comme s'il n'avait pas eu besoin d'une autre invitation, il s'enfonça doucement en elle. Elle grimaça sous la douleur qui la saisit, tant son sexe était imposant, et il s'immobilisa, comme pour lui laisser le temps de s'habituer à lui. Ensuite, il continua à s'enfouir en elle, et elle s'accrocha à lui, la souffrance faisant place à quelque chose de très différent. Elle se sentait enfin complète. Une sensation vraiment étrange qu'elle n'avait jamais connue jusque-là et qui la bouleversait tant qu'elle craignait de fondre en larmes de bonheur. Étourdie de désir, elle s'arqua instinctivement contre lui quand il se mit à se mouvoir en elle. D'abord lentement, puis de plus en plus férocement. Ne faisant plus qu'un, ils bougeaient au même rythme, et à chaque coup de reins la chaleur qui se répandait entre ses cuisses gagnait en intensité, remontait dans tout son corps. Assaillie par de délicieuses sensations, elle rejeta la tête en arrière, ferma les yeux et s'abandonna entièrement au feu dévorant qui la consumait.

Calvin accéléra encore. Ses mouvements se firent plus pénétrants et il se pencha vers elle, liant sa bouche à la sienne. Le ventre d'Emilia se contracta violemment et une suprême vague de plaisir l'embrasa. Elle l'accompagna d'un long cri, et bientôt Calvin la rejoignit dans la jouissance ultime. Vidés de leurs forces, ils s'effondrèrent sur le lit, à bout de souffle. Elle se blottit contre lui, posa le front sur son torse, et il l'entoura de ses bras. Pendant qu'il lui caressait les cheveux, elle cherchait à rassembler ses pensées. Qu'avait-elle fait ? Céder à ses pulsions, s'abandonner à Calvin, lui avait semblé si facile ! Hélas, assouvir son désir pour lui n'avait pas apaisé ses tourments. C'était pire ! N'avoir fait qu'un avec lui la bouleversait au plus profond d'elle-même, et ce qu'elle ressentait l'effrayait. Comment pourrait-elle encore le considérer comme son ennemi ? Elle avait connu un tel bonheur, entre ses bras ! Cette plénitude, cet accomplissement, étaient aussi merveilleux qu'inattendus. Ces sentiments irraisonnés causeraient sa perte et celle des McTrayall. Elle devait y mettre fin ! Mais comment ? Rien qu'à sentir le cœur de Calvin qui battait sous son oreille, elle ne parvenait plus à s'imaginer le faire taire pour toujours…

Elle devait réfléchir. Se ressaisir. Trouver une solution. Accepter qu'elle ne fût qu'Emilia, et pas *Meg*. Une illusion qui, lorsqu'elle se dissiperait, ferait disparaître les lumières qui dansaient dans les yeux de Calvin et le sourire qui illuminait son visage quand il la regardait. Elle ne le supporterait pas, et en vérité ne se sentait plus capable non plus d'accomplir sa mission… En tout cas, pas de tuer Calvin, ni de laisser Kirstie le faire à sa place. Si les autres périssaient, lui devrait être épargné !

Il existait forcément un moyen, et elle le trouverait.

Chapitre 19

Quand Emilia ouvrit les yeux, elle comprit qu'elle s'était endormie entre les bras de Calvin. Celui-ci n'avait pas bougé. Sa respiration était calme, régulière. Malgré le fait qu'il soit assoupi, il la tenait toujours étroitement contre lui. Leurs odeurs étaient mêlées, tout comme leurs jambes et leurs mains étaient liées. En d'autres circonstances, cela aurait été parfait mais, hélas, c'était loin d'être le cas. Entre ses bras, touchée par sa détresse, par ce qu'elle ressentait pour lui, elle avait perdu tout contrôle et risquait de le payer cher. Dieu merci, elle avait saigné. Un peu. Cela devrait suffire à le convaincre qu'elle était bien la virginale Lady Meagan… Son cœur se noua. Elle n'avait pas le droit d'être là, d'éprouver ces sentiments profonds. Avec précaution, elle se dégagea pour se lever. À peine fut-elle debout que la voix de Calvin la fit sursauter.

— Merci.

Tout en agrippant sa robe devant elle pour cacher sa nudité – geste dérisoire et inutile après ce qu'ils venaient de partager –, elle se retourna vers lui, surprise.

— Merci ? répéta-t-elle.

— Je sais combien tu tenais à te préserver pour notre

nuit de noces, Meg. Alors, merci de ta confiance. Merci de m'avoir offert ce que tu avais de plus précieux, avant notre mariage… au moment où j'en avais sans doute le plus besoin. C'était merveilleux.

Elle en resta coite. Comment lui dire ? Comment lui avouer ce qu'elle ressentait ?

— Pour moi aussi, ça l'était, parvint-elle finalement à balbutier.

Pour une fois, elle ne lui mentait pas. Il sourit et se redressa.

— C'est exactement ce que j'espérais entendre.

Le drap sur son corps musclé glissa à terre, révélant son sexe déjà turgescent et tendu. Tandis qu'il marchait vers elle, elle déglutit, luttant contre la tentation de le rejoindre, s'imaginant ce que…

Il s'immobilisa devant elle, dégagea une mèche de cheveux rebelle sur son visage, puis posa ses grandes mains sur ses épaules.

— Je veux croire à un avenir meilleur, Meg. Toi et moi, par notre union, nous soutiendrons le roi Robert qui apportera la paix en Écosse et… c'est difficile à avouer, mais cette perspective m'aide à accepter la mort brutale de Ross.

Il riva son regard dans le sien, comme cherchant ses mots et tentant de maîtriser les émotions qui menaçaient de le submerger.

— Ce drame me déchire, évidemment, mais… c'est le sort qui attend nombre de guerriers. Et Ross était certainement l'un des plus féroces. Au moins est-il parti comme il l'aurait souhaité…

Il déposa un baiser sur son front, avec tant de tendresse qu'elle en frémit.

— Calvin, je…

— Ne t'inquiète pas, personne n'apprendra que tu t'es offerte à moi avant nos noces. Ta réputation ne sera pas entachée.

Il avait usé d'un ton solennel, et elle ne doutait pas un instant de sa profonde sincérité. Cela rendait la situation plus douloureuse encore. Sa déclaration la remplissait d'une honte insupportable. Elle n'avait cessé de lui mentir depuis leur rencontre, alors qu'elle comprenait enfin combien il était loyal et honnête. La gorge nouée par l'émotion, elle hocha la tête et tenta d'esquisser un sourire qui masquerait son terrible trouble.

— Je vais t'aider à t'habiller, et à te… nettoyer, proposa-t-il.

— Je peux m'en occuper seule, je…

— J'insiste. C'est ma faute, si tu as saigné.

Elle se figea, pendant qu'il s'emparait de la bassine d'eau fraîche et d'un linge, pour la laver. Grâce à Dieu, il ne fit aucune remarque quant à la petite quantité de sang qui lui maculait l'entrejambe. Chacun de ses gestes était empreint de douceur, comme s'il culpabilisait, en effet, de l'avoir fait souffrir.

Il s'attarda très près de son intimité, ce qui la fit frissonner de plaisir et d'anticipation.

— Je n'ai pas eu très mal, avoua-t-elle, peinant à masquer sa gêne et son excitation.

— Ce sera mieux, la prochaine fois. Bien meilleur encore, tu verras.

À sa grande stupeur, il l'embrassa sur sa toison et elle crut un instant qu'il allait s'enhardir, mais il se releva – bien trop vite à son goût – pour aller se revêtir.

— Je te promets d'y revenir dès ce soir, et de te faire

découvrir de nouveaux délices, mais pour l'instant je dois retrouver Gordon. Il doit déjà m'attendre et je ne voudrais pas qu'il s'inquiète. Je suis le seul frère qu'il lui reste…

Sa voix s'enroua. Son regard s'embua et il se détourna promptement, sans doute pour cacher son émoi.

— Calvin, je… Tout ira bien. J'en suis certaine.

Que lui avait-il pris d'affirmer une telle chose ! Rien n'irait bien ! Au contraire ! Et elle osait lui mentir, encore ? Mais ces mots, il avait besoin de les entendre, et elle avait eu besoin de les prononcer. Il la remercia d'un chaste baiser sur les lèvres, puis il s'éclipsa.

Épuisée, elle se laissa tomber sur le lit dont les draps froissés avaient abrité son union charnelle avec Calvin. Calvin, son futur époux. Calvin, celui qui lui plaisait plus que tout autre, qui la prenait pour une femme qu'elle n'était en rien et qui finirait par découvrir son vrai visage. Ses yeux glissèrent sur la lame de la dague qu'il lui avait offerte, et qui était tombée à terre. Elle s'en détourna rapidement, tant elle avait la désagréable impression que le faucon gravé sur la poignée l'observait avec un regard sinistre et accusateur.

Calvin traversait le château à pas rapides, dans ces couloirs qu'il avait tant arpentés qu'il aurait pu s'y orienter les yeux fermés. Tous ceux qu'il croisait en chemin, qu'ils soient soldats ou domestiques, le saluaient d'une révérence respectueuse, le regard sombre et malheureux. D'un bref signe de la tête, il répondait à leurs condoléances, mais ses pensées étaient ailleurs. Avec Meg, vers le plaisir qu'ils avaient partagé ensemble et la culpabilité qui le rongeait de l'avoir faite sienne alors que le corps de Ross était encore chaud. Il aurait dû être en deuil, ivre de tristesse et de vengeance, et certes il l'était. Mais après ce qu'il avait vécu avec Meg, c'étaient surtout les flammes de l'euphorie qui menaçaient de l'embraser ! Était-ce seulement concevable, alors que son devoir aurait dû occuper toutes ses pensées ? Il n'aurait pas imaginé connaître un jour des émotions à la fois si vives et opposées. Il aurait dû être capable de surmonter ses pulsions, tant par estime pour Meg que par respect pour son frère tout juste décédé. Mais il n'avait plus rien contrôlé dès que leurs bouches s'étaient touchées, et elle en avait eu autant envie que lui. L'audace dont elle avait fait preuve l'avait stupéfié, et terriblement excité, aussi. Quelle surprise, venant de cette jeune fille qui se voulait timide et prude ! Il poussa un long soupir. Bien qu'ils ne se fussent pas choisis, il était plus que jamais déterminé à la rendre heureuse… et à venger Ross.

Avec Gordon et son père, il ferait tout ce qui serait en son pouvoir pour retrouver les assassins de Ross… et les châtier. S'imaginant les souffrances qu'il infligerait à ces lâches avant de les tuer de ses propres mains, il entra dans la salle d'audience, où il espérait trouver son frère. Il crut d'abord que la pièce, plongée dans une pénombre tamisée, était vide, jusqu'à ce qu'il repère la frêle silhouette de Gordon devant l'une des fenêtres. Il était aussi immobile qu'une statue de pierre. Sous la faible lueur des torches, vêtu d'une longue tunique sombre, il avait l'air encore plus fragile que d'ordinaire.

Calvin s'approcha sans un mot. Ses pas qui résonnaient dans la grande salle firent se retourner Gordon. Ses traits étaient si émaciés qu'on aurait dit un spectre.

Ses yeux étaient rougis par les larmes, son teint livide. Jamais il n'avait semblé si vulnérable, si affligé, si torturé qu'en cet instant.

— Ross était le préféré de notre père, déclara-t-il quand Calvin fut devant lui. Sa tristesse doit être immense.

— Comme la mienne.

— Et la mienne aussi, reprit aussitôt Gordon, toujours immobile. Tu sais pourquoi père l'aimait tant ? Pas parce que c'était son fils aîné, non. Enfin, pas seulement. Ross lui ressemblait beaucoup. Notre père est l'âme de notre clan et Ross était taillé dans le même roc. Peut-être était-il plus dur, encore. Ah, Calvin, je ne suis pas ainsi, et toi non plus. Et pourtant, l'avenir de notre clan va nous échoir, à tous les deux.

Calvin fronça les sourcils. En tant que quatrième fils, il n'avait droit à rien d'autre qu'au devoir de soutenir ses frères… et entendait endosser cette responsabilité.

— *Nae*, Gordon. À toi, seulement. Tu es l'aîné, à présent. Tu es l'héritier de père et c'est toi qui dirigeras le clan.

— Bien sûr, mais s'il m'arrive quoi que ce soit… tu seras le dernier et le clan sera à toi. Tu dois te préparer toi aussi à faire des choix qui te déplairont peut-être, et à en assumer les conséquences.

— Tu parles trop vite, Gordon. Tu es en vie, et notre père également. De plus, il sera bientôt rentré. Tu peux être certain qu'il saura quoi faire, comme il l'a toujours fait.

Gordon laissa échapper un soupir moqueur.

— Vraiment ? Oui, tu as sans doute raison… Mais après la mort brutale d'Edan, et maintenant celle de Ross, c'est comme si une malédiction s'était abattue sur notre famille. Sais-tu qu'il a à peine eu le temps de sortir son épée ? Ces misérables l'ont criblé de flèches ! Dans le dos ! Ils ne lui ont laissé aucune chance et les renforts que je lui avais envoyés l'ont rejoint trop tard… Ils n'ont trouvé que des dépouilles.

Les poings de Calvin se serrèrent. Sa mâchoire se contracta d'une colère qu'il avait bien du mal à contenir, tant imaginer cette scène le rendait fou. Son frère ne méritait pas de périr ainsi ! Personne ne le méritait, et encore moins un valeureux guerrier comme Ross !

— Qui… Qui sont-ils ? Qui a fait ça ?

— Si je le savais. Les assaillants ne portaient aucun signe qui aurait permis de les identifier avec certitude. Mais je soupçonne les McTrayall. Ou n'importe lequel de leurs complices. Ou même un de ces chefs de clan du Nord avec qui père et Ross se sont querellés !

— Les McTrayall ! s'exclama Calvin. Ce serait bien leur genre que d'agir ainsi, ces misérables lâches ! Cela fait longtemps que nous aurions dû les éliminer ! Tous, jusqu'au dernier !

Emporté par la rage et le chagrin, il criait des choses qu'il ne pensait pas. Gordon leva lentement les yeux vers lui.

— Nous ne disposons malheureusement d'aucune preuve irréfutable de leur implication dans la mort de Ross, lui assura-t-il avec une froide impassibilité. Pas plus que pour celle d'Edan.

— Edan ? Explique-toi !

— Nous te l'avons toujours caché, mais il est probable qu'il ait été assassiné.

Calvin en eut le souffle coupé. Certes, en tant que dernier-né du laird, il n'était que peu de chose, et on ne lui en révélait que peu sur les secrets et affaires du clan, mais cela le concernait directement !

— Edan était mon frère, à moi aussi ! Je l'aimais ! Vous auriez dû m'en parler !

— Pour que tu réagisses comme tu le fais ? Tu es trop impulsif, Calvin. Te laisser submerger par la colère ne ferait qu'empirer les choses. Sans certitude quant à l'identité des responsables, tant pour Edan que pour Ross, nous ne pouvons rien faire sans risquer d'entraîner la chute de notre clan. Je partage ta peine et ton ressentiment, mais se laisser aveuglément guider par ses émotions fait commettre des erreurs, tout autant que le désespoir.

Il s'interrompit, comme pour laisser ses paroles pénétrer l'esprit bouillonnant de Calvin. Gordon avait raison, comme bien souvent, mais l'accepter lui était plus difficile que jamais. L'appel de la vengeance résonnait si fortement en lui qu'il se sentait capable de décimer sur-le-champ quiconque avait massacré ses frères et pourrait s'en prendre encore à sa famille.

Il ravala avec difficulté un juron, tant se calmer lui coûtait d'efforts.

— Que proposes-tu, alors ?

— Demain ou après-demain, père sera de retour, répondit Gordon. D'ici là, nous devons commencer à préparer les funérailles de Ross. Pendant que nous parlons, des hommes nous ramènent son corps. Il nous faut également nous occuper de tes noces. Ton mariage avec Lady Meagan est essentiel à notre survie, ne l'oublie pas. Votre sécurité est trop importante pour que l'on risque de vous perdre, l'un comme l'autre. Alors, je t'en prie, ne commets aucune imprudence.

Calvin acquiesça. En dépit de la puissance du tourbillon d'émotions qui l'assaillait, il ne pouvait réagir impulsivement. Avec la mort de deux de ses aînés, de nouvelles responsabilités lui incombaient. Son père et Gordon avaient besoin de lui, plus que jamais. D'abord son mariage, puis le reste suivrait. La mort de Ross… et celle d'Edan ne resteraient pas impunies. Si les McTrayall en étaient responsables, comme Gordon l'insinuait, Dieu les protège de sa colère ! Instinctivement, ses doigts se posèrent sur le pommeau de son dirk, qui ne le quittait jamais.

Le sang et les larmes n'avaient pas fini de souiller les neiges du Caithness.

Chapitre 20

Le regard de Kirstie était plein de hargne. Ses lèvres étaient tordues dans une moue de dégoût.

— « Cela fait longtemps que nous aurions dû les éliminer. Tous, jusqu'au dernier ! » Ce sont ses propres mots, Emilia ! J'étais cachée derrière la porte, et je l'ai entendu aussi distinctement que si j'avais été tout à côté de lui ! Un vrai enragé !

Tendue, Emilia refusait d'y croire. Calvin avait-il vraiment clamé cela ? Serait-il prêt à tuer jusqu'aux enfants des McTrayall, pour se débarrasser d'eux ? Ce serait monstrueux ! Elle l'en pensait incapable. Comment imaginer que les mains qui l'avaient caressée avec tant de passion et de tendresse pourraient assassiner des innocents sans faillir ? Pourrait-il réellement faire preuve d'une telle cruauté ? Elle avait l'impression de tomber dans un gouffre sans fond, de plus en plus vite, de plus en plus loin, emportée dans un tourbillon d'émotions contraires.

— Ce n'était point Calvin, mais la colère et la tristesse qui s'exprimaient, affirma-t-elle. Il est simplement sous le choc du trépas de son frère ! Je t'assure qu'il n'est pas un meurtrier, et même si…

— Pas un meurtrier ? Comment peux-tu être aussi naïve ! Que crois-tu ? Ce n'est pas parce que tu l'as laissé enfoncer son membre en toi qu'il n'en reste pas moins un Sinclair !

— Comment sais-tu que… Tu nous as espionnés ? Seigneur !

Cela lui donna la nausée, mais ne l'étonna guère, au fond. Kirstie haussa les épaules, et esquissa un sourire vicieux.

— Je te surveille, en effet, car je n'ai aucune confiance en toi, et ton emportement à défendre ce maudit Sinclair me prouve que j'ai raison ! Aucune femme n'a jamais changé un homme, et ce n'est pas toi qui y parviendras ! ajouta cruellement l'empoisonneuse en tendant un doigt accusateur vers elle. Son sang est aussi pourri que son visage est séduisant ! Tu avais envie de forniquer avec lui, c'est fait. Maintenant, retrouve ta lucidité avant de signer notre perte !

— Tais-toi, vipère ! Ou je…

— Ou tu quoi, Emilia ? Baisse ta main. Tu ne me toucheras pas, tu as trop besoin de moi, et tu sais que je ne fais qu'énoncer la vérité. À présent, maîtrise-toi et écoute : la mort de Ross Sinclair est pour nous une bénédiction. Ils ne sont plus que trois, et ils seront tous réunis, très bientôt. Enfin !

Elle sortit une petite fiole de sous son jupon, à peine plus grande qu'un pouce. À l'intérieur se trouvait un liquide translucide comme de l'eau, mais où apparaissaient ci et là de fugaces reflets multicolores, pareils à de minuscules arcs-en-ciel éphémères. Emilia frémit rien qu'à le regarder.

Les iris de Kirstie se voilèrent d'une lueur mauvaise,

presque de folie, comme si posséder un tel objet lui ôtait toute raison.

— Il suffit d'une goutte pour tuer un homme bien portant, expliqua-t-elle. Ce poison n'agit pas tout de suite. On ne sent rien quand on l'ingère, et ce n'est qu'une ou deux heures plus tard que la victime tombe, comme foudroyée, les yeux exorbités, la langue gonflée et violette…

— Une mort très douloureuse, réagit Emilia.

Le sourire de Kirstie s'étira.

— En effet, et c'est tout ce qu'ils méritent. Hélas, ces manifestations physiques sont aussi la contrepartie de ces effets à retardement : il est évident qu'il s'agit d'un empoisonnement. C'est pourquoi il faut qu'ils en boivent tous presque au même moment. Nous n'aurons qu'une chance. Ne la gâche pas !

Elle lui tendit le récipient.

— Celui-là est pour toi. Si jamais je n'arrive pas à empoisonner le vin aux cuisines, tu devras en verser toi-même dans leurs coupes. Vu comment ils surveillent la cave et le garde-manger, et combien les cuisiniers sont méfiants, je crois bien que nous n'aurons pas le choix : ce sera à toi d'agir. Il te faudra faire en sorte qu'ils en boivent tous. Sans y toucher toi-même, évidemment, à moins que tu ne souhaites partager leur sort.

L'éclat dans ses yeux se fit encore plus vif, comme si cette éventualité ne lui déplairait pas. Contrôlant son ressentiment envers cette femme qu'elle détestait et méprisait au plus haut point, Emilia attrapa délicatement le flacon de verre entre le pouce et l'index. Elle avait du mal à croire que son contenu à l'aspect inoffensif était aussi fatal que Kirstie le lui affirmait. Pourtant, la réputation de l'empoisonneuse lui donnait tout crédit : c'était bien de la mort liquide qu'elle tenait entre ses doigts. À la fois horrifiée et étrangement fascinée, elle ne parvenait pas à en détacher le regard.

Seuls quelques petits jours la séparaient encore du moment où son destin allait se jouer… et, avec lui, sans doute celui de l'Écosse tout entière.

Le lendemain matin, un cavalier solitaire se présenta au château. Il s'agissait d'un éclaireur de la troupe du laird Fergus Sinclair, parti en avant pour apporter à Gordon et à Calvin des informations importantes. Le laird lui avait confié des instructions précises pour eux, lui ordonnant de ne les répéter qu'en leur présence à tous deux, aussi Calvin avait-il été convoqué dès son arrivée, aux lueurs de l'aube, dans la grande salle de la forteresse.

L'éclaireur était épuisé par sa chevauchée et affamé, mais il avait refusé de se restaurer sans avoir auparavant livré son message. Sa cape était sale, ses bottes poussiéreuses, et sa tunique maculée de taches qui ne pouvaient être que du sang séché. Les yeux sombres de l'homme, profondément enfoncés dans leurs orbites, étaient froids et lugubres. Calvin y devina une noire désillusion, comme si ce guerrier avait connu de trop nombreux combats et de trop nombreux drames.

— Nous sommes seuls, comme tu le souhaitais, déclara solennellement Gordon, assis sur le grand siège à haut dossier de leur père. Parle, à présent.

L'homme s'éclaircit la gorge et obéit, d'une voix grave et éraillée.

— Notre laird, votre père, a été informé de l'assassinat de Sir Ross, et il a aussitôt décidé de rentrer sur ses terres. Il chevauche en ce moment même avec une petite escorte et devrait être de retour dans la soirée. Lady Moira et le reste du cortège ne viendront qu'ensuite, sans doute demain, en fin de matinée.

Calvin jeta un rapide coup d'œil à Gordon. Son frère arborait un masque d'impassibilité, son regard rivé sur le guerrier dont il semblait mémoriser chacun des mots. Ce dernier fut pris d'une légère quinte de toux, s'excusa, puis poursuivit :

— Laird Fergus veut que partout en Écosse il soit clamé que le clan Sinclair offre une prime de 10 000 peighinns[1] à quiconque dénoncera les meurtriers de son fils. Sir Gordon, votre père exige que vous dépêchiez des messagers dans toutes les casernes, chez tous nos alliés. Que tous se préparent à partir en guerre pour châtier ces misérables, dès qu'ils seront retrouvés.

Gordon se frotta le menton comme s'il prenait le temps de mesurer l'ampleur de ce qui lui était réclamé, puis il acquiesça gravement. L'éclaireur se tourna alors vers Calvin.

— Sir Calvin, votre mariage sera célébré demain, à midi. Dès l'union scellée, vous partirez pour le Sud, vous et votre épouse, et présenterez au nom de votre père son allégeance au roi Robert. Vous lui demanderez ensuite, à lui ainsi qu'au laird McDowall, de soutenir notre cause et d'envoyer au plus vite des troupes pour renforcer notre armée, afin que justice soit rendue.

Calvin fronça les sourcils, circonspect.

— Tant que nous ignorons avec certitude les

1. Les pennies de la monnaie écossaise de l'époque. 10 000 peighinns correspondaient environ à sept années de salaire d'un simple soldat.

commanditaires de l'assassinat de Ross, à quoi servent tous ces préparatifs ? Monter une armée avec l'aide du roi ! Avons-nous réellement besoin de tant d'hommes pour venger Ross ? Ne sommes-nous pas suffisamment nombreux et forts pour nous en charger seuls ?

— N'as-tu pas compris, petit frère ? lui répondit Gordon avec un rictus qu'il ne lui avait encore jamais vu. La cible, ce sont les McTrayall ! Qu'ils soient ou non à l'origine de cette traîtrise, ils en sont responsables, d'une façon ou d'une autre, et sans doute également de la mort d'Edan. Père est, semble-t-il, *enfin* décidé à nous débarrasser de cette vermine qui souille depuis trop longtemps notre bonne terre d'Écosse ! L'assassinat de Ross est le crime de trop et, avec l'aide du roi, nous les écraserons !

Les pensées se bousculaient dans l'esprit de Calvin. Jamais il n'avait eu à réfléchir aussi vite ! Lui, qu'on avait toujours laissé à l'écart, et parfois même méprisé pour n'être qu'un quatrième fils, ni aussi puissant, sérieux ou brillant que ses aînés, se retrouvait à présent au premier plan d'une situation qui lui échappait.

— Moi le premier, clama-t-il, je réclame vengeance, mais… n'est-ce pas toi, Gordon, qui m'a recommandé d'utiliser ma tête plutôt que l'impulsivité de la colère ? Réfléchis, malgré toute l'hostilité qu'il existe entre nous et les McTrayall, nous n'avons aucune certitude qu'ils sont coupables et si nous leur déclarons ouvertement la guerre, sans preuve accablante, avec de plus le soutien du roi, tous ceux qui complotent contre Robert Bruce pourraient en profiter pour tenter de le renverser ! Notre honneur serait entaché, nous aurions le sang d'innocents sur les mains et…

— Les McTrayall n'ont rien d'innocent, Calvin, intervint gravement Gordon. Tu es encore trop jeune pour t'en rendre compte, mais je t'assure qu'ils méritent amplement le sort qui les attend. Père a pris la bonne décision, la seule possible, et tu le comprendras, toi aussi, quand le temps sera venu. À présent, préparons-nous pour son retour, et pour tes noces. Allons, souris, tu vas enfin te marier !

Calvin répliqua d'un simple hochement de tête. Son union avec Meg était en effet l'unique raison de se réjouir, alors que les Highlands, voire le pays tout entier, risquaient de se retrouver très bientôt à feu et à sang…

Chapitre 21

Dès le matin, Emilia avait cherché Calvin pour tenter d'en apprendre plus sur la conversation que Kirstie lui avait rapportée, la veille. Hélas, il n'avait eu guère de temps à lui accorder et avait expressément exigé qu'elle l'attende dans sa chambre. Son autorité soudaine l'avait surprise. Il semblait tellement nerveux et contrarié, qu'elle n'avait eu d'autre choix que de suivre les deux gardes chargés de l'escorter. Ne lui avait-il pas promis de la retrouver, ensuite, et de tout lui expliquer ? Mais les heures s'écoulaient, et il ne venait toujours pas. On lui avait apporté ses repas, appris qu'elle ne pouvait quitter sa chambre, pour « sa propre sécurité ». Une irrépressible angoisse l'enveloppait de son froid manteau. Que lui cachait-on ? Personne ne répondait à ses questions, ou ne semblait en savoir plus qu'elle. Elle avait fini par sombrer dans le sommeil, la fatigue ayant raison de sa patience et de sa nervosité.

Quand elle ouvrit les yeux, aux premières lueurs de l'aube du jour suivant, son cœur battait vite et fort. Ses draps étaient moites de sueur. Ses songes avaient été peuplés de cavalcades ; de guerriers en armes et de cris de soldats s'élançant au combat ; de flammes ;

de hurlements terrifiants, poussés par des innocents, qui lui semblaient encore résonner à ses oreilles. Ces cauchemars, cela faisait quelque temps qu'elle ne les avait plus subis, mais ils avaient fini par revenir la hanter. Tremblante et fébrile, elle partit se rafraîchir, souhaitant que l'eau froide de la bassine l'aide à remettre en place ses pensées. Elle tendit l'oreille. Nul bruit ne venait de l'antichambre où dormait Kirstie. Sans doute était-elle partie en quête d'informations, et elle espéra qu'elle en aurait des fraîches à partager avec elle à son retour. Cette attente, dans l'ignorance, était insupportable ! À tout avouer, elle aurait donné beaucoup pour pouvoir lui parler, à l'instant. Peut-être saurait-elle lui expliquer pour quelle raison tant de cavaliers avaient quitté la forteresse, pour se disperser ensuite dans plusieurs directions. Elle les avait aperçus de la hauteur de sa chambre, la veille. Des messagers, sans aucun doute. Où allaient-ils, quelles missives étaient-ils partis livrer et à qui ? Seuls Calvin et Sir Gordon auraient pu lui apporter des réponses. Le feraient-ils ? Elle n'était qu'une femme et, noble ou non, les hommes de leur rang ne s'entretenaient que rarement avec elles de ce genre de choses. À trop les questionner, ils pourraient se méfier. L'atmosphère était déjà assez tendue pour ne pas prendre ce risque. Avec ses oreilles qui traînaient partout, et sa proximité avec les autres domestiques, Kirstie serait sans doute plus efficace. Si elle n'arrivait pas bientôt, elle exigerait des gardes qu'ils la laissent sortir et irait elle-même la trouver. Ou, mieux encore, leur ordonnerait de la conduire à Calvin !

Elle finissait à peine de remettre sa coiffure en ordre que des coups retentirent à sa porte. Elle se précipita pour ouvrir, et se retrouva face à Calvin ! Enfin ! Les traits tirés, il n'avait visiblement pas dormi de la nuit. Elle s'écarta pour le laisser entrer. Tout en soupirant, il se mit à arpenter le sol de la chambre, ses pieds martelant nerveusement les nattes de jonc. Sur une impulsion, elle tendit la main vers lui. Il s'en saisit pour la porter à ses lèvres et en embrassa la paume. Elle n'en ressentit que plus sa nervosité.

— Calvin, que se…

— Nous nous marions dans quelques heures, lui annonça-t-il. À midi.

Seigneur, le moment était venu ! Aussi terrifiée qu'impatiente, elle s'efforça de garder son calme.

— Je serai prête, assura-t-elle avec autant de conviction qu'il lui fut possible. Mais ton père, ne devait-il pas…

— Il est arrivé, cette nuit. Il était épuisé, et aurait espéré arriver plus tôt, mais le mauvais temps les a ralentis, ses hommes et lui. Dès qu'il a eu passé nos portes, il a exigé de tenir conseil, avec Gordon et moi, précisa-t-il en laissant échapper un rire sans joie. Avec moi ! Il y a quelques jours encore, ni lui ni moi n'aurions cru que je puisse participer à ce genre de réunion de famille, et pourtant… Par les cornes du diable, j'aurais préféré que cela ne se produise jamais ! Sans la mort de Ross et d'Edan…

Il grommela un juron. Elle l'observait, assaillie par la pensée qu'elle touchait enfin au but. D'ici peu, elle se retrouverait face à l'assassin de ses parents et devrait jouer son rôle devant ce meurtrier qu'elle rêvait de détruire. Ensuite…

— Une fois nos vœux échangés, nous partirons immédiatement pour le Galloway, déclara gravement Calvin.

Son cœur manqua un battement.

— Comment ? Au Galloway ?

— Tu m'as parfaitement entendu. Mon père exige que nous nous rendions au plus vite auprès du roi Robert, et de ton père.

— Il n'y… aura pas de banquet ?

— Je le crains. Ni banquet ni nuit de noces. Tu m'en vois désolé, Meg, mais je te promets que nous célébrerons notre mariage comme il convient dès que les choses se seront… apaisées.

Elle faillit en tomber à terre. Impossible ! Tous ses plans étaient balayés, à cause de ce caprice soudain du laird Fergus ! Pire encore, il l'envoyait dans le Galloway, auprès du père de la véritable Meagan ! Non seulement, sans banquet de mariage, il n'y aurait pas d'occasion de rassembler les trois derniers Sinclair autour d'une table pour les tuer tous en même temps, mais de plus il était inimaginable qu'elle se rende dans les Lowlands ! Quel accueil lui réserverait-on, à son arrivée, quand le seigneur McDowall comprendrait qu'une inconnue avait pris la place de sa fille ?

Calvin s'approcha d'elle, l'air inquiet.

— Tu es terriblement livide, tout à coup. N'es-tu pas heureuse à l'idée de revoir bientôt ta famille ?

— Si, bien évidemment que je le suis, cependant…

— Cependant ?

Une excuse, vite !

— Tout va tellement rapidement ! Après ces longues journées d'attente, je crois juste que cela me bouleverse.

Pour être bouleversée, elle l'était ! Comment pouvait-elle s'extirper de ce bourbier dans lequel elle était entraînée ?

Maudit soyez-vous, Fergus Sinclair !

Calvin soupira et s'empara de ses mains.

— Et ce n'est pas tout, je le crains.

Elle leva les yeux vers lui. Son expression s'était drastiquement assombrie. Qu'allait-il lui annoncer, encore ?

— Comment cela, ce n'est pas tout ? Explique-toi, je t'en prie !

Il esquissa une ombre de sourire.

— Rien qui doive t'inquiéter, je n'aurais même pas dû le mentionner, répondit-il en l'attirant à lui. Allons, ne pense plus qu'à notre mariage, et à ton bonheur de revoir ton père. Une fois la cérémonie achevée, nous partirons dans l'heure. Préviens tes servantes, qu'elles préparent tes malles.

Il posa ses lèvres sur les siennes et, malgré le frisson d'anticipation qui la traversa, elle trouva la force de le repousser.

— Que me caches-tu, Calvin ? J'ai le droit de savoir ! Aurais-tu oublié ce que tu m'as toi-même déclaré ? Il ne doit y avoir aucun secret entre nous !

Quel aplomb avait-elle, que de lui rappeler cela ! Alors qu'elle ne faisait que lui mentir, depuis le début.

— Je ne cache rien qui te concerne, Meg, je te le promets. Le reste est une affaire d'hommes, que tu n'as pas besoin de…

— C'est donc bien de guerre qu'il s'agit ! Cela explique ces messagers, qui sont partis la nuit dernière ! Et pourquoi ton père exige que nous nous rendions si vite auprès du roi ? Il réclame des troupes, pour écraser ses ennemis !

La peur de ce qui se tramait lui avait fait perdre toute prudence. Elle le réalisa quand le regard de Calvin se fit plus brillant, plus incisif.

— Tu sembles comprendre beaucoup de choses, Meg, ou tu en sais plus que tu ne devrais…

Le ton qu'il venait d'utiliser lui donna envie de s'enfuir. Au lieu de cela, elle baissa humblement la tête.

— Et j'en ignore tant d'autres, hélas, tenta-t-elle de se justifier. En t'attendant, la nuit dernière, j'ai simplement vu des cavaliers partir, et j'en ai déduit que…

— Oh ! ainsi, tu m'attendais ?

Il souriait franchement, à présent, et Emilia se détendit quelque peu. Elle se permit même de redresser fièrement le menton, comme le ferait une lady outragée.

— En effet, n'avez-tu pas promis de me rejoindre dans ma chambre ?

— C'est vrai, et je suis navré de t'avoir tant fait attendre. Crois-moi, je serais venu bien plus vite, si cela m'avait été accordé.

— Fort bien, et j'accepte tes excuses, mais en retour explique-moi ce qui se passe. Si une guerre se prépare, que tu doives partir au combat, j'insiste pour le savoir…

Se l'imaginer lui brisait le cœur. Il l'emprisonna de ses bras et, malgré le danger qui planait sur eux, elle ne put s'empêcher de s'y sentir en sécurité. Pour combien de temps, encore ?

— Tu as raison, concéda-t-il. J'ai juré de te protéger, et tu mérites de connaître la vérité. Comme tu l'as deviné, une guerre se prépare, contre un puissant clan ennemi du mien. C'est pourquoi, pendant que je me battrai, tu resteras chez ton père, à l'abri. Après t'y avoir escortée, je repartirai dans les Highlands, puis je reviendrai te chercher pour célébrer notre victoire, et nous commencerons véritablement notre vie ensemble.

Elle tressaillit, terrifiée. Comment le retenir ? L'empêcher de s'en aller, de la mener auprès de ces étrangers ?

— Tu m'abandonneras donc, pour te battre ? s'exclama-t-elle. Tu pourrais ne jamais revenir ! Tu pourrais mourir !

— Mais non, cela n'arrivera pas.

— Tu ne peux en être certain ! Je refuse que tu…

— C'est mon devoir, Meg. Je n'ai pas plus envie que toi de te laisser, mais aurais-tu oublié que je suis guerrier et fils de laird ? Je me bats pour mon clan, et non pour le plaisir de faire couler le sang.

Elle secoua vivement la tête, au bord de la panique. Sa fébrilité était sincère, même si ses raisons profondes n'étaient pas uniquement celles que devait imaginer Calvin. Son univers s'effondrait… encore ! Les événements se précipitaient autour d'elle, sans qu'elle puisse exercer sur eux le moindre contrôle. Qu'était-elle censée faire, à présent ? Accepter de partir pour le Galloway serait de la folie, refuser la mènerait tout autant à sa perte, et laisser Calvin se risquer au combat contre les McTrayall lui semblait impensable !

Il l'enlaçait avec une telle tendresse, comme s'il tenait véritablement à elle, comme s'il souffrait lui aussi de s'imaginer leur séparation prochaine ! Au fond d'elle, elle l'avait toujours su, et en était convaincue, à présent. Il n'était pas une mauvaise personne, au contraire. Pas plus qu'elle, il n'avait de prise sur les événements et était entraîné sur une voie que le destin lui imposait. Des sanglots menacèrent de la submerger, alors que la terrible réalité la saisissait : elle ne voulait pas le perdre ! Elle serait incapable de lui faire du mal, encore moins de l'empoisonner. Sa mission avait été vouée à l'échec dès le moment où leurs regards s'étaient croisés.

Une larme coula le long de sa joue, qu'il essuya de son pouce.

— Ensemble, nous surmonterons toutes ces épreuves, murmura-t-il. Au moins, allons-nous nous marier ! Ce sera beau et joyeux, j'en suis certain. Malcolm sera présent, bien sûr. Et puis, tu vas enfin rencontrer mon père ! Et Lady Moira, sa concubine, également. Certes, elle n'est pas ma mère, mais c'est une femme des plus agréables. Elle te plaira et… Je t'en supplie, ne sois pas triste, cela me fend le cœur.

Elle leva la tête et plongea ses yeux dans les siens. Que lui importaient son père, cette Lady Moira dont elle n'avait que faire, Malcolm, ou encore le reste du monde ! À cet instant, il n'y avait plus que lui. Elle se perdit dans ses iris gris étoilés, se sentant comme aspirée en eux. Alors qu'elle se hissait sur la pointe des pieds pour l'embrasser, il la serra contre lui. Comme par magie, la passion de leur baiser lui fit pour un instant oublier l'avenir funeste qui les attendait. Elle s'accrocha à lui, son corps pressé contre le sien, souhaitant que cela ne finisse jamais. Pour le moment, elle était dans ses bras, et rien d'autre n'avait d'importance. Plus tard, bien trop tôt, hélas, elle aurait tout le loisir de s'inquiéter du sort cruel qui les séparerait…

Chapitre 22

Lentement, Emilia souleva le lourd couvercle du petit coffre. La splendeur du vêtement lui sauta aux yeux. Le tissu était d'un rouge vif, la couleur traditionnelle du mariage, symbole de bonheur et de consécration de la vie. Un long soupir lui échappa. Cette teinte, hélas, lui évoquait tout autre chose : celle du sang. Celui qui serait bientôt versé, peut-être même le sien… Elle caressa l'étoffe de la main, s'attendant presque à la voir ondoyer sous ses doigts, comme lorsque l'on perturbe la surface calme d'un loch. La matière lui semblait aussi légère qu'un souffle de vent. Elle extirpa la robe du coffre, la posa sur le lit et la déplia soigneusement. La moindre couture était rehaussée de fil d'argent. Elle ne parvenait pas à en détacher les yeux et, pourtant, elle avait presque honte de la porter, de la *voler* à la véritable Meagan.

Néanmoins, d'ici quelques heures, c'était bien elle, en lieu et place de la jeune lady, qui prononcerait ses vœux de mariage. Que Dieu lui pardonne, elle était allée trop loin pour reculer… l'aurait-elle voulu.

La porte de la chambre s'ouvrit sur Kirstie, qui la referma prestement derrière elle.

— Les deux idiotes ne sont pas là ?

— Non, pas encore. Et ce ne sont pas des idiotes, Kirstie. Ne les insulte pas.

Kirstie balaya sa remarque d'un geste dédaigneux.

— Peu me chaut comment je les nomme, c'est un fait que ces deux servantes sont aussi stupides que des dindes. Oublions-les, j'ai une grande nouvelle ! Le laird Sinclair est arrivé dans la nuit et…

— Le mariage sera célébré à midi, je le sais déjà. Calvin est venu m'en informer.

— Ah. Je vois. Eh bien, c'est parfait. Dès ce soir, nous en aurons enfin terminé !

— Je ne le crois pas, au contraire. Il n'y aura pas de banquet. Dès que nous serons unis, Calvin et moi partirons pour le Galloway.

Le visage de Kirstie sembla se décomposer tant elle était choquée.

— Pour le Galloway ? Mais pourquoi donc ?

— Il semble qu'une nouvelle guerre se prépare et, non, je n'en sais pas davantage, répondit Emilia, qui jugeait que Kirstie n'avait pas besoin d'en découvrir plus, au risque d'empirer encore les choses. Le père de Calvin, son frère et lui ont décidé que je serais plus en sécurité auprès de *mon père*… qui me tuera dès qu'il comprendra que je ne suis qu'une étrangère.

— Non, cela ne se peut ! Cela ruinerait tous nos projets ! Emilia, tu dois à tout prix empêcher cela !

— Crois-tu que je l'ignore ? Mais que veux-tu que je fasse ? Ma parole ne compte pas, ici comme ailleurs. Je ne suis qu'une femme, une marchandise, pas quelqu'un que ces hommes bornés écoutent ! Ils ont décidé pour Meagan… pour moi ! Alors, si tu as une idée, je t'en prie, fais-m'en part à l'instant !

Elle était tout autant désespérée qu'en colère. Qu'imaginait Kirstie ? Qu'elle n'avait pas déjà songé à plusieurs solutions, toutes vouées à l'échec ? Kirstie semblait au moins aussi contrariée qu'elle, sinon plus encore, tandis qu'elle réfléchissait.

— Ma décoction met un peu de temps à agir, annonça-t-elle enfin. Avant ton départ, demande à porter un toast avec ton nouveau beau-père et ses fils, invoque une tradition des McDowall, n'importe quoi ! Il faut nous servir de l'aubaine qu'ils soient réunis, tous les trois. Et pendant qu'ils se tordront de douleur au château, Calvin périra en chemin vers le Galloway. Nous n'aurons plus qu'à profiter de la confusion pour disparaître et annoncer à notre laird la réussite de notre plan. Rien n'est perdu, si tu joues correctement ton rôle.

Emilia se força à afficher une expression neutre, bien consciente que Kirstie scrutait ses réactions, à l'affût du moindre signe qui trahirait quelque doute ou hésitation de sa part.

— Ton idée n'est pas mauvaise, reconnut-elle.

— Évidemment, et elle fonctionnera. Trop de choses sont en jeu pour que nous échouions si près du but. À présent, je vais…

Essoufflées, les joues écarlates, Caithleen et Lucy choisirent ce moment précis pour faire irruption dans la chambre. L'excitation se lisait sur leurs jeunes visages.

— Milady, milady ! s'écria l'une.

— C'est le grand jour ! Enfin ! s'exclama l'autre.

Elles semblaient si agitées qu'on aurait pu croire que c'était de leurs propres noces dont il était question. Kirstie les rabroua vertement.

— Cessez de bavasser comme des pies, toutes les deux,

et occupez-vous plutôt d'aider notre lady à revêtir sa robe de mariée ! Moi, je me charge de remplir ses malles.

— Ses malles ? s'enquit Lucy.

— En effet, répondit Emilia. Dans l'heure qui suivra la cérémonie, mon époux et moi quitterons le château pour le Galloway. Kirstie nous accompagnera, mais vous resterez ici toutes les deux. À mon retour, je vous reprendrai à mon service.

Les jeunes femmes se dévisagèrent tour à tour, mais n'osèrent pas poser de questions à leur maîtresse. Tout en revenant à leurs joyeux bavardages, elles s'affairèrent autour d'elle. Kirstie lui jeta un dernier regard de connivence, qui avait tout d'une menace. Le message était clair : si par sa faute elle n'obtenait pas satisfaction, si elle échouait à accomplir ce qui était prévu, elle le lui ferait chèrement payer. Puis l'empoisonneuse se détourna pour remplir les malles de la véritable Meagan de tas de vêtements et de linge.

Le temps s'écoula, à la fois vite et lentement, tant Emilia avait l'impression de se trouver entre deux mondes… Plus que jamais, elle volait un précieux morceau d'existence à une autre femme. Si la culpabilité la tiraillait, elle n'aurait pourtant pas échangé sa place. Même si ce n'était que pour un instant fugace, elle vivrait l'illusion de réellement appartenir à Calvin, et qu'il lui appartiendrait, lui aussi, en retour. Si seulement c'était possible ! S'il pouvait l'aimer pour elle, et non pas pour celle qu'elle prétendait être ! C'était un doux rêve, une magnifique chimère. La réalité était autrement plus cruelle et terrible. Comment pourrait-il encore éprouver de tendres sentiments pour elle, en découvrant la vérité ? Il la maudirait. Cela la déchirait tout entière, et pourtant faillir n'était pas concevable… Elle avait juré aux McTrayall et à l'enfant qu'elle était qu'elle réussirait. Quel poids avaient les élans de son cœur face à cette promesse ?

Ses servantes finirent de l'habiller en nouant autour de sa taille une fine écharpe de ceinture ornée de feuilles de chêne brodées au fil d'or, selon les mêmes entrelacs que ceux présents sur le blason des McDowall.

— Voilà, milady. Vous êtes si belle ! Sir Calvin en restera sans voix ! gloussa joyeusement Caithleen.

Elle n'osa pas tout de suite se mirer dans le miroir. Elle avait peur qu'en contemplant son reflet dans cette parure divine ce dernier ne lui renvoie en plein visage la profondeur de sa culpabilité, et qu'il ne décuple ses tourments.

— Allons, regardez-vous, l'incita Lucy. Vous êtes si jolie.

Quand elle eut enfin le courage d'affronter son image, une bouffée d'émotion l'envahit. Plus encore que les autres habits de Lady Meagan, cette robe de mariée semblait avoir été taillée pour elle. Le vêtement moulait magnifiquement ses formes, comme un voile aérien qui aurait épousé naturellement la moindre de ses courbes. Le carmin de la tenue s'alliait au châtain tirant vers le roux sombre de ses cheveux pour souligner la teinte claire de sa peau, et mettait en valeur le bleu de ses yeux, rehaussant leur vibrance.

À peine se reconnaissait-elle.

Elle glissa dans sa ceinture, contre sa hanche, la dague frappée du blason des Sinclair que Calvin lui avait offerte. Elle n'osait se l'avouer, mais elle se sentait plus en sécurité avec elle à ses côtés…

— C'est un cadeau de Sir Calvin, expliqua-t-elle aux servantes qui la regardaient, interloquées. Il sera touché que je la porte à notre mariage.

Elles hochèrent la tête, sans en demander plus. Enfin, presque à contrecœur, elle cacha la petite fiole de poison de Kirstie dans les replis de son écharpe de ceinture. Puis elle s'approcha de la fenêtre et leva les yeux vers le ciel. Le soleil serait bientôt au zénith.

Elle prit une grande inspiration. Elle était prête. Elle savait ce qu'elle devait accomplir, et ne faillirait pas.

Pas cette fois.

Chapitre 23

Tous les regards se posèrent sur Emilia au moment où elle franchit le seuil de la chapelle. Sa gorge se noua tant qu'elle craignit un instant de suffoquer. Calvin lui souriait, et il était magnifique, tout comme sa tunique d'apparat en laine aux carreaux bruns et beiges, brodée d'épais fils d'or. La coupe du vêtement soulignait sa carrure imposante, ses larges épaules sculptées et ses bras aux muscles saillants. Les lacets qui fermaient sa chemise s'entrecroisaient sur son torse, laissant deviner ses pectoraux. Une écharpe de la même laine le ceignait, maintenue par des broches ouvragées en métal, en forme de sapins et de faucons – les symboles des Sinclair. Ses braies claires arboraient aux coutures d'épais lacets en épis, le long de sa jambe, qui disparaissaient sous de hautes cuissardes de cuir noir.

Elle déglutit difficilement, tandis qu'elle marchait vers lui. Il était si beau, si radieux, si ému et heureux de la voir ! Elle en eut le cœur brisé. *Tu peux encore reculer, tout arrêter !* lui lança une petite voix, à laquelle elle ne pouvait obéir.

Comme le voulait la tradition, il portait également ses armes à la ceinture : à gauche, une longue épée dans son fourreau, dont la pointe arrivait presque au sol, et un poignard, à droite, dont l'étui était maintenu contre sa cuisse par de fines lanières de cuir tressé. Des armes dont, hélas, il ne tarderait sans doute pas à se servir…

Parmi les personnes présentes, elle reconnut Gordon, la vieille Effie et Malcolm. Ce dernier semblait mal à l'aise dans une tunique un peu trop grande et trop luxueuse pour lui – sans doute appartenait-elle à Calvin, qui la lui avait prêtée. L'étoffe épaisse devait le gratter, car il ne cessait de faire rouler ses épaules, avec une petite grimace incommodée qui venait régulièrement troubler son large sourire. Gordon, lui, affichait un masque d'impassibilité, comme si ce qui se déroulait n'était pas censé être d'une importance capitale, ou ne le concernait aucunement. Effie l'ancienne était sans aucun doute la plus bouleversée. Elle essuyait ses yeux rougis d'un mouchoir et souriait avec l'émotion d'une mère mariant son fils.

Pauvre femme ! Elle qui l'avait accueillie avec tant de chaleur ! Emilia n'en eut que plus honte encore d'usurper la place de la véritable fiancée, de tromper ces gens, qui lui faisaient confiance… Non, qui faisaient confiance à Lady Meagan, se corrigea-t-elle amèrement. Pas à elle, qu'ils n'auraient jamais acceptée parmi les leurs.

Elle s'efforça de chasser ces pensées pour chercher du regard l'homme qu'elle abhorrait. Celui qui avait ruiné sa vie et pour lequel elle s'apprêtait à dévaster celle de Calvin. Mais elle ne vit nulle part le laird Fergus Sinclair. Pourtant, ne devait-il pas assister au mariage de son fils, qui n'avait été repoussé que dans l'attente de sa venue ?

Contrariée et inquiète qu'il ait pu changer d'avis, elle s'avança lentement et croisa le regard de Calvin, qui n'avait, semble-t-il, cessé de lui sourire depuis qu'elle avait fait son entrée. Quand elle arriva à sa hauteur, elle s'inclina devant lui dans une gracieuse révérence, puis se tourna en direction de l'autel et se signa, tête baissée.

— Tu es sublime, lui souffla-t-il.

Il la dévisageait avec tant de joie qu'elle ne put s'empêcher de rougir. La voix du prêtre s'éleva alors… pour se taire subitement.

Tous les regards se détournèrent du couple pour se diriger vers l'entrée de la chapelle. Emilia en fit de même, et eut l'impression que son estomac était soudain enserré dans un poing de glace. Fergus Sinclair venait de se montrer.

À l'instant même où ses yeux se posèrent sur lui, elle le reconnut. Les rides avaient crevassé son visage ; le gris et le blanc avaient chassé l'ébène de ses cheveux et un fin collier de barbe ceignait des traits marqués par le passage du temps. Les pommettes étaient plus saillantes et le nez plus épais, mais c'était bien l'homme qu'elle exécrait et redoutait depuis seize ans.

Une terreur irraisonnée s'empara d'elle. La chapelle, l'assemblée, Fergus Sinclair et même Calvin… tout disparut pour laisser place aux souvenirs. Elle se retrouvait, enfant, apeurée par le feu, les cris et les soldats. Elle revivait cette journée maudite, revoyait cet homme immense, cette armure qui reflétait lugubrement les flammes. Les cadavres des villageois, la frayeur des femmes et des enfants, le courage de sa mère…

Toutes les horreurs qu'on lui avait ensuite racontées sur Fergus Sinclair se mêlaient à ce qu'elle avait vécu. Cette avalanche de souvenirs terrifiants, de rancœurs, de colère et de tristesse l'ensevelissait. La paralysait !

Elle luttait pour ne pas défaillir, pour ne pas laisser transparaître toutes ces écrasantes émotions, pour ne pas les cracher au visage de cet homme honni ! Ses mains s'étaient mises à trembler, et elle les joignit sur sa poitrine pour le cacher, les serrant si fort l'une contre l'autre que cela lui faisait mal. Cette douleur salvatrice l'extirpa de sa torpeur, lui permettant de trouver la force de feindre l'humilité et la docilité, tandis que Fergus Sinclair s'avançait vers l'autel, l'expression conquérante. Combien il lui était difficile de se contenir ! Elle ne pouvait détacher son regard de lui, serrant les dents sous le sourire qu'elle s'efforçait d'afficher. Son cœur battait follement, et elle s'imagina un instant s'emparer de sa dague et se jeter sur lui.

Elle n'en fit rien. Il était trop tôt.

Elle remarqua alors qu'une femme avançait derrière le laird. Certainement la concubine dont on lui avait déjà vaguement parlé – Lady Moira, crut-elle se rappeler. Elle était grande et marchait avec l'allure d'une reine. Pourtant, sa longue robe blanche sans fioritures et le voile de cérémonie opalin qui masquait ses traits lui donnaient l'apparence d'un fantôme. Bientôt, le spectre serait celui de Fergus Sinclair !

Emilia inspira profondément, puis prit sur elle pour s'incliner respectueusement devant lui. Ses oreilles bourdonnaient. Son cœur battait à tout rompre. Son estomac semblait sur le point de se retourner. Elle fixait le sol de pierre, submergée par des émotions si exacerbées qu'elles en devenaient insoutenables. Le monstre se tenait enfin devant elle, et d'ici peu il serait terrassé. Gordon subirait son sort, mais pas Calvin. Lui, elle l'épargnerait. Impossible pour elle d'agir autrement, même s'il la maudissait ensuite pour le reste de son existence…

Ses mains jointes glissèrent sur sa poitrine jusqu'à son écharpe de ceinture. Instinctivement, ses doigts frôlèrent la minuscule fiole cachée là, bien camouflée et maintenue dans les plis de l'étoffe, mais rapidement accessible.

— Lady Meagan, je suis très heureux de faire votre connaissance, déclara le laird.

Malgré les années, sa voix grave n'avait pas changé.

— J'en suis tout autant ravie, répondit-elle avec plus de nervosité qu'elle ne l'aurait souhaité.

— Je vous en prie, relevez-vous, que le prêtre puisse continuer. Au sourire qu'affiche mon fils, j'affirme qu'il a grand hâte que la cérémonie se poursuive et je ne l'ai que trop retardée.

Elle obéit, lentement. De près, il n'était guère aussi terrifiant que dans son souvenir. Surtout parce qu'elle reconnaissait Calvin en lui. Ils avaient le même sourire, la même douceur dans le regard. Comment était-ce possible ? Cet homme était un démon ! Elle ne devait pas se laisser abuser par leur ressemblance.

— Seigneur tout-puissant !

Le bouleversement et l'émotion vibrant dans la voix de Lady Moira interloquèrent tout le monde… et ébranlèrent Emilia. Elle braqua instinctivement ses yeux sur la femme, qui levait fébrilement son voile et découvrait ses traits.

Emilia ne voyait plus que la longue et vieille cicatrice verticale qui lui barrait le menton.

Le souffle lui manqua. Ses jambes ne la portèrent plus. Puis les ténèbres l'engloutirent.

Chapitre 24

— Regarde, maman. J'ai fait ça pour toi.

Emilia courait les bras tendus vers sa mère, une poignée de mauvaises herbes et de pâquerettes grossièrement assemblées dans sa petite main dodue. Pour elle, c'était le plus splendide, le plus parfumé et le plus coloré des bouquets qu'on puisse rêver se voir offrir. Le sourire radieux de sa mère, quand elle le lui donna, lui confirma que c'était bien le cas.

— Merci, ma petite fée. Il est magnifique. Je vais le placer… Voyons…

Sa mère se frottait pensivement le menton en balayant du regard la pièce de vie de leur modeste chaumière.

— Ici ! décida-t-elle en désignant une étagère, sous l'unique fenêtre de la maisonnette. Je vais le mettre dans un gobelet, juste là. Comme ça, nos fleurs seront au meilleur des endroits pour recevoir le plus longtemps la lumière du jour.

Elle joignit le geste à la parole et posa le bouquet dans un godet en bois grossièrement taillé.

— De l'eau ! exulta la fillette. Il faut leur donner de l'eau, maman. Les fleurs en ont besoin ; sinon, elles meurent. Je vais en chercher, je reviens vite !

Sans attendre de réponse de sa mère, elle attrapa un autre récipient et fila à l'extérieur. Elle longea le mur en torchis, passa l'angle et tomba sur une cruche, à moitié vide. Plongeant la timbale dedans, elle craignit un instant que son petit bras soit trop court pour atteindre ce qu'il restait d'eau, mais elle fut soulagée en sentant ses doigts toucher le liquide frais. Quelques gouttes tombèrent, mais il y en avait largement assez au fond du récipient pour remplir son gobelet. Elle allait se remettre à courir, pressée d'accomplir sa mission, mais elle se força à marcher plus lentement, les yeux rivés sur son précieux chargement, pour ne pas le renverser. Juste au moment de passer l'angle de la maison, elle se figea, pétrifiée de terreur. Son père traversait la place en direction de l'entrée. Il titubait, le regard voilé. Comme elle détestait quand il était comme cela ! Parce que, alors, il criait et devenait méchant. Très méchant. Il…

Comprimée par une terrible sensation d'oppression, Emilia ouvrit brusquement les paupières. Puis cette impression s'envola, comme balayée par une bourrasque, et elle vit qu'elle était couchée dans un lit, dans sa chambre, au château des Sinclair. Lentement, elle s'assit, bouleversée et confuse. Que faisait-elle là ? La tête lui tournait. Elle se souvenait vaguement d'un bouquet de fleurs, de sa mère, puis de son père qui venait et… ensuite, elle se retrouvait à la chapelle. La cérémonie de mariage débutait, Calvin lui souriait et… Que s'était-il passé ? Avait-elle rêvé tout cela ? Oui, sans aucun doute, c'était la seule explication possible. Les rideaux étaient tirés, aucune lumière ne filtrait du dehors – ce devait donc être la nuit. En dehors de quelques bougies allumées, la plus grande luminosité venait du feu de cheminée qui crépitait. Quelqu'un se tenait assis devant l'âtre, ravivant la flamme. Une femme à la robe blanche.

Kirstie ? Non. Ni aucune de ses deux jeunes servantes. Cette femme était la concubine de Fergus Sinclair… Lady Moira… Elle s'en souvenait, à présent. Elle n'avait donc pas entièrement imaginé les derniers événements qui lui revenaient brusquement en mémoire, la tétanisant par ce qu'ils lui révélaient. Était-ce possible ? Rêvait-elle encore ?

— Oh ! enfin, tu es réveillée ! dit la femme en se retournant. J'ai demandé que nous soyons seules et je ne sais pas qui a été le plus difficile à convaincre, Calvin ou ta dame de compagnie, mais…

Cette voix qui tremblait, emplie d'émotion. Ces traits, cette cicatrice ! Cela ne se pouvait ! Au bord des larmes, Emilia ne parvenait pas à y croire, pourtant…

— Maman ? balbutia-t-elle.

Le sourire de Lady Moira se tordit en un sanglot étouffé.

— Emilia ! Emilia ! Ma petite fée, c'est bien toi ! Oh ! Seigneur, c'est un miracle ! s'écria-t-elle en se levant brusquement pour se jeter dans ses bras. C'est bien toi, c'est bien toi, ne cessait-elle de répéter avec une grande émotion. Dès que j'ai croisé ton regard, j'ai su, je l'ai senti au fond de moi, même si je ne pouvais y croire, mais tu es vraiment là !

Elle lui embrassait le front, les joues, goûtait ses larmes de joie auxquelles se mêlaient les siennes. Emilia était bouleversée et sa gorge trop nouée pour pouvoir prononcer le moindre mot. S'accrochant à sa mère qu'elle croyait disparue depuis tant d'années, elle redevenait une enfant, savourait sa chaleur rassurante, se laissait bercer par les battements de son cœur… Des sensations oubliées, des émotions brutes, gravées jusqu'aux tréfonds de son âme, se réveillaient en elle. La submergeaient.

— Comment est-ce possible ? demanda sa mère, entre deux sanglots de joie. Je te pensais perdue pour toujours, ma petite fée.

— Moi aussi, je t'imaginais morte, maman, parvint-elle à articuler. Quand les Sinclair ont attaqué notre village, lorsque leur laird t'a menacée, avant de vous emmener, toi et les autres et que tu n'es pas revenue me chercher, j'étais certaine de ne plus jamais te revoir !

— Oh ma pauvre chérie, je donnerais tout pour que tu n'aies pas eu à subir cela !

Sa mère l'étreignit encore plus fort, à l'étouffer, mais cela ne la dérangeait pas tant elle débordait de bonheur de l'avoir retrouvée. En effet : c'était un miracle !

— Je suis revenue pour toi, Emilia, je te le jure, mais tu n'étais plus là. Nous t'avons cherchée, longtemps, en vain. J'ai imaginé que le pire était arrivé et… Plus d'une fois, j'ai cru périr de chagrin et failli m'ôter la vie pour que cessent enfin ces tourments, et ma culpabilité de t'avoir abandonnée. Tu étais morte, par ma faute ! J'ai pensé à toi chaque jour, je t'ai pleurée chaque nuit, je…

Elle s'écarta doucement de sa mère, ébranlée, tandis que toutes ses certitudes s'envolaient.

— Comment peux-tu être encore en vie, maman ? Ils m'ont dit… Ils m'ont assuré que les Sinclair vous avaient toutes violées et assassinées !

Les grands yeux bleus de sa mère s'écarquillèrent.

— Qui… Qui t'a affirmé de telles horreurs ?

— Les McTrayall. Ils m'ont sauvée, puis ils m'ont accueillie parmi eux.

Le visage de sa mère devint livide.

— Maudit soit le nom des McTrayall ! cracha-t-elle avec une grimace de profond dégoût.

Stupéfaite et piquée au vif, Emilia s'écarta franchement d'elle.

— Comment oses-tu ? Les McTrayall sont des gens de bien ! Ils m'ont toujours traitée correctement, alors que je n'étais rien, pour eux ! Les Sinclair, eux, sont monstrueux ! Aurais-tu oublié ce qu'ils nous ont fait endurer ? Et à présent, je te découvre… au bras du meurtrier de mon père ! Comment as-tu pu devenir la maîtresse de ce démon ? Tu aurais dû le tuer à la première occasion, plutôt que de le laisser te toucher !

Sa mère poussa un long soupir. Elle semblait terriblement affligée.

— Ma pauvre enfant… Si j'étais revenue plus vite auprès de toi, si je t'avais retrouvée avant les McTrayall, tout aurait été différent. Tu étais trop jeune, tu ne pouvais pas comprendre. Tu ne…

— Je comprends très bien, au contraire ! Pendant que je te pleurais, que je grandissais sans l'amour d'une mère qui m'avait en réalité abandonnée, toi, tu… tu t'offrais à un assassin ! Comment as-tu pu faire une chose pareille ?

Sa mère se saisit de ses mains et plongea son regard dans le sien.

— Emilia, il est temps que tu connaisses l'entière vérité. Je te l'ai dit, tu étais trop jeune pour t'en souvenir, et sans doute même pour seulement t'en rendre compte, mais… nous n'étions pas des gens honnêtes. Si le laird

Sinclair s'en est pris à nous, ce n'était pas le fruit du hasard, bien au contraire.

Elle se crispa à ces paroles, à la fois curieuse et effrayée.

— Continue, souffla-t-elle.

— Nos hommes n'étaient pas d'innocents villageois, ma petite fée. C'était une bande de bandits et de voleurs, dont ton père était le chef. Oh ! c'était un homme fort et très séduisant, mais il possédait un côté terriblement sombre, également, qui le rendait très dangereux et qui le rongeait jour après jour. J'étais très jeune, amoureuse et naïve et puis, un an après notre mariage, tu es arrivée, toi, la plus merveilleuse des enfants. Mais ton père… Il voulait un garçon. Il m'a punie pour ne pas lui en avoir donné un.

Elle passa un doigt tremblant sur la cicatrice qui barrait son menton.

— À partir de là, il a pris l'habitude de me frapper, pour n'importe quelle raison. C'était pire encore, quand il buvait. Il me reprochait tellement de ne pas tomber enceinte de nouveau…

— Maman, je…

Sa gorge se nouait. Elle ne se souvenait que très peu de son père, et avait toujours voulu le voir comme un homme aimant, mais les réminiscences de son dernier rêve ravivaient en elle des souvenirs qui lui laissaient entendre qu'elle se fourvoyait. Sa mère lui disait-elle la vérité ? Son père était-il la personne mauvaise qu'elle lui décrivait ?

— J'escomptais m'enfuir avec toi, avant qu'il ne s'en prenne aussi à toi. J'ai essayé, une fois, mais il nous a rattrapées et m'a cognée si fort que j'ai cru qu'il allait me tuer. Dieu merci, il ne t'a pas touchée, mais il a juré qu'il le ferait, qu'il te découperait en morceaux devant moi si jamais j'osais le quitter. Je savais qu'il le ferait ; alors, j'ai renoncé et j'ai continué à subir, tant qu'il ne s'en prenait pas à toi…

Les yeux de sa mère s'emplirent de larmes. Emilia restait muette. C'était pire que ce qu'elle aurait pu s'imaginer ! Comment n'avait-elle conservé aucun souvenir de cela ? Pourtant, sa mère ne mentait pas. Elle le lisait dans son regard, dans le tremblement de ses mains, dans son expression où perçait encore la peur qu'elle avait dû ressentir et dans sa voix enrouée de chagrin.

— Sans moi, tu aurais pu lui échapper, gémit-elle.

— *Nae !* Ne pense jamais cela, ma fille ! Tu étais ma joie de vivre ! Sans toi, je n'aurais jamais su ce qu'était le bonheur !

Elle l'embrassa tendrement sur le front, et Emilia lutta pour contrer ses sanglots.

— Un jour, poursuivit sa mère, les McTrayall sont venus au village. Ils ont offert de l'argent à ton père et à ses hommes pour ne plus voler sur leurs terres, mais uniquement sur celles des Sinclair. Ils étaient trop lâches pour leur déclarer ouvertement la guerre et avaient décidé de confier leur sale besogne à d'autres. Ton père est devenu comme fou, à ce moment-là. Il s'est senti soudain très important. Il clamait que les McTrayall allaient faire de nous des gens riches, mais surtout… il s'est enfoncé de plus en plus dans la violence et dans la boisson. La bande de voleurs devint pire encore : des pillards, des assassins, des violeurs, qui semaient le chaos sur les terres des Sinclair et prenaient plaisir à agir aux ordres des McTrayall. Finalement, Fergus Sinclair en a eu assez et a offert une forte prime à quiconque les dénoncerait.

Sa mère soupira profondément, visiblement très accablée. Emilia, elle, se sentait sur le point de s'effondrer. Toute sa vie n'avait-elle été qu'un mensonge ? Pourrait-elle l'accepter ? Elle ne savait plus que penser, qui croire !

— Cela n'aurait pas dû se passer ainsi, ma petite fée. Je devais fuir avec toi avant l'attaque, mais… ton père nous faisait surveiller, la plupart du temps. Quand les Sinclair ont cerné le village, j'ai paniqué, et je n'ai eu d'autre choix que de te laisser pour retourner chercher la prime qu'ils m'avaient versée et que j'avais cachée. Ensuite, je t'aurais rejointe et nous serions parties. Hélas, je n'ai pas été assez rapide.

— Tu veux dire que… c'est toi qui leur as appris où nous trouver ?

— Je le devais. Pas seulement pour l'argent, qui nous aurait assuré un avenir à toutes les deux, mais également parce que tout cela allait trop loin, et tôt ou tard ton père t'aurait fait du mal, à toi aussi. C'était l'unique solution pour tout arrêter ! Mais Fergus ne me faisait pas confiance. Par prudence, il a lancé l'attaque plus tôt, et il nous a fait enfermer, moi, les autres femmes et leurs enfants, pour nous interroger. Je l'ai supplié de me laisser revenir te chercher, mais il a refusé, de crainte que je ne m'enfuie pour prévenir les McTrayall ou d'autres alliés de ton père… qui n'existaient pas, à ma connaissance. Fergus a cependant envoyé des hommes pour te retrouver. Ils lui ont raconté ensuite qu'il n'y avait aucun survivant. Que tu avais péri dans les flammes ! J'ai refusé de les écouter, et m'y suis finalement rendue moi-même, mais tu n'étais plus là où je t'avais cachée. Tes traces conduisaient au village, il y avait des cadavres carbonisés partout, et… j'ai cru mourir moi aussi, ce jour-là. Mais au fond de moi, j'ai toujours voulu garder espoir que…

Un sanglot l'empêcha de terminer sa phrase. D'un revers de la main, elle essuya les larmes qui coulaient sur ses joues.

— Finalement, Fergus nous a libérés. Il ne nous a jamais été fait de mal, pendant tout ce temps. Au contraire, il nous a pris en pitié, comprenant que nous aussi subissions la domination de nos époux et pères. Ce qui était vrai, du moins pour la plupart d'entre nous. Il m'a même demandé pardon, pour toi. Crois-le ou non, il était sincèrement navré. Il m'a offert de rester au château, de me mettre à son service. De commencer une nouvelle vie. J'ai accepté, avec l'espoir fou qu'un jour nous serions de nouveau réunies, que ce soit dans ce monde ou dans l'autre. Le temps a passé, mais je n'ai jamais pu t'oublier. Et puis au fil des années… quelque chose de différent s'est tissé entre Fergus et moi. Tu sais, Emilia, c'est un homme loyal et honnête, et bon. Tout le contraire de ton père et de William McTrayall, le véritable responsable de cette tragédie. Son goût du sang, sa soif de pouvoir ont provoqué tant de malheurs, ma petite fée. Lui et les siens sont la gangrène du Caithness, ils l'ont toujours été ! Ils t'ont peut-être élevée, éduquée et nourrie, mais je n'ose imaginer tous les mensonges qu'ils ont fait grandir en toi durant tout ce temps…

Emilia avait l'impression de suffoquer. C'était comme si la foudre s'était abattue sur elle. Tout ce en quoi elle avait toujours cru s'écroulait. Elle avait bien sûr souvent entendu toutes sortes de rumeurs sur les McTrayall, même au sein de leur propre domaine, mais elle avait fermement refusé de les écouter. Elle leur devait la vie ! Impossible de croire que sa haine des Sinclair – que William McTrayall avait pris soin d'entretenir – était en réalité dirigée vers la mauvaise cible. Elle ne pouvait accepter qu'elle ait pu être manipulée, aveuglée, fourvoyée. Et pourtant… Elle avait beau essayer de s'en persuader, quelque chose, au fond de son âme, lui assurait que tout cela était vrai.

Anéantie, comme vidée soudain de toutes ses forces, elle s'effondra dans les bras de sa mère, écrasée par le poids de toutes ces révélations, de sa colère d'avoir été ainsi trompée… et de sa propre culpabilité.

Chapitre 25

Emilia tremblait de tous ses membres. Autant il lui avait été facile, naturel même, de tout raconter à sa mère, autant elle avait lutté pour chaque mot en répétant son histoire à Fergus Sinclair et à ses fils. En dehors de deux gardes à la porte, il n'y avait qu'eux cinq dans la salle d'audience, dont les formidables dimensions lui semblaient plus écrasantes que jamais. Les échos de sa propre voix lui revenaient constamment, comme autant d'accusations. Elle avait décidé de tout leur avouer avant même que sa mère ne cherche à l'en convaincre. L'ennemi n'était pas celui qu'elle imaginait. Elle en était certaine, à présent, et en avait le cœur brisé.

— Je ne suis pas Meagan McDowall. Je suis Emilia, la fille que Moira croyait avoir perdue.

Quand elle l'avait déclaré, la stupeur des trois hommes avait été si forte qu'ils en étaient restés muets de surprise. Ce fut pire encore ensuite. Si Fergus Sinclair et Gordon blêmissaient au fur et à mesure de ses révélations, Calvin, qui se tenait à la droite de son père, semblait totalement effaré. Son regard s'assombrissait. Sa mâchoire se crispait. Ses traits se durcissaient impitoyablement, comme s'il se retenait de hurler. Tout son corps paraissait sur le point de laisser exploser sa rage, à tout moment. Torturée de lui faire tant de mal, elle poursuivit néanmoins son récit sans faillir. Elle n'omit rien. Ni la machination des McTrayall, ni l'enlèvement de Meagan McDowall, ni sa mission et encore moins le poison… Quand elle en eut terminé, un silence de plomb s'abattit. Fergus Sinclair fut le premier à le rompre, de sa voix froide et calme.

— La folie des McTrayall n'a décidément aucune limite.

Son expression était indéchiffrable, tout comme celle de Gordon, assis à sa gauche. Emilia s'obligea à se détourner de Calvin. Elle ne se sentait pas capable d'affronter son regard. Pas encore. Elle était certaine de ne pouvoir supporter ce qu'elle y lirait.

Seuls la présence apaisante de sa mère, derrière elle, et le soulagement d'avoir bien agi en avouant l'entière vérité l'empêchaient de s'effondrer. Sa déclaration avait été étrangement libératrice, même si elle était parfaitement consciente que, ce faisant, elle se condamnait. N'avait-elle pas conspiré contre un allié du roi d'Écosse ? Cela serait suffisant pour la potence. Mais ce qui l'obsédait surtout, ce qui l'attristait au plus haut point, c'était d'avoir eu à confesser tout cela devant Calvin. Lui apprendre si brutalement qu'elle lui avait menti dès le départ – et à quel point ! Combien elle brûlait de lui jurer que son affection pour lui était bien réelle ! Que l'avoir trompé lui avait déchiré le cœur, que c'était même autant pour lui qu'à cause des révélations de sa mère qu'elle avait choisi de faire ses aveux, mais… elle en était incapable. Il devait la haïr. Elle aurait préféré être exécutée à l'instant plutôt que d'avoir à affronter la répugnance qu'il devait éprouver pour elle, à présent qu'il savait tout.

— Gardes ! rugit le laird. Allez immédiatement trouver sa dame de compagnie, cette Kirstie maîtresse des poisons, et enfermez-la au cachot ! Quant à vous, jeune fille…

Elle frémit et leva les yeux vers lui. L'heure de son châtiment était arrivée. Quel qu'il soit, elle l'accepterait. Sa mère se jeta soudain à genoux, devant elle.

— Fergus, je vous en prie, ma fille est innocente, elle a été trompée depuis sa tendre enfance, elle n'est pas responsable de…

Il leva une main d'un geste autoritaire, la faisant taire.

— En effet, William McTrayall l'a abusée, c'est évident. Vous n'êtes pas la première à qui il a menti effrontément, Emilia, ajouta-t-il en plongeant son regard acéré dans le sien. La soif de vengeance est une arme puissante, pour qui sait s'en servir, et William McTrayall est un expert en la matière. Grâce à Dieu, vous avez eu le courage de tout m'avouer, avant qu'il ne soit trop tard, et je vous en remercie. Cependant, vous vous êtes rendue complice des crimes qu'il souhaitait commettre, ainsi que de l'enlèvement de l'infortunée Lady Meagan. Vous resterez donc enfermée dans vos appartements, sous bonne garde, jusqu'à ce que je décide de votre sort.

Emilia se figea. C'était mieux que ce qu'elle méritait ! Mieux que ce qu'elle aurait pu espérer ! Sa mère poussa un gémissement plaintif, où perçait le soulagement. Au moins ne serait-elle pas exécutée sur-le-champ.

Gordon, l'expression indéchiffrable, s'exprima alors.

— Père, il nous faut agir dès maintenant pour sauver Lady Meagan. Si les McTrayall apprennent que nous savons tout de leurs sombres desseins, ils la tueront certainement et je n'ose imaginer la réaction de son père. Il nous jugera responsables, l'alliance ne se fera pas et l'Écosse sera conduite vers une guerre fratricide, au seul bénéfice des ennemis du roi Robert. Attaquons les McTrayall sans plus attendre ! s'exclama-t-il avec ferveur. Nos forces sont égales aux leurs, et avec l'effet de surprise nous augmentons nos chances. Si nous les acculons, ils voudront négocier. C'est peut-être notre seule chance de récupérer Lady Meagan en vie.

Le laird se frotta le menton, l'air pensif.

— Tu as raison, mon fils, nous devons en finir une bonne fois pour toutes avec ces maudits McTrayall et secourir cette jeune fille, en espérant qu'il ne soit pas déjà trop tard pour elle.

Emilia écoutait en silence. La bataille était inéluctable, et elle ne pouvait s'ôter de l'idée qu'elle en était en partie responsable. Elle devait trouver le moyen de réparer. D'aider l'innocente Meagan, captive d'enjeux sur lesquels elle n'avait aucune prise. Elle ouvrit la bouche pour parler, quand elle sentit sur elle l'intensité brûlante du regard de Calvin. Incapable de l'ignorer plus longtemps, elle se retourna lentement vers lui, la gorge sèche et le ventre noué. Ce simple geste mobilisait toutes ses forces, toute sa volonté. Pourtant, elle devait lui faire face. Accepter son ressentiment. Subir les conséquences de ses actes.

Ce fut pire encore que tout ce qu'elle aurait pu imaginer !

Coudes appuyés sur la table, Calvin se tenait immobile, livide, les traits figés dans une terrible gravité. Ses yeux bouillonnaient d'un éclat sinistre. Contrairement à ceux de son père, nulle compassion ne s'y lisait. Juste une intense confusion et une violente colère. Ses épaules montaient et redescendaient au rythme de sa respiration nerveuse. Un immense chagrin la saisit. Il y avait tant de choses qu'elle aurait voulu lui dire, mais jamais il ne l'écouterait !

— Calvin…

Elle avait murmuré son nom si faiblement qu'il n'avait pu l'entendre. Brusquement, il se leva, faisant tomber sa chaise qui claqua lugubrement contre le sol. D'un pas vif, il se dirigea vers le seuil de la salle, puis disparut dans le couloir. Emilia s'effondra, agitée de sanglots.

Pas une fois il ne s'était retourné sur elle.

Chapitre 26

Calvin était effondré. Au fur et à mesure que Meg – non, Emilia, se corrigea-t-il – avait égrené sa sidérante histoire, il avait eu l'impression de s'enfoncer peu à peu dans des sables mouvants glacés. Il aurait dû être furieux d'avoir été ainsi berné, manipulé, humilié ! S'il sentait bouillir en lui une formidable colère, prête à exploser à tout moment, il ressentait surtout une déchirante tristesse. C'était comme s'il étouffait, que son univers, ses projets d'avenir, s'écroulaient. Il n'avait pas pu supporter cela plus longtemps : les aveux d'Emilia, son regard, ses larmes, ses regrets… C'en était trop, pour lui. Avait-elle menti sur tout ? Ne l'avait-elle séduit que pour mieux l'utiliser ? Se rapprocher de son père ? La sensation de leurs corps liés dans une merveilleuse extase résonnait encore si fort en lui que c'en était intenable.

Ses pas le menèrent dans la cour du château, et l'air froid qui l'y accueillit fut comme une gifle bienfaitrice. La place était vide, mais les empreintes dans la neige que les passages des gens avaient fait fondre et transformée en boue sale, ainsi que les brins de bruyère[1] piétinés,

1. Dans la tradition écossaise, les brins de bruyère sont considérés comme des porte-bonheur pour les nouveaux mariés.

témoignaient encore de leur présence passée. Les gardes avaient dispersé la petite foule qui s'était massée là pour accueillir les jeunes mariés.

Les jeunes mariés… Cela manqua le faire hurler ! D'un pas rageur, il franchit l'enceinte du château et se dirigea vers la forêt. Il réalisa à peine qu'il courait. Le vent froid lui fouettait les joues et il ne ralentit qu'après avoir rejoint le couvert des arbres. Il était en nage, essoufflé. Anéanti. Instinctivement, il s'était rendu dans ce petit coin particulier qu'avait tant aimé sa mère, là où le temps ne semblait pas avoir d'emprise. Aussitôt, les images de ce jour où il y avait emmené Emilia lui revinrent à l'esprit. Cela lui paraissait si lointain et irréel, à présent. Il croyait percevoir l'écho de leurs rires dans le bruissement du vent, deviner les traces de leurs pas dans le parterre de feuilles mortes et de branchages, percevoir le sourire d'Emilia dans… Se laissant tomber à genoux dans la terre molle, il poussa un rugissement déchirant, cherchant à extirper de son cœur et de son corps la douleur qui menaçait de l'engloutir. Comment avait-elle pu lui mentir ainsi ? Sa beauté l'avait-elle aveuglé au point qu'il n'en devine rien ? Ou peut-être n'avait-il simplement rien voulu voir ! En y réfléchissant, il avait bien remarqué quelques comportements étranges – des regards fuyants, des gestes et des paroles que s'interdisaient généralement les jeunes femmes de haute naissance, des réactions un peu forcées… Cela l'avait bien sûr interpellé, mais guère plus. Au contraire, c'était aussi pour cela qu'il s'était entiché d'elle, pour sa différence ! Et cette audace, cette passion, dont elle avait fait preuve entre ses bras ! N'était-ce qu'un jeu, pour elle ? Elle ne ressentait rien à son égard. Elle n'avait fait que se servir de lui… et même si elle avait finalement tout avoué, sans aucun doute piégée et forcée par sa mère, cela ne changeait rien à ce qu'elle avait fait. Avait-elle seulement énoncé la vérité, au sujet des McTrayall qui l'auraient manipulée, ou était-elle leur complice volontaire ? Elle avait si bien joué son rôle qu'elle n'avait, pour lui, rien d'une victime.

Si Lady Moira ne l'avait pas reconnue, démasquée… que se serait-il passé ? Sans doute serait-il mort, à cette heure, tout comme son père et son frère. Poussant un cri de rage et de désespoir, il déversa sa fureur sur le tronc gris brunâtre d'un pin, à s'en faire saigner les poings… Il se sentait déchiré, écartelé entre des sentiments puissants et contraires.

— Je me doutais que je te trouverais là.

Perdu dans ses pensées, il n'avait pas vu Malcolm venir. Il portait toujours la tunique qu'il lui avait prêtée, tunique dont les teintes végétales se mêlaient à celles de la nature tout autour. Malcolm leva un bras, lui tendant un gros pichet en terre cuite.

— C'est la cuvée spéciale de l'aubergiste, annonça-t-il triomphalement. Je me suis dit que tu en aurais besoin.

Calvin hésita un instant, puis attrapa le récipient. Sans un mot, il s'accorda de longues rasades. Le vin capiteux, à la fois âpre et doucereux, réchauffa sa gorge et son corps à défaut de son cœur et de son âme. C'était déjà ça.

— Merci, Malcolm. J'en avais bien besoin, en effet.

Il lui rendit le pichet à moitié vide, et Malcolm hocha la tête d'un air entendu avant de boire à son tour à même la cruche. Calvin s'adossa au tronc qu'il avait roué de coups et soupira en levant la tête vers l'épaisse canopée d'aiguilles qui masquait le ciel. Malcolm vint s'asseoir à côté de lui.

— Il paraît que ton mariage est reporté, suite au malaise de Lady Meagan, déclara celui-ci en lui donnant un petit coup d'épaule. Pas de quoi te mettre dans cet état, si ?

D'un geste, Calvin repoussa le pichet qu'il lui tendait. Malcolm haussa les épaules devant son refus, et le porta à ses lèvres.

— *Nae*, grommela Calvin. Le mariage n'est pas reporté. En réalité, il n'y aura pas de mariage… parce qu'il n'y a pas de Lady Meagan.

Malcolm s'étrangla de surprise. Il toussa, éclaboussant par la même occasion sa figure et le haut de sa chemise de taches de vin.

— Quoi ? Que veux-tu dire ? Elle est… Elle est morte ?

— C'est plus… compliqué. La femme que tu as vue n'est pas Meagan McDowall, mais Emilia. Une usurpatrice à la solde des McTrayall, venue pour nous empoisonner, mon père, Ross, Gordon et moi.

Les yeux de Malcolm s'agrandirent de stupeur et d'horreur.

— Tu plaisantes ?

— En ai-je l'air ?

— Pas vraiment.

— Elle a tout avoué ! rugit Calvin, crispé. Elle nous a menti, depuis le début !

Malcolm essuya son visage d'un revers de la manche pour avaler sitôt après une autre rasade de vin. Puis il tendit de nouveau le pichet à Calvin qui, cette fois, l'accepta.

— Bon, ça explique certaines choses, annonça Malcolm tandis que Calvin buvait.

— Quoi donc ?

— Eh bien, certaines rumeurs courent à son sujet, depuis son malaise à la chapelle. Certains racontent qu'elle est tombée parce qu'elle a été empoisonnée par les McTrayall. D'autres affirment qu'elle est grosse d'un enfant et d'autres encore que Dieu l'aurait frappée devant l'autel, pour condamner une union contre nature, parce qu'elle serait une bâtarde cachée du laird Fergus et donc ta demi-sœur… N'importe quoi !

En effet. La vérité était bien pire encore.

— Non, nous ne sommes pas du même sang, je te le confirme. Mais c'est la fille de Lady Moira.

Malcolm lui jeta un regard encore plus atterré que le précédent. La bouche grande ouverte, il secouait la tête comme si cela pouvait l'aider à faire sortir les mots coincés dans sa gorge. Finalement, il arracha le pichet des mains de Calvin et se resservit une longue goulée de vin.

— Chacune croyait l'autre morte depuis longtemps, expliqua Calvin. Pourtant, elles se sont reconnues tout de suite, semble-t-il. Un vrai miracle, pas vrai ? ajouta-t-il avec une grimace. Je crois que, sans cela, je ne serais déjà plus de ce monde pour t'en parler. Emilia projetait de nous empoisonner durant le banquet qui aurait suivi la cérémonie. C'est sa mère qui a dû l'obliger à renoncer et à tout avouer, certainement pour sauver sa tête. Si Lady Moira ne l'avait pas démasquée, qui sait ce qu'il se serait produit…

Malcolm éloigna brusquement le pichet de ses lèvres.

— Eh bien… Dans un sens, tu as eu de la chance !

— De la chance…, soupira Calvin. *Aye*, dans un sens, certes, mais je ne me suis jamais senti aussi mal. Je ne sais pas quoi penser, ni quoi faire, Malcolm.

— Que veux-tu dire ?

— Découvrir que cette fille n'était pas ma promise et qu'elle m'avait menti m'a fait l'effet d'être transpercé d'un millier de flèches. D'après elle, les McTrayall se sont servis de son désir de vengeance pour la persuader que nous étions responsables de tous ses malheurs et de ceux de beaucoup d'autres. Elle était, semble-t-il, convaincue d'agir pour le bien commun, mais… je ne l'excuse pas pour autant. Bon sang, Malcolm ! Elle a eu le temps de nous connaître, de *me* connaître ! Comment a-t-elle pu continuer à vouloir nous tuer, après que nous…

— Après que vous ?

Il déglutit difficilement à ce souvenir.

— Nous avons fait l'amour, Malcolm. Avant même nos noces, et, que Dieu me pardonne, c'était magnifique.

— Vraiment ? Eh bien…

— Je la croyais sincère, mais je dois me rendre à l'évidence. Elle m'a utilisé, elle s'est jouée de moi pour obtenir ce qu'elle voulait.

Malcolm plaqua sa main sur son épaule.

— Oh, de cela, je ne suis pas certain, Calvin. Vu comment elle te dévorait des yeux… Ce n'est pas le genre de choses qu'on peut simuler, crois-moi !

Calvin grimaça.

— Elle me trouvait attirant, rien de plus. Crois-tu vraiment qu'on puisse sincèrement s'attacher à quelqu'un à qui l'on voue une haine profonde depuis toujours ? Elle comptait m'assassiner, ne l'oublie pas !

La cruche étant vide, Malcolm la jeta à terre.

— Tu sais quoi ? déclara-t-il d'une voix pâteuse. Ça me rappelle quand on s'est connus, toi et moi. Tu te souviens ?

— Quoi ? Pas vraiment… On devait avoir trois ou quatre ans !

— *Aye*, moi non plus, je ne me rappelle pas bien, mais ma mère m'a si souvent rabâché cette histoire que c'est gravé dans ma caboche. Elle a dû me traîner pour que je vienne jouer avec toi, au château. Je ne voulais pas y aller. Je t'avais vu, avant, une fois, au marché, et j'étais persuadé que tu étais une fillette, avec tes beaux habits, tes cheveux bouclés, ta tête de petit ange… J'étais une vraie petite teigne, et je t'ai tout de suite sauté dessus pour te casser la figure. Mais tu m'as rendu coup pour coup, et on est devenus les meilleurs amis du monde. Pourtant, avant, je te détestais tant que ma mère pensait qu'on ne pourrait jamais s'entendre.

— Où veux-tu en venir, Malcolm ?

— Écoute : cette Emilia abhorrait ton nom, pas toi. Alors peut-être qu'il n'est pas totalement impossible qu'en te découvrant elle ait pu vraiment t'apprécier ? Puisqu'elle a finalement tout avoué avant qu'il ne soit trop tard, peut-être y es-tu pour quelque chose, tu ne crois pas ?

Calvin soupira et le dévisagea avec attention. Comment Malcolm pouvait-il toujours trouver les mots qu'il avait envie d'entendre ? Même s'ils n'étaient que cela, et non la vérité.

— Merci, Malcolm.

— Si tu veux mon avis, et je sais que c'est le cas, tu devrais lui parler.

— *Aye*, c'est ce que j'ai l'intention de faire. Une fois

que je me serai calmé. Il faut que je sache si elle est sincère, ou si elle compte endormir notre méfiance par ces aveux, pour mieux nous frapper ensuite.

Il alla ramasser le pichet vide et l'épousseta rapidement avant de le lancer à Malcolm, qui faillit le laisser échapper, mais réussit à le rattraper au dernier moment.

— Nos guerriers se rassemblent en ce moment même pour marcher sur les terres des McTrayall. Ils retiennent la vraie Meagan McDowall et nous allons la libérer.

— La pauvre fille, elle doit être terrifiée.

Calvin acquiesça.

— Plus pour longtemps. Mais si nous ne la récupérons pas très vite, et en vie, j'ai bien peur que la guerre n'enflamme l'Écosse, alors que nous n'aspirions qu'à la paix. Les McTrayall sont allés bien trop loin, cette fois-ci, et ils le paieront cher.

Chapitre 27

Emilia marchait d'un pas nerveux. Deux soldats l'escortaient et s'assuraient qu'elle ne puisse s'enfuir. Selon les ordres du laird, elle n'avait pas quitté sa chambre jusqu'à ce que ces hommes soient venus la chercher. Ils ne lui révélèrent rien : ni où ils la menaient ni pour quelle raison. En silence, elle avançait entre eux, perdue dans ses pensées. Les domestiques qu'elle croisait la regardaient avec animosité ou même parfois pitié. Tous devaient savoir, à présent, ce qu'elle avait prévu de faire et qui elle était vraiment.

Ils gravirent un escalier et, en arrivant en haut des marches, un violent souffle d'air frais la surprit. Ils se trouvaient sur les remparts ! Elle fut saisie par la splendeur du paysage. Les nuages gris qui avaient menacé toute la journée avaient été chassés par le vent du nord. Le soleil couchant disparaissait derrière la forêt de conifères, et sa lumière, qui traversait le rideau d'arbres, dessinait à travers le feuillage une constellation de petites étoiles scintillantes.

— Par ici, annonça le garde de tête.

Considérant sans doute qu'elle n'avançait pas assez vite, on la poussa brusquement dans le dos. Elle se retourna pour croiser le regard noir empli de mépris de l'autre soldat. La plupart des Sinclair devaient la haïr, à présent. En dehors de sa mère, seule l'opinion de l'un d'eux comptait pour elle… et il devait certainement la détester encore plus que tous les autres. Son regard se perdit sur les terres en contrebas. Les ombres du crépuscule avaient englouti le village, où les feux de cheminée témoignaient de la vie qui y régnait. Dans les plaines à l'est, plongées dans l'obscurité, elle repéra d'autres feux, pareils à un essaim de minuscules lucioles. Elle frissonna, comprenant ce que cela signifiait. Un campement, sans aucun doute possible, où des centaines d'hommes devaient bivouaquer. Elle crut distinguer d'autres foyers, plus loin encore. Était-ce pour cela qu'on l'avait menée ici ? Pour qu'elle assiste aux préparatifs de la bataille à venir ? Pour lui rappeler les conséquences de ses actes ?

— Avancez, lui intima-t-on.

Elle obéit, subjuguée malgré elle par l'agitation dans la cour du château. On y chargeait de grands chariots, tirés par des bœufs massifs, de lourdes caisses d'armes, de provisions et de matériel de campagne.

L'armée des Sinclair était en marche.

Pétrifiée, elle marqua une pause, et on la poussa de nouveau. Cette fois-ci, elle se retourna, furieuse :

— Cessez, à présent ! J'ai vu ce que vous vouliez me montrer et, si vous avez ordre de me tuer ensuite, qu'on en finisse !

Elle imaginait déjà que ces deux hommes la soulèveraient pour la jeter par-dessus les remparts. La chute serait tout aussi rapide que la mort qui l'attendait aux pieds de la forteresse. Levant fièrement le menton, elle défia du regard celui qui la malmenait. Elle n'avait blessé aucun Sinclair, avait avoué sa faute. Si elle devait périr, du moins méritait-elle quelque respect !

— Hélas, gronda-t-il entre ses dents serrées. Nous devons juste vous escorter… *milady.*

Il cracha au sol, puis marmonna un juron qu'elle ignora. Se détournant de lui, elle remonta la capuche fourrée de son manteau et avança en silence pendant qu'on la conduisait jusqu'à une guérite où brûlait un grand brasero en bronze, seule source de chaleur et de lumière sur ces remparts.

— Et maintenant ? s'enquit-elle.

— Maintenant, on attend.

Inutile d'en demander davantage, il était évident qu'aucun d'eux ne lui répondrait. Les murs de pierre de l'abri coupaient le vent, et la chaleur bienfaisante du foyer était apaisante, tout comme le doux crépitement du bois. Combien de temps encore allait-elle patienter ? Toute la nuit, peut-être ? Et pour quelle raison ? Il n'y avait nul banc où s'asseoir, pas même une saillie dans la paroi contre laquelle s'appuyer. L'éclat du brasero éclipsait les toutes dernières lueurs du jour. La nuit tombait si vite que la luminosité déclinait presque à vue d'œil. Bientôt, les ténèbres environnèrent Emilia, qui avait la sensation d'être coupée du monde dans cette petite oasis de lumière… perdue dans ses pensées.

Pourquoi le laird n'avait-il pas déjà ordonné sa mise à mort ? Sans doute par respect pour sa mère… ou par amour, pour elle. C'était pour elle, encore, devinait-elle, qu'elle avait été confinée dans sa chambre et non pas jetée au cachot, comme Kirstie. Les guerriers McTrayall qui les avaient accompagnées à leur arrivée, en se faisant passer pour l'escorte de Lady Meagan, ne risquaient rien. Cela faisait déjà plusieurs jours qu'ils étaient partis pour rejoindre leur véritable clan.

Comme sa mère devait lui en vouloir ! Si quiconque d'autre qu'elle avait tenté de la convaincre qu'elle s'était trompée, qu'elle avait été aveuglée par les mensonges des McTrayall, elle n'aurait certainement jamais accepté d'y croire. Mais leurs retrouvailles avaient brisé les fondations de tout ce qu'elle pensait savoir, et tout le reste s'était écroulé ensuite. Comment concevoir que tous ceux qui l'avaient recueillie puissent être les monstres qu'on lui dépeignait ? Impossible, même si on lui avait menti durant tant d'années, beaucoup d'entre eux avaient fait preuve de gentillesse envers elle, de véritable bonté, comme le soldat qui l'avait sauvée, ou les dames de compagnie de la femme du laird, ou encore certains domestiques… Tous n'étaient pas mauvais, comme tous les Sinclair ne pouvaient être bons. Malgré la clémence du laird Sinclair, elle ne pouvait s'empêcher de le craindre et de se méfier de lui. Si elle ne doutait pas un instant de la sincérité de sa mère, une partie d'elle persistait à le considérer comme un homme fourbe et dangereux. Rien ne prouvait qu'il était innocent de *tous* les actes dont les McTrayall l'accusaient. S'il savait se montrer miséricordieux et compatissant, n'en préparait-il pas moins un assaut meurtrier ? Une attaque qu'il fomentait depuis longtemps – de l'aveu de son fils Gordon. L'enlèvement de Lady Meagan était le prétexte idéal dont il avait eu besoin pour agir. Et c'était elle qui le lui avait fourni.

Seigneur tout-puissant, de combien de morts serai-je responsable ?

Non, ce n'était pas sa faute, pas entièrement. Elle n'était qu'un rouage dans l'inimitié que se portaient ces deux clans, depuis bien avant sa naissance. Ils étaient ennemis depuis toujours, quoi d'étonnant à ce qu'on lui ait dépeint les Sinclair comme des monstres assoiffés de sang ? Ils pensaient évidemment la même chose des McTrayall… et ils allaient se battre, à présent, pour de bon. Peut-être s'entre-tueraient-ils tous, jusqu'au dernier. Quel bien cela ferait-il à l'Écosse ?

Elle secoua doucement la tête, se sentant impuissante à empêcher ce qui allait se produire. Calvin irait-il au combat, lui aussi ? Certainement. C'était un guerrier féroce qui suivrait l'armée de son clan. L'imaginer blessé, ou pire encore, lui était insupportable. Elle voulait conserver de lui l'image de son sourire, de l'éclat de tendresse dans ses yeux quand il la dévisageait, avant, au lieu du dédain qu'elle y trouverait à présent. Lorsqu'il s'était littéralement enfui de la salle d'audience, sans un regard pour elle, cela avait été comme recevoir un coup de poignard en plein cœur. Elle aurait préféré qu'il la méprise ouvertement, qu'il lui crie dessus, qu'il l'insulte, plutôt que cette froide indifférence. Le choc de ces révélations avait dû être terrible pour lui, et elle était prête à se jeter à ses pieds pour implorer son pardon, s'il le fallait. Une larme coula sur sa joue. Elle l'essuya du revers de la main, mais d'autres la suivaient déjà.

Elle sursauta quand quelqu'un brandit un mouchoir devant son nez. Calvin ! Il la toisait de toute sa hauteur. La lumière du brasero éclairait son visage sur lequel une expression amère était figée. Les ombres qui jouaient sur ses traits les durcissaient. Dans ses iris tournoyaient une multitude de sentiments contraires. Tétanisée, elle ne parvenait pas à détacher ses yeux de lui. Arrivait-il juste ou se cachait-il dans les ténèbres, avant même qu'elle ne vienne, à l'attendre et à l'observer ?

— Calvin, je…

— Tu ne parleras que quand je t'y autoriserai.

Son ton inhabituellement dur et impérieux lui fit l'effet d'une gifle. Elle se tut aussitôt, intimidée et stupéfaite par cette autorité froide qu'elle ne lui connaissait pas. Elle se retrouvait face à un inconnu. Un homme furieux, et avec toutes les raisons de l'être.

— C'est moi qui t'ai fait venir ici, parce que je voulais que nous parlions, loin des oreilles de mon père et de Gordon, expliqua-t-il. Ce doit être très difficile pour toi, *Emilia*. La peur d'être démasquée, l'attention constante au moindre mot, au moindre geste qui pourrait te trahir, ce devait être terrifiant. Mais le pire, ce fut sans doute d'être forcée de te retrouver si proche des monstres abjects que tu projetais d'assassiner. Comme cela a dû te coûter, de me séduire pour mieux nous abattre ensuite…

Elle allait protester, mais il l'en dissuada d'un regard tranchant, impitoyable, empli de colère et de douleur. Jamais encore elle ne l'avait vu ainsi. S'il savait seulement combien elle souffrait, elle aussi !

La bouche de Calvin fut déformée par une grimace, et il détourna un instant la tête, comme s'il cherchait à empêcher la rage de prendre tout contrôle sur lui.

— J'imagine le choc de ta surprise en retrouvant ta mère et en découvrant la vérité sur ton père. Sur les McTrayall. Sur ma famille, lâcha-t-il, avant d'ajouter dans un soupir : Tout avouer a dû être un supplice. C'est ta mère qui t'a obligée à le faire, n'est-ce pas ?

Les yeux d'Emilia se brouillèrent de larmes.

— Non, Calvin. Enfin, certes, en partie, mais même avant cela, je…

— Tu quoi, Emilia ? Parle !

— Je le jure, je ne t'aurais jamais fait de mal, je…

— Mais tu en aurais fait à mon père et à mon frère ! Que crois-tu que j'aurais ressenti devant leurs cadavres ?

— Je ne voulais pas que tu souffres !

— Eh bien, c'est réussi, indéniablement ! rugit-il avec amertume. Comment te croire, alors que tu n'as fait que mentir jusque-là ? Par Dieu, je souhaitais t'épouser ! J'imaginais que, toi et moi, nous serions heureux… Pour ça, tu as joué ton rôle à la perfection ! Mais tu n'es pas Meg. Pas *ma* Meg ! En vérité, tu n'es qu'une étrangère. Je n'ai aucune idée de qui tu es vraiment !

— Calvin, je…

— *Nae*, laisse-moi continuer. Je peux comprendre les raisons de tes mensonges et de ta traîtrise, mais je ne t'en pardonne pas pour autant. C'est au-dessus de mes forces. Je ne te fais aucunement confiance, et je ne peux même pas être certain que tu ne nous aies pas encore menti, lors de ta *confession*.

La froideur acerbe de ses mots lui fit l'effet d'un coup de fouet.

— Je reviendrais en arrière, si c'était possible, Calvin, mais cela ne l'est pas, déclara-t-elle d'une voix meurtrie par l'émotion. Quant à mes aveux, c'est l'entière vérité. J'étais aussi sincère, avec toi. Au début, il est vrai que j'ai joué un rôle mais, en apprenant à te connaître, je…

— Tais-toi, je t'en supplie.

Il tremblait. Ses yeux plongèrent dans les siens, emplis de chagrin, de douleur, de colère et d'une détermination sans faille. Il tendit la main vers elle, et elle crut un instant qu'il allait l'attirer à lui, mais il suspendit son geste.

— J'ai aimé une femme, Emilia. Une femme qui n'existe pas, qui est partie à jamais. À présent, je dois en faire le deuil. Adieu.

Il se détourna d'elle si vivement que sa main ne rencontra que le vide quand elle tenta de le retenir. Sonnée par sa dureté, elle sortit de la guérite, espérant le rattraper, mais il avait disparu. Elle distinguait les torches des gardes qui l'avaient escortée et qui attendaient quelques pas plus loin. Autrement, alentour, l'obscurité avait tout avalé. Elle s'effondra sur la pierre dure. Ce qu'elle craignait s'était produit. Calvin l'exécrait de tout son être, de toute son âme ! Il ne voulait plus jamais la revoir ! Il n'avait rien compris, elle n'avait pas pu lui expliquer ! Si seulement il l'avait écoutée ! Elle l'aurait imploré de lui laisser une chance de lui prouver que ce qu'elle avait ressenti pour lui n'était pas feint, que ce qu'ils avaient partagé, en tant qu'homme et femme, n'avait pas été une illusion ni un mensonge.

Elle s'appuya contre le parapet et s'inclina en avant. Tout en bas, le va-et-vient des gens et des chariots continuait. Il suffirait qu'elle se penche un peu plus, un peu trop, et son corps basculerait. Ce serait facile et elle serait libérée, enfin, de cette douleur suffocante qui l'écrasait.

Non.

Ce serait faire preuve de lâcheté que de fuir ainsi ses responsabilités. Perdre la vie ne l'aiderait en rien ni n'aiderait personne, et elle refusait de s'y résoudre. S'il existait un moyen de réparer ses erreurs, elle le trouverait ! Avec courage, elle essuya ses larmes et se redressa pour retourner auprès des gardes. Elle n'abandonnerait pas si facilement.

Jusqu'ici, elle avait suivi un chemin qu'on avait pavé pour elle. À présent, ce serait elle qui en choisirait les pierres et la direction qu'elle prendrait.

Chapitre 28

Calvin était furieux. Contre lui-même, contre Emilia, contre le monde entier ! Son cœur martelait si fort sa poitrine qu'il avait l'impression que son corps tremblait à chacun de ses battements. Se montrer aussi dur et ferme avait nécessité l'entièreté de ses forces, tant cela lui avait été difficile. Malgré sa trahison, il éprouvait toujours de tendres sentiments envers elle. Comment ne pas se le reprocher ? Elle avait voulu tuer sa famille ! Hélas, comme il le craignait, le simple fait de se retrouver face à elle avait ravivé tant de choses en lui, alors qu'il aurait souhaité la mépriser, la détester, l'oublier ! Quand il avait vu ses larmes déborder de ses magnifiques yeux, sa volonté avait vacillé et il avait dû se faire violence pour ne pas flancher. En dépit de toute sa réflexion et de sa discussion avec Malcolm, l'évidence l'avait foudroyé : même repentie, Emilia restait une ennemie de son clan. Peu importaient leurs sentiments : dès que Lady Meagan serait libre, il l'épouserait comme il était convenu depuis le début et Emilia disparaîtrait de sa vie. À tout jamais.

C'était pour le mieux. Avant qu'il ne risque de s'attacher à elle au point de ne plus vouloir l'autoriser à s'en aller. Elle lui avait pourtant fait si mal ! Était-il véritablement aussi naïf que Gordon le lui répétait ? Il se sentait bafoué, humilié, comme détruit de l'intérieur. Une colère noire surgissait en lui dès qu'il y pensait. Peu importait le sort que son père lui réservait, rejeter ouvertement cette femme était la décision la plus sage. Sans confiance, plus rien n'était possible.

À présent, il lui fallait se concentrer sur ce qui allait suivre. La bataille contre les McTrayall approchait, et il comptait bien y prendre part. Il longea l'enceinte jusqu'à la grande cour centrale où les hommes s'affairaient. Quelques soldats chargeaient des barils de flèches à l'arrière d'un chariot et il les rejoignit pour les aider. Dieu merci, personne ne lui posa de questions. Il y avait bien sûr des regards en coin, des chuchotements dans son dos, mais il ne pouvait les en blâmer. Entre le mariage avorté et la bataille qui s'annonçait, il était bien naturel que les gens s'interrogent. Il supposa que son air renfrogné était assez dissuasif pour que personne n'ose s'adresser à lui. Il n'avait aucune envie de parler.

Des heures plus tard, il s'accorda enfin un répit. L'auberge du village était certainement ouverte, avec l'effervescence qui régnait au château. Peut-être y trouverait-il Malcolm, avec qui il partagerait volontiers un ou deux pichets de ce bon vin qu'il lui avait déjà fait boire, dans la forêt. Il n'aurait sans doute plus l'occasion d'y goûter avant bien longtemps. Alors qu'il se lavait les mains et le visage au-dessus d'un tonneau rempli d'eau glacée, un soldat accourut en le hélant.

— Sir Calvin ! Votre père vous fait mander d'urgence !

Il haussa un sourcil, intrigué. Ses yeux se portèrent vers l'imposante façade de pierre du châtelet, se demandant ce que son père lui voulait. Il soupira et suivit le soldat. Le vin attendrait.

– Que fait-elle ici ?

Calvin ne comprenait pas. Au lieu d'être enfermée dans sa chambre, où les gardes étaient censés la reconduire après leur entrevue sur les remparts, Emilia était assise aux côtés de son père et de Gordon, dans la bibliothèque où ils avaient pour habitude de préparer leurs opérations politiques et militaires.

Son père lui fit signe de se rapprocher.

— Viens t'asseoir, Calvin, et calme-toi. C'est moi qui l'ai convoquée.

— Mais pour quelle foutue raison ?

— Nous avons besoin d'elle, répondit Gordon.

Calvin en eut le souffle coupé. Il plongea son regard sur elle. Livide, elle ne détourna pourtant pas les yeux. La détermination qu'il y lut avait, semble-t-il, chassé tout son désespoir.

— Besoin d'elle ? insista-t-il. Père, Gordon, avez-vous perdu l'esprit ? Comment une traîtresse qui a fomenté notre perte pourrait…

Son père le coupa d'un geste impérieux.

— Oublies-tu qu'elle nous a tout avoué avant de commettre l'irréparable ? Oh ! je partage ton ressentiment, mon fils, mais Emilia est venue me trouver avec l'intention de se racheter et j'ai décidé de lui accorder cette faveur. À présent, assieds-toi et écoute.

Grommelant un juron entre ses dents serrées, il obéit à contrecœur, débordant de colère et d'incompréhension devant l'aberrante conduite de son père et de son frère.

— Vous êtes bien miséricordieux, père.

— Ce n'est pas sans raison, Calvin. Elle va nous aider à secourir Lady Meagan.

— Vraiment ?

— Vraiment, confirma Gordon.

L'air suffisant et satisfait que son frère affichait lui donna envie de lui envoyer son poing dans la figure.

— Elle connaît mieux que n'importe lequel d'entre nous la forteresse des McTrayall. Elle nous guidera à l'intérieur, jusqu'à leur captive, continua son père.

Calvin le dévisagea comme s'il le voyait pour la première fois.

— C'est une plaisanterie ?

— Certes pas. Dès que les McTrayall découvriront notre intention, ils sauront que leur plan a échoué et se vengeront sur Lady Meagan. S'ils parviennent ensuite à convaincre son père que nous sommes responsables de son sort, il s'en plaindra au roi et lui réclamera justice, et nous ne pourrons rien contre leurs armées. Les McTrayall auront gagné. L'Écosse sera ravagée, rendue à feu et à sang, et je refuse que cela se produise. Pour sauver Meagan McDowall, il nous faut la faire évader avant même que le siège ne commence. Et pour cela, il nous faut quelqu'un qui connaisse assez les lieux pour qu'un petit groupe s'infiltre, trouve la prisonnière et la ramène saine et sauve. Ensuite, nous lancerons l'assaut et en finirons avec les McTrayall.

Calvin se redressa d'un bond.

— C'est de la pure folie ! La place d'une femme n'est pas sur un champ de bataille !

— Absolument, répondit Gordon. Mais à moins que tu n'aies une meilleure idée à nous proposer, c'est ce que nous avons décidé. Emilia sera notre guide.

— *Nae !* On ne peut pas lui faire confiance ! Elle pourrait tout aussi bien nous mener tout droit dans un piège ! Qui nous prouve qu'elle n'alertera pas les McTrayall, à peine aurons-nous mis un pied dans leur foutu château ?

Son père et son frère avaient-ils perdu toute raison ? Ce projet était voué à l'échec ! Tous seraient en grand danger, même Emilia, et quelque chose en lui détestait se l'imaginer.

Elle fit un pas vers lui.

— Calvin, je désire vraiment vous aider à secourir Lady Meagan. Je t'en prie, laisse-moi me racheter. Accorde-moi une chance de te prouver ma loyauté. Je ne demande rien de plus.

L'authenticité qui émanait de chacun de ses mots était aussi poignante que déstabilisante. Il ne savait plus que penser, que faire. Était-elle sincère, comme elle le prétendait ? Il n'arrivait plus à démêler le vrai du faux. Diable ! Cette femme l'avait transformé, elle lui faisait perdre la tête et tout bon sens ! Il émit un grognement sourd et glissa une main dans sa chevelure épaisse.

— Alors, j'irai moi aussi, annonça-t-il avec conviction. Je mènerai cette mission.

— Hors de question ! lui rétorqua son père. Ta relation avec Lady Me… avec Emilia fait que tu ne…

— Père, je sais me faire discret, je suis rapide et silencieux. Vous savez parfaitement que je suis un excellent chasseur. Le meilleur du clan.

Fergus Sinclair soupira longuement.

— Je n'ai plus que deux fils, Calvin, et tu es encore bien jeune. Je préférerais confier cette mission à un autre, et te garder près de moi.

— J'insiste, pourtant. De plus, je suis le mieux placé pour la surveiller. Elle m'a abusé une fois, cela ne se reproduira plus. Au moindre signe suspicieux, je lui trancherai la gorge.

Il se tourna vers elle. Leurs regards se croisèrent, et aucun ne baissa les yeux.

— Tu n'auras pas à le faire, assura-t-elle.

— Calvin a raison, père ! clama Gordon. Il réussira, c'est évident ! Laissez-le vous le prouver.

— Silence ! C'est moi et moi seul qui prendrai cette décision, comme toutes celles qui concernent notre clan ! rugit leur père, avant d'ajouter, plus calmement : Calvin, es-tu sûr de toi ?

— *Aye*, père.

— Alors qu'il en soit ainsi, par tout ce qui nous est cher, tu iras. Mais je te préviens : le sort de notre clan est entre tes mains ! Ne me déçois pas, et reviens en vie. Je ne supporterais pas de perdre un autre de mes enfants…

Sa voix se brisa sur ces derniers mots, dévoilant une fragilité que Calvin ne lui avait jamais vue. L'émotion le submergea à son tour.

— Je reviendrai victorieux, père, et avec Lady Meagan. Je vous le promets.

Imperceptiblement, presque contre sa volonté, il se tourna vers Emilia.

Quant à toi, je ne te quitterai pas des yeux jusqu'à notre retour…

Chapitre 29

Domaine des McTrayall

Meagan McDowall s'étira longuement. La captivité lui semblait bien plus douce depuis quelque temps, grâce aux visites régulières que lui rendait Ronan McTrayall. Elle s'était surprise à sentir son cœur s'emballer en la présence du jeune Highlander. Cela la fit sourire. Difficile de croire qu'il l'effrayait tellement, auparavant ! Mais sous ses dehors un peu rustres et son impressionnante carrure, elle avait découvert un homme plein d'humour et prévenant. Il faisait vraiment son possible pour lui faciliter les choses. Depuis qu'il s'était présenté à elle, il passait des heures en sa compagnie. Il lui apportait lui-même ses repas, ainsi que des livres, qu'elle prenait autant de plaisir à lui lire qu'il semblait en prendre à l'écouter. Quand ils étaient ensemble, le temps s'écoulait à une vitesse folle ! Ronan était non seulement très beau, mais il était aussi tellement gentil. Jamais un homme ne lui avait autant prêté attention et elle aimait à le considérer comme un héros de légende, un guerrier courageux et téméraire qui vaincrait tous les obstacles se présentant sur son chemin. Lorsqu'il s'était excusé de lui avoir fait si peur, lors de leur… rencontre, elle en avait été fort surprise. Elle lui en voulait cependant toujours d'avoir tué Glenn et, quand elle lui en avait fait part, il avait répondu que, s'il regrettait d'avoir ôté la vie à un guerrier d'une telle valeur, il n'avait pas eu d'autre choix que de s'y contraindre, au risque de perdre la sienne.

« C'était lui ou moi. Auriez-vous préféré que je périsse, à sa place ? », lui avait-il demandé, de la nervosité dans la voix. Elle n'avait pu répondre et il lui avait assuré que, s'il ne regrettait pas de respirer encore, il aurait donné cher pour revenir en arrière et effacer la tristesse qu'il lisait dans ses yeux. Sa sincérité l'avait profondément touchée, et elle lui avait assuré qu'elle essaierait de lui pardonner.

Les heures s'étaient égrenées depuis. Comme à chaque fois qu'il plongeait son regard dans le sien, elle se sentait rougir et, si elle s'en voulait de se laisser aller à de tels égarements envers un Highlander qui restait, malgré tout, son geôlier, c'était tout de même un sentiment bien agréable. De plus, il n'était pas responsable de ce qu'il lui arrivait. Il avait agi sur les ordres de son père, le laird McTrayall, qui lui semblait un homme bien sévère. Combien elle regrettait qu'ils se retrouvent l'un comme l'autre au cœur d'enjeux qui les dépassaient ! Comme elle le redoutait, Ronan ne pouvait la libérer. Le laird McTrayall ne l'aurait jamais accepté, et Ronan craignait ce qu'il ferait subir à Meagan en représailles, quand il la retrouverait. Elle n'avait jamais vu cet homme mais, rien qu'à la façon dont Ronan en parlait, elle avait compris qu'il était impitoyable et inflexible. Que comptait-il faire d'elle ? Persuadée qu'ils ne pouvaient l'emprisonner indéfiniment, elle entendait bien questionner Ronan jusqu'à ce qu'il daigne lui répondre sur le sort que son père lui réservait.

Quand il se présenta, ce matin-là, elle remarqua tout de suite l'air maussade qu'il tentait de camoufler derrière un sourire un peu forcé.

— Lady Meagan, je vous ai apporté le livre que vous m'aviez demandé. Et une douceur, également. Je sais que vous en êtes gourmande.

Il lui tendit une tartelette aux pommes. Au moment où elle s'en saisit, leurs doigts se frôlèrent et elle tressaillit.

— Merci à vous, Sir Ronan. Vous êtes si bon envers moi.

Il esquissa un sourire embarrassé puis s'inclina devant elle, avant de se détourner… pour s'en aller ! Elle bondit et le retint par le bras.

— Non ! Restez encore un peu, s'il vous plaît ! D'ordinaire, vous ne partez pas si vite, que se passe-t-il ?

Le soupir qu'il laissa échapper avait tout d'un grognement.

— J'ai à faire, voilà tout. Je reviendrai plus tard.

Elle fut parcourue d'un frisson. Dans les yeux de Ronan, elle lisait ce qu'elle n'y avait jamais vu : de l'appréhension ! Soudain très inquiète, elle s'accrocha d'autant plus à lui.

— J'exige de savoir ce qui se passe, Sir Ronan ! Vous êtes préoccupé, je le vois bien, vous pouvez tout me dire !

La tristesse s'accentua sur ses traits. Son sourire se tordit dans un rictus de malaise.

— Ce n'est rien, milady. Un petit tracas sans importance.

À l'évidence, il lui mentait ! Elle le comprit à son regard fuyant et à la gêne évidente dans sa voix. S'il lui taisait quelque chose, cela la concernait très certainement… et ne pouvait être une bonne nouvelle.

— Sir Ronan, je vous en conjure… que me cachez-vous ? C'est votre père ? Il vous a appris ce qu'il comptait faire de moi, c'est cela ?

— *Nae*, milady. Le fait est que…

Il ne termina pas sa phrase. Elle réussit à accrocher son regard et crut y lire le reflet d'un terrible conflit intérieur. Elle ne s'en alarma que davantage et lui attrapa les mains pour l'encourager à se livrer. Il eut d'abord un réflexe de recul mais, à son immense surprise, il l'attira soudainement à lui. Jamais elle n'avait été si proche d'un homme ! Son souffle chaud était une délicate caresse sur sa peau. Elle pouvait distinguer la moindre nuance de couleur dans ses grands yeux gris qui lui firent penser plus que jamais à une tempête qui couvait.

— Milady… Meagan…

Sa voix rauque était à peine un murmure. Pourtant, elle sembla l'envelopper. Elle se rendit compte que les battements de son cœur s'étaient accélérés.

— Vous le savez, je n'ai jamais voulu ce qui vous arrive, assura-t-il. Au départ, je vous imaginais comme une noble capricieuse, semblable à tant d'autres venues des Lowlands, mais j'ai appris à vous découvrir, et…

Il s'interrompit et grimaça, comme si ce qu'il s'apprêtait à lui annoncer lui coûtait terriblement.

— Mon père, continua-t-il, refuse de m'écouter quand je lui enjoins de vous rendre votre liberté. Et en vérité, je n'ai pas très envie qu'il vous l'accorde. Parce que… vous imaginer loin de moi m'est devenu insupportable.

Il appuya sa déclaration d'un geste tendre, en posant son front contre le sien. Ne s'attendant certes pas à cette déclaration, et encore moins à ce qu'il la touche ainsi, elle était pétrifiée ! Elle déglutit péniblement, à la fois stupéfaite et heureuse d'apprendre qu'il ressentait cela pour elle. Même si elle voulait être rendue aux siens, la perspective de ne plus jamais revoir Ronan lui brisait le cœur ! Elle allait le lui avouer, mais il s'écarta d'elle, et elle eut l'impression qu'un mur infranchissable s'établissait entre eux.

— Cependant, peu importent mes sentiments ou ma volonté, ajouta-t-il sombrement. Je dois suivre les ordres de mon laird, sans avoir mon mot à dire. Seigneur tout-puissant, passer autant de temps avec vous était sans doute une erreur, mais c'était plus fort que moi ! Dès la première fois où je vous ai vue, je… Je suis désolé, milady. J'aurais vraiment voulu que les choses se déroulent autrement. J'aurais tant souhaité que…

Sa phrase resta en suspens, comme si les mots s'étaient coincés dans sa gorge. Il secoua lentement la tête.

— Sir Ronan, nous savons l'un comme l'autre que cette situation ne peut durer. Si vous avez quelque chose à m'apprendre, faites-le maintenant, je vous en supplie !

Avait-il reçu l'ordre de l'assassiner ? Était-ce cela qui le bouleversait autant ? Tremblante, elle referma ses bras sur sa poitrine, comme pour se protéger de lui. Une tentative dérisoire. Elle n'avait aucune chance, s'il en décidait ainsi.

Il fit un pas vers elle. Elle recula instinctivement, partagée entre des sentiments contraires. Comme elle aurait voulu le fuir… et se jeter dans ses bras !

Il prit une profonde inspiration.

— Par tous les saints, milady, vous méritez de connaître la vérité, même si elle est effrayante. Mon père a décrété que, si les choses ne se passent pas comme il l'a prévu, il vous fera exécuter et s'arrangera pour en faire accuser les Sinclair.

Elle fut parcourue d'une violente secousse. La gorge nouée, elle se savait perdue.

— Votre père n'a jamais envisagé de me rendre à ma famille, n'est-ce pas ?

Il lâcha un juron.

— Sa haine des Sinclair est trop intense, trop profonde, pour qu'il vous laisse partir. Vivante, vous restez un bouclier qui nous garde de la vengeance de votre père, et nous pourrions ensuite, une fois les Sinclair vaincus, lui demander une forte rançon pour vous rendre à lui. Mais si le plan de mon père échoue… vous lui serez plus utile morte. Il est prêt à tout pour anéantir ses ennemis de toujours. Même à nous sacrifier tous, je le crains… Il n'écoute plus personne, sa haine l'a rendu fou !

Elle était horrifiée. Quelle issue leur restait-il ? Elle vacilla, frappée par un terrible vertige et la nausée. Des bras puissants l'enveloppèrent, la retinrent de tomber. Ronan l'étreignait fermement. La chaleur de son corps, sa force rassurante, le rythme de son cœur qui battait aussi fort et vite que le sien, lui redonnèrent espoir.

— Il faut l'arrêter, gémit-elle. L'empêcher de déclencher une nouvelle guerre !

— J'en suis conscient, et je n'ai cessé d'y penser, jusqu'à en perdre le sommeil. En vain ! Je ne peux défier ouvertement mon père, mais… quoi qu'il m'en coûte, j'ai décidé de vous faire évader et de vous rendre à votre famille. Si cela ne suffit pas pour arrêter mon père, du moins serez-vous libre et en sécurité.

— Ronan, je…

Sous l'émotion, elle avait murmuré son prénom en oubliant son titre, effaçant ainsi le peu de distance qui existait encore entre eux. En réponse, il glissa une main sur sa joue et la caressa doucement.

— Pour vous sauver et espérer protéger l'Écosse, je suis prêt à trahir mon clan, ma famille ! Que Dieu me pardonne, mais je n'accepte pas qu'une autre innocente périsse par la folie de mon père ! Et surtout pas vous !

Les pensées tourbillonnaient éperdument dans la tête de Meagan. Elle était totalement désemparée.

— Avons-nous une chance d'y parvenir ?

— Je ne sais pas, mais cela vaut la peine d'essayer.

Elle était comme hypnotisée par l'intensité de son regard. Un long silence s'installa entre eux et, quand il effleura ses lèvres des siennes, elle s'accrocha à lui, en espérant davantage. Mais des bruits de pas retentirent depuis le couloir et il s'écarta d'elle juste avant que la porte ne s'ouvre sur un garde à l'expression revêche. Son regard passa de l'un à l'autre et ses traits se durcirent encore plus.

— Votre père vous réclame, Sir Ronan, annonça-t-il sèchement.

Ronan hocha la tête et se retourna une dernière fois sur elle.

— Je reviendrai bientôt, lui souffla-t-il. Je vous le promets.

La porte se referma lourdement derrière lui et le garde. Le cliquetis de la clé dans la serrure sonna comme un glas ténébreux. Meagan s'effondra sur sa paillasse. Elle n'avait plus pleuré depuis des jours, mais les larmes qui à présent trempaient ses joues et piquaient ses lèvres étaient les plus amères qu'elle ait jamais versées.

Chapitre 30

Forteresse des Sinclair

L'aube poindrait bientôt. L'heure du départ approchait. Depuis la fenêtre de sa chambre, Emilia jeta un dernier coup d'œil aux nuages qui s'étaient amoncelés au-dessus du Caithness. Il commençait déjà à neiger. D'ici peu, de gros flocons engloutiraient les glens et les collines sous un nouveau manteau blanc. Ce ne fut pas la promesse du froid à venir qui la fit frémir, mais les conséquences du choix qu'elle s'était imposé ou qui s'était, plus véritablement, imposé à elle. C'était pour elle le seul moyen de réparer ses erreurs, d'obtenir la rédemption à laquelle elle aspirait tant… et d'espérer voir Calvin lui octroyer son pardon. Le regard qu'il lui avait lancé en découvrant ce qu'elle planifiait avec son père l'avait pétrifiée sur place. La haïssait-il vraiment à ce point ? Et si c'était le cas, comment le lui reprocher…

Même s'il lui en voulait jusqu'au dernier jour de sa vie, pour se pardonner à elle-même, elle était résolue à tout risquer pour secourir Lady Meagan. Alors, seulement, elle trouverait la paix de l'âme. Ensuite, elle aviserait… Elle s'écarta de la fenêtre pour vérifier une ultime fois son paquetage. On lui avait confié des vêtements d'homme, plus pratiques et plus discrets que des robes pour ce qu'elle s'apprêtait à accomplir. Dans sa jeunesse, elle s'était à plus d'une occasion habillée comme un garçon, pour sortir plus facilement du château McTrayall. Elle courait alors librement dans la lande et retrouvait des caches secrètes connues d'elle seule, où elle aimait se réfugier et jouer. Un souvenir doux-amer, à présent. Restait un dernier détail à régler, qu'elle avait repoussé le plus possible. Elle attrapa les forces[1] posées devant le miroir d'une main et une épaisse mèche de ses cheveux de l'autre. Elle inspira profondément, attendit quelques instants, puis d'un mouvement sec elle coupa. Les forces étaient tranchantes et soigneusement aiguisées, mais son geste trop brusque n'avait sectionné qu'une partie de la mèche. Des cheveux tombèrent en cascade le long de son bras, avant de chuter au sol.

Elle écarta les lames et allait recommencer, quand la porte s'ouvrit soudain.

— Emilia ! Mais qu'est-ce que tu fais ?

Sa mère se précipita vers elle, alarmée, et lui arracha presque l'outil des mains. Emilia leva la tête vers elle. Depuis la veille au soir, elle semblait avoir vieilli de plusieurs années, d'autant plus qu'elle se tenait un peu voûtée, comme écrasée par un invisible fardeau.

— Je dois les couper, mère, expliqua-t-elle. Ce sera plus simple, ensuite, si je ressemble à un homme.

— Seigneur, non, c'est hors de question ! Sacrifier ta magnifique chevelure est inutile, ma petite fée. Laisse-moi t'aider à les nouer, cela sera bien suffisant, crois-moi.

1. Instrument de coupe de l'époque, ancêtre des ciseaux actuels.

Ses grands yeux la suppliaient, et Emilia céda d'autant plus aisément qu'au fond elle n'était pas totalement prête à couper si facilement ses longs cheveux. Sa mère tira un tabouret et se glissa derrière elle pour les lui brosser. Ce simple geste fit monter en Emilia des sensations qu'elle pensait jusque-là oubliées, enfouies si profondément en elle que les larmes lui mouillèrent les yeux.

— Quand tu étais petite, dit sa mère, tu détestais que l'on touche à tes cheveux. Tu pleurais, tu criais, tu gigotais sans cesse… C'était une vraie bataille juste pour démêler les nœuds !

— Si ça peut te rassurer, ça n'a pas beaucoup changé au cours des années. Je me souviens que j'en ai aussi fait voir de toutes les couleurs à Lady Rhonda. C'est la femme qui m'a adoptée, après que… tu sais. Elle est morte peu de temps après m'avoir recueillie, et ensuite, eh bien, les ladies de la cour des McTrayall se sont un peu toutes occupées de moi. Je crois qu'elles m'ont surtout prise en pitié, parce qu'elles ne m'ont jamais témoigné autant d'affection que Lady Rhonda. Vous vous seriez appréciées, toutes les deux, j'en suis certaine.

— Moi aussi, ma petite fée. J'aurais aimé la remercier d'avoir pris soin de toi, quand je ne le pouvais pas, répondit sa mère, la voix nouée par l'émotion. Ma chérie, ce que tu prévois de faire, pour Lady Meagan, c'est une pure folie. Tu n'as pas à risquer ainsi ta vie, même si tu as l'impression que c'est la seule manière de te racheter. Ce sont les McTrayall, les coupables, pas toi ! N'oublie pas, tu n'as été que l'un de leurs instruments, rien de plus.

— Non, mère, je suis responsable de mes actes. Je…

— Laisse-moi finir, s'il te plaît. Je t'ai perdue pendant des années, et à peine t'ai-je retrouvée qu'il me faut risquer de te perdre de nouveau. C'est un immense supplice, mais… je comprends pourquoi tu agis ainsi et je suis très fière de toi.

— Merci, maman, ça me touche beaucoup.

Elle en était même bouleversée.

— Il y a tant de choses que j'aimerais te dire, continua sa mère. Tant de temps à rattraper, de choses à nous raconter. Mais j'ai foi en toi, en Calvin, et en la bienveillance de Notre-Seigneur Jésus-Christ. Vous réussirez et, quand tu me reviendras, nous nous forgerons de nouveaux souvenirs.

Emilia était incapable de parler, certaine que sous l'intense émotion qui l'étreignait seuls d'effroyables sanglots pourraient franchir ses lèvres. Sa mère était pleine d'espoir, et elle voulait s'y accrocher, elle aussi.

— Voilà, j'ai terminé ! Tu vois, il n'y avait pas besoin de massacrer tes cheveux. Même ainsi, tu es plus belle qu'un ange, ma petite fée.

Emilia observa avec plus d'attention son reflet dans le miroir. Ses cheveux étaient coiffés en nattes nouées entre elles en un chignon serré sur l'arrière de sa tête, ce qui lui dégageait le visage et soulignait plus encore la délicatesse de ses traits. C'était parfait. Une capuche suffirait à la dissimuler. Ainsi, elle ne serait pas gênée pour accomplir ce qu'elle devait… et elle avait pu conserver la longueur de ses boucles.

— Merci, maman.

— Je t'en prie.

Emilia se retourna et, impulsivement, se jeta dans ses bras. Alors qu'elles s'enlaçaient tendrement, elle aurait souhaité que cette sensation, qui lui avait tant manqué, dure toujours ! Hélas, le premier chant du coq résonna dans la cour. L'heure fatidique du départ était proche.

— Nous nous reverrons bientôt, maman. Je te le jure.

— Alors, ne nous disons pas adieu, ma petite fée. Juste au revoir.

Emilia s'efforça de lui sourire puis, après une dernière étreinte, elle s'empara de son paquetage et de son manteau. Après un ultime regard en arrière, elle s'engouffra dans le couloir et s'élança en direction de la cour où l'attendaient Calvin et les autres membres de leur équipe de sauvetage.

Chapitre 31

Les chevaux étaient nerveux – ils devaient sentir la tension de leurs cavaliers – et peinaient à avancer dans la neige dense, aveuglés par les gros flocons qui s'étaient remis à tomber en quantité. S'ils progressaient lentement et si ses yeux le piquaient, Calvin ne s'en plaignait pas. Certes, le temps exécrable empêchait de porter le regard bien loin, mais on ne les repérerait pas facilement non plus et la neige recouvrait très vite leurs traces. Son épais manteau le protégeait relativement bien du froid, qu'il ne craignait guère. Au contraire, il engourdissait assez ses muscles pour atténuer les courbatures que deux longues journées de chevauchée avaient fini par lui occasionner. Il se doutait que le reste de sa petite troupe souffrait aussi en silence. Ils étaient quatre, avançant en file indienne dans les plaines vallonnées fouettées par les éléments. Devant lui, Logan n'était plus qu'une forme indistincte, bien qu'il ne le précède que de quelques pas. Rien d'étonnant que son père l'ait choisi pour cette mission, Logan était de loin le plus expérimenté des éclaireurs du clan. Derrière Calvin venait Emilia, emmitouflée sous un lourd manteau à capuche bordée de fourrure. Il se retourna brièvement, mais il la distinguait à peine, elle aussi, dans cette tourmente. Murdoch, sans doute le plus féroce guerrier de son clan, fermait la marche. Ce dernier avait beau avoir plus de quarante ans, les années n'avaient fait que renforcer sa dextérité au combat et il valait bien mieux l'avoir dans son camp que contre soi. Calvin n'aurait pu être mieux entouré… Du moins en ce qui concernait les deux Highlanders.

Il ne savait toujours que penser de la présence d'Emilia parmi eux. D'un côté, il comprenait sa démarche et ils auraient besoin d'elle pour effectuer cette mission, mais d'un autre, en dépit du fait qu'il ne lui octroyait nulle confiance, la savoir confrontée à un terrible danger lui nouait les entrailles. S'ils n'avaient pas nécessité de sa connaissance des lieux dont un passage secret menant aux caves de la forteresse ennemie, jamais il n'aurait accepté qu'elle les accompagne ! Il avait voulu l'éloigner de lui, et voilà que c'était le contraire qui se produisait ! Pire encore, elle éveillait son désir par sa seule présence. Même des vêtements masculins n'avaient su l'enlaidir ! Il devinait trop aisément les courbes de ses formes affriolantes. Ses cheveux coiffés de cette manière rehaussaient la délicatesse de ses traits et il remerciait Dieu qu'elle garde le plus souvent sa capuche rabattue sur son visage. *Cesse de la désirer ainsi, ou elle te mènera à ta perte !* Comment ne pas écouter cette voix intérieure qui ressemblait à celle de Gordon ? Il aurait tant souhaité parvenir à croire en la sincérité d'Emilia. Ballotté entre des émotions contraires et avide de se concentrer avant tout sur la libération de Lady Meagan, il s'était bien gardé de se retrouver seul avec elle pendant le voyage, même s'il la surveillait autant que possible, comme il l'avait assuré avant leur départ. Ce qui n'arrangerait rien au feu qui lui fouaillait les reins ! Ni à ses tourments. L'idée qu'elle puisse les trahir, les mener droit dans un piège persistait à le torturer. Si jamais c'était le cas, il devrait la tuer de ses propres mains et cette perspective le hantait. De toute évidence, si par malheur les McTrayall les surprenaient, par le fait d'Emilia ou non, il ne donnait pas cher de leur peau.

Distraitement, il essuya de sa main gantée des flocons qui se collaient à ses sourcils. Impossible d'y voir grand-chose, dans cette tempête ! Cependant, s'il était difficile d'en être certain, par un tel temps, il jugea qu'ils avaient finalement abordé les terres des McTrayall. Leur château était bâti non loin de la mer, et Calvin croyait déjà sentir un très léger parfum d'iode dans l'air glacial. Le cheval d'Emilia trottina à ses côtés. Ses yeux croisèrent un bref instant ceux de la jeune femme, puis elle le dépassa pour rejoindre Logan. Calvin lâcha un juron entre ses dents serrées. Rien que le fait d'avoir aperçu son visage avait suffi à raviver ses ardeurs ! Un seul geste, un seul regard, le moindre effleurement et tout son corps aspirait à se retrouver contre elle !

Tu n'es qu'un imbécile, Calvin Sinclair, se morigéna-t-il. *Un foutre d'imbécile ! Concentre-toi sur la mission, sur Lady Meagan qui deviendra ta femme, et sur rien d'autre !*

Si seulement cela lui avait été possible. Hélas, malgré tous ses efforts, cette traîtresse ne cessait de hanter ses pensées. Son père aurait dû la chasser, au lieu de la garder au château ! Furieux contre lui-même et la puissance de ce qu'il ressentait, Calvin rattrapa Emilia et Logan qui venaient de ralentir. Murdoch les rejoignit aussitôt au petit trot.

Emilia désigna un point, un peu sur leur droite. Elle portait les gants qu'il lui avait offerts.

— Regardez, vous voyez ce cours d'eau gelé ? Je le reconnais. Nous ne sommes plus très loin. D'ici quelques heures, nous…

— La nuit va bientôt tomber, intervint Calvin, levant les yeux au ciel. Les chevaux sont épuisés, et nous aussi. Un peu de repos avant ce qui nous attend ne sera pas de trop. Dans la forêt, là-bas. Les arbres nous protégeront et nous serons moins repérables que dans la plaine. Nous y passerons la nuit et repartirons dès l'aube.

— *Aye*, sir, approuva Murdoch.

Tous les quatre s'engouffrèrent dans le rideau de neige qui ne cessait de s'épaissir. Murdoch, sans doute impatient de mettre pied à terre, talonna son cheval pour rejoindre Logan qui avait repris la tête. Le cheval d'Emilia et celui de Calvin avançaient flanc contre flanc, et il ne doutait pas un instant qu'elle guidait sciemment sa monture pour rester à sa hauteur. S'amusait-elle de l'effet que cela lui faisait ? Le réalisait-elle ?

— Calvin, murmura-t-elle si bas qu'il le devina plus qu'il ne l'entendit.

— Emilia.

— Je… J'aimerais que nous parlions.

— Au sujet de notre mission ?

Son embarras était presque palpable.

— Non. Il ne s'agit pas de cela.

Il baissa la tête vers elle et vit tant de peine et de résolution dans ses yeux qu'il en fut touché malgré lui.

— Je t'écoute, Emilia.

— Tu me détestes, et je ne peux t'en blâmer, mais je jure sur tout ce qui m'est cher que je veux vraiment vous aider. Je regrette sincèrement mes actes, Calvin, poursuivit-elle avec émotion. Je tenais aussi à ce que tu saches, si cela t'importe encore, que je ne t'ai pas menti sur tout. Pas sur l'essentiel, en tout cas. Pas sur nous. J'éprouve réellement des sentiments pour…

Il la fit taire d'un geste. C'en était trop ! Il n'était pas prêt à entendre cela. Pas maintenant, alors qu'ils partaient risquer leur vie ! Il esquissa une grimace, le cœur et l'âme torturés par ces aveux et la sincérité qu'il percevait en eux, dans les yeux de cette femme qu'il avait cru aimer… qu'il aimait sans doute encore, Dieu lui pardonne !

— Emilia, cesse, déclara-t-il plus sèchement qu'il ne l'aurait souhaité. Bientôt, j'épouserai Lady Meagan et ce qu'il y a eu… ou aurait pu y avoir entre nous n'aura alors plus aucune importance. N'en parlons plus.

Il regretta ces mots à l'instant même où il les avait prononcés, mais c'était la réalité qui les attendait, s'ils réussissaient, et tous deux devaient l'accepter.

— Calvin, je suis vraiment désolée. Pour tout…

La voix secouée de sanglots, elle se détourna de lui et frappa les flancs de sa monture d'un coup de talon. Le cheval bondit en avant et Emilia disparut dans le mur neigeux.

Calvin se sentait fébrile. Il avait une fois encore adopté cette attitude sévère et froide qui ne lui ressemblait pas. La trahison d'Emilia résonnait trop vivement en lui, tout comme le combat que ses émotions opposées se livraient à son sujet. Il ne savait pas ce qui serait le pire : qu'elle ait réellement éprouvé des sentiments pour lui ou les ait simulés. Jamais une femme ne l'avait tiraillé ainsi, et il devait à tout prix chasser ces préoccupations de ses pensées. Il avait une mission à accomplir, et ne devait plus songer qu'à cela.

Il talonna à son tour son cheval et s'élança en avant pour rejoindre ses camarades. S'il ne devait pas se laisser déconcentrer par les élans de son cœur, il ne voulait pas non plus prendre le risque qu'Emilia, si elle était honnête, soit elle aussi distraite. Leur réussite en dépendait.

Chapitre 32

Emilia serra contre elle les pans de son manteau. Si la longue chevauchée pour venir jusqu'ici avait été éprouvante, les nuits passées à camper avaient été bien pires encore. Le froid humide qui s'infiltrait jusqu'aux os, le sol gelé dur comme de la pierre, la peur d'être repérés qui la réveillait au moindre bruit… Murdoch lui tendit une tranche de viande séchée et elle le remercia d'un sourire. Le guerrier aux traits striés de cicatrices hocha la tête, puis retourna s'asseoir auprès du feu. Si les flammes pouvaient trahir leur présence, ils n'auraient pu s'en passer – tous seraient morts de froid sans la chaleur du feu. Ils avaient réussi à se réfugier à l'intérieur d'une anfractuosité rocheuse, pour se protéger autant que possible des intempéries. Tout autour, le vent ronflait, faisant furieusement s'agiter les branches des arbres qui ployaient sous le poids de la neige.

— Nous ne resterons pas ici plus longtemps que nécessaire, déclara Calvin. Je me charge du premier tour de garde. Logan, tu viendras en deuxième et, Murdoch, tu iras ensuite.

Les deux hommes lancèrent un *aye* d'approbation et Calvin partit se poster à l'écart. Emilia resta silencieuse.

Jamais durant leur long voyage il ne lui avait demandé de prendre sa part, et quand elle avait essayé de le lui proposer, les nuits précédentes, il avait fermement refusé. Sans doute craignait-il qu'elle ne cherche alors à s'enfuir, puisqu'il ne lui faisait pas confiance. Ne l'avait-il pas explicitement répété ? Il s'était montré si dur, envers elle, si inflexible qu'elle en avait la nausée. Il lui en voulait toujours, et à raison. Son mépris et sa méfiance n'avaient rien de surprenant. De plus, une fois leur mission accomplie, et Lady Meagan en sécurité, il la voudrait définitivement hors de sa vie. Ce serait sans doute préférable, pour lui comme pour elle. Comment supporter de le voir marié avec une autre ? De l'aimer et de la chérir, comme elle avait sottement imaginé un instant qu'il l'aurait fait pour elle ? Ces instants magiques qu'ils avaient partagés s'étaient dissipés telle la brume sur un loch au matin, comme un beau rêve remplacé par la rude réalité. Tout était sa faute, et elle était bien déterminée à se racheter.

De sa voix rocailleuse, Murdoch entonna le même chant mélancolique que ces derniers soirs. Les paroles la touchaient profondément et elle l'écouta, là encore, avec attention.

I have a great desire to please you
I'm not too keen on that
Do not oppose me
(Tell me) who's attacking you?
Take me for your husband
Shooh! Enough! Go away!

Sweet lady, what am I to do?
Never my love shall I give you.[1]

Les mots de ce couplet semblaient avoir été écrits pour elle et, chaque fois qu'elle les entendait, les sanglots montaient dans sa gorge. Comme elle serrait fort la mâchoire, pour les refouler ! Elle ne voulait surtout pas que les hommes la surprennent à pleurer, pas plus qu'elle ne souhaitait se laisser aller au chagrin. Le temps n'était plus à la tristesse et aux regrets, mais à l'action. Seule sa mission, qui pour elle serait également sa rédemption, comptait. Dès le lendemain, ils observeraient le château et ses alentours, ainsi que les allées et venues des gardes et des sentinelles. Si, comme elle le pensait, le chemin vers les grottes était dégagé, elle les y guiderait pour les mener ensuite au cœur des entrailles de la forteresse. L'armée de Fergus Sinclair était déjà en route, aussi n'auraient-ils qu'une unique chance d'agir, avant que les McTrayall ne comprennent que leurs ennemis marchaient sur leurs terres.

Sans cesse, Emilia se projetait mentalement les lieux. Elle avait une vision claire de la manière dont ils pourraient se glisser à l'intérieur, jusqu'au donjon de l'aile nord, où Lady Meagan – comme d'autres prisonniers avant elle – était très certainement enfermée. Enfant, elle s'y était aventurée, pour jouer, jusqu'à ce qu'on l'y surprenne et lui en interdise l'accès. Elle se souvenait

1. Chant inspiré du poème de La Douce Dame Débonnaire dont le texte se retrouve dans le *Roman de Fauvel* (1310-1314) : « J'ai grand désir de vous plaire/Bien que je ne sois guère enclin à cela/Ne me repoussez pas/Dites-moi qui vous en veut/Prenez-moi pour époux/Du vent ! Suffit ! Partez/Douce dame, que dois-je faire/Mon amour jamais ne vous donnerai » (traduction modernisée).

d'une seule issue et d'un unique escalier en colimaçon, véritable goulet d'étranglement. Des murs épais, de lourdes portes à verrou. Les pièces n'avaient pas de fenêtres, mais des lucarnes hautes et étroites. La tour avait été construite pour un ancêtre des McTrayall, qui avait un jour exigé de se cloîtrer là, devenu paranoïaque suite à une tentative d'assassinat.

Faites que je ne me trompe pas, Seigneur tout-puissant, que Lady Meagan s'y trouve bien, saine et sauve, et que nous parvenions à la sauver…

Les mains jointes en une prière silencieuse, elle ne demanda rien pour elle, mais supplia qu'aucun de ses compagnons ne meure… et surtout pas Calvin. L'épuisement finit par avoir raison du froid et de l'inconfort et, toujours bercée par la voix grave et mélancolique de Murdoch, elle glissa vers le sommeil.

Elle se redressa brusquement. Une grande main était plaquée sur sa bouche pour l'empêcher de crier. Par réflexe, elle allait mordre et se débattre quand Calvin murmura à son oreille.

— Ne bouge pas. Aucun bruit. Nous ne sommes pas seuls. Ils sont trois ou quatre, je crois. Logan a repéré leurs torches de loin. Nous avons éteint le feu et caché les chevaux. Murdoch se tient en embuscade.

Il parlait si bas que c'en était à peine audible. Son souffle sur sa peau, la chaleur de sa main sur sa bouche, son corps pressé contre son dos éveillait en elle une sensation de désir aussi agréable qu'inopportune, sans doute aiguisée par la peur qui l'envahissait dans le même temps. Elle opina lentement de la tête et, doucement, les doigts de Calvin se relâchèrent.

— Il ne faut pas rester là. Suis-moi.

Sa main se referma sur la sienne et il l'entraîna avec lui hors de leur refuge de fortune. Progresser dans la neige glaciale lui engourdissait les muscles. Elle serrait la mâchoire pour ne pas claquer des dents, autant à cause du froid que parce qu'elle était terrorisée. Les traces qu'ils laissaient derrière eux mèneraient rapidement les intrus sur leur piste, et à chaque instant elle craignait de voir apparaître la lueur d'une torche qui indiquerait que leur campement avait été trouvé. Si jamais cela se produisait, qu'ils étaient découverts… Dieu merci, l'obscurité de cette nuit sans lune était leur alliée.

Enfin, Calvin s'accroupit et elle l'imita. Il lui fit signe de rester silencieuse, puis la guida entre les arbres, jusqu'à un tronc large contre lequel il s'adossa.

— Grimpe, lui commanda-t-il en lui tendant les bras pour l'aider.

Sans hésiter, elle força ses muscles endoloris à la hisser sur une première branche basse et assez épaisse pour la soutenir. Elle n'y serait cependant pas parvenue si aisément sans Calvin. Il l'avait soulevée par les hanches, avec une facilité déconcertante, comme si elle était aussi légère qu'un moineau. Une fois sur la branche, elle tâtonna pour en trouver une autre, plus haute, et pesa de tout son poids afin de vérifier sa solidité avant d'assurer sa prise. Mobilisant toutes ses forces, elle continua son ascension.

Au moment même où elle réussit à hisser ses jambes sur une nouvelle branche, la lueur d'une torche apparut dans son champ de vision. Puis une autre, et une troisième. Elle baissa les yeux et vit Calvin se tasser au pied de l'arbre. Au lieu de grimper à son tour, il fit demi-tour. Vers les torches ! Elle voulut crier, l'appeler, mais cela n'aurait fait qu'alerter les porteurs de torches – sans doute des éclaireurs du clan McTrayall. Rapidement, Calvin disparut dans la nuit, et elle se recroquevilla contre le tronc solide du vieux chêne, les yeux rivés en direction des lumières. Elle ne savait guère se battre, du moins pas comme un guerrier. Comment les aider, lui et les autres, si le combat devenait inévitable ? Une pensée folle la saisit. Calvin pouvait-il croire qu'elle les avait menés tout droit dans un piège ? *Non, idiote ! Il ne t'aurait pas conduite en sécurité, si tel était le cas !*

Si les hommes qui venaient étaient en effet des McTrayall, ce dont elle ne doutait point, peut-être pourrait-elle leur parler ? Détourner leur attention ? Si seulement elle parvenait à les faire partir sans effusion de sang ! Elle se voulait prête à tenter n'importe quoi pour désamorcer le conflit avant qu'il ne se produise, mais une terreur profonde montait insidieusement en elle et la paralysait. Une frayeur enfouie qui remontait à la surface et cherchait à la vider de toutes ses forces, de tout espoir. Le feu, la neige, les arbres… Les souvenirs terribles de son enfance la saisissaient de leur cruelle étreinte. Elle avait l'horrible impression de revivre cette journée de cauchemar, des années plus tôt, et n'en ressentait que plus gravement son impuissance.

Chapitre 33

L'instinct de chasseur de Calvin avait pris le dessus. Ses muscles savaient exactement comment se mouvoir sans faire de bruit. Ses sens percevaient les moindres sons, le plus infime changement du vent et les odeurs que celui-ci portait. En dépit de la gravité de la situation, il ne pouvait s'empêcher de ressentir un certain plaisir à retrouver enfin un peu d'action et ces sensations qui lui avaient tant manqué, ces derniers temps. Par le passé, il avait souvent chassé la nuit, seul ou en groupe, et savait qu'un rien suffisait pour transformer le chasseur en proie… comme ces McTrayall allaient rapidement le découvrir. Les torches se rapprochaient du campement, vide à présent de ses occupants. Il plissa les yeux, retint son souffle. Il fallait agir vite, ne pas leur accorder le temps de comprendre. Ne pas les laisser repartir et donner l'alerte ! Il devait les contourner pour les prendre à revers. Il repéra alors un très léger mouvement, presque imperceptible, dans la végétation. Murdoch et Logan étaient en place. Au moment opportun, ils lanceraient l'assaut ! Calvin avait compté trois torches, mais rien n'assurait qu'il n'y ait pas plus d'hommes. Ni que d'autres ne les attendaient pas, plus loin. Il ne put s'empêcher de sourire. L'excitation du combat aiguisait ses sens. Il leur faudrait être rapides et efficaces, sans donner la moindre chance à leurs adversaires : tout d'abord, se débarrasser de ceux qui approchaient, puis remonter leurs traces pour vérifier s'ils étaient seuls ou non.

Rapidement, il se retrouva derrière eux. Ils étaient quatre, finalement : les deux qui étaient les plus proches du camp s'éclairaient avec une seule torche. Lentement, il sortit son poignard de son étui fourré. Se ramassant un peu plus sur lui-même, il glissa ensuite vers sa première proie, les muscles tendus, prêt à bondir. Le soldat lui tournait le dos. Il portait une cuirasse en cuir bouilli et une épée à la ceinture.

— Y'a quelque chose, là ! s'écria l'un de ses camarades à l'avant. Par les cornes du diable ! Un campement !

Calvin s'élança. Sa lame transperça la nuque de sa victime, jusque sous l'arrière du casque. L'homme s'effondra sans un bruit, comme s'il n'avait été qu'un épouvantail de chiffons. La mort avait été instantanée. La torche qu'il portait tomba avec lui et la neige l'éteignit aussitôt, dans un sifflement lugubre. Une ombre – Logan – fusa près du soldat suivant. Celui-ci s'immobilisa, vacilla et tomba à genoux, avant de basculer en avant, toujours sans un son. L'obscurité l'engloutit à son tour, sa torche s'éteignant en même temps que sa vie.

Les deux hommes à l'avant se retournèrent, la surprise se lisant sur leurs traits. Là encore, tout se passa très vite. Ils n'eurent pas l'opportunité de dégainer leurs armes que Murdoch bondit des fourrés et les chargea. Son épée transperça le corps du premier soldat au niveau du cœur, puis, faisant preuve d'une stupéfiante vivacité pour son âge et sa carrure, il attrapa la tête du dernier entre ses mains et lui brisa la nuque d'un coup sec et puissant.

Les quatre cadavres gisaient dans la neige. Le silence était entrecoupé par les halètements des trois Sinclair.

— Des McTrayall, pour sûr, déclara Murdoch. L'espadon, là, sur le pommeau de leurs armes, c'est leur emblème.

— Il faut savoir s'il y en a d'autres, ajouta Logan. Où est la fille ?

— En sécurité, répondit Calvin.

Il se pencha, cherchant des traces à remonter dans la neige.

— Là ! dit-il en indiquant une direction. Ils sont venus de ce côté. Il faut s'assurer qu'ils étaient seuls.

— On s'en occupe, assura Logan.

Calvin acquiesça.

— On se retrouve à l'endroit convenu. Soyez prudents.

— *Aye*, sir. Vous aussi.

Logan esquissa un sourire qui aurait fait frémir plus d'un homme sain, puis disparut dans la nuit, suivi de Murdoch. Calvin repartit de son côté en direction de l'arbre où il avait laissé Emilia. Quand Logan les avait alertés que des hommes approchaient, sa première pensée, malgré lui, avait été de s'assurer de sa sécurité. Instinctivement, il avait voulu la protéger, et ce réflexe le troublait plus qu'il n'aurait accepté de se l'avouer. Il retrouva rapidement ses repères et atteignit l'endroit où il l'avait quittée. Il s'immobilisa, le cœur battant. Elle n'était plus là ! Son attention se porta aussitôt sur la neige piétinée au pied de l'arbre. Ici : deux traces de pieds de petite taille, parallèles. Elle s'était laissée tomber et était partie ! Et pas seule. Des empreintes, plus longues, plus profondes et plus larges se rajoutaient aux siennes. Le pied gauche laissait une traînée à chaque enjambée. C'était un homme qui était passé là, en claudiquant. Un autre soldat McTrayall ! Il y en avait un autre ! D'où sortait-il ? Il n'y avait aucune trace de lutte et les pas s'éloignaient vers la direction opposée à celle du campement. Il étouffa un juron. Comment avait-il pu être si naïf ? Comment avait-il pu croire qu'Emilia avait vraiment voulu se racheter ? Dès qu'elle en avait eu l'opportunité, elle leur avait faussé compagnie avec un des McTrayall ! Dire qu'elle avait presque réussi à le convaincre ! Mais à présent qu'elle était revenue sur les terres de son clan, elle avait dévoilé ses véritables intentions : elle les avait trahis… encore ! La rage au ventre, il s'élança à sa poursuite, priant pour les rattraper avant qu'il ne soit trop tard. Ils ne pouvaient être très loin ! Rapidement, il vit que les empreintes se séparaient, celles d'Emilia allant se perdre dans la végétation tandis que celles de l'homme s'engageaient sur le sentier. Qu'est-ce que cela signifiait ? Rongé par la colère mais aussi, malgré lui, par l'inquiétude, il accéléra le pas. Un cri éclata dans la nuit. Un brusque courant d'air glacé frôla sa joue, aussitôt suivi d'une douleur aiguë, comme une griffure. À un cheveu près, la flèche lui aurait percé le crâne.

Depuis son perchoir, Emilia avait vu les torches s'éteindre, l'une après l'autre. Quelques instants plus tard, un homme qu'elle ne connaissait pas avait jailli des fourrés en courant, comme pris de panique. Il avait trébuché sur une racine camouflée par la neige, à quelques pas de l'arbre où elle s'était réfugiée, et elle l'avait entendu étouffer un cri de douleur en s'étalant au sol. Il s'était relevé tout en jurant entre ses dents, puis avait dégainé son arc, jusque-là porté en bandoulière. Il avait encoché une flèche et attendu quelques instants, haletant, le regard rivé dans la direction d'où il était apparu… celle du campement. Elle avait retenu son souffle, priant pour qu'il ne remarque pas les traces de ses pas dans la neige. Enfin, il s'était remis en marche en boitant et elle avait compris qu'il avait dû se fouler la cheville dans sa chute. Calvin et ses hommes ne l'avaient pas vu, sinon ils se seraient déjà lancés à ses trousses ! Il était parti en direction du château des McTrayall, dans l'intention évidente de les informer de la présence d'intrus sur leurs terres. Sans plus réfléchir, elle s'était laissée glisser au sol, avait ensuite dégainé la dague offerte par Calvin, puis s'était lancée à la poursuite du fuyard. Elle n'avait eu guère de mal à le rattraper, à cause de sa blessure qui le ralentissait. Elle était restée à l'écart, sur le côté, se cachant autant que possible derrière les troncs et les buissons. Hélas, comme s'il avait senti sa présence, l'homme s'était soudain réfugié derrière un rocher, et avait brandi son arc, prêt à tirer ! Recroquevillée sous les branches basses d'un large pin, tremblante, elle avait rapidement compris que ce n'était pas elle, qu'il visait, mais la silhouette qui approchait, si discrètement qu'elle avait failli ne pas la remarquer ! *Calvin !* Une vague de fureur et de terreur mêlées, à la fois brûlante et glaçante, avait déferlé sur elle. Au moment même où l'archer lançait sa flèche, elle avait bondi hors de sa cachette pour se jeter sur lui.

Tandis qu'il accourait vers le soldat et Emilia qui s'empoignaient, Calvin sentait son sang bouillir. L'homme la jeta brutalement au sol, puis, se tenant au-dessus d'elle, le visage déformé par la rage, il referma son poing sur le pommeau de la dague enfoncée dans son flanc. Emilia l'avait poignardé ! Une auréole sombre grandissait rapidement sur la tunique grise du McTrayall, autour de l'arme, qu'il arracha de son corps en poussant un terrible rugissement de douleur. Il n'eut pas le temps de s'en servir : Calvin se jeta sur lui et lui trancha la gorge.

Haletant, les battements de son cœur résonnant fort à ses oreilles, il entendait à peine Emilia qui lui parlait.

— Je l'ai vu s'enfuir… Il allait donner l'alerte… Et ensuite, il…

Sa voix était étranglée, comme celle d'une petite fille au bord des larmes. Il se retourna, vit la peur se disputer à la bravoure dans ses yeux. L'émotion le gagna. Sa colère et ses doutes s'envolèrent, remplacés par une envahissante culpabilité. Quelques instants plus tôt, il aurait sans doute été prêt à la tuer, persuadé qu'elle les avait trompés de nouveau ! À présent… Elle venait de lui montrer le contraire. En voulant empêcher cet homme de les dénoncer, elle avait cherché à les protéger, à *le* sauver ! Ne venait-elle pas de risquer sa propre vie, pour le prouver ? Son père, lui, avait su lire en elle, lui avait accordé sa clémence et son pardon. Comme il n'avait pas su le faire. Comme il n'y parvenait pas encore, tant sa rancœur restait grande. Égale à la puissance des tendres sentiments qu'il éprouvait pour elle. Déstabilisé, bouleversé par un tourbillon d'émotions contraires, il la serra contre lui. Réfugiée dans ses bras, elle tremblait tant qu'il était certain qu'elle s'effondrerait, s'il la lâchait.

— Tu n'as rien ? Il ne t'a pas blessée ?

— Non. Je vais bien.

— Tu n'as vu que lui ? Personne d'autre ?

— Il était seul, j'en suis sûre. Et les autres ? Ceux avec les torches ?

— Ils sont morts.

Elle sanglota et se blottit plus étroitement contre lui. Il n'eut pas le cœur, et encore moins la volonté, de la repousser.

— Il m'aurait tuée, gémit-elle. Tu m'as sauvée, Calvin.

— Comme il m'aurait occis, si tu n'avais pas courageusement dévié son tir en te battant avec lui. Tu t'es montrée vraiment très brave, Emilia, et je t'en remercie. Moi aussi, je te dois la vie.

Ces mots, sincères, lui étaient venus tout seuls. Comment lui en vouloir, encore, après ce qu'elle avait accompli ? Comment résister à l'appel ardent de son corps et de son cœur, alors qu'elle se réfugiait contre lui, vulnérable et si forte à la fois ?

— Emilia, je…

Il ne termina pas sa phrase. Elle le dévisageait avec tant de tendresse, d'appréhension et de regrets, qu'il fut pris d'un désir incontrôlable de l'embrasser. Il se pencha en avant et plaqua ses lèvres contre les siennes. Elle s'accrocha à lui, répondant à son baiser avec une ferveur égale à la sienne. Leurs langues se trouvèrent, se caressèrent, se mêlèrent avec une passion qui le submergea. Le froid de la nuit et les flocons de neige qui se posaient sur eux rendaient leur étreinte plus ardente encore.

Quand ils se séparèrent, à bout de souffle, Calvin se sentait pris de vertige, comme au sortir d'un rêve. Enfin, il se souvint où ils se trouvaient et que le danger était loin d'être écarté. La réalité lui fit l'effet d'une douche glacée. Il se leva et tendit sa main à Emilia pour lui enjoindre de faire de même.

— Viens, nous ne pouvons pas rester là.

Pendant qu'il cachait la dépouille du soldat dans les broussailles, elle récupéra sa dague ouvragée, dont elle essuya la lame sur le bas de ses braies.

— J'y tiens trop pour l'oublier, ici ou ailleurs, déclara-t-elle avec émotion.

Il hocha la tête, songeant que cette arme qu'il avait un temps considérée comme un magnifique jouet venait de contribuer à leur sauver la vie, à tous les deux.

— Calvin, ce baiser, pouvons-nous en…

— Plus tard. Pour l'instant, il nous faut retrouver Logan et Murdoch. Ensuite, toi et moi, nous parlerons.

Elle acquiesça, et ensemble ils rebroussèrent chemin dans la forêt, en direction du camp.

Chapitre 34

À peine arrivèrent-ils au campement que Logan et Murdoch apparurent. Tous deux avaient l'air très soucieux.

— Ah, vous voilà, déclara sombrement Logan. Nous avons retrouvé cinq chevaux, mais impossible de mettre la main sur le cinquième homme des McTrayall, il va falloir que…

Calvin le coupa d'un geste.

— Il n'est plus un problème.

— Oh ! vraiment ? s'interloqua Murdoch.

— *Aye.* Emilia et moi nous en sommes assurés.

Les yeux de Murdoch et de Logan passèrent de l'un à l'autre, puis tous deux poussèrent un soupir de soulagement.

— Tant mieux, alors, s'exclama Logan. Nous craignions qu'il ne revienne avec des renforts.

Calvin se tourna vers Emilia.

— En fait, sans elle, cet homme nous aurait échappé. Après l'avoir aperçu, elle s'est élancée à sa poursuite et s'est jetée sur lui au moment même où il allait me transpercer d'une flèche. Elle m'a sauvé la vie.

Ses joues s'empourprèrent, et elle leva presque timidement les yeux vers lui.

— Comme tu m'as sauvée ensuite, Calvin.

Il lui sourit et se sentit happé par l'intensité de son regard. Le souvenir du baiser qu'ils venaient de partager le saisit, enflammant son désir pour elle, qu'il devait pourtant s'efforcer de réfréner. Il sursauta presque quand Logan toussa, comme pour les extirper de la transe dans laquelle leur contemplation commune cherchait à les enfermer. Il s'écarta imperceptiblement d'elle, cherchant à se focaliser sur son devoir.

— Bien, à présent, grimaça-t-il, nous devons lever le camp, et effacer toute trace de notre passage.

— *Aye*, sir, confirma Murdoch. Je m'en charge.

— Nous devrions prendre leurs chevaux, ajouta Logan. Ils sont plus frais que les nôtres. Et tant qu'on y est, récupérons aussi leurs casques, leurs cuirasses et le reste. Même sur la fille, cela devrait faire illusion, si on n'y regarde pas de trop près. Ça nous facilitera les choses pour repérer discrètement les lieux et approcher du château.

L'idée était certes bonne, et Calvin l'approuva. En silence, ils allèrent dépouiller les cadavres. Pendant qu'ils s'affairaient, Murdoch lui donna un petit coup d'épaule.

— Je me trompe ou ça va mieux, avec elle ? lui lança-t-il avec un sourire en coin.

— Ce n'est pas le moment, Murdoch.

En vérité, il n'avait pas envie d'en parler. Pourtant, il n'arrêtait pas de penser à ce baiser. C'était tout à fait ce qu'il voulait éviter, mais cela s'était produit et il ne parvenait pas à le regretter. Embrasser ainsi Emilia avait fait battre son cœur si vite et si fort qu'il avait cru qu'il cherchait à exploser. La sentir pressée contre lui l'avait tant excité qu'il aurait été capable de la prendre, à même le sol neigeux, à la vue de tous. C'était dangereux, que de simplement se l'imaginer. Terriblement dangereux ! Il devait absolument chasser ces pensées de son esprit, maîtriser les intenses pulsions qui menaçaient de le submerger quand elle se trouvait près de lui.

Tant que Lady Meagan… et Emilia… n'étaient pas en sécurité, la moindre négligence, la moindre distraction pouvait être fatale. Il ne pouvait le permettre.

— Ça crève les yeux que vous vous plaisez, tous les deux, insista Murdoch. Je veux dire, je ne vais pas vous faire la morale, ni à l'un ni à l'autre, cela ne servirait à rien, seulement… On ne va pas au combat avec des pensées pas claires dans le crâne.

— Des « pensées pas claires » ? répéta Calvin.

— Des regrets, des frustrations, ce genre de choses. Ce que je suis en train de vous expliquer, c'est que ce s'rait sans doute profitable que vous vous vidiez l'un comme l'autre la tête de tout ce qui ne concerne pas notre mission. Et pour se vider la tête, rien de tel que de se vider autre chose, si vous voyez ce que je veux dire…

La bouche grande ouverte de stupéfaction, Calvin était abasourdi par ce que Murdoch signifiait par là ! Il ne s'était guère attendu à ça ! Murdoch, d'ordinaire si réservé, qui lui proposait de… Mordieu ! Imaginait-il vraiment qu'il pourrait faire une chose pareille ?

— Logan et moi, on peut s'occuper du camp et, pendant ce temps, vous et la petite n'aurez qu'à…

— Certes non ! Jamais je ne traiterais Emilia comme tu l'entends ! Rien que l'imaginer m'écœure au plus haut point !

Murdoch haussa les épaules et esquissa un sourire face à son emportement outré.

— C'est vous qui voyez, sir, moi, c'que j'en dis… Mais en toute honnêteté, j'suis fort content que vous réagissiez ainsi. Vous êtes un homme bon, Sir Calvin. Bien meilleur que moi, en tout cas.

— Ça, je n'en suis pas certain, Murdoch, conclut-il amèrement, pressé d'oublier cette conversation. N'en parlons plus, et finissons-en avec cette corvée.

En silence, ils en terminèrent avec les affaires des derniers cadavres. La neige continuait de tomber, sans faiblir. Une bénédiction, de l'avis de Calvin. Avant l'aube, son manteau immaculé aurait effacé toute trace de leur passage et des combats. Mais rien ne pourrait ensevelir les questions qui le tiraillaient.

C'était à lui de les résoudre, au plus vite.

Quatre tas se tenaient à présent à leurs pieds. Un pour chacun d'eux, en fonction de leur taille et de leur carrure. Les vêtements de l'archer qu'Emilia avait aidé à tuer étaient les plus petits, et donc ceux qu'elle s'était attribués. Poussant un soupir, elle se pencha vers eux. La tache de sang et la déchirure dans le tissu de la tunique, là où elle avait planté sa lame, rendaient cette dernière inutilisable, aussi l'écarta-t-elle. Les braies étaient un peu longues et larges pour elle, mais en serrant bien sa ceinture et en retroussant le bas de la jambe dans sa botte, ça ne se verrait pas trop. Sous le poids de l'émotion, elle déglutit difficilement, la gorge sèche. Les motifs et les couleurs du tartan faisaient resurgir en elle toutes sortes de souvenirs de ces années passées chez les McTrayall. Ces soldats, qu'ils avaient tués, elle espérait que c'étaient des hommes mauvais, qui ne manqueraient à personne. Qu'aucune femme ou enfant n'aurait à déplorer leur perte, dans ce clan qui avait été son foyer… Si seulement Lady Meagan pouvait être secourue sans que personne ne meure ! Elle n'aimait pas ce qu'elle s'était engagée à faire, torturée entre l'accomplissement de son devoir et sa loyauté envers les McTrayall. Pourtant, elle le devait.

Aussi difficile que cela soit, elle œuvrait pour une paix future entre les clans du Nord et ceux du Sud. Pour l'unification de l'Écosse, guidée par le roi Robert Bruce. Elle aiderait à réparer les erreurs et égarements du laird McTrayall, pour le bien commun, quel que soit le prix qu'elle aurait ensuite à payer pour cela.

Périr ou perdre Calvin… ce qui se produirait inévitablement, une fois Lady Meagan sauvée et unie à lui. Lentement, elle tourna la tête vers lui, tandis qu'il revêtait la tenue d'un des soldats. Il était tellement beau, parfait, qu'elle en frémit. Elle le voulait entièrement… ou pas du tout. Une autre solution lui semblait intolérable. Le baiser qu'ils avaient échangé aurait dû la transporter de bonheur, et sur le moment cela avait été le cas. Cette magnifique sensation ne pouvait durer. Dès que leurs lèvres s'étaient séparées, une profonde angoisse l'avait envahie. Calvin avait prétendu qu'ils parleraient, plus tard. Elle l'espérait, tout en redoutant ce moment où il la rejetterait pour toujours.

— Ça va, fillette ?

Elle se tourna vers Logan, qui l'observait avec attention.

— Ces soldats, vous les connaissiez ? C'est pour cela que vous semblez si bouleversée ?

— Non, aucunement. Je souhaite juste que nous puissions accomplir notre mission sans d'autres morts à déplorer.

Son visage se para d'un rictus, puis il secoua lentement

la tête. Quand il posa ses yeux acérés sur elle, elle y lut une douceur inattendue.

— Dans ce cas, nous ferons de notre mieux pour éviter que cela se produise.

Elle acquiesça pour le remercier, espérant ardemment qu'il soit sincère…

Chapitre 35

— Très bientôt, nous serons en vue du château, et les choses sérieuses pourront enfin commencer.

Les mots de Calvin galvanisèrent le petit groupe. Après avoir caché les cadavres des soldats McTrayall, ils étaient repartis avant l'aube et n'avaient pas depuis croisé âme qui vive ! Emilia en était soulagée. Le souvenir du combat avec l'archer et des corps gisant dans la neige était encore vif dans sa mémoire. Elle avait eu si peur. Pourvu qu'elle n'ait jamais à revivre cela ! Par prudence, ils avaient pris soin de ne pas traverser de hameaux, et avaient aussi évité d'emprunter des chemins trop fréquentés. Même vêtus comme des McTrayall, l'illusion faisait sans doute effet de loin, mais il suffirait d'un rien pour qu'ils soient démasqués. Plus ils s'approchaient de la forteresse, plus elle reconnaissait des lieux familiers et se sentait fébrile. Ils passèrent près du village de Clola, où pendant des années elle avait accompagné de nobles dames pour le marché aux tissus annuel. Ils ne s'attardèrent pas dans les environs, poursuivant leur route pour ne pas attirer l'attention. La neige avait finalement cessé de tomber, et des nuages bas masquaient désormais le soleil, plongeant le paysage dans un dégradé morne de gris. Les terres des McTrayall étaient peu fertiles et le sol était appauvri par la proximité de la mer, à cause des vents qui charriaient son sel sur les plaines rocailleuses.

— Là-bas ! s'écria Calvin.

Au détour d'une colline, le château des McTrayall apparaissait enfin, silhouette sombre et imposante se découpant sur le ciel terne, au nord.

— Nous ne devrions pas nous approcher davantage, ajouta Logan. Nous serions trop à découvert, et on nous verrait venir de loin.

Emilia pointa le bras en direction de l'est.

— Par là, on rejoint les falaises dont je vous ai parlé. Quand la mer est basse, on peut longer la côte, en bas. Personne ne nous remarquera.

Elle mena son cheval en tête de la petite troupe pour les guider. Les trois hommes suivirent sans broncher, et elle se sentit plus que jamais touchée par leur confiance. Elle pria intérieurement pour ne pas les décevoir. Il y avait tout un réseau de cavernes, au pied des falaises. La plupart n'étaient que de petites cavités dans la roche creusées par les vagues et l'érosion, mais certaines s'enfonçaient plus loin sous la falaise. Quand la marée montait, l'accès était totalement bloqué, depuis l'extérieur. Enfant, elle avait découvert ces grottes et avait commencé à les explorer, malgré les mises en garde – judicieuses, mais ignorées – des adultes contre le danger de telles expéditions. Seule et en secret, elle passait des heures dans ces souterrains, à jouer à la lueur de torches rudimentaires qu'elle confectionnait avec de vieux lambeaux de tissu et de la poix dénichés dans les remises du château, et des bouts de bois glanés ci et là. En ces lieux, elle avait vécu des centaines d'aventures extraordinaires, pleines de créatures mythiques à combattre, de princes hardis et de splendeurs exotiques. Une de ces grottes, en particulier, était devenue son refuge, quand elle avait besoin de solitude. C'était ici qu'elle s'autorisait à pleurer, loin des regards et des moqueries qu'elle avait dû subir de la part d'autres enfants, qui la considéraient comme une étrangère.

Plusieurs boyaux partaient du fond de cette grotte, se ramifiaient et plongeaient dans les ténèbres humides sous la falaise. En les explorant, elle était un jour tombée sur un mur de pierre. Y collant l'oreille, elle avait entendu les voix lointaines des sommeliers affairés dans les celliers du château. Elle se souvenait très bien de ce mur, dont le mortier s'effritait avec l'usure des années et l'humidité. Elle était persuadée qu'ils n'auraient pas trop de mal à desceller quelques pierres du mur, pour se dégager une ouverture par laquelle ils se glisseraient à l'intérieur de la forteresse. Avec de la chance, ils pourraient s'échapper ensuite par cette issue également, en toute discrétion, avec Lady Meagan. Un vœu pieux, auquel elle s'accrochait pourtant.

Pauvre Lady Meagan… Combien elle devait être terrorisée, prisonnière entre ces murs froids, sans savoir ce que l'on attendait d'elle ! Pourvu qu'elle soit dignement traitée. Hélas, Emilia ne pouvait plus être certaine de rien en ce qui concernait les volontés et agissements du laird McTrayall…

— Par ici, ce n'est plus très loin, indiqua-t-elle à ses compagnons.

Plus ils s'approchaient des côtes, plus le vent se renforçait. Ses bourrasques de froid mordant leur giflaient les joues, et le grondement des vagues s'écrasant contre les falaises chargeait l'air d'iode.

— Le chemin va devenir impraticable, pour les chevaux, expliqua-t-elle. Mieux vaut les laisser là.

Ils mirent pied à terre dans un petit bois et y attachèrent les bêtes. Les hommes se partagèrent les paquetages de provisions, d'outils et d'armes, puis la troupe s'engagea sur les sentiers rocailleux qui menaient à la plage. La pente était raide et la descente encore plus compliquée par les pierres coupantes et les rafales de vent cinglantes. Emilia entendait Murdoch jurer derrière elle à chaque bourrasque et il chuta même par deux fois. Calvin et Logan, plus agiles, s'en sortaient plus facilement.

— L'entrée n'est plus très loin, affirma-t-elle pour les encourager.

La difficile configuration des lieux lui assurait qu'ils ne croiseraient personne d'assez audacieux pour s'y aventurer. La mer était basse, mais l'étroit bandeau de sable qui longeait la falaise les obligea à avancer en file indienne. Leurs pieds s'enfonçaient dans le sable humide couvert de coquillages vides charriés par la mer, dont le craquement rappelait le crépitement du bois sec. Quelques crabes filèrent à leur approche, disparaissant dans les anfractuosités de la falaise ou se jetant dans l'écume. Dans le ciel, un couple de mouettes curieuses tournoya quelques instants au-dessus d'eux en poussant des cris stridents, avant de finalement s'éloigner vers l'horizon.

Emilia se retourna vers les trois hommes qui la suivaient.

— Il faudra escalader la paroi pour atteindre la grotte, annonça-t-elle.

Logan grimaça.

— L'eau monte. La grève sera bientôt submergée.

— Nous y serons avant cela.

Murdoch grommela un juron. Calvin lui jeta un regard sombre.

— Ne perdons pas davantage de temps, continuons à avancer.

Quelques minutes plus tard, alors que la marée était déjà suffisamment montée pour que les vagues leur lèchent les chevilles à chaque passage, ils parvinrent à l'endroit en question, comme elle l'avait assuré. À presque trois mètres de hauteur, au-dessus de l'eau, était perchée une cavité à peine visible. C'était une longue et fine balafre horizontale creusée dans la roche.

— Une petite corniche masque l'entrée, expliqua-t-elle. C'est assez haut pour qu'un adulte puisse s'y glisser en se baissant un peu.

Un renfoncement dans la falaise camouflait également l'endroit depuis la mer. Il aurait été impossible de le repérer depuis un bateau – et plus encore de s'en approcher, à cause des récifs qui interdisaient toute navigation dans cette bande côtière. C'était très certainement l'une des raisons pour lesquelles le château avait été bâti ici, à l'abri de toute attaque maritime.

— Personne ne nous verra venir, d'ici, chuchota Calvin.

Emilia hocha la tête.

— C'est bien ce que j'espère. Logan, donnez-moi votre corde, je passe en premier pour vous montrer le chemin.

Ce dernier hésita et interrogea Calvin du regard, qui acquiesça d'un bref coup de menton. Une fois qu'il lui eut tendu la corde, elle la glissa en bandoulière et entama son ascension. Un étrange sentiment d'exaltation s'empara d'elle. Comme si elle revivait ! Bien qu'elle ne soit pas revenue ici depuis des années, son corps avait gardé en mémoire la moindre prise et ses mains s'agrippaient d'instinct. Combien cela lui avait manqué ! Elle atteignit la corniche exiguë en une poignée de minutes, puis noua solidement une extrémité de la corde à une saillie pour dérouler le reste jusqu'au sol. Quelques instants plus tard, Calvin la rejoignait.

— Pour sûr, tu sais grimper, lui lança-t-il.

— Cela fait si longtemps que je craignais d'avoir oublié, répondit-elle, surprise et ravie de lire de l'admiration dans ses grands yeux.

Elle dut se baisser un peu – Calvin beaucoup – pour franchir l'entrée de la grotte mais, au bout de quelques pas, ils pouvaient se tenir debout. Rien n'avait changé. Elle remarqua tout de suite la tache sombre sur le sol, vestige des feux de son dernier camp de voyage. Elle s'accroupit et passa les doigts sur la marque, ramassa un peu de cendre encore collée à la pierre. Levant ensuite la tête vers une paroi, elle trouva ce qu'elle y cherchait. Son prénom était gravé dans la roche, maladroitement. Sa main de fillette peu assurée avait mis des jours à inscrire ces quelques lettres, à force de gratter la pierre avec des petits rochers durs, pour que sa marque trône ici, pour l'éternité. Les souvenirs la submergeaient, lui faisaient monter les larmes aux yeux. La voix enthousiaste de Logan, derrière eux, la fit brusquement revenir à la réalité.

— Eh bien, je connais des contrebandiers qui seraient jaloux d'une telle cachette !

— Parce que tu en connais beaucoup, des contrebandiers ? répliqua Murdoch.

À son tour, il venait d'atteindre la corniche.

— Des contrebandiers, des pirates, et même des merrows[1] !

— C'est ça ! Viens plutôt m'aider à monter les sacs, au lieu d'inventer !

Ils eurent tôt fait de récupérer le matériel, noué au bout de la corde, puis, guidés par Emilia, tous les quatre s'enfoncèrent dans un des nombreux tunnels. Elle ne put se retenir de glisser ses doigts sur la saillie rocheuse.

— Je reconnais tant de choses, murmura-t-elle. Je passais beaucoup de temps, ici.

Logan haussa un sourcil.

— C'est un drôle d'endroit pour une petite fille.

— Pour moi, c'était à la fois un refuge et le berceau d'une multitude d'aventures. Hélas, en grandissant, on m'a formellement interdit d'y revenir et… Vous voyez ces marques ? dit-elle en effleurant de la main des griffures claires qui zébraient la roche, à hauteur d'enfant. Ce sont des coups d'épée de bois. Je m'imaginais souvent combattant des trows[2] ou pourfendant…

Des Sinclair, faillit-elle préciser. Calvin s'approcha de la paroi et passa à son tour les doigts sur les traces. Leurs mains se frôlèrent et il s'écarta rapidement, comme si ce contact fugace l'avait brûlé.

La voix grave de Murdoch s'éleva derrière eux, les séparant d'autant plus.

— Sacrés coups d'épée, pour une fillette ! Les trows n'auraient eu aucune chance.

1. Équivalent gaélique des sirènes, dans le folklore des Highlands. Si les merrows femelles sont présentées comme des femmes d'une immense beauté, les mâles sont, eux, réputés pour leur laideur.

2. Créature maléfique nocturne du folklore du nord de l'Écosse, proche des trolls des légendes scandinaves.

— Sans doute pas, admit-elle machinalement.

Si le compliment lui avait fait plaisir, elle avait le ventre trop noué pour le savourer. Depuis leur baiser inopiné, Calvin semblait tout faire pour l'éviter ! La distance qu'il instaurait entre eux lui était insupportable, même si elle en comprenait les raisons. Cependant, se retrouver ici, avec lui, dans cet endroit secret de son enfance, la bouleversait terriblement. C'était comme lui ouvrir son âme, tout comme il l'avait fait en la menant à la forêt que sa défunte mère adorait tant. Comme elle s'était sentie touchée par ce geste, alors ! Mais cette complicité partagée avait disparu.

— Il nous faudra des torches, pour progresser plus avant, dit-elle d'une voix enrouée. Ce n'est pas très loin, mais le chemin est tortueux et il fera de plus en plus sombre.

— Ce ne sera pas un problème, nous avons tout ce qu'il nous faut dans les sacs, approuva Calvin.

Leurs regards se croisèrent, et il sembla sur le point d'ajouter quelque chose. Elle déglutit, espérant des mots qui ne vinrent pas. Il fit demi-tour et s'en alla fouiller dans l'un des sacs de jute, rejoint par Logan.

Elle sentit alors quelque chose sur son épaule. La grosse main de Murdoch. Il la dévisageait avec une compassion à laquelle elle ne s'attendait pas, puis il la dépassa pour rattraper ses compagnons.

Quand Calvin revint vers elle, une torche flamboyante en main, il la regarda à peine. Elle soupira, refoulant son désarroi et laissant sa détermination prendre le pas sur celui-ci.

— Venez, c'est par ici.

Elle les guida dans un dédale de tunnels, à la fois

ravie et soulagée que sa mémoire des lieux ne lui fasse pas défaut. Elle marqua une courte pause devant un chemin qui, au bout de quelques pas, se scindait en deux.

— Les fondations du château sont par là, assura-t-elle en désignant le passage de droite.

Il était si exigu qu'ils devaient progresser les uns derrière les autres. Elle entendit des grommellements en arrière. Murdoch, le plus massif des trois hommes, peinait. Ses épaules touchaient chaque côté des parois, et se faufiler ne semblait pas pour lui une mince affaire.

— Je suis désolée, j'avais oublié que c'était si étroit !

— Ça devait te paraître plus grand quand tu étais enfant, répliqua Calvin, qui avançait juste derrière elle. Tu es sûre que c'est le bon chemin ?

— Certaine. Le boyau s'élargira bientôt.

Elle en était d'autant plus convaincue qu'elle venait de reconnaître dans la roche un petit dessin au charbon, à hauteur de sa cuisse. Un orvet, la tête pointée vers la direction d'où ils arrivaient. Elle l'avait dessiné elle-même, des années auparavant, pour s'assurer de retrouver son chemin. Certains prétendaient que des villageois, cherchant à se réfugier dans ce dédale pour échapper à une attaque de Vikings, s'y étaient égarés avant de mourir de faim et de soif. Si elle n'avait jamais trouvé d'ossements ou de restes humains qui auraient pu confirmer cette histoire, elle ne doutait pourtant pas de sa véracité. Il était si facile de se perdre dans ce labyrinthe !

Ils passèrent plusieurs intersections. À chaque croisement, elle se décidait pour une direction à prendre, guidée à la fois par ses petits repères – dont certains étaient presque effacés par le temps –, mais également par sa mémoire.

— Nous y sommes presque, affirma-t-elle.

Il lui était difficile de dire quelle distance ils avaient parcourue, à cause de tous les détours qu'ils avaient empruntés, mais elle avait senti la légère inclinaison du sol et avait la conviction qu'ils étaient désormais plus haut dans la falaise. Au cœur de la roche, l'air n'était pas aussi glacé et humide que dans son souvenir mais, s'il faisait toujours froid, il faisait tout de même plus doux et sec qu'à l'entrée de la caverne.

Elle désigna la paroi.

— Nous sommes arrivés.

Elle en était persuadée. Derrière ce mur se trouvaient les caves du château des McTrayall.

Chapitre 36

Calvin accepta avec reconnaissance la gourde que lui tendait Logan. Le campement qu'ils avaient établi était de loin le plus confortable qu'ils aient connu depuis leur départ du château. Le vent ne pénétrait pas dans la caverne, dont les parois épaisses les protégeaient du froid extérieur. Tant mieux, car ils ne pouvaient pas allumer de feu, de crainte que la fumée qui ne pouvait s'échapper dehors ne les fasse suffoquer. Malgré l'urgence de la situation, ils n'avaient que peu avancé dans le dégagement des pierres, d'autant qu'ils devaient rester les plus silencieux possible. Ils se relayaient, s'accordant quelque repos pour reprendre des forces – et ils en auraient sacrément besoin vu l'ampleur de la tâche qui les attendait !

En plus de l'étroitesse des lieux qui leur permettait à peine de travailler deux par deux, presque collés l'un à l'autre, le mur qu'ils devaient percer pour pénétrer dans les caves de la forteresse était très épais. Trop, pour qu'ils y parviennent avant plusieurs heures. Malédiction ! Calvin aurait donné cher pour s'emparer d'une masse et détruire ce foutu obstacle ! En compagnie de Logan, il venait de passer de longs moments à creuser de sa lame le mortier, et avait laissé sa place à Murdoch, qui se mit à son tour au travail. Calvin s'essuya le visage, maculé de poussière, et se mit à la recherche d'une gourde d'eau. Sa gorge était sèche. Il avait terriblement soif.

Un son plaintif le fit se retourner. Emmitouflée dans une couverture, allongée au sol, Emilia gémissait dans son sommeil. Ses lèvres remuèrent, formant un mot qui le figea. Venait-elle vraiment de prononcer son nom ? Rêvait-elle de lui ? Lui aussi, trop souvent, rêvait d'elle. Ces songes impudiques qui le laissaient pantelant et frustré au réveil. La sensation de sa bouche sur la sienne, de leurs langues s'entremêlant dans une danse effrénée, de son corps se fondant dans le sien le saisit comme une vague déferlante. Son sexe se raidit sous ses braies, si vivement et si fortement que cela le surprit. Il devait pourtant se maîtriser, lutter contre la puissance du désir qu'il avait d'elle, car rien entre eux ne serait plus jamais possible. Réprimant le juron qui lui montait aux lèvres, il rangea brusquement la gourde avec le reste de leurs provisions. Suivant ensuite instinctivement les repères laissés par Emilia sur les parois pour les guider, ses pas le menèrent jusqu'à l'entrée de la grotte.

À l'extérieur, le crépuscule nimbait l'horizon de ses teintes mordorées. Le vent soufflait toujours fort en de grondantes bourrasques. La marée était haute, recouvrant totalement le sentier escarpé qu'ils avaient emprunté. Il était impossible de rebrousser chemin, même s'il l'avait souhaité. À présent, la mer était déchaînée. Les vagues s'écrasaient contre la falaise dans un grondement semblable au tonnerre. L'odeur d'iode était puissante, entêtante. C'était une côte sauvage et hostile, qui, en un sens, correspondait bien à l'image que Calvin se faisait des McTrayall. Comment leur haine mutuelle était née, il l'ignorait, tout cela s'était passé bien avant sa naissance, mais il était heureux qu'elle connaisse enfin une fin… avec la victoire de son clan. Cependant, rien ne serait facile. De ce qu'il avait vu du château des McTrayall, et de ce qu'Emilia leur en avait décrit, le siège serait compliqué et il comprenait que son père ne s'y soit pas déjà aventuré. La forteresse avait été construite au bout d'une avancée sur la mer, aussi le terrain qui y menait faisait-il comme un goulet d'étranglement limitant la force de frappe d'une armée de grande envergure. Il faudrait beaucoup moins d'hommes aux McTrayall pour défendre efficacement les lieux pendant des semaines qu'une armée en aurait besoin pour les défaire. Au moment même où une vague se fracassait contre la falaise, une bourrasque soudaine poussa les embruns dans sa direction, et une pluie glacée s'abattit sur lui.

— Tu attraperas la mort, à rester ici.

Il se retourna brusquement. Emilia se tenait là, la couverture posée sur ses épaules. Il était si concentré sur ses pensées, le combat à venir et les éléments déchaînés qu'il ne l'avait pas entendue arriver. Que diable venait-elle faire ici ?

— Tu ne devrais pas être là, répliqua-t-il. Retourne dormir, tant que tu le peux.

Elle ne répondit pas, et il crut un instant qu'elle obéirait mais, au lieu de cela, elle se rapprocha de lui !

— C'est grisant, n'est-ce pas ? Cette puissance de la nature, murmura-t-elle.

— *Aye*. Ça rend humble.

Elle était trop proche. Bien trop proche, pour que cette promiscuité ne le fasse aussitôt réagir. Il grommela un juron, puis soupira. Heureusement, bien qu'elle se tienne près de lui, elle l'ignorait et portait son regard sur l'extérieur de la grotte, ce qui lui facilita – un peu – les choses.

Puisqu'elle ne semblait pas décidée à bouger, il pouvait partir, ou détourner son attention pour calmer le feu qui lui fouaillait les reins. Ce fut cela, qu'il choisit car, en dépit de tout, il se refusait à la quitter.

— Je me souviens d'une violente tempête, quand j'étais enfant, dit-il enfin. Des grêlons gros comme le poing avaient tué des dizaines de bêtes et aussi plusieurs personnes. Les toits de chaume avaient été réduits en charpie. Même les tuiles du châtelet avaient souffert ! Je devais avoir huit ou neuf ans. J'étais terrorisé… et en même temps terriblement fasciné, au point de monter sur les remparts du château, sous cette même guérite où nous nous sommes retrouvés, l'autre soir. C'était stupide, bien sûr, et très dangereux, mais j'avais trop envie de voir de près les éléments qui se déchaînaient. Ce jour-là, j'ai compris qu'on ne pouvait pas lutter contre la nature.

— C'est vrai, certaines choses sont simplement… plus fortes que nous. Comme ce qui nous lie, Calvin, ou du moins ce qui l'aurait pu…, murmura-t-elle d'une voix éraillée, comme si les mots avaient du mal à franchir le seuil de ses lèvres. Mais nous sommes seuls, à présent, et j'aimerais que nous parlions. Pas uniquement du baiser, mais de *tout* ce qui s'est passé.

Son regard s'agrippa au sien. Elle semblait si vulnérable, si blessée… Non ! S'il se laissait attendrir, il serait encore abusé. Pourtant, ce n'était que sincérité et regrets, qu'il lisait dans ses yeux humides. Qu'il percevait dans le tremblement de sa voix. Dans ses doigts qui s'accrochaient à la couverture, comme si elle pouvait la protéger de tout mal. La protéger de *lui*.

Sans doute avait-elle raison. Il y avait encore trop de déception, en lui, trop de ressentiment, qui luttaient constamment contre les tendres sentiments qu'il éprouvait pour elle. Il en était déchiré.

— Tu as voulu tuer ma famille, Emilia. Nous assassiner, tous ! J'aimerais pouvoir l'oublier, et te pardonner, mais je ne suis pas mon père. Je ne suis pas certain d'y parvenir.

L'expression affligée sur son adorable visage lui fit presque regretter ces mots, qui ne reflétaient pourtant que la vérité.

— Tu sembles sincère, ajouta-t-il plus doucement. Tu as empêché cet homme de me tuer, et je crois vraiment que tu souhaites te racheter, et nous aider. Mais ça ne peut pas effacer aussi facilement la douleur que m'a causée ta trahison. Je ne te mentirai pas. En dépit de tout, j'éprouve toujours de la… tendresse envers toi, et j'ai adoré t'embrasser. Cependant, tout ce qui doit nous importer, désormais, tout ce dont *je* dois me préoccuper, c'est de mener à bien cette mission. Rien d'autre.

Il grimaça, car c'était bien autre chose, au fond, qu'il rêvait de lui déclamer, et qu'il s'interdisait de faire. Repoussant férocement la pulsion de la prendre dans ses bras pour la consoler, il se raidit.

Elle se mordit la lèvre et baissa la tête, contrite. Il s'en voulut de lui faire du mal, mais il n'avait pas le choix.

— Je comprends, et je ne peux te le reprocher. Si seulement je t'avais tout avoué, plus tôt…

Elle semblait incapable de terminer sa phrase, tant

sa voix était entrecoupée de sanglots. Elle se détourna, visiblement prête à faire demi-tour, mais il la saisit par le bras et l'obligea à lui faire face. Pourquoi diable avait-il fait cela, il n'en savait rien ! Son corps avait réagi instinctivement, faisant fi de ce que sa raison lui exhortait.

— Emilia, ne pleure pas. Je t'en prie.

Ses larmes lui broyaient le cœur. Il ne supportait pas de voir une femme pleurer, et encore moins elle ! Ses regrets paraissaient si profonds qu'il se laissa émouvoir. Certes, elle avait comploté contre les siens, mais par son aveu ne les avait-elle pas préservés d'une mort déshonorable ? Ne lui avait-elle pas prouvé sa loyauté en les menant ici, et en le protégeant, de sa propre vie ? Seul un imbécile ne parviendrait pas à lui pardonner, et elle méritait bien plus de respect que ce qu'il lui témoignait. Pour lui, pour les siens, elle se retournait contre ceux qui l'avaient sauvée et vue grandir. Comment aurait-il réagi, à sa place ? Si son existence avait été emplie d'odieux mensonges ? Sans doute de la même manière. Ou peut-être aurait-il accompli bien pire encore…

— Je suis désolé.

Ce fut tout ce qu'il trouva à lui dire en l'attirant à lui. Il lui caressa les cheveux, espérant que cela suffirait à l'apaiser tandis qu'elle s'épanchait sur son épaule. Hélas, cela ne fit que rendre l'appel de son désir plus impérieux et, quand elle releva son visage vers lui, il se pencha pour s'emparer de ses lèvres. Au lieu de le repousser, comme il aurait été raisonnable pour elle de le faire, elle passa ses bras autour de son cou et répondit avec ferveur à son baiser. Ce fut comme si l'univers autour d'eux disparaissait, pour qu'il n'existe plus qu'elle. Tout son corps, son cœur, son âme, la désiraient si ardemment que c'en était douloureux ! Leurs langues se trouvèrent et se mêlèrent, s'élançant dans une danse enfiévrée. La couverture reposant sur les épaules d'Emilia glissa à terre, les mains de Calvin s'aventurant sur son dos, sa taille, ses fesses rondes et fermes.

Au même moment, dehors, une vague encore plus forte que les autres se brisa dans un immense fracas contre la falaise et se vaporisa dans un gigantesque rideau d'embrun qui retomba en pluie sur eux. Perdu dans la passion qui l'emportait, il sentit à peine les gouttes glaciales. Il ne contrôlait plus rien, d'autant plus qu'il ressentait le même embrasement monter en elle. Poussant un grognement rauque, il la dévêtit prestement de sa tunique et de ses braies, puis la déposa au sol, sur la couverture. Il prit le temps d'admirer la perfection de ses seins ronds, aux mamelons déjà dressés. Les jeux d'ombre de la torche posée contre la paroi soulignaient le galbe de ses hanches, ses courbes appétissantes, les douces promesses du velours de sa peau. À cette vue, le corps de Calvin lui sembla vibrer entièrement de désir. Le sang battait comme un tambour à ses tempes, son sexe gonflé lui paraissait aussi dur que la roche qui les entourait, aussi lourd que s'il avait été lui-même taillé dans le granit. Pourtant, il hésitait encore, luttant pour retrouver sa lucidité, pour ne pas céder à l'irrésistible attirance qu'elle exerçait sur lui. S'il n'y parvenait pas, comment accepter ensuite de la perdre pour toujours ? Ses doigts frôlèrent sa joue, suivirent le contour de ses lèvres charnues entrouvertes, glissèrent le long de son cou pour envelopper la chaude et douce fermeté d'un sein.

Elle se cambra sous lui, l'encourageant à continuer.

— Oh ! Calvin, je t'en prie, murmura-t-elle, gémissante de plaisir. Rien qu'une fois, aime-moi… Aime-moi en sachant qui je suis…

C'était bien ce qu'il avait l'intention de faire. Même si elle ne l'avait pas supplié, il aurait été bien incapable de s'arrêter ! Toute pensée cohérente l'avait fui dès l'instant où elle lui avait cédé. Il posa ses lèvres à la naissance de son cou, en suivit la ligne pour remonter jusqu'à l'oreille, frôla le lobe brièvement. Il revint à sa bouche et leurs langues se cherchèrent. Quand la main gauche d'Emilia se glissa sous sa tunique, tandis que l'autre, plus hardie, s'insinuait sous sa ceinture pour se refermer sur son membre dur, un plaisir aigu se diffusa le long de sa colonne vertébrale. Comme il lui fut difficile de résister au besoin de la pénétrer aussitôt ! Doucement, à contrecœur, il mit fin à leur baiser pour retirer sa chemise, puis il l'enveloppa dans ses bras. La chaleur de leurs torses nus, collés l'un contre l'autre, se mêla avec volupté.

De sa langue, il titilla ses tétons dressés, savourant les soupirs de plaisir qu'elle laissait échapper, puis délaissa sa poitrine pour descendre plus bas, se délectant de la peau veloutée de son ventre, contournant le nombril avant de plonger entre ses cuisses ouvertes. Elle se cabra plus encore, et ses mains empoignèrent les cheveux de Calvin, puis vinrent caresser ses épaules, ses omoplates. Il la sentait se raidir un peu chaque fois que sa langue jouait avec son intimité, et ses gémissements n'en devenaient que plus intenses, plus haletants, plus aigus.

C'est à peine s'il l'entendit souffler :

— Maintenant… Calvin, maintenant !

Se redressant, il obéit d'autant plus facilement qu'il se savait lui-même sur le point d'exploser, s'il ne la possédait pas de suite ! Il s'allongea sur le dos et elle grimpa prestement au-dessus de lui, pour se laisser glisser le long de son membre turgescent qui s'enfonça en elle aussi naturellement que si c'était là la place qui lui était destinée depuis toujours. Leurs corps ne faisaient plus qu'un, et les mains posées sur sa taille il l'accompagna dans ses mouvements de va-et-vient du bassin, de plus en plus rapides, de plus en plus fougueux. Sans pour autant cesser de se mouvoir en elle, il vint caresser un sein de ses doigts, les autres se faufilant jusqu'à son intimité pendant qu'elle le chevauchait avec ferveur. Soudain, elle rejeta la tête en arrière, poussa un cri ardent, emportée par la jouissance. Son extase ne fit qu'accroître la sienne. Son sexe rigide fut parcouru de fourmillements, et il se répandit en elle dans une explosion de plaisir telle qu'elle le vida de toutes ses forces.

Pantelant, peinant à reprendre son souffle, il l'attira pour l'enlacer contre son cœur qui n'avait jamais, lui semblait-il, battu si férocement. Ils restèrent ainsi un long moment, avant que l'un ou l'autre soit capable de prononcer le moindre mot.

Le bruit des vagues se fracassant contre la falaise, en contrebas, les aurait sinon noyés dans leur force déchaînée.

Chapitre 37

— Retournons au campement, avant que Murdoch et Logan se lancent à notre recherche.

Ce n'étaient certes pas les mots qu'Emilia pensait entendre Calvin prononcer, juste après ce qu'ils venaient de partager. Il lui avait fait l'amour, et cela avait été si bon, si intense, si merveilleux, qu'elle se demandait encore si cela s'était véritablement passé ! Alors qu'elle se blottissait tout contre lui, peau contre peau, elle aurait tout donné pour que cet instant de plénitude dure toute l'éternité. Mais il s'était soudain levé, brisant leur étreinte, et un grand vide s'était insinué en elle. Tandis qu'il se rhabillait, elle ne put s'empêcher d'admirer sa musculature parfaitement dessinée. Un corps qui s'était emparé du sien, et qu'elle craignait de ne plus jamais connaître. Alors, elle lui posa la question qui lui brûlait les lèvres, tout en redoutant la réponse.

— Regrettes-tu ?

Bien évidemment, qu'il regrettait ! C'était l'évidence même, à la manière dont il se comportait ! Dont il la regardait ! Pourtant, elle ressentait l'irrépressible besoin de l'entendre de sa bouche.

Il soupira longuement.

— Habille-toi, dit-il enfin en lui tendant ses vêtements.

Elle obéit, déçue par son ton nerveux et par le fait qu'il ne lui ait pas vraiment répondu. Elle s'apprêtait à insister quand l'expression qui se peignit sur les traits de Calvin l'en dissuada. Pourquoi semblait-il soudain si contrarié ? Craignait-il que… Évidemment qu'il devait s'agir de cela. S'il le pensait, elle devait le détromper !

— Calvin, je n'ai pas cherché à te séduire. J'ai aimé ce que nous avons fait, bien sûr, mais je ne voulais pas…

Il l'interrompit d'un geste.

— Peu importe ce que nous voulions, l'un comme l'autre, Emilia. Ce qui est fait ne peut être changé.

Il arrêta d'enfiler ses bottes pour faire un pas vers elle, la faisant tressaillir sous l'intensité de son regard ardent. L'air encore chargé des fragrances musquées de leur passion fut troublé d'un souffle de vent frais, qui s'engouffra soudain dans la grotte. Elle frissonna et s'entoura de la couverture. Calvin, lui, ne cilla pas.

— *Nae*, je ne regrette rien, annonça-t-il. Absolument pas. Mais… Toi comme moi savions que ce serait la dernière fois. C'est cela, uniquement, que je regrette, Emilia. Bientôt, je serai marié à Lady Meagan, et il ne serait pas juste pour toi que… Je doute que tu souhaites devenir ma maîtresse, n'est-ce pas ? Tu mérites bien mieux que cela. En dépit de tout. À présent, nous ne devons penser qu'à ce que nous sommes venus faire ici, et à rien d'autre.

Les mots semblaient avoir du mal à s'extirper de sa gorge, pourtant il les prononçait avec une sincérité qui la stupéfia. C'en était terminé, il le pensait réellement. Leurs destins étaient scellés depuis le jour de leur naissance... Les larmes lui montèrent aux yeux, et elle se détourna, pour les lui masquer.

— Vous avez raison, Sir Calvin, lâcha-t-elle avec une froideur involontaire, tant elle souffrait en son cœur. Votre promise ne saurait vous attendre plus longtemps.

S'il fut contrarié du fait qu'elle le nomme par son titre, et qu'elle le vouvoie de nouveau, marquant à son tour l'indéniable distance entre eux, elle ne le vit pas, car déjà elle s'emparait de la torche pour s'engager dans le tunnel. Sans se soucier s'il la suivait ou non.

Calvin fulminait. Rien de ce qu'il avait dit, ou presque, n'était ce qu'il pensait réellement ! Comment avait-il pu se montrer si dur envers elle ? Parce que c'était l'unique chose à faire. La détresse qu'il avait surprise dans son regard, dans sa voix, lui avait noué les entrailles. Il ne rêvait que de la faire sienne de nouveau, de la garder auprès de lui sa vie entière, et il n'en avait pas le droit. Au contraire, il devait l'éloigner de lui ! S'il n'y parvenait pas, si elle tenait sincèrement à lui, ce serait terrible pour eux quand il échangerait ses vœux avec Lady Meagan. Une fille dont il n'avait que faire, et que d'autres avaient choisie pour lui, alors qu'il comprenait avec consternation qu'il ne voulait et ne voudrait jamais qu'Emilia !

Il ravala un juron. S'il existait un moyen pour qu'ils puissent être ensemble, il le trouverait. Si seulement... Confus, tiraillé par des émotions contraires, il la suivit dans le couloir. Elle avait disparu dans les ténèbres. Seule la faible lueur de sa torche, lui sembla-t-il, l'empêcha de se perdre dans ce dédale de tunnels. Son humeur était aussi sombre et torturée qu'eux ! Enfin, il rejoignit le campement, où Emilia était déjà arrivée. Allongée sur un plaid à même le sol, elle lui tournait le dos. Tout en mâchonnant un morceau de fromage, Murdoch le salua d'un signe de tête, un sourire mi-amusé mi-intrigué aux lèvres. Logan, lui, l'ignora, absorbé par le soin méthodique avec lequel il huilait la lame de ses poignards.

— Si vous avez faim, il reste un peu de viande de phoque séchée[1], lui offrit-il sans lever la tête de son ouvrage. Ça tient bien au corps. Ah, pendant votre… absence, j'ai vérifié et aiguisé les outils.

— Merci, Logan.

Il alla fouiller dans un des sacs de provisions et en ressortit deux lanières de viande. Devait-il en proposer à Emilia ? Sans doute n'avait-elle aucune envie de lui parler, et encore moins de manger avec lui. Il soupira, puis vint s'asseoir auprès de ses compagnons, maussade.

— Je vais tâcher de dormir un peu, leur déclara-t-il enfin.

Il s'allongea contre la paroi. C'était inconfortable, mais il n'en avait cure. Trouver le sommeil lui semblait impossible, de toute manière. Quand il ouvrit les yeux, secoué par une grosse main poilue, il réalisa qu'il s'était assoupi, finalement. Murdoch, penché sur lui, murmura :

— Réveillez-vous, sir. La petite et Logan attendent qu'on les remplace.

— Combien de temps ai-je dormi ?

— Deux heures, tout au plus.

Calvin hocha la tête et le suivit. Pressé d'en finir, il s'en voulait d'avoir sommeillé, mais ce repos lui avait été nécessaire, rien que pour remettre ses idées en place.

1. Au Moyen Âge, les Écossais mangeaient également de la viande de phoque, de marsouin et de cygne, notamment.

Cependant, la tête lui tournait un peu. Cela faisait trop longtemps qu'ils étaient dans cette grotte, à respirer de la poussière et de l'humidité, et il avait hâte de retrouver l'air frais de la lande. Comme Murdoch l'avait dit, Emilia et Logan étaient à l'ouvrage. Ce dernier se tourna vers eux en percevant leur présence.

— Je ne serais pas contre un peu d'aide ! déclara-t-il. Je crains que cela ne nous prenne plus de temps que prévu.

Calvin fronça les sourcils. La transpiration avait collé de la poussière blanche sur toute la peau de Logan, et il avait plus l'air d'un spectre que d'un être vivant. Maculée de blanc, elle aussi, Emilia déplaçait sur le côté le mortier que le Highlander avait dégagé. Elle ignora ostensiblement Calvin, qui vint prendre la place de Logan.

— Va te reposer, lui ordonna Calvin.

— *Aye*, sir.

— Toi aussi, Emilia. Nous aurons besoin de toutes tes forces pour nous guider, quand nous serons à l'intérieur.

Elle hocha la tête sans le regarder, puis suivit Logan vers le campement. Calvin s'obligea à ne pas la suivre des yeux, et s'attela à la tâche, aidé de Murdoch. Faisant le moins de bruit possible, ils travaillèrent dur. Ils étaient couverts de poudre de roche, et épuisés. Calvin ne sentait plus ses bras ! Cela faisait des heures, lui semblait-il, qu'ils œuvraient, et il n'avait pas l'impression de véritablement avancer ! Sur les premiers pouces d'épaisseur, ils avaient pu facilement dégager le gâchis, assez fragile pour qu'il s'effrite en grattant du bout des doigts. L'épaisseur du mur avait protégé le reste de l'humidité et du temps. Le mortier était resté juste assez résistant pour qu'ils doivent buriner pour le casser, ce qui avait beaucoup ralenti leur progression : ils ne pouvaient pas forcer ou donner des coups trop sonores, de crainte que le bruit se répercute jusqu'à l'intérieur du château. Ils travaillaient aussi presque en aveugle, car la lumière d'une torche aurait été visible au travers de la petite fissure qui donnait sur le sous-sol de la forteresse.

Après quelque temps, Logan et Emilia étaient revenus les rejoindre pour les aider. Elle n'avait cessé de faire des allers-retours pour évacuer le mortier et leur apporter de quoi boire. Il étouffa un juron. Ce n'aurait pas dû être si difficile ! Et certainement pas si long !

La nuit allait bientôt tomber, et ils avaient tout juste réussi à extraire le mortier sur à peu près la moitié de l'épaisseur de l'ouverture. Il aurait espéré qu'ils puissent dégager totalement la pierre des fondations externes, pour ne plus avoir qu'à retirer les pierres du mur intérieur, plus petites et moins épaisses. Hélas, il devait se résoudre à l'évidence : ils ne pourraient pas passer à l'action avant le lendemain ! Envahi de colère et de frustration, il manqua frapper du poing ce maudit mur, mais s'en retint à temps. Faire ainsi du bruit ne les aiderait en rien, et ne détruirait pas non plus cet obstacle.

— Retournons au campement et prenons un peu de repos, ordonna-t-il sombrement. On ne gagnera rien à s'épuiser davantage. Nous finirons demain.

Les visages étaient mornes. Tous savaient ce que ce retard impliquait.

Emilia avait le corps en feu. Chacun de ses muscles la tiraillait, et son dos lui donnait l'impression d'être pressé par un étau inflexible. Tout en mâchouillant une lanière de viande séchée insipide, mais qui lui redonnerait des forces, elle écoutait les hommes parler.

— La mer est trop haute, on ne pourra pas repartir avant demain matin, énonça Murdoch. D'ici là, l'armée de Sir Fergus aura pénétré sur les terres des McTrayall, et il sera trop tard pour retarder l'assaut. Donc soit on abandonne…

— Soit on agit pendant leur attaque, enchaîna Calvin.

Elle posa les yeux sur lui. Comme il semblait contrarié ! Rien d'étonnant, vu les difficultés qu'ils rencontraient. Lady Meagan devait être secourue *avant* l'attaque, pour profiter de l'effet de surprise, et éviter qu'elle ne soit blessée. À présent, à cause de ce maudit mur, leurs plans étaient bouleversés. Calvin fuyait sciemment son regard. La considérait-il responsable de cette déconvenue ? Pensait-il qu'elle les avait menés ici volontairement, espérant les conduire à une impasse ? Comme si elle ne culpabilisait pas déjà suffisamment ! Elle avait été persuadée que ce serait plus facile, et regrettait que sa mémoire lui ait fait défaut sur ce point.

La voix de Logan la ramena à la réalité.

— Cette diversion peut nous être profitable, ou peut-être pas. Ce sera la panique, au château McTrayall, et cela peut autant nous servir que nous compliquer les choses. Tout le monde sera sur le qui-vive, là-bas, et aura pris les armes.

Murdoch grimaça.

— Moi, je dis qu'on n'abandonne pas. L'attention sera tournée sur notre armée, et la plupart des soldats seront partis se battre ou défendront les remparts. En agissant vite, et avec de la chance, personne ne nous remarquera.

Elle ne répondit rien, mais doutait que cela fonctionne aussi facilement. Elle réalisait seulement la folie de leur entreprise. Parvenir à retrouver Lady Meagan, en escomptant qu'elle se trouvât bien emprisonnée là où elle le pensait, la secourir et l'emmener en sécurité en repassant par la caverne sans se faire repérer tiendrait du miracle ! Pourtant, elle voulait encore y croire.

— Je sais comment mon père mène ses sièges, intervint Calvin. Dès que les archers et les catapultes seront à portée, une pluie de pierres et de feu s'abattra sur la forteresse.

Logan se racla la gorge, puis annonça sombrement :

— Quoi que vous décidiez, sir, nous vous suivrons.

Calvin hocha la tête. Tous les regards se figèrent sur lui.

— Hors de question de rebrousser chemin, nous n'avons point fait tout cela pour rien, d'autant plus que nous touchons au but. Nous périrons, si nous le devons, mais nous sommes des Highlanders : jamais nous ne reculerons !

Sa voix était ferme et résolue. La lueur vive dans ses yeux reflétait sa détermination sans faille. Emilia ne put s'empêcher de sourire. Il avait pris la seule décision possible. Celle qu'elle aurait choisie, elle aussi. Murdoch frappa durement sur sa propre cuisse et éclata d'un rire gras.

— Ah ! bien dit, Sir Calvin !

Logan renifla et acquiesça. Calvin se tourna alors vers elle, et elle en sursauta presque. Après l'avoir tant ignorée, voilà qu'il la dévisageait ouvertement, à présent !

— Emilia, la situation a changé. Elle est devenue bien trop périlleuse pour que tu nous accompagnes plus avant, déclara-t-il avec le plus grand sérieux. Indique-nous comment rejoindre la tour où tu penses Lady Meagan emprisonnée, et nous nous chargerons du reste.

Elle en resta muette de stupéfaction. La manière dont il la regardait témoignait du conflit intérieur qui le rongeait. Il avait besoin d'elle pour espérer accomplir sa mission, et dans le même temps… il cherchait à l'écarter du danger !

— Emilia ?

— Hors de question. Je vous accompagne, assura-t-elle avec une pointe de défi dans la voix. Sans moi pour vous guider, vous n'arriverez jamais jusqu'à la captive. Moi non plus, je n'abandonnerai pas.

Comme je ne t'abandonnerai pas, toi, ajouta-t-elle en pensée, les yeux plongés dans les siens.

Il sembla hésiter, puis, après une éternité, il capitula.

— Fort bien. Préparez-vous, alors. Détruisons ce foutu mur et accomplissons notre devoir !

Logan et Murdoch approuvèrent en levant leurs hanaps[1].

— *Aye !*

— *Aye !*

Pendant qu'ils buvaient, Emilia resta silencieuse. Aucun retour en arrière n'était plus possible, l'eût-elle seulement souhaité. Si Calvin devait se rendre en enfer – ce qui pourrait bien être le cas –, rien ni personne ne parviendrait à l'empêcher de l'y suivre…

1. Récipient médiéval pour boire.

Chapitre 38

Au petit matin, avant que les premières lueurs de l'aube ne tracent leur trait ardent sur l'horizon, un grondement sourd, pareil au roulement du tonnerre lointain, emplit l'air, à en faire vibrer jusqu'aux parois rocheuses de la grotte. L'armée de Fergus Sinclair approchait.

Pendant que Calvin et Murdoch s'affairaient à gratter le mortier, et que la marée descendante avait rendu le chemin de nouveau praticable, Emilia avait accompagné Logan à l'extérieur, pour observer la situation. Des cris et les sifflements graves de cors d'alerte, étouffés par le vent et les vagues, leur parvenaient. À peine avaient-ils atteint le sommet de la falaise qu'ils furent saisis par le spectacle qui s'offrait à eux. Les forces de Fergus Sinclair avaient creusé un large sillon dans la neige, laissant dans leur sillage une longue bande brune, pareille à un fleuve de boue. De leur position, les soldats formaient une masse compacte, informe, d'où émergeaient des catapultes. En face, une couronne de lumière, composée de dizaines de torches, ornait les remparts du château des McTrayall, et même d'aussi loin on devinait les archers qui se regroupaient derrière les parapets.

— Venez, murmura Logan. De là-bas, nous verrons mieux ce qu'il en est.

Elle le suivit jusqu'au couvert des arbres, d'où ils avaient une vue dégagée sur la plaine.

— Regardez, ici, ici, et ici, indiqua-t-il en lui montrant plusieurs petits groupes de cavaliers qui gravitaient à bonne distance de l'armée Sinclair. Ce sont des éclaireurs des McTrayall. Ils nous auraient repérés et interceptés bien avant que nous ne puissions rejoindre l'armée de notre laird, si c'était là notre objectif.

Elle acquiesça en silence, à la fois fascinée et effrayée par le déploiement de forces. Logan poursuivit ses explications.

— Des messagers ont déjà dû quitter le château, ce qui signifie qu'avant demain les premiers renforts des McTrayall pourraient arriver. D'ici là, nos hommes devront avoir sécurisé le siège, afin de renforcer leurs propres défenses à l'arrière-garde. Bientôt, toute cette zone deviendra un immense champ de bataille, qu'il sera bien difficile de traverser sans tomber sur des combats. C'est pourquoi nous devrons être partis avant, avec Lady Meagan.

— Et comment ferons-nous pour prévenir Lord Fergus, quand nous l'aurons retrouvée ?

— Ça, ce sera ma tâche. Vous, vous devrez l'emmener en sécurité, vers l'ouest. Sir Calvin et Murdoch savent où. Des hommes à nous vous y attendront. Bien, à présent, nous en avons assez vu. Mieux vaut ne pas traîner dehors trop longtemps.

Ils s'apprêtèrent à rebrousser chemin quand un bruit formidable, comme un énorme coup de tonnerre, emplit l'air. Surprise, Emilia sursauta et faillit perdre l'équilibre. Elle se rattrapa de justesse en s'appuyant contre la falaise. Un peu plus et elle aurait chuté jusqu'à la mer, en contrebas.

Ce terrible fracas l'avait épouvantée !

— Qu'est-ce que c'était ? demanda-t-elle.

L'expression de Logan s'assombrit. Comme souvent, il fit claquer sa langue, avant de répondre.

— Le feu grégeois[1]. Les catapultes sont entrées en action. À partir de maintenant, plus nous tarderons, plus nous aurons un véritable enfer à traverser.

— Alors, hâtons-nous.

Mais il saisit son bras, et laissa échapper un rire sans joie.

— J'ai toujours trouvé que votre présence était la pire des erreurs, Emilia, annonça-t-il avec une soudaine froideur. Évidemment, je respecte la décision de mon laird, et vous vous êtes montrée fiable jusqu'ici, je dois l'avouer, mais je n'oublie pas pour autant qui vous êtes, ni ce que vous entendiez accomplir. Sachez qu'au moindre signe de trahison, au moindre doute, je n'hésiterai pas un seul instant à vous tuer.

Le calme qu'il avait employé pour s'exprimer accentuait le poids de la menace. Un frisson glacial parcourut l'échine d'Emilia.

— Vous n'aurez donc pas à sortir votre lame, lui lança-t-elle d'une voix qu'elle aurait voulu plus assurée en affrontant son regard. Pas pour moi, en tout cas.

— J'aimerais mieux, en effet, ne pas m'y retrouver obligé.

1. Mélange inflammable dévastateur, capable de brûler même au contact de l'eau. Il aurait été introduit en Europe au XIIe siècle et utilisé pour la première fois en France en 1151.

Sans rien ajouter, il se remit en marche. Elle attendit quelques instants avant de lui emboîter le pas, ses paroles résonnant lugubrement dans son esprit. Qu'imaginait-elle ? Il tiendrait parole, elle n'en doutait point. Si elle n'avait aucune intention de trahir les Sinclair, une fois dans le château, elle pourrait se retrouver face à des choix impossibles. À l'intérieur se trouvaient des personnes qu'elle connaissait, auprès de qui elle avait grandi et, pour certaines, qu'elle appréciait. Des gens de bien ! S'ils étaient certes les ennemis des Sinclair, ils n'étaient pas tous mauvais pour autant, loin de là ! Les femmes qui s'étaient occupées d'elles, notamment, ou encore Ronan, le plus jeune fils du laird McTrayall qui avait mené l'enlèvement de Meagan McDowall. Lui aussi, elle l'aimait beaucoup. Ils avaient partagé nombre de jeux, et il s'était toujours montré fort gentil avec elle. Il n'avait que peu en commun avec son père.

Comment réagirait-elle face à des visages connus ? Elle prenait seulement véritablement conscience de cette effroyable possibilité. Quelle que soit la conduite qu'elle adopterait, si cette situation se présentait, elle trahirait quelqu'un qui lui était cher…

Avant même que le fracas des feux grégeois ne fasse trembler la grotte, Calvin avait su que les combats avaient commencé. Des clameurs paniquées résonnaient de l'autre côté du mur du château. Murdoch et lui venaient tout juste de gratter complètement le mortier. Après un effort phénoménal, ils réussirent à extirper la grosse pierre des fondations, s'aidant de cordes pour faire levier et priant pour que le raclement lugubre de la roche ne se fasse pas trop entendre, depuis les caves. Emilia avait affirmé que personne ne se réfugierait dans ces celliers, une fois l'assaut lancé. Les lieux étaient d'après elle trop exigus pour cela, contrairement aux caves de l'autre aile du château, plus étendues, où les femmes et les enfants seraient plus en sécurité. Pourvu qu'elle ne se trompe pas ! Il préférait éviter d'avoir à faire de sombres choix pour empêcher des innocents de trahir leur présence.

Logan et Emilia étaient partis depuis trop longtemps. S'imaginant le pire, l'inquiétude le saisit. S'ils ne revenaient pas très vite, il irait à leur recherche ! Mais pas avant de s'être frayé un passage dans ces maudites caves. Couvert de poussière, il se plaqua contre le mur, le visage tout contre la fissure qui, des années plus tôt, avait attiré l'attention de la jeune femme.

L'obscurité régnait, de l'autre côté. Il ne nota aucun signe de vie. Avec Murdoch, ils attendirent encore quelques instants, les sens aux aguets, avant de glisser leurs doigts dans la brèche pour les refermer sur le parpaing et jauger la solidité du mur. En forçant un peu, la pierre se décala très légèrement. Calvin ne put retenir un soupir de soulagement. La chance leur souriait enfin !

— Il n'y a personne, assura-t-il. Inutile de perdre davantage de temps, et utilisons les masses. Le bruit des combats, là-haut, couvrira les nôtres.

— *Aye*, sir.

Murdoch eut tôt fait de ramener les outils, qu'Emilia et Logan les rejoignaient.

— Vous avez entendu ? demanda ce dernier. L'attaque a commencé.

— Il semblerait, répondit Calvin, que cela n'arrangeait guère. De notre côté, nous y sommes presque. Plus que quelques coups de masse, et nous pourrons entrer.

— Je m'en occupe, lança Murdoch.

— Moi aussi, offrit Logan en s'emparant à son tour d'une masse.

Calvin en profita pour s'écarter et boire un peu d'eau. Sa gorge lui semblait emplie de poussière ! Se tenant un peu en retrait, Emilia paraissait particulièrement soucieuse. Était-elle effrayée par ce qu'elle avait découvert à l'extérieur, ou s'agissait-il de tout autre chose ? Songeait-elle à changer d'avis, à présent qu'il n'y avait plus de retour en arrière possible ? Il devait savoir.

— Un problème ? s'enquit-il.

— Non. Aucunement, cependant…

— Cependant ?

— Promettez-moi que vous et vos hommes ne tuerez personne sans y être vraiment obligés.

Il esquissa un rictus. C'était donc de cela qu'il s'agissait.

— Emilia, c'est le chaos, là-haut. Et s'il faut choisir entre nos vies et les leurs…

— Je ne demande rien de tel ! Juste d'épargner les innocents et d'éviter tout combat inutile. J'ai grandi avec ces gens. Je ne veux pas les voir mourir !

— C'est la guerre, intervint sèchement Logan. Des gens sont déjà en train de mourir.

Il le fit taire d'un regard. Logan cracha au sol, puis donna un autre coup de masse sur le mur. Calvin se détourna de lui pour poser ses mains sur les épaules d'Emilia.

— Je ne tue jamais par plaisir, et nous ne ferons pas couler le sang si nous pouvons l'éviter, cela, je peux le promettre. Mais si des McTrayall se mettent en travers de notre chemin, qui qu'ils soient, ils périront sous nos lames.

Elle semblait si tourmentée qu'il en fut contrit, mais elle devait accepter ce qui risquait fort de se produire.

— Plus vite nous agirons, précisa-t-il, plus tôt nous aurons emmené Lady Meagan loin d'ici, et plus vite mon père cessera l'assaut pour offrir aux McTrayall une chance de se rendre. Sans leur otage, ils y réfléchiront à deux fois.

Elle hocha lentement la tête, les lèvres pincées, et parut sur le point d'ajouter quelque chose quand la voix profonde de Murdoch retentit.

— Le passage est ouvert !

Il inspira amplement. Leur longue attente s'achevait. *Enfin.*

Chapitre 39

Masquant le bruit de leurs coups de masse en frappant juste après celui des feux grégeois en surface, Murdoch et Logan avaient rapidement abattu les parpaings donnant sur le cellier et ouvert en peu de temps une brèche suffisamment large pour s'y glisser. Après un bref regard à Calvin qui lui signifia son assentiment d'un signe de tête, Logan se coula à l'intérieur, disparaissant dans l'obscurité. Quelques instants plus tard, il réapparaissait pour signaler à ses compagnons que le passage était libre.

Calvin s'engagea à son tour. L'excitation et l'appréhension faisaient furieusement battre son cœur, et le sang dans ses veines lui semblait brûlant. Cette sensation était loin de lui être inhabituelle : son corps se préparait à l'action. Ses muscles étaient tendus, et ses sens s'aiguisaient, comme lorsqu'il chassait. Les odeurs du vin et du bois qui imprégnaient le cellier, entêtantes et capiteuses, le saisirent. Il resta un instant figé dans l'ombre, épée à la main, aux aguets du moindre bruit, du moindre mouvement. Grâce à Dieu, rien ne vint ! Il aurait détesté devoir rompre si vite la promesse qu'Emilia lui avait arrachée.

Il se pencha sur la trouée pour l'aider avec le sac qu'elle poussait devant elle. Ils y avaient mis deux robes de servante, une pour elle et l'autre pour Lady Meagan, ainsi que les tenues des soldats qu'ils avaient combattus la veille, dans la forêt. Ces déguisements, qu'ils avaient veillé à ôter pour œuvrer dans la grotte afin de ne pas les salir, seraient plus discrets que leurs propres vêtements maculés de poussière blanche. Les revêtir après être passés par le boyau de pierre éviterait de les souiller, eux aussi. Une fois Emilia dans le cellier, il récupéra la torche que lui tendait Murdoch. À la lueur timide de la flamme, la cave se dévoila à eux.

Comme l'avait précédemment décrit Emilia, l'endroit était plutôt exigu, encombré par des tonneaux de vin, entassés contre les murs. Des toiles d'araignée éparses et l'épaisseur de la poussière témoignaient du peu de passage. À quelques pas sur la droite, la pièce s'achevait en impasse, mais de l'autre côté, tout au fond, se devinait un escalier de pierre qui montait. Logan se tenait déjà au pied des marches, tête levée. D'un bref mouvement de la main, il signala que tout était calme.

— Changeons-nous vite, ordonna Calvin.

Alors qu'il enfilait les braies d'un McTrayall, son attention se porta soudain sur Emilia. Dans un recoin, elle se dénudait pour passer sa robe de servante. Même dans ce contexte, la grâce de ses gestes, les courbes délicates de son corps, le galbe appétissant de ses seins, éveillèrent en lui un irrépressible désir qu'il se força à chasser au plus vite. S'arrachant à sa contemplation, il finit de s'habiller, puis, quand ils en eurent tous terminé, ils cachèrent leurs sacs de l'autre côté du mur, dans la grotte. Au cas improbable où quelqu'un viendrait, ils camouflèrent ensuite de leur mieux la brèche par laquelle ils étaient arrivés. Une étagère trouvée dans le cellier et placée devant l'ouverture ferait l'affaire. Ils ne pouvaient pas prendre de risques qu'on découvre cette issue, par laquelle ils escomptaient repartir.

En bas de l'escalier de pierre, Calvin pouvait sentir la nervosité d'Emilia, qui se tenait à son côté. Son regard se perdait vers la porte close, en haut. Il aurait pu jurer qu'elle priait pour que personne ne se trouve derrière. Il l'espérait également : il avait déjà perdu suffisamment de temps avec ce fichu mur. Quelque part, dans cette forteresse, l'innocente Lady Meagan les attendait, certainement terrorisée.

Il commençait à peine à grimper les marches que les murs vibrèrent, secoués par un terrible fracas, comme à chaque fois qu'un projectile de catapulte frappait le château assiégé. Il était difficile de dire si les impacts se produisaient de ce côté de la forteresse ou de l'autre, tant le vacarme couvrait tout. Il espérait surtout que, comme convenu au préalable avec son père, les tirs se concentraient loin de la tour où ils pensaient trouver Lady Meagan.

Il s'arrêta derrière Logan, occupé à déverrouiller l'imposante serrure en fonte de la lourde porte en bois. De sa ceinture, le Highlander fouillait dans un petit étui en cuir d'où il extirpa de fines tiges de métal, de différentes épaisseurs et aux bouts légèrement recourbés. S'accroupissant pour que sa tête se retrouve au niveau de la fermeture, il choisit deux crochets qu'il inséra dans le cylindre. À la grande satisfaction de Calvin, la serrure ne résista pas longtemps. Logan rangea prestement son matériel et dégaina de nouveau son arme. Dès que Calvin et Murdoch eurent acquiescé, il ouvrit la porte.

La lumière du dehors était éblouissante, après tout ce temps passé dans l'obscurité, et Calvin cligna plusieurs fois des yeux pour s'y habituer, avant de s'élancer à l'extérieur avec ses hommes. Derrière eux, Emilia leur emboîtait le pas.

Là encore, comme elle l'avait dit, ils débouchèrent sous un auvent en bois qui donnait sur une petite cour intérieure, à l'arrière du château. Les bruits de la bataille qui se jouait les saisirent. L'air était chargé de fumée âcre qui brûlait la gorge et, quand Calvin leva les yeux au ciel, il vit que des traînées sombres avaient zébré ce dernier, au passage des barils de feux grégeois projetés par les catapultes de son père.

Des années plus tôt, celui-ci les avait confisqués à une caravane de commerçants douteux qu'il avait soupçonnés de vouloir les vendre aux McTrayall. Si le liquide poisseux, capable de brûler au contact de l'eau, était une arme redoutable contre les navires, il ne pouvait faire autant de dégâts contre les murs épais du château. Gordon avait cependant insisté pour les utiliser durant le siège, sachant que cela créerait la panique parmi leurs ennemis. À présent, entre les pierres qui frappaient la muraille extérieure et les feux grégeois qui tombaient derrière les remparts, les cours intérieures étaient comme désertées, ce qui leur laissait la voie libre. Peut-être, finalement, parviendraient-ils à accomplir leur tâche sans combattre.

— Par tous les saints, souffla Emilia.

Elle lui attrapa le bras et le serra fort. Ses grands

yeux étaient écarquillés d'horreur devant les flammes qui léchaient la pierre et crachaient une fumée noire.

— Reste près de moi, et il ne t'arrivera rien, lui assura-t-il. Par où devons-nous aller, maintenant ?

Il en avait une idée certaine, puisqu'ils en avaient déjà beaucoup parlé durant l'élaboration de leur plan, mais il espérait que se focaliser sur cela l'extirperait de sa stupeur. Un instant, il crut qu'elle ne l'avait pas entendu, tétanisée par ce qu'elle contemplait, mais elle tendit une main en direction d'un passage étroit, entre la muraille extérieure et une petite remise en bois.

— Longeons le mur, par là, et nous irons tout droit vers la tour sans nous faire voir.

— Parfait. Allons-y.

Ils traversèrent rapidement la cour, que la neige fondue rendait bourbeuse, et s'engouffrèrent dans le chemin. Le sol était couvert de ronces et de mauvaises herbes qui égratignaient les mollets. Des rideaux de toiles que les araignées avaient tissées entre les murs des remises et la paroi extérieure, bien à l'abri des regards, tapissaient le passage. En tête, Calvin tenait son épée devant lui pour en arracher le plus gros, mais des filaments gluants venaient se coller sur ses cheveux, sa peau et ses vêtements.

Un tir de catapulte imprécis vint soudain faire s'écraser une énorme pierre sur la toiture d'un appentis au moment même où ils passaient derrière. Le bâtiment en bois s'écroula sur lui-même, projetant la neige qui s'était accumulée sur son toit et des échardes dans tous les sens. Par réflexe, Calvin se jeta de côté, protégeant Emilia de son corps.

— Tu n'as rien ? lui demanda-t-il, tout en l'aidant à se relever.

— Je suis indemne, lui assura-t-elle d'une voix étranglée par le choc.

— Logan ? Murdoch ?

Ils allaient bien, eux aussi. Alors, sans plus attendre, ils se remirent en chemin. Calvin n'avait pas lâché la main d'Emilia. Cela le rassurait de la savoir ainsi près de lui, il n'en pourrait que mieux veiller sur elle. Soudain, ils se figèrent. Des pas, à proximité ! À peine eurent-ils le temps de se plaquer contre la paroi qu'une demi-douzaine de soldats passaient tout près d'eux en courant, les frôlant presque. Les doigts d'Emilia s'étaient refermés si fort sur les siens qu'il n'aurait pas été étonné d'entendre ses os craquer. De son autre main, il resserra lui-même sa prise sur la poignée de son épée, se tenant prêt à frapper. Heureusement, les soldats McTrayall, qui se hâtaient en direction de l'entrée principale et des combats, ne les virent pas. Quand ils se furent éloignés, les doigts d'Emilia se relâchèrent. Il lui offrit un sourire, qu'il espéra rassurant, puis ils repartirent tous vers la tour.

Alors qu'ils arrivaient en vue de celle-ci, Calvin émit subitement un sifflement étouffé, à peine audible. Le signal d'alerte dont ils avaient convenu plus tôt ! Ils s'immobilisèrent instantanément. Sur le haut de la muraille qu'ils longeaient, il avait aperçu un soldat, penché en avant contre le parapet. Du regard, ce dernier fouillait la cour qu'ils allaient devoir traverser. Pour le moment, l'ombre du mur les masquait mais, dès qu'ils mettraient un pied à découvert, ils se feraient repérer. Calvin jeta un coup d'œil à Emilia. Que ferait-il, si jamais elle décidait de crier ou de courir pour l'alerter ? Dieu merci, elle n'en fit rien. D'un signe, il intima à ses compagnons d'attendre mais, au bout d'un temps qui lui parut interminable, le soldat n'avait pas bougé. Alors, résigné, il tendit l'index pour le désigner, avant de fermer son poing d'un geste sec. Logan acquiesça et dégaina aussitôt un couteau de lancer effilé. Son tir fut aussi fulgurant que précis : la lame fila droit dans la gorge de la sentinelle, qui tomba à la renverse. Quand ils furent certains que personne ne l'avait vue chuter, ils coururent la distance qui les séparait encore de la tour.

C'était un donjon rectangulaire assez massif, à peine plus haut que le mur d'enceinte extérieur. Sa construction simple privilégiait la robustesse à l'esthétisme, avec de rares lucarnes si étroites qu'elles tenaient plus de la meurtrière que de la fenêtre. Comme ils l'avaient planifié, ils évitèrent la porte principale, derrière laquelle des gardes surveillaient très certainement le seul escalier qui montait dans les étages, pour contourner le bâtiment jusqu'à l'abri à bois, sur le mur opposé. Un bref coup d'œil à l'intérieur par une lucarne suffit à Calvin pour s'assurer que personne ne s'y trouvait. Dans l'âtre, le feu était en train de s'éteindre, sans personne pour l'entretenir.

— Et maintenant ? grommela Murdoch, pantelant.

S'il était parfaitement taillé pour le combat, il l'était bien moins, hélas, pour la course.

— Ici ! leur indiqua Emilia. C'est par là que l'on fait passer les bûches pour alimenter la grande cheminée des cuisines. Nous devons nous y glisser.

Elle désignait un soupirail, juste à côté des empilements de bûches, au ras du sol. Calvin s'agenouilla. Ce serait suffisamment large, en effet. Il essaya de l'ouvrir, mais sentit de la résistance : à l'intérieur, à travers la grille en fonte, un loquet le maintenait fermé. Il allait demander à Logan de s'en occuper, mais Emilia fut plus rapide. Elle passa sa dague – celle-là même que Malcolm avait forgée pour elle – entre la plaque de métal et la pierre du mur. D'un petit coup de poignet, elle fit habilement sauter le loquet.

— Je m'y amusais déjà, enfant, pour me faufiler là où on ne me l'aurait pas autorisé, se justifia-t-elle presque timidement.

Il lui sourit et l'aida à empêcher le lourd battant de basculer. Quand il voulut pénétrer dans l'ouverture, elle le retint.

— Laissez-moi y aller en premier. Si le bruit attire des gardes, ils seront moins étonnés d'y trouver une servante cherchant refuge qu'un guerrier en armes.

À contrecœur, il accepta, mais cela ne lui évita pas d'être empli d'appréhension quand elle se glissa à l'intérieur.

Chapitre 40

Prudemment, Emilia émergea à l'intérieur du bâtiment. Elle posa un pied, puis l'autre, entre les bûches entreposées à même le sol. Des traînées sombres salissaient sa robe là où le tissu avait frotté contre le soupirail et la neige boueuse. Distraitement, elle les essuya de la main. Les mots de Calvin résonnaient en elle : « Je ne tue jamais par plaisir, et nous ne ferons pas couler le sang si nous pouvons l'éviter. » Hélas, un homme était mort, déjà, et si elle ne voulait pas risquer d'autres pertes, de part et d'autre, elle devait se hâter.

Dans la pièce, un vieux chaudron au fond noirci avait été posé de guingois contre le rebord de la cheminée. La soupe qui y refroidissait fumait encore. On l'avait donc retirée du feu à la hâte, sans doute quand le cuisinier était parti se mettre à l'abri lorsque l'attaque avait débuté. L'odeur des choux qui avaient dû mijoter des heures durant emplissait l'air, et se mêlait au parfum épicé du bois brûlé. Contre le mur opposé à la porte, la table qui servait à la préparation des repas avait à l'évidence elle aussi été abandonnée avec précipitation, comme l'attestait le gros morceau de lard partiellement coupé laissé là. Elle ignora les gargouillements de son ventre.

Avant tout, il lui fallait s'assurer que la voie était libre, afin de faire venir Calvin et les autres. Si elle tardait trop, ils pourraient s'imaginer qu'elle avait un problème ou, pire encore, qu'elle avait décidé de les trahir ! La porte de la cuisine donnait sur le hall d'entrée de la tour. Elle en poussa le loquet, aussi lentement que possible pour ne pas faire de bruit. Elle s'immobilisa. Des voix d'hommes ! Des gardes se trouvaient derrière la porte !

— Je te le répète, dit l'un d'eux, si un de ces barils de feu nous tombe dessus, je ne donne pas cher de notre peau !

— Tu crois que c'est mieux, dehors ? Tu préférerais peut-être te battre, là-bas, avec les autres ? Je ne suis pas un lâche, mais je n'ai pas honte d'être heureux de me retrouver posté ici. En plus, l'attaque se concentre sur le mur sud, et nous sommes à l'autre bout ! Les catapultes ne peuvent pas tirer si loin.

— Crois-tu ? C'est pourtant tombé tout près, il y a peu. Aucun de nous n'est à l'abri dans cette tour. Pas plus nous que la fille ! On dirait que notre laird n'y tient pas tant que ça, finalement, à cette lady des Lowlands !

— Tout ce qui m'importe, c'est de ne pas me retrouver sous le feu grégeois, grommela le soldat. Alors, cesse de te plaindre, ou pars rejoindre les autres dehors !

Ils n'étaient que deux, apparemment. Emilia ne les connaissait pas, du moins n'avait-elle pas reconnu leurs voix. Mais elle en était certaine, à présent : Lady Meagan était bien emprisonnée ici ! Rassurée sur ce point, elle rebroussa chemin pour faire signe à Calvin, allongé dans la neige fondue devant le soupirail. Il s'y engagea aussitôt, se déplaçant en silence et avec la souplesse d'un félin. Dès qu'il s'en fut extirpé, elle lui fit signe de se taire et désigna la porte, puis leva la main avec deux doigts tendus pour indiquer le nombre d'hommes qu'elle avait entendus. Il acquiesça et se plaqua contre le mur, d'un côté de la porte. Logan arriva à son tour à l'intérieur, avec une agilité tout aussi impressionnante. Hélas, quand Murdoch vint, son pied droit heurta le tas de bûches, qui vacilla. Une main plaquée sur sa bouche, Emilia retint son souffle. L'empilement de bois se serait sans doute écroulé dans un effroyable raffut si Logan ne s'était pas précipité pour l'en empêcher ! D'un bref hochement de tête, Murdoch lui décocha un remerciement silencieux, avant de se rapprocher de la porte en dégainant son arme. À son tour, Calvin leur indiqua par signes la présence des deux hommes, de l'autre côté, avant d'enjoindre d'un geste à Emilia de reculer.

Elle allait obéir quand des bruits de course et une troisième voix surgirent, dans le hall.

— Sir Ronan est là-haut ? demanda le nouveau venu, pantelant.

— *Aye*, comme d'habitude, lui répondit-on d'un ton moqueur.

Elle retint son souffle, tétanisée. Ronan ? Ici ? Non ! S'il se mettait sur la route de Calvin, ils…

— Très bien, répliqua le garde qui haletait encore. Toi, va l'informer que le laird exige qu'il lui amène la fille, sur le mur sud. Tout de suite !

— Quoi ? Mais c'est là que se déroulent les combats !

— Justement. Le laird veut l'exhiber sur les remparts, jugeant que cela convaincra les Sinclair de stopper leur assaut… Ou de prendre le risque de la tuer eux-mêmes, dans le cas contraire. « Quitte à les y aider un peu », qu'il a même ajouté. Allons, qu'attends-tu ? Hâte-toi !

Des pas rapides indiquèrent que le soldat désigné se précipitait dans l'escalier.

Emilia était horrifiée. L'intention du laird McTrayall était déshonorante ! Comment cet homme, qu'une partie d'elle avait jusque-là toujours refusé de considérer comme un monstre sans cœur, pouvait se montrer aussi cruel ? Elle leva la tête vers Calvin. En plus de la colère, elle lut de la compassion dans son regard. Il avait sans doute compris combien ce qu'ils venaient d'entendre l'avait touchée.

— Au moins, murmura-t-il, nous voilà assurés que Lady Meagan est bien ici, et qu'elle est encore en vie.

Logan chuchota à son tour.

— On les suit ou on les attrape au retour ?

— On les suit. Emilia, toi, tu nous attendras ici. Tu y seras plus en sécurité.

Elle faillit protester, mais se ravisa. S'ils devaient se battre, elle les gênerait plus qu'autre chose. Elle retint cependant Calvin par le bras. Il la dévisagea, surpris.

— L'un des gardes a dit que Ronan se trouvait avec la prisonnière. Il est le dernier fils du laird, et un féroce combattant. C'est aussi un homme bon et juste, je te supplie de…

— Suffit. Je ferai ce que je dois, Emilia.

Son ton résolu ne laissait guère de place au doute. Il tuerait Ronan, ou essaierait, s'il se mettait sur sa route. Elle déglutit difficilement. Savoir que ces deux hommes qu'elle aimait allaient se battre, sans doute à mort, la terrifiait. Mais le pire serait sans aucun doute possible la défaite de Calvin. L'imaginer sans vie était la plus atroce des perspectives ! Impulsivement, elle effleura ses lèvres des siennes.

— Pour la chance… Reviens-moi vivant, je t'en conjure.

Il acquiesça gravement, glissant tendrement sa main rugueuse sur sa joue. Ce simple geste manqua la submerger de sanglots, à l'idée qu'ils se faisaient peut-être leurs adieux. Il sembla sur le point d'ajouter quelque chose, mais il s'écarta d'elle pour pousser le loquet. La porte s'ouvrit lentement, découvrant par l'entrebâillement deux hommes, de dos, qui regardaient en direction de l'escalier qui montait à l'étage. Aussi silencieux qu'une ombre, Calvin s'engagea dans le hall, suivi de Logan et de Murdoch. D'un geste vif, Calvin passa son bras autour du cou du premier garde et lui enfonça la lame de son dirk en plein cœur. De la même manière, Murdoch se chargea du second. Les deux hommes s'effondrèrent, sans pousser le moindre son. Gravissant déjà les marches, Logan semblait soudain doté d'ailes tant il était véloce. Calvin et Murdoch eurent à peine le temps de le suivre que le cadavre du troisième garde dévalait l'escalier comme un tas de chiffons, précédé par son casque dont le métal tintait lugubrement – et bien trop fort – en rebondissant sur les marches.

Calvin esquissa un rictus, tant la victoire lui paraissait proche, à présent. Les trois gardes étant vaincus, il n'en restait plus qu'un à occire, ce fameux Ronan que semblait tant chérir Emilia ! Avec quelle tendresse et quelle admiration dans la voix elle l'avait évoqué ! Contrarié et impatient, sa soif de combat exacerbée par la pique de la jalousie, il s'élança dans l'escalier. Murdoch le suivait de près. Ils découvrirent Logan, aux prises avec deux McTrayall ! Diable ! Il y en avait donc d'autres !

Quelle folie que d'avoir imaginé le contraire ! Poussant un grognement de rage, il se précipita à l'aide de Logan qui venait d'écarter de justesse une dague lancée sur lui, avant de plonger sur son adversaire le plus proche, un homme râblé dont la fine cotte de mailles, trop longue, lui retombait jusqu'à mi-cuisses.

Calvin se jeta sur l'autre guerrier, un individu massif aux bras aussi larges que ses cuisses, qui faisait tournoyer son imposante claymore[1]. Il n'eut pas le temps de frapper que les deux portes du couloir derrière lui s'ouvrirent, laissant jaillir une demi-douzaine de soldats en armes ! Calvin jura furieusement. Combien donc devraient-ils encore en tuer, avant d'atteindre Lady Meagan ? Heureusement, les lieux étaient assez exigus pour que leurs ennemis ne puissent les attaquer tous en même temps.

— Ils sont à nous ! beugla Murdoch.

Il para un coup autrement mortel et en porta instantanément un à son tour. Logan, qui venait d'abattre l'un des McTrayall, combattait comme un possédé.

— Sir Calvin, avancez ! Nous vous rejoindrons !

Il souriait, semblant prendre un évident plaisir à se battre. En dépit de sa réticence à les laisser, Calvin n'hésita pas et continua à gravir les marches, se frayant un passage parmi les guerriers. Selon Emilia, Lady Meagan était séquestrée au troisième et dernier étage de la tour. Il devait la trouver, avant que ces maudits McTrayall ne lui fassent encore plus de mal !

Il atteignit rapidement le deuxième étage. S'il ne remarqua aucun bruit ni mouvement sur ce palier, en

1. L'épée claymore (du gaélique *claidheamh-mòr*, « Forte-épée ») est une épée à deux mains typique des guerriers écossais.

revanche, une porte claqua lourdement, au-dessus. Il leva la tête juste à temps pour voir un homme surgir en haut de l'escalier, pointant une arbalète vers lui ! Le carreau fendit l'air à toute vitesse et le frôla, assez près pour qu'il sente le cuir de l'empennage lui griffer la joue, tandis qu'il se jetait sur le côté. L'homme voulut réarmer son arbalète, mais Calvin fut sur lui avant qu'il n'y parvienne. S'empoignant violemment, ils roulèrent au sol.

Bandant ses muscles, il réussit à repousser assez longtemps les assauts constants de son adversaire pour lui décocher un formidable coup de poing dans la mâchoire. Le soldat s'effondra, inconscient, tandis que Calvin se relevait prestement. Deux autres hommes surgirent dans le couloir qui coupait l'étage en deux, lui bloquant le chemin. Combien en restait-il encore ? Furieux, il roula sur le côté pour récupérer son épée et se mit en garde. Il était prêt à poursuivre le combat !

L'exiguïté du couloir empêchait les deux soldats de l'attaquer de front, et quand le premier chargea, assénant un puissant coup d'épée de haut en bas pour briser sa garde, il bloqua la frappe. La force de l'attaque fit vibrer les deux lames, qui tintèrent lugubrement. Il dévia son arme afin d'exploiter l'élan du McTrayall et le déséquilibra suffisamment pour que son poids l'entraîne en avant. Tout en pivotant, il poussa l'épée de son ennemi avec la sienne et accompagna le mouvement. Le métal crissa quand les lames frottèrent l'une contre l'autre, jusqu'à ce que l'homme chancelle assez pour que Calvin dégage son épée et frappe. Avant même de heurter le sol dans sa chute, le soldat était mort.

Calvin n'eut pas de répit, car l'autre était déjà sur

lui ! À peine eut-il le temps de parer une première attaque pour ne pas être embroché que son adversaire enchaînait aussitôt avec une botte fulgurante. Sans un réflexe salvateur, la lame lui aurait tranché la gorge. Il recula prestement pour se remettre en garde. Si la fatigue commençait à se faire sentir, son ennemi, lui, respirait la fraîcheur.

L'homme qu'il affrontait affichait un sourire mauvais et faisait danser sa lame dans l'air, avec une agilité impressionnante. C'était un bretteur de talent, indiscutablement, et il ne devait pas le sous-estimer. À son tour, il fit tournoyer son épée, pour aussitôt rompre le mouvement et attaquer par surprise ! L'autre ne s'y attendait pas et ne réussit à parer la frappe qu'au dernier moment, mais le choc le déstabilisa suffisamment pour l'empêcher de contre-attaquer. Calvin n'attendit pas pour frapper de nouveau, privilégiant cette fois la force à la précision. Son adversaire para sans mal cet assaut, mais il enchaîna avec un autre, plus violent encore, accompagnant son coup d'épée du poids de tout son corps. Le soldat fut forcé de se décaler légèrement sur le côté pour éviter de se faire projeter au sol. Ce faisant, il abaissa un bref instant sa garde, et Calvin profita de cette faille dans sa défense pour lui décocher de sa main libre un formidable coup de poing dans le flanc. Une côte se brisa sous ses doigts, et la frappe coupa le souffle de l'homme, qui se plia en deux sous le choc. Calvin abattit le pommeau de son épée sur sa nuque, et le McTrayall s'effondra au sol, assommé. Au lieu de l'achever, il retint son bras. Fidèle à la promesse qu'il avait faite à Emilia, il épargna sa vie, mais se pencha néanmoins sur lui pour lui donner un dernier coup de poing. Par précaution. Sans prendre le temps de retrouver son souffle, il bondit sur les dernières marches menant au troisième étage.

Seules deux portes donnaient sur le couloir. Ceux qu'il venait de combattre avaient jailli de la plus proche, encore ouverte, tandis que l'autre, sur la droite, était close. En s'approchant, il vit que la première pièce était une simple salle aux murs de pierre nue sur lesquels des étagères en bois avaient été installées. Leur contenu le fit frissonner. Des tisonniers, des couteaux rouillés à dents de scie, des pinces et des ustensiles inconnus, mais dont la morbide utilité ne faisait nul doute. Au milieu de la salle trônait un fauteuil de bois massif et visiblement des plus inconfortables, dont les accoudoirs et les pieds se paraient de liens en cuir épais. Des taches sombres mouchetaient le meuble, en accord avec celles qui maculaient le sol, tout autour.

Dans un coin de cette salle de torture, il repéra deux matelas simples et autant de tabourets autour d'une petite table, sur laquelle traînaient les vestiges d'un repas sommaire abandonné. Dieu merci, Lady Meagan ne se trouvait pas ici, elle était donc dans l'autre pièce. Celle qui était encore fermée. Comme il ne vit pas de clé, il comprit qu'il aurait peut-être à la défoncer pour entrer.

Les dents serrées et les mains empoignant fermement la poignée de son épée, il s'approcha de la porte close. Pas un bruit ne venait, derrière. S'étaient-ils fourvoyés, depuis le début ? Lady Meagan était-elle emprisonnée ailleurs, dans ce maudit château… Ou, pire encore, l'avaient-ils déjà tuée ? Cherchant à contrôler ces pensées qui ne feraient que le déconcentrer, il saisit l'épaisse poignée de fer forgé. Comme il le redoutait, la porte était verrouillée… mais de l'intérieur ! Diable que tout cela ! Lady Meagan devait donc se trouver dans cette pièce, finalement, ou tout du moins quelqu'un s'y était enfermé ! Sans doute Ronan McTrayall ! Qu'il s'y soit réfugié seul ou avec sa prisonnière, il allait vite le découvrir…

— Je suis Calvin Sinclair, fils de Fergus Sinclair ! Libérez Lady Meagan, à l'instant, et vous survivrez ! Si vous lui faites le moindre mal, en revanche…

Chapitre 41

— Si vous lui faites le moindre mal, en revanche…

La voix, de l'autre côté de la porte, était jeune, mais affirmée et impérieuse. Ronan ne put retenir un sourire. On lui avait décrit Calvin Sinclair comme un guerrier insouciant et impétueux, et c'était visiblement le cas puisqu'il s'était introduit dans le château de son clan, alors même que les Sinclair le bombardaient. Cela ne manquait pas de courage et forçait le respect, malgré toute l'aversion qu'il pouvait ressentir envers lui et les siens. Aussi impressionné fût-il, Ronan n'avait pas la moindre intention de céder. Puisque les Sinclair les assiégeaient, leur plan avait échoué. Emilia avait été découverte, et devait être morte, à présent – ou, au mieux, prisonnière des geôles des Sinclair. L'avaient-ils torturée, pour lui extirper des réponses qu'elle aurait refusé de leur donner ? Pauvre Emilia. Elle ne méritait pas un tel sort. Elle, si gentille, brave et attentionnée. Et Kirstie, l'empoisonneuse, que lui était-il arrivé ? La connaissant, elle se terrait quelque part, ou avait rendu son âme au diable. Impossible qu'ils l'aient prise vivante, elle craignait bien trop d'être suppliciée.

Il ne pouvait lui donner tort, car elle était une spécialiste en la matière et savait ce qui l'attendait. N'avait-elle pas souvent assisté son père, quand il œuvrait dans la pièce attenante ? Plus d'une fois, Ronan avait essayé de le convaincre d'abandonner ses sombres interrogatoires, dans cette pitoyable chambre de torture. En vain. S'il fallait certes parfois en passer par là pour obtenir des réponses, il ne le tolérait pas pour autant, exécrant le fait d'infliger de tels supplices à des hommes désarmés. Grâce à Dieu, jamais il n'avait dû y participer lui-même. Au contraire de son père, il n'y aurait pris aucun plaisir.

Comme il lui aurait été impossible de le laisser s'en prendre ainsi à Meagan. Il ne l'aurait pas accepté.

Blottie dans un angle de la pièce, elle était terrorisée. Ensemble, ils avaient vu la pluie de feu s'abattre sur le château, deviné au loin les silhouettes lugubres des catapultes et la masse de soldats qui grouillaient. Tous deux avaient pensé que les Sinclair étaient là pour se venger. Et voilà que l'ennemi était dans ses murs, le menaçait, lui ordonnait de se rendre, de libérer Meagan ! Il sentait la rage monter en lui. Ses hommes étaient morts. Aucun renfort ne viendrait. Il ne restait plus que lui. Se rendre aurait été facile, et même raisonnable, mais il s'y refusait, car cela signifierait la perdre. Tout en lui s'y opposait. Tous ces instants passés ensemble, cette complicité qui s'était instaurée entre eux, ce qu'il lui avait confié, et qu'il n'avait jamais dit à quiconque… Elle aussi s'était livrée à lui, comme personne ne l'avait jamais fait. En sa compagnie, un nouveau monde s'était ouvert à lui. Il l'admettait sans peine : elle lui était devenue aussi indispensable que l'air qu'il respirait.

Quand Calvin Sinclair s'était manifesté, qu'il avait prononcé son nom, Ronan avait d'abord vu le trouble passer sur son doux visage… et son cœur s'était serré, car il n'aurait su dire alors si la lueur dans ses yeux signifiait de l'espoir ou de la crainte. Peut-être était-elle déchirée par deux émotions aussi opposées que celles qui le torturaient, lui. Sa loyauté envers son père, dont il désapprouvait nombre de décisions, et ce qu'il ressentait, pour elle.

Dos au mur, à côté de la porte, il était tendu, les mains crispées sur la poignée de sa claymore. Meagan se leva soudain pour venir s'accrocher à lui. Comme elle était belle, même envahie par la crainte.

— Ronan, que comptez-vous faire ?

— Vous protéger de cet homme, bien sûr. Quoi d'autre ?

Elle ne voulait pas épouser Calvin Sinclair. Elle le lui avait avoué, la veille encore. C'était avec lui, et uniquement lui, qu'elle s'imaginait fonder une famille. Comme elle, il avait voulu s'accrocher à ce doux rêve. Il s'efforça de lui sourire, espérant la rassurer. Cette fois encore, elle le dévisageait comme s'il était un héros de légende, de ceux qu'elle admirait tant. Son innocence ne cessait de l'émerveiller, et de le bouleverser.

— Je vous en prie, ne vous battez pas ! Surtout pas pour moi ! Faites ce qu'il demande, je vous en conjure ! Il a promis qu'il vous épargnerait ! C'est tout ce qui compte pour moi, que vous…

— J'ai entendu, la coupa-t-il plus sèchement qu'il ne l'aurait voulu, tant la situation le rendait nerveux. C'est un Sinclair, Meagan ! Un menteur, un couard ! Si cette porte s'ouvre… Peu importe ce qu'il prétend : lui ou moi, l'un de nous mourra.

— Non ! Je ne veux pas vous perdre !

Sa voix était entrecoupée de sanglots. À présent, tout ce qu'il voyait dans son regard était la même peur qu'il éprouvait lui-même à l'idée qu'ils soient séparés. Comme il aurait souhaité parvenir à la réconforter ! À sa grande surprise, elle se dégagea de lui pour se plaquer contre la porte, et s'époumona :

— Sir Calvin, je suis Meagan McDowall ! Jurez-moi d'épargner Ronan, par pitié !

— Lady Meagan ! lança la voix dans le couloir. Êtes-vous indemne ?

— Oui ! Je n'ai rien, mais je vous en prie, épargnez-le !

Ronan émit un juron entre ses dents serrées.

— Il n'y a rien à attendre d'un Sinclair, Meagan. Cessez de le supplier, sa parole ne vaut rien et je ne suis pas un lâche ! Pour vous préserver, je me battrai, s'il le faut !

— Ronan McTrayall ! Pour la dernière fois, ouvrez cette foutue porte !

L'injonction fut ponctuée d'un violent coup sonore qui en fit trembler le chambranle. Pour protéger Meagan, Ronan la repoussa sur le côté, au cas où Calvin Sinclair parviendrait à défoncer la porte.

— Ronan, lui souffla-t-elle en levant vers lui ses grands yeux embués de larmes. Vous abandonner pour partir avec cet inconnu me terrifie, mais je vous en conjure… Obéissez-lui… pour moi, pour nous ! Il a promis qu'il ne vous sera fait aucun mal si vous me laissez à lui.

— Jamais vous ne lui appartiendrez ! Tant qu'il me restera un souffle de vie, je ne le laisserai pas vous emmener loin de moi. Dès qu'il entrera ici, je le tuerai. Par Dieu, me croyez-vous incapable d'occire ce misérable ?

Furieux d'imaginer qu'elle puisse le penser si faible,

si impuissant, il avait du mal à contrôler la rage et la frustration qui montaient en lui. Tout autant que sa crainte d'échouer et de la voir emportée loin de lui. Les coups retentirent de plus belle sur la porte, qui finirait par céder. De toute manière, ils étaient piégés.

Péniblement, submergé par un déluge d'émotions, il articula des mots qui lui coûtaient plus que ce qu'il aurait pu imaginer.

— Il n'y a pas d'avenir pour nous sans combat, Meagan. Si je baisse les armes, nous serons séparés à jamais, aussi sûrement que s'il me tue. J'aime mieux mourir que renoncer à vous.

Il tendit la main vers la clé, et Meagan s'agrippa à son bras.

— Laissez-moi aller devant ! Je leur parlerai ! Je leur expliquerai que vous êtes innocent !

Si seulement. Innocent, il ne l'était certes pas, et pour bien des raisons. Impulsivement, il l'embrassa pour la toute dernière fois, puis la repoussa et fit tourner la clé dans la serrure. Le battant pivota dans un grincement lugubre. Ronan fronça les sourcils, prêt à affronter son destin.

Le regard intense de Calvin Sinclair, en position de combat devant lui, était aussi froid que l'éclat de sa lame.

Chapitre 42

La carrure d'ours de Ronan McTrayall était plus impressionnante encore que sa formidable claymore. Calvin fit le vide dans son esprit, laissant son instinct de guerrier prendre le dessus. Son adversaire était incontestablement plus fort que lui, et sa lame, plus lourde et plus longue que sa propre épée, lui donnait l'avantage en termes de puissance. Lui, en revanche, pouvait compter sur son agilité et sur le fait que les mouvements de Ronan seraient entravés par la configuration des lieux : la proximité des murs et l'exiguïté du couloir l'empêcheraient d'asséner de grands coups circulaires. En arrière, il entraperçut alors une silhouette frêle et un visage livide. Lady Meagan, devina-t-il. Si la détresse envahissait les traits de la jeune femme, elle semblait saine et sauve. Pourquoi diable l'avait-elle supplié d'épargner son geôlier ? Il n'en avait aucune idée, et s'en moquait. Bientôt, elle serait en sécurité, loin des perfides McTrayall !

— Lâchez votre arme, lança-t-il froidement à Ronan. Sinon, je vous tuerai, sans la moindre hésitation.

— C'est à vous de reculer, Sinclair. Vous et vos hommes, quittez mes terres et je vous épargnerai. Peut-être.

Calvin s'esclaffa. L'aplomb de cet homme, qui devait sensiblement avoir son âge, lui plaisait. Il ne lui céderait pas pour autant.

— Voilà qui est fort intéressant, McTrayall, mais je doute que vous parveniez à me vaincre. À présent, rendez-vous ou battez-vous, qu'on en finisse !

Un rictus de prédateur s'étira sur les lèvres de Ronan. En dépit de sa large stature et du poids de sa claymore, il frappa avec une rapidité prodigieuse ! Seuls les réflexes aiguisés de Calvin lui permirent d'éviter sa lame. Il bondit sur le côté, sentant le souffle de l'air chassé par l'arme le frôler. En cognant le sol avec une violence inouïe, le métal du tranchant de la claymore projeta des étincelles et des éclats de pierre. La grande épée à deux mains s'arracha aussitôt du sol quand Ronan enchaîna avec un mouvement circulaire afin de faucher Calvin au niveau des mollets.

Ce dernier, trop déséquilibré par son écart pour espérer éviter la lame, ne put que parer le coup. L'impact fut tel qu'il glissa de quelques pouces en arrière… et que son épée en fut brisée ! La force de la frappe se répercuta jusque dans ses os, remonta le long de ses muscles, comme une onde de choc. Loin de s'effrayer de la force stupéfiante de son adversaire, il s'en enorgueillit. Ce combat s'avérait bien plus intéressant que ce qu'il escomptait ! Galvanisé par cette perspective, il bondit soudain et effectua une roulade en avant. D'un formidable coup de pied chassé juste sous le genou gauche de Ronan, il le déstabilisa. Ignorant les cris de Lady Meagan, Calvin se jeta sur lui et le plaqua au mur si brutalement que Ronan en lâcha son arme. Bloqué contre la paroi, il se démenait pour échapper à la prise de Calvin, qui tenait bon. De son épaule, il écrasait le torse de Ronan, et son bras pressait sa gorge. Son poing libre s'était refermé sur le poignet gauche de son adversaire, mais il ne pouvait l'empêcher de le labourer de coups, du droit.

— Tu vas mourir, maudit Sinclair ! Je te tuerai ! Tu ne me la prendras pas !

Si Ronan était déchaîné, Calvin l'était tout autant. Ignorant la douleur qui lui brûlait les muscles, il accentua la pression sur la gorge de Ronan, qui écumait de rage. Il ne relâcha pas sa prise, et le visage de Ronan, rougi par la suffocation, était si près du sien qu'ils se frôlaient presque. Ses yeux se plantèrent dans les siens, brillants de force et de détermination. Au moment où le poing de Ronan s'abattit sur sa tempe, ce fut semblable à un coup de marteau ! Il eut l'impression que tout tournait autour de lui, que les sons de la bataille et les hurlements de Lady Meagan s'éloignaient, comme étouffés. Il se sentit basculer en arrière, et relâcha la gorge de Ronan, qui chercha à reprendre son souffle. Il le vit alors plonger vers sa claymore, et fondit sur lui pour l'en empêcher ! Empoignés l'un à l'autre, ils heurtèrent violemment le sol et continuèrent à se battre avec une férocité égale. Le sang leur brouillait la vue ; pourtant, aucun n'acceptait la défaite. Ils se cognaient, éructaient, jusqu'à ce que les mains de Calvin n'enserrent la gorge de Ronan… qui referma à son tour les siennes sur son cou ! C'était comme se retrouver prisonnier d'immenses serres, aussi puissantes et solides que si elles avaient été sculptées dans la roche. Ils suffoquaient, mais aucun ne reculait. Dans un élan de volonté, Calvin accentua la pression de ses doigts. Il refusait de perdre conscience ! Il devait vaincre !

Renonce, McTrayall, renonce !

Mais Ronan ne cédait pas. Pas plus que lui. Tout se teintait de rouge, à présent. Son champ de vision se rétrécissait. Encore un peu, et c'était lui, qui s'évanouirait en premier ! Alors, tout serait perdu. Le visage d'Emilia lui apparut. Il pensa à ce qui aurait pu être et à tout ce qu'il aurait dû lui avouer…

— Arrêtez ! Tout de suite ! Ronan, lâche-le !

Soudain, les serres le libérèrent. Instantanément, par réflexe, il relâcha à son tour Ronan et se redressa, la gorge douloureuse, toussant et cherchant à faire affluer l'air dans ses poumons. Stupéfait, il vit alors Emilia. S'interposant entre son adversaire et lui, elle menaçait Ronan de sa dague ! La pointe de la fine lame s'enfonça légèrement, juste sous son menton. Ronan McTrayall semblait aussi abasourdi que lui.

— Emilia ? souffla-t-il d'une voix cassée. Tu n'es pas morte ?

— Je vais bien, Ronan, comme tu peux le constater. À présent, que cette folie cesse ! Je refuse de vous laisser vous étriper, tous les deux et, si vous n'écoutez pas, je vous y obligerai !

Sa détermination et son ton catégorique étaient impressionnants. Il était clair qu'elle n'hésiterait pas à frapper.

Visiblement, Ronan l'avait également compris.

Chapitre 43

Emilia était restée derrière la porte de la cuisine, loquet poussé, appuyée contre le battant à écouter les bruits des combats. Elle avait sursauté à chaque cri, puis entendu les pas précipités des Highlanders qui remontaient l'escalier. Le tumulte des projectiles qui continuaient de pleuvoir sur le château et le tapage des affrontements dans les étages s'étaient mêlés en un assourdissant chaos. Retranchée dans cette cuisine, seule et impuissante, elle se sentait à peine plus à l'abri que si elle s'était tenue perchée sur les remparts, à portée des flèches des archers des deux clans.

Très vite, l'angoisse d'ignorer si Calvin allait bien lui était devenue si insupportable qu'elle avait fait coulisser le loquet et ouvert la porte. Trois cadavres gisaient sur les dalles grises. Les soldats McTrayall qu'elle avait entendus parler, devina-t-elle. Elle les avait enjambés, refusant de regarder leurs visages, pour ensuite gravir les premières marches. Des hurlements avaient retenti, plus haut, la tétanisant. Elle aurait encore pu faire demi-tour et repartir se réfugier dans la cuisine, mais elle ne le voulait pas. Elle ne *pouvait* pas reculer ! Calvin et ses hommes se battaient, là-haut, et elle avait continué.

Accrochée à sa dague, insignifiante défense contre les épées des combattants expérimentés qui luttaient tout près, elle avait poursuivi son ascension jusqu'au palier suivant. Deux autres cadavres l'y attendaient. Dieu merci, elle ne connaissait aucun d'eux. Au bout du couloir, des combats se livraient. Elle avait reconnu les silhouettes de Logan et de Murdoch, bataillant sauvagement contre des guerriers du clan McTrayall, coincés dans le corridor. Où était Calvin ? Luttant contre la panique qui avait cherché à la saisir, elle avait été soulagée de ne point le reconnaître parmi les corps sans vie qui jonchaient le sol. Elle avait levé les yeux vers les marches qui montaient, comprenant qu'il avait dû continuer à grimper. À peine était-elle parvenue au deuxième étage, en contournant d'autres cadavres, qu'elle avait entendu Calvin rugir. Uniquement guidée par son instinct, elle avait couru pour gravir l'escalier.

En apercevant Calvin et Ronan au sol, chacun étranglant l'autre, elle s'était précipitée, portée par une bouffée de courage irréfléchi.

À présent, elle se tenait entre eux, haletante, encore sidérée par l'audace de son geste.

L'incompréhension dans le regard de Ronan s'effaça. Son expression changea du tout au tout, pour s'assombrir drastiquement.

— Tu t'es ralliée aux Sinclair, l'accusa-t-il. Tu as trahi notre clan ! Jamais je ne t'en aurais crue capable. Dire que je m'inquiétais du sort qu'ils te réservaient !

Déceler tant de mépris et de peine dans sa voix ainsi que dans ses yeux la désola.

— Ce n'est pas si simple, Ronan. Vraiment pas. Ce que nous avons fait, ce que ton père nous a ordonné d'accomplir, c'est… déshonorant. Et pire encore. Nous nous trompions, sur les Sinclair, sur tant de choses… Si tu savais !

Elle aurait voulu lui expliquer que sa mère était vivante, lui montrer tout ce qu'elle avait vu et compris, lui prouver combien les agissements du clan McTrayall et toute la haine qui les avait menés à tant de malheurs se fondaient sur des mensonges, des chimères… Toutes ces pensées se bousculaient dans sa tête, comme un torrent indomptable, au point qu'elle ignorait comment les exprimer. Ronan poussa un rugissement qui la ramena à la réalité.

— Ce que je sais, moi, c'est que mon père t'a recueillie, qu'il te faisait confiance, comme nous tous ! Et à présent, pour sauver la vie de notre ennemi, tu menaces de me trancher la gorge, dans mon foyer ! Dans ton foyer, Emilia !

— Ce n'est plus mon foyer. Plus depuis que j'ai ouvert les yeux. Toi et Calvin, vous êtes tous les deux des hommes dignes, dit-elle en les sentant prêts à se battre de nouveau au moindre geste suspect de l'autre. Il n'y a aucun honneur dans toute cette folie. Ronan, je t'en supplie, tu dois me faire confiance, comme tu l'as toujours fait jusque-là, ajouta-t-elle en écartant la lame de sa gorge. Je te promets de tout t'expliquer plus tard, quand nous serons sortis d'ici, mais sache que les Sinclair ne sont pas les monstres que tu imagines. Calvin et toi, vous pourriez même devenir des amis.

Elle regarda Calvin, espérant qu'il comprenne. Si ses muscles semblèrent se détendre et la colère sur ses traits s'estomper, il reporta vivement son attention sur Ronan. Ce dernier se redressa lentement, sans plus le quitter des yeux. Emilia attendait, crispée, pendant qu'ils se jaugeaient l'un l'autre, souhaitant que ses mots eussent porté. S'ils choisissaient de se battre à nouveau, elle craignait de ne plus pouvoir les en empêcher. Ce n'est qu'à ce moment qu'elle aperçut Lady Meagan, accolée à la porte d'une cellule. Elle semblait terrorisée.

— C'est vous, n'est-ce pas ? gémit cette dernière. Celle qui a pris ma place quand…

Emilia acquiesça lentement et murmura :

— Je suis désolée. Cela n'effacera pas tout le mal qui vous a été fait, mais… je vous demande pardon.

Lady Meagan avança vers elle et plongea son regard dans le sien. Ses yeux étaient d'une délicieuse teinte bleu-vert et une étrange lueur y luisait. Elle n'aurait su dire si elle y lisait de la colère, de la tristesse ou…

— Merci, dit Lady Meagan.

Elle en resta coite. Elle s'était attendue à tout, sauf à cela.

— Je vous pardonne, continua Lady Meagan. Je vois bien combien vous êtes affligée, et que vos regrets sont sincères. De plus, comment vous en vouloir alors que vous venez de sauver Ronan ?

Alors, Emilia comprit. À la manière dont Lady Meagan dévisageait le jeune Highlander, et à la chaleur dans le regard de Ronan posé sur elle. Elle y décelait ce qu'elle ressentait elle-même pour Calvin. Ce dernier se plaça devant Ronan.

— Je m'en vais, et ces deux femmes viennent avec moi, déclara-t-il. Que cela soit bien clair, McTrayall : je ne frapperai pas le premier mais, que vous choisissiez de me combattre ou non, c'est ainsi que cela va se passer.

La torture de sentiments conflictuels s'entrechoquant déformait les traits de Ronan.

— Je ne peux pas la laisser partir. Je ne le veux pas.

Sa voix était enrouée, sa mâchoire crispée. D'un geste vif, il attira Lady Meagan à lui et scella leurs lèvres d'un baiser. Calvin ne bougea pas, Emilia pas davantage. Ils avaient compris qu'il s'agissait d'un adieu.

Quand Ronan s'écarta de Lady Meagan, un monde entier de souffrance sembla s'effondrer sur ses larges épaules.

— Hélas, je le dois, souffla-t-il. Pour votre bien, *mo chridhe*[1], vous devez les suivre.

Emilia sentait combien cela devait lui coûter que de prononcer ces mots. Elle ressentait ce même vide, cette même angoisse terrible, à savoir que Calvin et elle ne pourraient jamais être l'un à l'autre. Lady Meagan s'accrocha à Ronan avec ferveur.

— Non, Ronan ! Non ! Ne faites pas cela ! Je ne partirai pas sans vous ! Jamais !

— Vous le devez, hélas. Si vous restez ici, mon père finira par vous tuer, et moi avec, car je ne le laisserai pas faire.

— Alors, venez avec nous ! Vous mourrez, sinon !

Il esquissa un sourire triste.

— Je périrai tout autant, si je vous suis. Et je n'abandonnerai pas les miens comme un lâche, ajouta-t-il en lui caressant tendrement la joue. Je l'ai enfin compris, vous garder auprès de moi ici vous conduirait à une mort certaine, et je vous aime bien trop pour laisser cela se produire. C'est pour cela, uniquement, que j'accepte de

1. « Mon cœur ».

vous quitter. Il n'y a pas d'issue, pour moi, Meagan, mais il en existe une, pour vous.

Il la poussa dans les bras de Calvin. Elle cria, se débattit pour le rejoindre, en vain, tendant ses mains vers lui en un geste déchirant, qui bouleversa Emilia. Ronan ne lui avait jamais paru aussi triste, aussi désespéré, mais tout autant déterminé. Lady Meagan hurlait, pleurait, tandis que Calvin l'obligeait à le suivre. Elle luttait tant, cependant, suppliant Ronan de changer d'avis, que Calvin fut contraint de la jeter sur son épaule.

— Emilia, maintenant !

Tout en retenant Lady Meagan, il tendait la main vers elle, qui hésitait à abandonner ainsi Ronan. Un bruit fracassant fit alors trembler les murs. Des morceaux de pierre s'effritèrent, tombèrent au sol. Un projectile lancé par une catapulte venait de frapper la tour.

Chapitre 44

Au terme de farouches combats et au prix de maintes blessures, Logan et Murdoch avaient vaincu tous leurs adversaires. Exténués, ils tentaient de retrouver leur souffle, l'un assis contre le mur, l'autre à genoux dans le sang qui maculait le sol de pierre. À leurs pieds gisait une dizaine de cadavres. Calvin les enjamba, Lady Meagan toujours sur son épaule et gigotant, le corps secoué de sanglots. Emilia aurait donné cher pour apaiser sa détresse, et surtout changer le cours de nombreuses choses…

— On aurait dit qu'ils sortaient des murs pour nous affronter, déclara Murdoch à leur vue. Mais nous avons vaincu, et vous avez récupéré la prisonnière, à ce que je vois. Alors, ça en valait la peine.

Il se tenait la taille, là où une blessure coulait abondamment. Calvin lui lança un regard soucieux, mais Murdoch secoua lentement la tête et se redressa.

— J'ai connu pire. Je peux marcher.

— Tant mieux, parce que nous devons nous hâter, répondit Calvin. Avant que l'armée de mon père ne fasse tout s'écrouler sur nos têtes !

Comme pour accentuer la portée de ses mots, la

tour trembla sous une nouvelle frappe. Emilia songea à Ronan, en haut. Pourvu qu'il l'ait écoutée et en soit sorti, lui aussi, avant qu'il ne soit trop tard !

— Je passe devant, clama Logan.

Lui aussi perdait du sang, mais moins que Murdoch. Elle s'en inquiéta. Malgré leur bravade, ils semblaient chacun sur le point de s'effondrer. Calvin le savait également, car il retint Logan par le bras.

— Pas question. C'est moi, qui prends la tête, assura-t-il en déposant son fardeau à terre. Vous deux, veillez sur nos arrières, et toi, Emilia, prends soin de Lady Meagan.

Elle acquiesça et vint soutenir la jeune fille qui tremblait et sanglotait. Tout autour, des morceaux de mortier tombaient des murs qui se fissuraient, et cela ne ferait qu'empirer.

Calvin en tête, ils descendirent les dernières marches de pierre et, très vite, émergèrent dans la cour. Emilia se retourna, et manqua hurler. Des flammes dévoraient le sommet de la tour ! Elles montaient très haut dans le ciel, crachant une fumée plus noire encore que celle qui couvrait le château, masquant la lumière du jour et plongeant les alentours dans une pénombre crépusculaire. Les yeux de Lady Meagan se remplirent de larmes. Emilia la pressa contre elle, sachant que toutes ses pensées étaient tournées vers Ronan…

— Dieu veillera sur lui, assura-t-elle pour la rassurer, tout en espérant que cela soit le cas. Ne restons pas là, murmura-t-elle ensuite, tout en lui enjoignant d'avancer.

Elle espérait que la semi-obscurité aiderait à dissimuler leur fuite. Devant, Calvin marchait vite, épée à la main et les sens aux aguets, leur faisant signe de le suivre quand il s'était assuré que la voie était libre. Elle ne pouvait s'empêcher d'admirer sa prestance, la force qui émanait de lui et le sentiment de sécurité qu'il lui inspirait. Si tout se déroulait comme convenu, ce cauchemar serait bientôt terminé et loin derrière eux…

Le ballet des projectiles s'était un peu calmé, et seuls quelques rares feux grégeois déchiraient encore le ciel sombre. Ils remontèrent le même chemin qu'ils avaient emprunté à l'aller, courant vers le renfoncement sous la muraille sud. Ensuite, ils la longeraient et redescendraient dans les caves, afin de repartir par l'endroit d'où ils étaient arrivés. Soudain, en arrière, Murdoch fut saisi d'une violente quinte de toux. Le massif Highlander était livide.

— Marquons une pause, proposa Emilia.

— *Nae*, grimaça-t-il. Ne vous arrêtez pas, je peux suivre. Si nous ne sommes pas dehors avant que les archers fassent pleuvoir leurs flèches, nous y passerons tous…

Calvin posa une main sur son épaule.

— Je te porterai, s'il le faut, Murdoch.

Ce dernier ricana, puis cracha un filet de sang.

— J'aimerais bien voir ça, Sir Calvin ! Oh ça, pour sûr que ça n'arrivera jamais. Je peux marcher seul, je vous dis ! Occupez-vous des femmes !

Il se releva, refusant catégoriquement son aide, mais il chancela, et Logan se précipita à ses côtés.

— Je me charge de lui, assura-t-il sans laisser à Murdoch la chance de le repousser.

— Nous ne sommes plus très loin, déclara Emilia. Par là, venez !

Elle s'inquiétait terriblement pour Murdoch, dont le teint était aussi cendreux que le ciel. Mais ils devaient continuer, à tout prix, ou ils auraient accompli tout cela pour rien ! Autour, les appentis et cabanons brisés par des projectiles accentuaient le sentiment de désolation. Des gens couraient, criaient, à la recherche d'un refuge. Dans cette cohue, personne ne leur prêta attention. Qui aurait pu imaginer, parmi eux, que leurs ennemis se trouvaient déjà à l'intérieur de leur forteresse ?

Enfin, ils débouchèrent sur la petite place où elle reconnut immédiatement l'auvent en bois qui protégeait l'entrée du cellier. Ils seraient bientôt à l'abri !

Juste avant qu'ils ne fassent les derniers pas qui les en séparaient, une forte clameur éclata dans l'air, pareille à un interminable roulement de tonnerre. Alors que le son devenait plus audible, Emilia comprit avec horreur qu'il s'agissait des cris de guerre de centaines d'hommes montant à la charge du château. L'assaut venait d'être lancé !

— Malédiction ! Pas maintenant ! beugla Calvin.

Au même moment, un groupe de six guerriers McTrayall surgit sur la petite place, surpris de se retrouver nez à nez avec deux femmes et trois inconnus en armes. Calvin fut le premier à réagir : il s'élança pour asséner au soldat le plus proche un formidable coup d'épée qui le faucha avant qu'il n'ait la moindre chance d'éviter la frappe. Malgré ses blessures, Murdoch, lui aussi, avait bondi. Il se jeta sur un premier ennemi pour le bousculer d'un grand coup d'épaule qui l'envoya au sol puis, profitant de son élan, plongea sur l'homme qui le suivait. Logan, lui, était resté en retrait, mais ses talents de lanceur de poignard lui permirent d'abattre deux autres McTrayall en un rien de temps. Le dernier homme, horrifié de voir ses compagnons au sol avant même de comprendre ce qui se passait, lâcha son arme pour s'agenouiller, mains levées, en signe de reddition. Calvin abattit le pommeau de son épée sur sa nuque pour l'assommer.

Murdoch poussa un rugissement déchirant, puis s'affaissa, un genou à terre. Ses traits étaient déformés par un rictus de douleur. Lady Meagan détourna le regard, contrairement à Emilia, pétrifiée par l'empennage du carreau qui s'était enfoncé dans le dos du Highlander. Calvin l'avait vu, aussi, ainsi que l'arbalétrier, à l'autre bout de la cour, dissimulé dans l'ombre qui le rendait presque invisible.

— Misérable lâche ! hurla-t-il.

— Il est à moi ! beugla Logan, le visage déformé par la fureur.

Le soldat, comprenant qu'il avait été repéré et qu'il risquait un danger, lâcha son arme et recula hâtivement, avant de s'enfuir en courant. Logan s'élança à sa poursuite, ignorant l'appel impérieux de Calvin à renoncer.

— Calvin ! s'écria Emilia. Murdoch, il… il…

Ce dernier haletait difficilement, la respiration sifflante. Son sang coulait entre les doigts d'Emilia, qui cherchait à le soutenir. Calvin se précipita à leurs côtés pour aider Murdoch à se relever.

— Partons, Logan nous rejoindra quand il en aura terminé.

— Je peux… marcher seul. Les femmes… Il faut… les mener… auprès de votre père.

Chaque mot semblait le faire terriblement souffrir. Pourtant, il se redressa, puis amorça un pas en avant, avant de s'effondrer à nouveau. Elle en avait les larmes aux yeux.

Calvin s'emporta.

— Suffit, espèce d'imbécile entêté ! Repose-toi sur moi, et avançons ensemble, ou nous mourrons tous ici !

Murdoch esquissa un rictus, et grommela quelque chose tout en acceptant cette fois l'aide de Calvin. Ils traversèrent ainsi la cour, puis gravirent l'escalier menant au cellier. Ils n'y étaient pas entrés que Murdoch cracha du sang, secoué d'une brutale quinte de toux. Emilia frémit. Elle avait déjà vu de telles blessures. Le carreau avait dû percer un poumon. Si c'était le cas, le guerrier allait horriblement souffrir et périr, noyé dans son propre sang. Un mire[1] pourrait peut-être le sauver, mais Murdoch aurait-il suffisamment de temps devant lui pour trouver quelqu'un capable de le soigner ?

— Laissez-moi, Sir Calvin, l'adjura-t-il d'une voix caverneuse. Les femmes, vous devez les protéger et, moi, je n'irai pas… plus loin.

Emilia en eut les larmes aux yeux. Dans cet état, il ne pourrait ni ramper par l'étroit passage, dans le cellier, et encore moins remonter le chemin escarpé de la falaise ou chevaucher.

Il était condamné.

— Partez, insista-t-il. Maintenant.

Au même instant, Logan réapparut, fonçant vers eux si vite que pour s'arrêter il se laissa glisser sur le sol boueux.

— Je l'ai eu, haleta-t-il. Mais il y en a d'autres qui arrivent, et nous…

Un voile sombre passa sur son visage quand il comprit la gravité de l'état de Murdoch. Son regard croisa celui de Calvin.

1. Mire : terme qui désignait au Moyen Âge un médecin/chirurgien/apothicaire.

— Je vais rester avec lui. Partez.

— Logan, ne…

— Sir, je ne le laisserai pas seul. Mais vous, vous devez continuer, pour elles.

Murdoch grommela quelque chose d'inintelligible ; la souffrance se lisait sur son visage cireux. Emilia ressentait le terrible conflit intérieur qui rongeait Calvin. Il devait choisir entre son devoir et l'accomplissement de sa mission, et sa loyauté envers ses hommes. Cela semblait le déchirer. Que n'aurait-elle fait pour l'aider ! Hélas, cette décision, il devait la prendre seul.

— Je vous interdis de mourir, leur lança-t-il finalement.

— Comme si nous en avions l'intention, répondit Logan, affichant un demi-sourire forcé.

Au loin, des silhouettes de soldats brandissant lances et épées et venant vers eux se devinaient. Sans un regard en arrière, Calvin se hâta d'ouvrir la porte du cellier pour y faire entrer les deux jeunes femmes.

Chapitre 45

— Suivez-moi, ordonna Calvin. Et ne faites aucun bruit.

La seule et unique torche encore allumée, au pied de l'escalier, projetait une lueur timide qui ne leur permettait pas de percer les ténèbres bien loin. Dans cette pénombre, les silhouettes arrondies des tonneaux de vin étaient pareilles à de sombres créatures, tapies dans le noir, prêtes à bondir sur quiconque s'approcherait trop près. Les doigts fermement enserrés autour de ceux de Lady Meagan, les yeux d'Emilia restaient fixés sur le dos de Calvin, qui progressait à quelques pas devant elles.

Un craquement, quelque part entre les fûts sur sa droite, la fit sursauter. Ils n'étaient pas seuls ! Calvin leur fit signe de se taire, et d'attendre en arrière. Lui obéissant, elle assura sa prise sur la poignée de sa dague pour protéger Lady Meagan, pendant qu'il se fondait dans les ténèbres. Le temps s'écoula, terriblement long et angoissant, avant qu'il ne revienne enfin.

— Ce n'étaient que des rats, annonça-t-il sombrement. Continuons.

Quand ils atteignirent l'ouverture qu'ils avaient pratiquée dans le mur épais, il lui demanda de passer en premier. Elle se glissa dans la brèche, s'écorchant contre la roche. Lady Meagan la suivait de près, ahanant derrière elle. En débouchant dans la grotte, l'air frais lui fit l'effet d'une gifle vivifiante, après tout ce temps à respirer l'air vicié chargé de fumée du château assiégé. Elle aida Lady Meagan à la rejoindre. La poussière blanche qui s'était collée à sa peau, à ses cheveux et à ses vêtements lui donnait presque l'allure d'une statue de marbre.

— Vous serez bientôt à l'abri, lui promit-elle.

Les larmes de Lady Meagan avaient dessiné des sillons sombres sur ses joues couvertes de poudre de roche crayeuse, la faisant paraître plus désespérée encore.

— Ronan…, réussit-elle à articuler entre deux sanglots. Croyez-vous que nous ayons bien fait de…

— C'était l'unique solution, lui assura-t-elle en lui attrapant les mains avec douceur.

Comme d'abandonner Murdoch et Logan, ajouta-t-elle en pensée, le ventre noué. Lady Meagan s'accrocha à elle.

— J'en ai conscience, mais je prie de toute mon âme qu'il soit sauf. Tout comme ces deux braves, que nous avons laissés derrière nous.

— Moi aussi, je l'espère de tout cœur. Si ce que nous…

Calvin vint les interrompre.

— J'ai dissimulé la brèche du mieux possible, et je ne crois pas que les McTrayall nous suivent.

Sa voix était dure, mais légèrement tremblante. Comme il avait l'air sombre ! La perte de ses deux compagnons devait le faire terriblement souffrir. Impossible cependant d'essayer de lui en parler. Que pourrait-elle bien lui dire, par ailleurs ? Murdoch et Logan avaient hélas certainement succombé.

— Suivez-moi, annonça-t-elle en se détournant, désireuse de cacher son émoi.

Elle les précéda dans le dédale des cavernes, les guidant vers la sortie. Très vite, ils débouchèrent sur l'entrée du réseau de grottes. Dehors, le fracas des vagues contre la falaise n'était pas très différent de celui des projectiles des catapultes se brisant contre les murs de la forteresse, mais il était, lui, apaisant et non menaçant. L'air était vif et iodé. Le paysage s'étendait, immense et, pour la première fois depuis qu'ils s'étaient infiltrés dans le château des McTrayall, Emilia s'autorisa à croire qu'ils pouvaient réussir. Elle baissa les yeux et vit que la mer, comme elle l'avait escompté, s'était suffisamment retirée pour leur permettre de longer la falaise. Ensuite, il leur suffirait de remonter jusqu'au petit bois où se trouvaient leurs chevaux. Calvin la précéda pour poser au sol deux de leurs sacs, qu'il avait récupérés en chemin à leur campement dans la grotte. Il en sortit une corde qu'il attacha solidement à un promontoire rocheux, puis la déroula.

— Je descends en premier. Vous, lancez-moi les sacs quand je serai arrivé en bas, avant de venir à votre tour. N'ayez pas peur de tomber, je vous rattraperai.

Calvin fulminait. Comment avait-il pu abandonner ses hommes, les laisser combattre pendant que lui s'enfuyait avec les femmes ? C'était pourtant l'unique chose à faire. Murdoch ne pouvait plus avancer, et seul un miracle aurait pu le sauver. Quant à Logan, il avait fait son choix et Calvin ne pouvait l'en blâmer. Dans d'autres circonstances, il aurait certainement fait de même. Il ne doutait aucunement que les deux braves guerriers s'étaient battus jusqu'au bout pour retenir leurs ennemis et leur octroyer une chance de réussir. Grâce à eux, à leur sacrifice, ils allaient s'en sortir. Hélas, cela n'allégeait en rien sa profonde culpabilité ! Il aurait donné beaucoup pour rester avec eux, mais il ne pouvait laisser seules les deux jeunes femmes. Il devait accomplir sa mission, et veiller sur elles. Tandis qu'il les escortait sur le sentier sauvage, il restait sur ses gardes. Tant qu'ils ne se trouveraient pas à des lieues d'ici, il ne se sentirait pas en sécurité. L'impression que des soldats ennemis pouvaient surgir à tout moment pour leur barrer la route restait vivace en lui. Derrière lui, Emilia et Lady Meagan chuchotaient si bas entre elles qu'il ne put comprendre le moindre mot. À peine avait-il jeté un œil à sa *promise*. En vérité, son apparence n'avait guère d'importance. Elle n'était pour lui qu'une innocente à secourir, et certes pas celle qu'il souhaitait pour femme ! De plus, il était évident qu'elle aimait Ronan McTrayall, et que celui-ci partageait ses sentiments. Il ravala un juron. Le destin se montrait décidément cruel, à les séparer aussi brutalement, tout comme il éloignerait Emilia de lui.

Quand enfin ils atteignirent le sommet de la falaise, il s'immobilisa. Un spectacle de désolation saisissant s'étalait sous leurs yeux. Un large nuage cendreux flottait au-dessus du château, éclipsant la lumière du soleil d'hiver. Quelques foyers brûlaient encore, dessinant des halos orangés dans les ténèbres. Les flèches enflammées des archers des deux camps formaient des nuées de petites étoiles filantes qui se croisaient dans cette nuit artificielle. Il était à peine imaginable que des hommes soient en train de se battre dans cet îlot de ténèbres. C'était d'autant plus saisissant au sein du manteau blanc qui recouvrait le paysage, tout autour.

— Seigneur tout-puissant, balbutia Lady Meagan.

Les mains jointes sur sa poitrine, elle semblait sur le point de s'évanouir devant cette vision terrifiante. Emilia restait muette, le regard rivé sur ce qui avait été son foyer. Que pouvait-elle bien penser, en cet instant ? Culpabilisait-elle du rôle qu'elle avait joué dans sa chute ? Certainement. C'est ce qu'il aurait ressenti, lui, en pareille situation. Impulsivement, il posa une main sur son épaule. Elle tressaillit, mais ne le repoussa pas, et il dut faire un énorme effort de volonté pour ne pas la serrer contre son cœur. Comment avait-il pu imaginer qu'elle les trahirait, alors qu'elle avait réellement tout risqué pour s'amender auprès d'eux ? Comme il regrettait de s'être montré si cruel et injuste !

— Tu n'as pas failli, Emilia, assura-t-il. Sans toi, nous n'y serions jamais parvenus, et je suis navré de ce que tu dois endurer, en ce moment. Pourtant, sois certaine que tu as fait le bon choix, en nous aidant. Je tiens à te présenter mes excuses. J'aurais dû te croire, entièrement, et bien plus tôt.

Elle leva la tête vers lui et il se retrouva captivé par l'intensité de son regard. Tant de tendresse et de regrets s'y mêlaient qu'il ne put se retenir, cette fois, de l'attirer à lui pour l'enlacer. Tant pis si Lady Meagan les surprenait. Il n'en avait que faire ! De cela et des promesses de mariage qu'on lui imposait ! Pour le moment, il obéissait à son besoin impérieux de tenir Emilia contre lui. De la rassurer.

— Je suis désolée, gémit-elle. Pour Murdoch et Logan.

— Et moi pour Ronan, et la peine que tu dois éprouver. Tout comme Lady Meagan.

Il se tourna enfin vers cette dernière, qui contemplait toujours, les larmes aux yeux, le château dévasté. Nul doute qu'elle pensait à Ronan, en cet instant. Lui voulait imaginer que Logan et Murdoch avaient survécu, et qu'ils avaient également réussi à s'échapper. Un vœu pieux, auquel il s'accrochait, pourtant.

À regret, il s'écarta doucement d'Emilia.

— Quittons ces lieux et retrouvons les chevaux, dit-il. Mon père nous attend.

Elle le retint par le poignet.

— Il y a quelque chose, avant, que je dois t'avouer, Calvin. Je t'en prie, écoute-moi sans m'interrompre, et ne sois pas furieux…

Il obéit, sans mot dire et, quand elle en eut terminé, il se contenta de sourire et de l'embrasser.

— Je ne m'attendais certes pas à cela, quand tu t'es jetée au cou de Ronan pour lui faire tes adieux. Jamais tu ne cesseras de m'impressionner, Emilia.

Ce fut son tour, à elle, de sourire, et il dut faire appel à toute sa volonté pour ne pas l'embrasser de nouveau. Alors qu'elle s'éloignait pour rejoindre Lady Meagan, il se jura de tout faire pour contrer le destin…

Chapitre 46

Si certains jours passent si vite qu'ils deviennent des souvenirs avant même qu'on ait l'impression de les avoir vécus, certaines heures paraissent parfois plus longues que des vies. Emilia aurait été incapable de dire combien de temps s'était écoulé depuis sa séparation d'avec Calvin. À peine avaient-ils rejoint le laird Sinclair que celui-ci avait ordonné qu'on les mène, Lady Meagan et elle, loin des combats. Une escorte de dix hommes leur avait été allouée, tandis que Calvin repartait guider une troupe de soldats à l'intérieur de la forteresse, par le passage secret dans la grotte. Ensuite, ils ouvriraient les portes du château au reste de l'armée Sinclair.

Chevauchant auprès de Lady Meagan, au milieu des guerriers Sinclair, elle ne pouvait cesser de penser à lui. Elle l'imaginait combattre férocement, et priait intérieurement pour sa survie. Il leur fallut une poignée d'heures pour rejoindre l'auberge d'Auckengill, où elles purent enfin prendre un peu de repos et se restaurer. Si les Highlanders qui les accompagnaient semblaient être des combattants forts et aguerris, ils étaient hélas peu loquaces. Aucun d'eux ne put répondre à ses questions, ou ne le souhaita. Ne restait plus qu'à espérer des nouvelles, qui se faisaient attendre.

— Vous l'aimez, n'est-ce pas ?

La voix douce de Lady Meagan la sortit de sa torpeur.

— Comment ?

— Calvin Sinclair. Vous l'aimez, ne le niez pas. Sincèrement, si nous pouvions encore échanger nos places, je l'accepterais bien volontiers, cette fois. Ainsi, vous pourriez être avec lui, et moi… avec Ronan.

Elle ferma les yeux, ce qui n'empêcha pas des larmes de couler sur ses joues. Ses doigts tremblaient sur le gobelet d'hydromel qu'ils enserraient. Touchée par sa détresse, Emilia posa sa main sur la sienne. En dépit de leurs différences, et surtout malgré l'étrangeté de leurs liens, elle se sentait très proche de cette jeune fille dont elle avait un temps usurpé l'identité. Lady Meagan était douce et sensible, et elle lui semblait sincèrement éprise de Ronan.

— La vie est ainsi faite, Lady Meagan, soupira-t-elle. Nous ne pouvons, hélas, pas toujours choisir notre destin. Pourtant, ajouta-t-elle, il est possible d'agir sur celui-ci, avec de la chance et l'aide de Dieu.

La jeune femme essaya de sourire.

— J'espère que vous avez raison, et que nos prières seront entendues. Sir Calvin a tout d'un homme de bien, mais c'est Ronan que j'aime. Je donnerais tout pour le revoir, rien qu'une fois…

Elle s'effondra entre les bras d'Emilia, qui la berça contre elle. Elle semblait si jeune, si vulnérable ! Sa vie de noble très protégée avait pris un tournant auquel elle n'était certes pas préparée. Comme elle ne l'était pas elle-même à accepter de perdre Calvin pour toujours.

***

La nuit était tombée depuis longtemps mais, comme durant les précédentes passées à attendre dans cette auberge, Emilia ne parvenait pas à trouver le sommeil. Blottie tout contre elle, Lady Meagan, au contraire, avait fini par sombrer dans des rêves agités. Soudain, un hennissement nerveux retentit depuis la cour de l'auberge, puis un second. Curieuse, elle se leva pour se rendre à la petite fenêtre de la chambre qu'on leur avait louée pour la nuit. Son cœur s'emballa.

Calvin ! Il était revenu !

Même si l'obscurité masquait en partie ses traits, elle l'avait sans peine reconnu. Il descendit à bas de son cheval et se précipita en direction de l'auberge. Sans hésiter, elle sortit de la chambre, dévala l'escalier pour aller à sa rencontre. À peine était-elle arrivée dans la salle principale de l'établissement qu'il y faisait son entrée. Qu'il était beau ! Et indemne ! Sans réfléchir, elle se jeta dans ses bras, sous l'œil médusé des soldats Sinclair qui se levaient de table pour accueillir le fils de leur laird.

Il rit et la pressa contre lui. Le sentir chaud et vivant était tellement délicieux ! Mais elle se reprit vite et s'écarta de lui. Elle n'avait plus le droit de se comporter ainsi. Il était promis à une autre femme… qui, de plus, dormait à l'étage !

— Sir Calvin, balbutia-t-elle.

— Je suis heureux de te trouver en bonne santé, Emilia. Et Lady Meagan ?

— Elle se porte bien, elle aussi. Elle se repose dans notre chambre, en haut.

Il leva les yeux et elle ne put se retenir d'en éprouver

de la jalousie. C'était folie et totalement stupide, mais plus fort qu'elle.

— Très bien. J'ai soif ! s'écria-t-il à l'intention du tavernier qui venait s'affairer. Sers-moi ta meilleure bière, ainsi qu'à mes hommes.

— Évidemment, seigneur, tout de suite !

Alors, Calvin s'empara du bras d'Emilia et la conduisit à une table, à l'écart.

— Là, pendant qu'ils boivent, nous nous entretiendrons loin de leurs oreilles, murmura-t-il.

À peine furent-ils installés qu'elle l'assaillit de questions :

— Logan et Murdoch ? Les as-tu trouvés ?

Le regard de Calvin se voila.

— Murdoch n'est plus. Quant à Logan… J'ignore tout de son sort, mais je crains, hélas, qu'il n'ait succombé, lui aussi, même si son corps n'a pas encore été retrouvé. Nul ne sait comment, mais il est parvenu à ouvrir à nos hommes les portes de la forteresse des McTrayall avant même que je n'arrive avec les renforts. Ensuite, personne ne l'a revu.

— J'aurais souhaité que l'issue soit différente. Tous les deux étaient des braves, sans qui nous n'aurions jamais pu réussir.

— *Aye*. C'est une évidence. Du moins ont-ils choisi leur fin et ont péri sur le champ de bataille, et non pas dans leur lit. De véritables guerriers ! clama-t-il tout en levant son verre en leur honneur.

Quand il reposa sa chope, un sourire s'étirait sur ses lèvres.

— J'ai heureusement de meilleures nouvelles. À présent, tout est terminé. Nous avons vaincu, et les McTrayall ne seront plus jamais une menace. Le laird

McTrayall a péri, ainsi que ses fils. Mais si eux sont tombés dignement au combat, lui s'est jeté du haut de ses propres murailles, quand il a compris que tout était perdu.

— Seigneur ! s'exclama Emilia, horrifiée. Alors, Ronan…

Elle se tut, car le tavernier revenait avec un second pichet de bière. Calvin ne prit la parole que lorsque l'homme fut hors de portée de voix.

— Lady Meagan le pleure, je suppose ?

— Terriblement. Elle semble vraiment l'aimer. Je me sens si triste pour elle, et je ne peux rien lui avouer. Pas encore. Pas tant que je ne suis certaine de rien. Alors dis-moi, Calvin, l'as-tu retrouvé ?

— *Aye.* Je n'y croyais guère, mais il attendait à la vieille chapelle, exactement comme tu le lui avais demandé. J'ignore comment il a réussi à s'échapper de son château en flammes, il n'a pas eu le temps de m'expliquer, mais rassure-toi : bien que blessé, il est encore en vie. Du moins l'était-il quand je l'ai laissé… J'espère ne jamais avoir à le regretter, Emilia, et tu sais combien agir ainsi me déplaît, mais… tu lui fais confiance, et moi-même je l'ai cru, quand il m'a juré qu'il ne réclamerait pas vengeance et ne chercherait pas à nous nuire. Tout ce qu'il souhaite, à présent, m'a-t-il assuré, c'est obtenir une chance de s'amender, de racheter les fautes de son père…

— Je ne te remercierai jamais assez, Calvin. Ronan est très différent de son père. Il est un homme d'honneur et il tiendra parole. Tout comme j'ai tenu la mienne.

Il esquissa un sourire et soupira.

— Je suppose qu'après tout je ressemble plus à mon père que je veux bien l'admettre.

En effet le laird Sinclair n'avait-il pas accordé à Emilia sa clémence, tout comme Calvin le faisait, à présent, pour Ronan ?

— Certes, et en plus d'un point, admit-elle bien volontiers. Quant à Ronan, je te l'ai assuré et le maintiens, je suis persuadée que vous pourriez être amis, tant vous vous ressemblez, également. Peut-être qu'un jour...

— Un jour, *aye*, peut-être, mais encore faudrait-il qu'il survive. Je lui ai laissé quelques provisions et aussi des bandages, et il devra se charger du reste. Mordieu, quand Lady Meagan l'apprendra, elle courra certainement le rejoindre, à moins qu'il ne vienne la trouver avant...

Il parut sur le point d'ajouter quelque chose mais, au lieu de cela, il avala plusieurs gorgées de la boisson ambrée. Elle le regarda faire, puis s'éclaircit la voix.

— Peut-être ne devrions-nous pas le lui avouer, finalement. S'ils ne peuvent se retrouver, elle sera malheureuse, mariée à un autre que celui qu'elle aime. Ce serait pire, encore, si elle le savait en vie, quelque part, sans jamais pouvoir être avec lui.

Son cœur se serra. C'était aussi le sort qui l'attendait. Calvin esquissa un rictus en remplissant sa chope.

— Eh bien, en vérité, ce n'est pas *exactement* ce qui pourrait se passer.

Elle haussa un sourcil, étonnée.

— Que veux-tu dire ?

— Tu verras.

Ses yeux brillaient d'une lueur troublante. Il termina sa chope, s'essuya la bouche et regarda tout autour, comme pour s'assurer que personne ne pourrait les surprendre. Alors, il se pencha vers elle, collant presque son nez au sien et enserrant ses mains dans les siennes.

— Je ne souhaite pas épouser Lady Meagan. C'est toi que je veux, et je trouverai un moyen pour que nous soyons ensemble. Mon père est déjà en route pour nos terres et, dès que nous le rejoindrons, je lui parlerai.

Elle glapit, surprise par cette déclaration qui lui fit monter les larmes aux yeux.

— Calvin, moi aussi, je désire être avec toi. De tout mon cœur, de toute mon âme, mais… tu sais tout comme moi que c'est impossible. Peu importe à quel point nous le souhaitons ou non, je ne suis rien ni personne et, pour le salut de l'Écosse, tu dois en épouser une autre.

Les mots s'étranglaient dans sa gorge, tant ils lui étaient douloureux à prononcer. Il tendit une main vers elle, effleura sa joue.

— Emilia, jamais je ne…

Elle se redressa vivement, comme si soudain son contact la brûlait.

— Je t'aime, Calvin, tu n'imagines pas à quel point ! Et c'est pour cela, justement, que je dois te laisser partir !

Exactement comme Ronan avait laissé partir Lady Meagan. Parce qu'il n'avait pas d'autre choix, en dépit de tout ce qu'il ressentait. Soulevant ses jupes, elle grimpa en courant l'escalier qui menait à l'étage, avide de lui masquer ses larmes.

Chapitre 47

Le voyage de retour jusqu'au château des Sinclair se déroula sans encombre, mais dans une atmosphère pesante. Emilia passait le plus de temps possible auprès de Lady Meagan, et évitait Calvin, qui ne cherchait guère, de toute manière, à l'approcher. Rien que le regarder la rendait fébrile, tant elle souffrait de cette situation. Elle n'en voulait certes pas à Lady Meagan, tout aussi malheureuse à l'idée de lier sa vie à un homme qu'elle ne souhaitait point.

— Je ferai mon devoir, assura-t-elle un soir où ils campaient dans la lande. Mais mon cœur, pour toujours, appartiendra à un autre. Je suis navrée, Emilia. Je sais ce que cela importe, pour vous, qui aimez Sir Calvin. Comment parvenez-vous à supporter cette situation ?

— Je n'y parviens pas.

— Oh ! ma pauvre amie ! Si seulement je pouvais parler à mon père, peut-être changerait-il d'avis ?

— Je doute fort qu'il vous écoute. Ce mariage scellera le sort de l'Écosse. Le roi ne reviendra certainement pas sur sa décision, et nos sentiments ne représentent rien face à cela.

— Hélas, je crains que vous n'ayez raison. J'ignore ce

qui est le pire, cependant. Savoir celui que vous aimez uni à une autre, ou… qu'il soit disparu pour l'éternité, comme mon pauvre Ronan, dont on clame la mort. Seigneur tout-puissant, je n'arrive pas à comprendre que je ne le reverrai plus jamais ! Sans lui, tout me semble si terne, Emilia, je…

Elle éclata en sanglots, et Emilia la serra dans ses bras pour qu'elle puisse s'épancher sur son épaule. Elle qui n'avait jamais eu de sœur s'était rapidement prise d'affection pour Lady Meagan. Calvin avait raison. Lui cacher la vérité plus longtemps serait trop cruel. Alors, lentement, pesant chacun de ses mots et murmurant à son oreille afin qu'elle seule entende, elle lui dévoila tout…

Deux jours plus tard, en vue de la forteresse, les villageois les accueillirent en liesse, et Emilia fut à peine surprise de surprendre Lady Meagan répondre à leurs saluts enjoués avec maints sourires. N'avait-elle pas une raison d'espérer ? Certes, elle allait épouser Calvin, mais apprendre que Ronan était vivant, quelque part, avait suffi à la transformer. Elle riait, à présent, aux salutations exagérées que lui offrait un jeune homme à l'épaisse tignasse blonde et hirsute.

— Malcolm ! Cesse donc tes pitreries, veux-tu ? s'exclama Calvin en sautant à bas de sa monture.

Il s'élança pour lui donner une vigoureuse accolade. L'éclatante joie sur le visage de Malcolm était plus rayonnante que jamais.

— Bon retour chez vous, Sir Calvin, héros de légende, pourfendeur de dragons, destructeur de tyrans !

Calvin s'esclaffa.

— Il faut bien que quelqu'un s'en charge, pas vrai ?

Ils rirent et s'enlacèrent de nouveau. Leurs joyeuses retrouvailles touchèrent le cœur d'Emilia. Calvin n'avait pas ri ainsi depuis bien longtemps. Malcolm vint alors la saluer.

— Je suis heureux de vous voir en si bonne santé, Lady Emilia.

Lady Emilia. Cela lui sembla si étrange de l'entendre. Elle ne méritait certes pas ce titre.

— Merci, Malcolm. Je suis ravie de vous revoir, moi aussi, mais… je ne suis pas une lady. Juste Emilia.

Le sourire de Malcolm s'élargit.

— Eh bien, « juste Emilia », le plaisir de vous retrouver n'en est pas moins grand, ponctua-t-il d'un clin d'œil. Et vous, jeune dame, vous devez être Lady Meagan, si je ne me trompe ? La promise disparue et enfin secourue, voilà qui fera une superbe histoire à enjoliver au coin du feu. D'autant plus que vous êtes encore plus belle que je…

— Malcolm, tes flatteries devront patienter, l'interrompit Calvin, qui remontait déjà sur son cheval. Mon père et mon frère nous attendent au château. Nous nous reverrons au banquet, ce soir !

— Bien entendu, Cal, compte sur moi pour ne pas manquer ça, et j'entends bien que tu me racontes tout dans les moindres détails !

Calvin hocha la tête d'un air convenu, puis talonna sa monture en direction des grandes portes ouvertes de la forteresse. Gravissant plus lentement la pente, la voiture de Lady Meagan et d'Emilia le suivit. Cette dernière ne put s'empêcher de presser ses mains sur son cœur qui battait plus fort. Tant d'émotions opposées la submergeaient ! Elle avait tellement hâte de retrouver sa mère ! Tout comme elle redoutait ce qui se produirait ensuite…

À peine eurent-ils pénétré à l'intérieur des murs épais de la forteresse que Sir Gordon venait vers eux, un inhabituel large sourire aux lèvres, pour les accueillir. Il attrapa Calvin par les épaules et l'attira à lui.

— Mon cher petit frère, comme je suis heureux de te retrouver en vie, et entier ! Je n'ai cessé de prier pour votre réussite, et j'avoue que tu m'as grandement impressionné ! Dire que je craignais que vous échouiez ! Pardonne-moi de ne pas avoir eu foi en toi, Calvin. Cependant, c'est un miracle que vous vous en soyez tous si bien sortis !

— Murdoch et Logan n'ont pas eu cette chance, hélas.

— Certes, certes, et leur sacrifice sera loué. Trop de braves ont péri, pendant l'assaut, mais aucune victoire ne se ravit sans prix à payer. Réjouissons-nous qu'il n'ait pas été plus élevé !

Emilia patienta en silence, écoutant et observant. L'enthousiasme de Sir Gordon la mettait quelque peu mal à l'aise, après la dureté des épreuves qu'ils venaient de traverser. À sa carrure et à son comportement, elle douta qu'il eut lui-même jamais participé au moindre combat, et encore moins risqué sa vie, comme eux l'avaient fait. Autrement, il n'aurait pas parlé ainsi, avec tant de légèreté, comme si la tragique disparition de certains suffisait à justifier l'opulence d'autres.

Il se tourna alors vers elle, ancrant son regard acéré au sien.

— Emilia, merci pour votre aide précieuse dans cette entreprise. Et vous, Lady Meagan, quelle joie de vous découvrir enfin !

Il s'inclina devant elle, et elle lui rendit sa révérence. Il les invita à le suivre, d'un geste véhément.

— Venez, venez ! Père est impatient de vous parler.

— Emilia ! Emilia !

Elle se retourna. Jupes relevées, sa mère accourait vers elle. Quand elles s'enlacèrent, l'émotion la submergea.

— Je suis revenue, mère, comme je te l'avais promis.

— Ma petite fée, comme je suis heureuse ! Mes prières ont été entendues ! Et vous, Calvin, quel bonheur de vous retrouver… Lady Meagan, quel soulagement de vous voir là, vous aussi.

Elle effectua une révérence élégante devant la jeune femme, puis s'accrocha au bras d'Emilia.

— Le laird vous attend, venez.

— Juste comme je le disais ! confirma Sir Gordon, que ces effusions semblaient avoir laissé de marbre. Hâtons-nous, voulez-vous ?

Il les précéda dans l'imposante salle de réception, où des tables sur tréteaux avaient été installées de part et d'autre. La plus grande d'entre elles était placée au fond, sur une estrade en bois, ce qui permettait à ceux assis autour de dominer le reste de l'assemblée. Emilia remarqua presque tout de suite le laird, qui se réchauffait les mains au feu ardent de l'immense cheminée. Les reflets des flammes sur son visage accentuaient la rudesse de ses traits et renforçaient la teinte cramoisie de ses joues.

En les voyant arriver, il s'en détourna aussitôt pour les accueillir.

— Bienvenue ! s'exclama-t-il avec chaleur. Allons, asseyez-vous, et qu'on nous apporte à boire !

Il fit claquer ses mains. Instantanément, des serviteurs

apparurent comme de nulle part, porteurs de pichets et de coupes à boire en cristal de roche. Emilia alla s'asseoir entre sa mère et Calvin, Sir Gordon et Lady Meagan venant de l'autre côté du haut siège ouvragé du chef de clan, où le laird s'installa.

— Un banquet sera organisé, ce soir, pour fêter notre victoire sur les McTrayall, ainsi que votre libération, milady, annonça-t-il fièrement tout en tendant sa coupe à un jeune serviteur, pour qu'il la lui remplisse. J'ai envoyé un messager informer votre père de votre condition, et je ne doute point qu'il chevauchera jusqu'ici en apprenant cette bonne nouvelle. Dès son arrivée, nous célébrerons enfin votre mariage avec mon cadet, et nous festoierons de nouveau !

Il leva sa coupe, qu'il but ensuite d'une traite. Seul Sir Gordon l'imita.

Calvin se redressa pour intervenir.

— Père, à ce sujet, justement, il faut que…

Le laird le fit taire d'un geste impérieux.

— Plus tard, mon fils, plus tard, nous parlerons autant que tu le souhaites ! Pour l'instant, rassieds-toi, et écoute : une fois tes noces célébrées, tu iras tout de suite avec Gordon prêter allégeance en mon nom au roi Robert !

Ces paroles frappèrent Emilia comme une gifle. Ses yeux croisèrent rapidement ceux de Lady Meagan et de Calvin, où elle lut les mêmes inquiétudes. Celui-ci ouvrit la bouche pour objecter, mais Sir Gordon le retint par le bras et s'exprima à sa place.

— Excellent, père, j'ai grand hâte de sceller cette alliance, *capitale* pour l'unité de notre pays.

Sur ces mots, il foudroya Calvin du regard, comme

pour lui rappeler l'importance de son union à venir. Que cela lui convienne ou non ! Emilia baissa les yeux, anéantie, mais guère surprise. Il ne servait à rien d'insister, ou d'imaginer que le laird changerait d'avis. Quelle folie que d'avoir osé espérer, rien qu'un instant, que ce fût possible ! Sa mère dut ressentir son émoi, car elle enserra sa main dans la sienne, comme pour la réconforter. En vain.

Sir Gordon s'exclama soudain :

— En votre honneur, Lady Meagan, je me suis permis de nous procurer une bouteille d'exception ! Le meilleur *uisge-beatha*[1] du Caithness !

Sur ce, il fit signe à un serviteur qui vint lui apporter une bouteille, puis le renvoya pour servir lui-même, en commençant par la coupe de son père. Quand il en eut terminé, il leva son verre :

— À la beauté de Lady Meagan, au courage et au sacrifice de nos braves, à l'avenir de notre clan et de l'Écosse ! Et à vous, également, chère Emilia, qui nous avez amplement prouvé votre loyauté.

Il leva plus haut sa coupe, et tous l'imitèrent. Quelque chose dans son regard la frappa subitement. Ce fut furtif, mais elle eut l'impression d'y lire une malice glaçante. Plus troublant encore, Sir Gordon avait porté la coupe à ses lèvres, mais celles-ci restaient fermées, serrées, comme s'il feignait de boire. Au même moment, un reflet irisé dans son propre verre attira son attention. Comme un minuscule arc-en-ciel.

— Non ! Ne buvez pas !

Tout en criant, elle bouscula brusquement sa mère et

1. Nom gaélique du whisky, signifiant « eau-de-vie ».

Calvin pour renverser leur boisson. Lady Meagan laissa tomber son verre, qui se brisa au sol. Le laird reposa bruyamment le sien sur la table.

— Expliquez-vous ! ordonna-t-il sèchement.

— Ce whisky est empoisonné ! Une gorgée suffirait à vous condamner !

Calvin semblait aussi stupéfait qu'horrifié.

— Comment, Emilia ? Tu es certaine de ce que tu avances ?

— Absolument. J'ai reconnu le poison, parce que c'est celui que je devais utiliser pour vous tuer. Ces reflets, à la surface, c'est…

Le laird se releva d'un bond.

— Gordon ! Où t'es-tu procuré cette eau-de-vie ? Toi, là, tu es le serviteur qui nous l'a apportée ! Qui t'a payé pour nous assassiner ? Tu vas…

Emilia se redressa, choquée, mais sûre d'elle.

— Il n'est pas coupable, mon laird. C'est Sir Gordon, votre fils, qui a tout fomenté. C'est lui-même qui a versé ce poison dans nos boissons !

Tout était limpide, à présent. L'attitude de Sir Gordon, la sensation de mal-être qu'elle ressentait immanquablement en sa présence, ce qu'elle avait décelé dans son regard, ce soir-là, la crispation qu'elle lisait sur ses traits, son refus de boire… Le laird semblait sur le point de s'étouffer de stupeur.

— Gordon ? Jamais mon fils n'aurait commis pareille félonie !

— Certes non, père ! s'emporta ce dernier. Cette maudite traîtresse invente et m'accuse pour sauver sa misérable vie ! Ne comprenez-vous point ce qu'elle essaie de faire ? Elle nous manipule, cherche à nous monter les uns contre les autres ! À l'évidence, elle nous a trompés ! Jamais elle n'a cessé d'être loyale aux McTrayall, et elle nous montre enfin son véritable visage ! Cette sorcière mérite la potence !

Calvin semblait profondément choqué.

— Si tu dis vrai, si elle est vraiment coupable, comment expliques-tu qu'elle nous ait empêchés de boire ? demanda-t-il.

— Je… je…

Le laird était livide. Il fixait Gordon comme s'il cherchait à y déceler la vérité.

— C'est toi, mon fils, qui as fait venir cette bouteille, qui nous a servis…

— Buvez, Sir Gordon, puisque selon vous cette boisson est inoffensive, le provoqua Emilia. Et nous verrons bien qui ment ou non !

— Je n'ai pas à vous obéir ! Père, allez-vous laisser cette…

— Par tous les saints, mon fils… S'il se trouve véritablement du poison dans ce whisky… Allons, bois. Prouve-nous qu'elle se fourvoie !

Mais Sir Gordon ne toucha pas à son verre. Son père lui tendit alors le sien, sans davantage de succès. Les traits déformés par la colère, Sir Gordon foudroyait Emilia du regard.

— Je n'ai rien à prouver, père. Ma parole devrait suffire ! Oseriez-vous la mettre en doute, et la croire, elle, cette misérable, plutôt que moi ?

— Seigneur tout-puissant, Gordon, cela ne se peut…

La douleur dans la voix du laird fut couverte par le rugissement de Calvin. D'un bond, il se jeta sur son frère. Il était terrifiant ! Sir Gordon se débattit pour se libérer, mais il était incapable de lutter contre la poigne de Calvin, bien plus fort que lui.

— Qu'as-tu fait, Gordon ? Comptais-tu vraiment nous assassiner ? Parle !

— Je n'ai rien fait ! Ta putain ment pour nous diviser ! Je suis innocent !

— Misérable !

Il le secouait si violemment que sa tunique se défit. Quelque chose en tomba. Une petite fiole en verre, vide, qui rebondit une fois au sol sur les tapis de joncs, avant de rouler jusqu'aux pieds d'Emilia. Elle se baissa pour la ramasser et la leva devant ses yeux. Il n'y avait pas le moindre doute.

— C'est l'une des fioles de Kirstie ! s'exclama-t-elle, horrifiée.

Calvin relâcha son frère, si brutalement qu'il chuta à terre. Le laird s'effondra lourdement sur son siège. Cette terrible révélation lui avait fait prendre subitement plusieurs années.

— Pourquoi ? s'enquit-il, abasourdi et désespéré.

Le ricanement nerveux et méprisant de Sir Gordon donnait froid dans le dos. Lentement, il se releva.

— Pourquoi, demandez-vous ? Pourquoi ? Mais parce que vous êtes faible, père ! Trop clément, envers nos ennemis ! Cela fait déjà longtemps que nous aurions dû détruire les McTrayall, mais jusque-là vous aviez toujours fermement refusé d'aller au bout ! Je devais agir !

Il avait beau avoir échoué, il se comportait avec hargne, comme s'il avait triomphé. Calvin leva le poing pour le frapper, mais son père l'arrêta d'un geste.

— Laisse-le continuer. Je veux entendre tout ce qu'il a à me dire.

Sir Gordon n'avait plus rien d'un homme sérieux et indéchiffrable. À présent, son regard flamboyait de haine et de colère. Tout son être semblait ravagé par la rage. Emilia frémit. Était-ce à cela qu'elle ressemblait, quand le désir de vengeance la submergeait ? C'était terrifiant ! Elle refusait de revivre cela. De redevenir comme cela !

Audacieusement, Sir Gordon redressa le menton.

— William McTrayall avait raison sur une chose : les Highlands ne doivent pas tomber sous le joug de Robert Bruce. Je refuse que nous devenions ses laquais ! Ne voyez-vous pas ? Enfin débarrassés des McTrayall, nous avons l'opportunité de rallier toute la région sous notre bannière ! Ensemble, nous pourrons lutter contre ces maudits Lowlanders avides de dominer notre peuple, de conquérir nos terres ! Ce ne sont pas nos alliés, mais nos ennemis ! Robert Bruce n'est pas notre souverain ! Cela, vous avez toujours refusé de l'entendre, père. Alors j'ai pris l'unique décision qui s'imposait. Si j'avais seulement pu vous faire entendre raison, à vous ou à Ross, jamais je n'aurais eu besoin de…

— Ross ? s'exclama Calvin. Que veux-tu dire ?

— Lui non plus n'aurait pas compris, siffla Gordon entre ses dents. Il refusait de m'écouter ! Alors, j'ai fait ce que je devais. Je l'ai écarté de mon chemin.

— Oh ! mon Dieu, vous l'avez fait assassiner, gémit la mère d'Emilia. Votre propre frère !

Suffoqué par ces révélations, Calvin explosa de colère et jeta Sir Gordon violemment au sol.

— Démon ! Nous sommes ta famille ! Comment as-tu pu…

— Relève-le, Calvin.

— Mais père…

— Relève-le, j'ai dit !

Il obéit, mais il retenait son frère par le col. Celui-ci s'essuya la bouche, qui saignait sous l'un des coups de Calvin.

— Je ne regrette rien ! s'écria-t-il. Tout ce que j'ai accompli, ce fut pour le clan ! Toujours ! Des sacrifices nécessaires, dont vous étiez incapables !

— Continue, exigea sèchement le laird.

Sir Gordon le défia du regard.

— J'ai rapidement compris que Lady Meagan n'était pas celle qu'elle prétendait. En dépit de vos efforts, Emilia, vous n'aurez jamais la grâce et les manières d'une véritable fille de noble. Il ne m'a pas fallu longtemps ensuite pour découvrir que la véritable Lady Meagan avait été enlevée par les McTrayall, et j'entendais bien en tirer parti. Mais voilà que cette petite idiote d'usurpatrice a été prise de remords ! Combien cela m'aurait facilité les choses, autrement !

Le sourire qui s'étira sur ses lèvres était tout aussi terrifiant que les révélations qu'il leur faisait, comme s'il était incapable de s'arrêter !

— Votre empoisonneuse a été facile à convaincre, contre la promesse de sa liberté. Si mon plan avait fonctionné, vous seriez tous morts, à présent, et j'aurais fait en sorte qu'Emilia soit accusée. Restée fidèle aux McTrayall, elle aurait tout simplement cherché à les venger ! ajouta-t-il en se tournant vers elle. Il m'aurait ensuite suffi de vous planter une lame dans le corps, très chère, et de raconter une belle histoire où je n'aurais par miracle pas bu votre poison, et vous aurais tuée pour vous punir de votre crime odieux… Pour l'honneur du clan, que j'aurais dès lors dirigé seul !

La violente gifle qu'il reçut ne vint pas de Calvin, mais du laird.

— Ce n'est pas l'honneur du clan qui t'importe, Gordon ! C'est toi, seulement toi et ta soif de pouvoir ! Mais tu as raison sur un point : j'ai été faible. Faible de tellement croire en toi. Dès cet instant, tu n'es plus mon fils. Tu n'es plus rien qu'un vil traître, un meurtrier, un assassin ! Calvin… Donne-moi ton épée.

— Me priverais-tu d'un procès équitable, père ? le provoqua Sir Gordon.

Sa bravade était feinte. La peur se lisait dans son regard. Lady Meagan, épouvantée par cette tragédie qui se jouait sous ses yeux, s'était réfugiée tout contre Emilia. Celle-ci était tétanisée, abasourdie. Tout ce qu'avait fait Sir Gordon était absolument terrible !

— Tu n'es qu'un serpent, cracha le laird. Je devrais t'occire, sur-le-champ !

Calvin s'interposa.

— Ce serait trop doux pour lui, père. Jetons-le au cachot, plutôt, où il croupira jusqu'à la fin de ses jours.

Elle devina qu'en dépit des crimes de son frère Calvin ne supportait pas l'idée qu'il soit tué, devant ses yeux. Sir Gordon ricana, mais cette perspective d'emprisonnement semblait l'effrayer bien davantage qu'une mort rapide.

— Tu n'es qu'un lâche, Calvin. Tu l'as toujours été, le provoqua-t-il. Incapable de prendre une décision seul, toujours à courir après la gueuse, à venir quémander mes conseils, sans jamais en tenir compte ! Si seulement tu l'avais fait, comme je l'espérais, je t'aurais épargné, mais tu es trop impétueux, trop imprévisible… Un faible, tout comme Ross, qui ne peut…

Vif comme l'éclair, Calvin se jeta sur lui pour refermer

une main autour de son cou et empoigner sa tunique déchirée de l'autre. Il le souleva comme s'il n'avait pas été plus lourd qu'un épouvantail fait de paille. La fureur déformait ses traits ; la peur ceux de Sir Gordon, qui agrippait le bras de Calvin, tentant désespérément de lui faire lâcher prise.

— Misérable déchet ! Ross n'a jamais été faible, et moi non plus, et c'est pour cela que je ne te tuerai pas ! Croupir de longues années dans la fange et crever comme un pitoyable cafard, voilà le destin qui t'attend !

— *Nae*, répliqua Sir Gordon. Je ne moisirai pas en prison ! Je m'y refuse !

Avec une rapidité étonnante, il porta sa main à la taille de Calvin et lui arracha son dirk ! Il entailla le ventre de son frère, qui, de surprise, le lâcha. Tout en reculant vers la sortie, Sir Gordon brandissait l'arme devant lui.

— N'approchez pas ! Aucun de vous !

Mais le laird et Calvin avançaient vers lui. Des gardes, certainement alertés par les cris, firent irruption dans la pièce, lui bloquant toute issue.

— Reculez ! Reculez !

— Tu ne peux t'échapper, Gordon. Rends-toi et pose ce dirk.

La voix du laird, bien que tremblante de chagrin, était empreinte de détermination. Comme il devait être douloureux pour lui de réaliser la véritable nature de son enfant ! Le mal qu'il avait accompli ! Gordon cracha au sol, le regard mauvais.

— Jamais je ne me rendrai. Je n'ai fait qu'œuvrer pour la survie de notre clan ! Pour son avenir, guidé par un véritable chef ! cria-t-il. Père, souvenez-vous que tout ceci est votre faute, vous ne m'avez pas laissé le choix !

Acculé, avant que quiconque puisse réagir, il se frappa du long poignard.

En plein cœur.

Épilogue

— Voilà une bien tragique et surprenante histoire, déclara le roi Robert Bruce, penché en avant, sur son trône.

Tout comme Alan McDowall, il semblait captivé par le récit de Calvin. Lady Meagan, assise aux côtés de son père, avait écouté en silence, tout comme Emilia, qui se tenait en retrait. Le roi d'Écosse l'impressionnait. Non seulement par sa carrure, mais surtout par sa prestance. Il n'était pas très beau, avec ses traits un peu grossiers, un nez long et proéminent et une barbe épaisse qui lui dévorait une partie du visage, mais son regard était incisif et empli de bonté. Son autorité naturelle était terriblement intimidante. Il dégageait une aura de puissance qui imposait la crainte et le respect. Elle ne s'étonnait guère qu'il ait réussi à rallier tant de clans à son rêve d'unifier l'Écosse, par la force ou par loyauté.

Pendant les deux semaines de voyage qui les avaient menés jusqu'à lui, Calvin, Lady Meagan et Emilia s'étaient préparés à ce qu'ils pourraient relater… et ce qu'ils devraient cacher, comme le véritable sort de Ronan.

— Et vous, jeune fille, continua le roi en se tournant vers Emilia, vous y avez joué un grand rôle.

— Je n'ai accompli que mon devoir, Majesté. Rien de plus. Je regrette juste de ne pas m'être rendu compte plus tôt de la duplicité du laird McTrayall.

Le roi Robert esquissa un sourire.

— Nous faisons tous des erreurs, assura-t-il. Mais nous ne sommes pas tous capables de le reconnaître, et encore moins de risquer notre vie pour nous amender. Vous avez toute mon admiration, Lady Emilia, et je vous pardonne bien volontiers.

Elle se sentit rougir sous la sincérité de ses compliments chaleureux, qu'elle n'estimait pas mériter.

— Je vous en remercie, Majesté, dit-elle en s'inclinant devant lui, très émue.

Soudain, Calvin vint se placer à ses côtés, saisit sa main dans la sienne et s'inclina à son tour respectueusement devant le roi.

— Majesté, je vous en conjure, libérez-moi de ma promesse de mariage envers Lady Meagan McDowall. J'aime Emilia et c'est elle que je veux pour femme. Mon père nous apporte son soutien, à la condition que vous y consentiez.

Alan McDowall sourcilla, visiblement étonné, mais le sourire du roi Robert s'élargit. Son regard passa de Calvin à Emilia.

— Je vois, cela explique pourquoi vos noces avec la jeune Meagan n'ont point encore été célébrées. Eh bien, mon cher Alan, qu'en pensez-vous ?

— L'union de ma fille avec cet homme est nécessaire à l'unité de l'Écosse, Majesté. Cependant...

— Cependant ?

— J'ai parlé avec Meagan, soupira-t-il. Elle aussi m'a supplié d'annuler cet engagement. Durant sa captivité, elle se serait réfugiée dans la prière au point de faire vœu au Tout-Puissant de lui consacrer sa vie, si elle survivait. Se marier avec Calvin Sinclair, assure-t-elle, briserait ce lien qu'elle s'est forgé avec Dieu.

Il jeta un coup d'œil à sa fille, qui n'avait pas lâché son chapelet ni prononcé un mot depuis le début de cette audience. Comme convenu avec Emilia et Calvin, elle baissa la tête avec humilité. Une attitude feinte, mais qui sembla adoucir l'expression sur le visage rude du laird McDowall. Emilia savait que Lady Meagan détestait tromper ainsi son père ; pourtant, c'était le seul moyen d'espérer parvenir à leurs fins.

Le roi Robert se frotta la barbe de sa large main, comme s'il réfléchissait. Emilia était tétanisée. C'était sa dernière chance… *leur* dernière chance, à Calvin et à elle, de pouvoir être ensemble. Après ce qui lui sembla une éternité, la voix rocailleuse du roi retentit dans l'immense salle richement décorée.

— Quoi que je décide, Sir Calvin, jurez-vous que votre clan s'unira à la Couronne, au bénéfice de l'Écosse ? Quoi qu'il advienne, respecterez-vous mon choix et répondrez-vous loyalement au moindre de mes appels ?

Calvin redressa la tête. Son regard, plongé dans celui du roi, était empli de détermination et de sincérité.

— Je le jure, Majesté.

— En ce cas, votre parole et votre serment d'allégeance me suffisent. Nul besoin pour moi de vous obliger à épouser une femme qui ne vous sied pas, et qui ne vous désire pas davantage. Cependant, c'est au Seigneur McDowall d'annoncer s'il est prêt à renoncer à ce mariage, car c'est à lui que cette promesse fut accordée. Quelle que soit sa décision, je vous somme de vous y plier, Sir Calvin. Voyez cela comme la première preuve de votre loyauté.

Calvin prit la main d'Emilia. Sa nervosité était palpable, sa résolution tout autant.

— Rien ne pourra changer ce que je ressens pour toi, jamais, lui murmura-t-il.

— Et ce que, moi, je ressens pour toi.

Ensemble, ils firent face à Alan McDowall. Celui-ci croisa les bras sur son large torse et fronça sévèrement les sourcils.

— Votre union avec ma fille est souhaitable, Sir Calvin, et cela, pour bien des raisons. Vous avez en outre prouvé votre valeur, et j'avoue que je serais honoré que nos familles se rapprochent par ce mariage.

Emilia eut l'impression que le sol se dérobait sous ses pieds. Comme étourdie, elle s'accrocha au bras de Calvin.

— Cependant, poursuivit Alan McDowall, je ne peux aller à l'encontre de l'avis du roi ni de l'appel de Dieu, qui réclame la dévotion de ma fille. En bon chrétien, je ne puis imaginer un seul instant ignorer Sa volonté. En conséquence, je consens, moi aussi, à l'annulation de cette promesse de mariage entre nos deux clans.

Le cœur d'Emilia en manqua un battement. Avait-elle bien entendu ? Était-ce possible ? La main de Calvin qui enserrait fermement la sienne voulut le lui laisser croire.

La voix forte et profonde de Robert Bruce s'éleva.

— Qu'il en soit donc ainsi ! s'exclama-t-il. Tout cela m'a mis d'humeur joyeuse et, croyez-m'en, cela est suffisamment rare ces derniers temps ! Ce soir, nous festoierons à notre alliance et à l'unification de l'Écosse ! Un banquet sera dressé, mais avant cela une messe sera célébrée, en remerciement à Notre-Seigneur et Sa miséricorde… Quant à vous deux, ajouta-t-il à l'intention de Calvin et d'Emilia, j'entends bien vous voir mariés avant la fin du printemps.

Il leur décocha un petit sourire presque facétieux. Ébahie, elle en avait le souffle coupé. Calvin était visiblement aussi touché qu'elle.

— Grand merci, Votre Majesté, déclara-t-il, ému.

— Lady Emilia n'ayant pas de père pour payer sa dot, je m'en chargerai.

Elle bondit presque à ces mots que le roi venait de prononcer.

— Majesté ! Vous n'avez pas à…

— J'ai dit et j'ordonne. En cadeau de noces, je vous offre un titre et le château des McTrayall, ainsi que leurs terres et possessions. Vous, Sir Calvin, en deviendrez le laird et je sais déjà qu'avec votre épouse vous y restaurerez la paix et la justice, comme il se doit partout dans mon royaume. En vertu de mon droit royal, je vous commande de lier vos clans par le mariage. Ils reviendront ensuite à vos enfants qui me jureront eux aussi allégeance en leur temps. Lady Emilia McTrayall, dès demain, vous épouserez Sir Calvin Sinclair. Ainsi en ai-je décidé.

Elle était comme sonnée, prise de vertige par toutes ces émotions intenses qui se succédaient à une vitesse folle. Comment y croire ? Enfin, à présent que William McTrayall avait péri, la paix allait être instaurée entre les McTrayall et les Sinclair ! Par la grâce du roi, Calvin et elle en seraient les vertueux instruments. Ensemble, ils pourraient accomplir l'impossible. La joie qu'elle ressentait lui fit monter les larmes aux yeux. Elle pleurait non seulement pour elle, mais aussi pour Calvin, Lady Meagan et Ronan, pour sa mère, pour tous ceux qui avaient aimé, souffert et tant perdu, par la duplicité du laird McTrayall et de Sir Gordon et qui connaîtraient dès lors un avenir meilleur.

Calvin était radieux.

— Longue vie au Roi ! s'exclama-t-il.

— Longue vie au Roi ! reprit l'assemblée en chœur.

Elle se jeta dans les bras de Calvin et l'embrassa avec une exaltation si passionnée que tout son corps en tremblait d'émotion.

Le brouhaha du banquet de noces résonnait de rires francs et d'une ambiance débordante de bonne humeur, comme Calvin n'en avait pas connu depuis bien longtemps. Assise à ses côtés, Emilia rayonnait de bonheur. Elle s'amusait tant qu'elle avait les joues empourprées à force de rire. Enfin, elle était heureuse. Il la couva du regard, attendri. Si terrible que soit ce qu'ils avaient traversé, il se promit que plus jamais elle n'aurait à subir de telles épreuves. D'autres les attendaient, bien sûr, mais ils les affronteraient ensemble. Elle était maintenant son épouse, et lui le laird d'un nouveau clan où tout serait à reconstruire. Ce défi, il se sentait prêt à le relever, car Emilia serait à ses côtés. Elle avait tout bouleversé dans sa vie. Lui, dernier fils d'un laird, n'aurait jamais imaginé devenir chef de clan, et voilà qu'il en avait désormais la responsabilité. Les McTrayall survivants apprendraient à le connaître et l'accepteraient d'autant plus facilement que nombre d'entre eux s'étaient déjà réfugiés auprès de son père, qui les avait reçus avec bienveillance. Eux aussi avaient souffert de l'autorité malsaine de William McTrayall.

Le roi Robert s'était montré fort généreux, bien plus

qu'ils ne le méritaient, et Calvin en avait été extrêmement touché. Ce roi, bon, juste et courageux, était indéniablement celui dont l'Écosse avait besoin pour se relever de toutes ces années de conflits et surmonter celles à venir. Jusqu'à son dernier souffle, il lui resterait loyal.

Soudain, il remarqua le voile de tristesse dans les magnifiques yeux de sa femme.

— Qu'est-ce qui te chagrine, mon amour ?

— Je pensais à ma mère. J'aurais tant aimé qu'elle assiste à notre mariage.

— Nous ferons une grande fête, à notre retour. Ta mère et mon père célébreront avec nous, et Malcolm pourra une fois encore s'enivrer et se mettre dans des situations inconfortables.

Elle rit, et ce fut pour lui comme le plus merveilleux des sons. Il ferait en sorte de l'entendre chaque jour qu'il lui restait à vivre. Impulsivement, il l'attira à lui et la dévisagea intensément. Comme il l'aimait, comme il la désirait ! Et elle était à lui, à présent. Entièrement. *Pour toujours.*

Il se pencha pour effleurer ses lèvres des siennes. Elles avaient le goût sucré du miel, qu'elle venait de déguster. Leurs langues se trouvèrent et jouèrent l'une avec l'autre, jusqu'à ce que, manquant de souffle, ils furent obligés de se séparer. Il remarqua alors seulement que quelqu'un se tenait devant eux. Le laird Alan McDowall les observait, un large sourire au visage.

— Sir Calvin, Lady Emilia, auriez-vous quelques instants à nous accorder ?

— Je vous en prie, répondit Calvin, intrigué.

Alan McDowall vint s'installer sur un tabouret libre

face à lui. Lady Meagan l'accompagnait, toujours aussi discrète. Elle resta debout derrière son père.

— J'aurais un service à vous demander, commença-t-il. J'en ignore la raison, mais ma fille insiste pour prononcer ses vœux à Rome, avant d'entrer au couvent. Vous passerez par Dùn Èideann[1], lors de votre voyage de retour dans le Caithness, et je souhaiterais que vous l'escortiez jusqu'au port, où elle embarquera pour la ville sainte.

— Bien évidemment, lui répondit Calvin, essayant de retenir un sourire victorieux.

Il jeta un bref coup d'œil à Lady Meagan, et vit qu'elle échouait à masquer le sien. Heureusement, elle retrouva bien vite son impassibilité feinte. Les doigts d'Emilia se serrèrent sur sa cuisse. Elle aussi cherchait à contenir son excitation.

— Parfait, s'exclama le laird McDowall, visiblement soulagé. Je vous en suis immensément reconnaissant. Et puis, qui sait ? Peut-être réussirez-vous à la convaincre en chemin de changer d'avis. Si le chrétien en moi est honoré par son choix, je vous avoue que le père, lui, a du mal à s'y résoudre. J'aimerais plutôt la voir mariée et entourée de vigoureux enfants ! Bien, je vous laisse à présent profiter de vos noces. Encore toutes mes félicitations, à ce propos.

Il se leva, les salua d'un hochement de tête, et fit demi-tour. Lady Meagan lui emboîta le pas, non sans auparavant s'incliner devant eux, leur articulant un « merci » silencieux après avoir vérifié que son père ne le

1. Ancien nom gaélique d'Édimbourg.

remarquerait pas. Quand ils se furent éloignés, Emilia se pencha vers Calvin pour lui murmurer :

— Reste à espérer que, comme prévu, notre *ami* nous rejoindra sans encombre à Dùn Èideann.

— Je n'en doute pas. Il doit même déjà s'y trouver, impatient d'y retrouver sa belle. D'après ce que le laird McDowall nous a annoncé, je veux croire que d'ici quelques semaines, après que nous lui avons tous parlé, il l'acceptera comme gendre. Un Highlander fort et valeureux comme Ronan, qui lui jurera fidélité ainsi qu'au roi, ne peut qu'être un atout dans un clan. J'ose imaginer qu'il en conviendra, lui aussi.

— Tu es un homme bon, Calvin. Tu n'imagines pas combien je t'aime, et combien je suis fière d'être ton épouse.

L'émotion transparaissait dans sa voix, dans l'éclat de ses yeux, dans le frémissement de sa main posée sur la sienne. Il se pencha vers elle et effleura ses lèvres des siennes.

— C'est moi, qui ai de la chance, murmura-t-il. Et en vérité, à l'instant, une multitude de pensées mutines m'assaillent…

— Oh ! vraiment ? Par exemple ?

Il lui mordilla tendrement l'oreille.

— Par exemple, répéta-t-il d'une voix suave, aussi splendide sois-tu dans ta robe de mariée, j'ai une envie folle de te l'arracher et de te faire l'amour toute la nuit.

— Nous ne partirons pour le Caithness que d'ici quelques jours, enchérit-elle en faisant lentement remonter sa main le long de sa cuisse, éveillant en lui un désir intense. Pourquoi juste une nuit ?

— Qui a dit « juste une nuit » ? *Aye*, je compte bien

te faire mienne chaque jour et chaque nuit à venir, mais il faut bien commencer par quelque chose…

Il caressa tendrement sa joue, fit glisser ses doigts sur son cou et sur sa nuque, puis attira ses lèvres contre les siennes. Leur baiser avait un goût d'éternité.

Composé et édité par HarperCollins France.

Achevé d'imprimer en février 2020.

CPI
BLACK PRINT

Barcelone

Dépôt légal : mars 2020.

MIXTE
Papier issu de
sources responsables
FSC® C108412

FSC
www.fsc.org

Pour limiter l'empreinte environnementale de ses livres, HarperCollins France s'engage à n'utiliser que du papier fabriqué à partir de bois provenant de forêts gérées durablement et de manière responsable.

Imprimé en Espagne.